KB236750

한국문학의 상상구조

Imaginative Structure of Korean Literature

Chea, Soo Young

한국문학의 상상구조

채수영문학평론집

국학자료원

여백을 위하여

문학의 땅을 밟고 살아 온지 몇 언덕을 넘었지만 여전히 흰 여백에 갇힌 느낌이다. 무언가를 그리겠다고 기백을 앞세웠던 시절로 돌아가고 싶은 마음이 앞서는 소회 ─ 이젠 더욱 황량함을 벗을 길 없는 글의 표정과 내 인생의 한계를 바라보는 계산에서는 더욱 그렇다.

누군들 인생을 변명하고 싶은 마음이 없을까만 내 삶을 바라보는 마음의 눈은 여전히 열리지 않는 아픔을 감추기 위해 노력하는 일이 내 삶의 의무일 것 같지만, 할 일이 다소 남아있다는 의도를 앞세워 길을 재촉하고 싶다.

한국 문학의 미래는 몇 가지의 고민을 풀어야 하는 숙제를 안고 있다. 상업주의 오염에 절어진 남한의 문학과 정치적인 홍보물의 하위개념에 전락된 북한의 문학 ─ 문학 본래의 영토로 진입하는 일을 명료하게 정리할 수는 없지만 그런 고민은 투척되어야 할 명제일 것 같다.

침묵의 무게를 견디지 못하고 헝클어버린 말의 질서 앞에서 마냥 부끄럽지만, 아직도 마침표의 행방이 남아있다는 생각으로 문학현상과 대면하고 싶다.

우리 집 햇자락의 따스함에 감사하면서, 출판을 맡아준 국학자료원 정찬용 사장에게도 감사한다.

4333. 12월
저자 삼가

목 차

제3부 정서들의 손짓

제4부 시를 향한 손짓

제 1 부

문학의 퓨전화와 상상

문학의 퓨전화와 대응

1. 다가오는 것들의 표정

21세기라는 이름으로 요란을 떨었던 기억이 잔상을 남기면서 접어진다. 마치 21세기가 되면 무슨 커다란 변화 속에 새로운 출현이 있는 것처럼 해를 맞이했던 인간의 법석은 결국 허황하다는 물거품을 남기고 뒷걸음으로 사라졌다. 여기서 시간이라는 이름으로 인간사를 정리하는 일이 얼마나 허전하고 또 모순에 찬 일인가를 말하는 예가 될 것이다. 왜냐하면 시간이란 인간이 만든 개념일 뿐 해와 달과는 아무런 일도 없고 또 유추할 수 있는 근거조차 없기 때문이다. 편의상 시간을 만들어 사용하는 인간의 관습은 결국 시간의 족쇄에 묶여져서 끌려간다는 증거를 확보한 것이 이른바 밀레니엄이라는 말의 유행이었다. 그러나 이런 유행은 아무런 흔적도 남기지 않고 훌훌히 달아나버린 그 공허의 벼랑에 어제와 같은 해가 동쪽에서 떠오고 있지만 인간은 또 무슨 변명을 찾기 위해 땀을 흘리고 있다. 인간의 속성이란 본시 그런 것이지만……

여기서 문학의 영토는 시간으로 분류하고 나누는 일이 얼마나 무모하고 또 천박한 일인가를 뜻한다. 그렇다고 사건으로의 문학사를 점검하는 것도 모순이지만 시간으로 나누기의 문제를 다소 극복하는 의미를 가질 수 있다는 점에서는 다행일 수 있을 것이다. 왜냐하면 시간적인 구분은 오히려 사건으로의 구분보다 모순의 옷을 덜 입을 수 있고 또 정확도에서 가까울 수 있기 때문이다.

'문학은 문자로 표현된 것'이라는 문학개론에 변화가 없다면 문학에 대한 정의는 당연히 필기도구라는 데 초점을 맞추게 된다. 20세기까지를 굳건하게 지킨 문학의 중심은 펜이었다. 그러나 20세기의 황혼 무렵에는 펜의 위력은 자리를 바꾸는 운명과 동시에 문학의 판도 또한 변화를 시작하게 되었다.

2. 표현의 변화

21세기의 문학을 전망하는 일은 점 집에 가서 점을 쳐보는 일과 다름이 없을 것이다. 다시 말해서 예언이란 결국 O, X의 선택을 구분하는, 둘 중에 하나가 결말이 되기 때문이다. 그렇다면 믿거나 말거나요 설사 맞는다 해도 다시 함정이 발목을 잡는 결과를 벗어날 수 없는 현상의 예언이다. 여기서 21세기를 말한다는 것은 가정법으로 출발해서 예언으로 끝나는 일에 다름이 아닐 것이다.

인간은 일정한 시기 구분을 마련하여 그 안에 어떤 특별한 내용을 담으려는 발상으로 역사라는 이름을 만들었다. 이는 살아왔다는 인간의 득의로운 뜻을 기록하기 위한 일이었지만, 승리자의 기록이 앞 장을 장식하고 패배자의 기록은 항상 승리자를 위한 들러리 역할을 수행했다. 이를 역사라는 이름으로 정리하면서 오늘에 이르렀지만 승리는 항상 순서를 정해 놓지 않고 힘의 균형을 상실할 때면 어김없이 역전 현상을 드러낸다. 20세기에서 21세기라는 밀도 그린 조짐을 보이고 있다.

본인은 인간의 역사를 표현하는 방법을 두 가지로 구분하고 있다. 다시 말해서 서양식으로 말해서 20세기까지는 Pen(Pen의 주 사용자는 남자이고 여기서 파생한 것은 남자의 생식기인 Penis이다)의 역사였다. 이는 권력의 뜻이면서 표현에 절대 수단이었다. 그러나 20세기가 저물어지는 무렵에 나타난 컴퓨터의 출현은 20세기와는 다른 표현의 시대로 접어들었다. 표현 매체의 구분으로 말하면 20세기까지의 펜의 문화를 1세대 표현이라 한다면 컴퓨터 자판의 표현 방법은 2세대라는 말을 사용하고 싶다. 여기서 남자나 여자만의 전유물이 아닌 중성화 혹은 여성화로 기울어지게 된다.

나는 이런 점에서 컴퓨터의 출현 이전과 이후로 문화적인 구분을 주장하는 이유가 있다. 왜냐하면 컴퓨터의 출현은 이전의 문화와는 판이한 — 펜으로의 표기 문화에서 터치의 표현 문화로 변모 — 펜으로 표현한 역사는 무려 2천년이라면 컴퓨터의 출현은 불과 1세기도 못되는 시기에 그 변화는 서양 2천년의 표현 결과를 웃도는 성과를 예측하게 되었기 때문이다. 이는 인간 모든 면에서 변혁을 가져오게 되었고 또 변화의 사이클이 과거 펜으로의 문화 양상과는 판이한 판도를 그리게 되었다. 펜이 명상적이요 사고 중심적이라면 인간 행동의 묘사에 중심을 두게 된다. 아울러 인간 중심으로의 표현이었지만 컴퓨터의 출현은 이같은 과거 문화 양상과는 판이한 인간의 의식구조를 가져오게 되었다는 점이다.

20세기의 12대 발명품의 하나인 컴퓨터의 출현은 1943년이었지만 개인용 PC의 보급은 대학 중퇴생인 스티브 위즈니악과 스티브 잡스가 애플사를 설립하고 캘리포니아 산타클라라의 차고에서 첫 작품 애플 1을 조립한 것은 1976년에 650달러에 고작 200대를 팔았다. 물론 IBM설립자나 다름없는 토마스 왓슨이 수백만 달러나 되는 기계 — "세계 시장에서 컴퓨터 수요는 5대면 족하다"고 잘못 예상한 것은 1948년이었지만, 12만 달러 정도로 살 수 있는 소형 컴퓨터를 만들어 낸 것은 켄 올센이었고 — 올센도 가정집에 컴퓨터를 가지고 있을 이유가 없다고 주장한 것은 1977년이었다. 70년대 말까지 100만대를 돌파했지만 그로부터 20여년 동안 한 가정에 한 대 이상의 컴퓨터를 소유하고 있고 기업의 생산성은 물론 인터넷을 통해 세계를 하나의 공간으로 축소했고 또 의식의 구조를 짧은 싸이클로 묶어버리는 기능을 수행하고 있을 뿐만 아니라 지능형 컴퓨터가 인간의 영역을 커버할 가능성이 언제 우리 앞에 전개되는가의 시간만을 계산하게 되었다.

그렇다면 컴퓨터가 글을 쓰는 시대는? 이런 질문의 답을 위한 기사를 인용함으로써 변화 속에 한국 시의 얼굴을 예상하게 된다.

인터넷이 영화 대본 집필 과정에서 창작의 산고를 없앴다. 컴퓨터를

> 켠 다음 20~30만원 짜리 소프트웨어를 작동시킨다. 프로그램이 시키는
> 순서대로 아이디어를 쳐 넣은 뒤 마우스 클릭 몇 번이면 근사한 시나리
> 오 한 편이 완성된다. 최근 미국 할리우드 기성 작가와 지망생을 막론하
> 고 애용하고 있다는 '영화 대본 소프트웨어'다. ……생략……. 대표적인
> 소프트웨어가 드라마티카. 사용자는 먼저 프로그램이 묻는 총250가지
> 질문에 답한다. 사람이 쓴 답변을 소프트웨어 속 '스토리 엔진'이 가공해
> 낸다. 줄거리 뼈대를 세우고, 등장 인물을 새로 만들거나 삭제한다. 인물
> 의 행동 동기가 타당 한지도 검토한다. 회사측은 "프로그램의 인물 무의
> 식 상태까지 파고든다"면 "작가가 미처 생각지 못한 문제점을 짚어 내고
> 아이디어 샘을 자극한다"고 말한다
>
> —《조선 일보2000.1.11》, 「시나리오 척척 쓰는 SW도 등장」

컴퓨터가 글을 쓴다는 것을 예상한 사람은 별로 없었다. 그러나 이런 예
상은 현실로 다가왔고 또 급속한 진행을 보일 것은 당연한 일이다. 물론 작
가 정신이라는 본질을 어떻게 이해하고 변명할 것인가는 기계에게 물어 볼
방도가 없는데서 인간의 희망이 있을 수밖에 없다는 점이다. 어떻든 시 또
한 컴퓨터가 쓸 수 없다는 부인을 할 수 있는 방도가 묘연하다는데서 시인
들의 임무에 새로운 탈출로가 있어야 한다는 주장이다. 이는 변화의 필 연
속에 존재하고 있다는 것이 문학의 현실성과 연관이 있다는 말이다. 또한
컴퓨터의 발달은 인간의 모든 성향을 바꾸어 놓고 있을 뿐만 아니라 전통적
으로 남자의 영역이 여자 쪽으로 이동하면서 여성이 남자보다 적극적이고
활동적인 양상으로 전개된다. 이는 펜(penis)이라는 파워의 형태에서 자판으
로 이동 한데서 오는 변화이자 모계사회의 형태 변화로 문화의 중심 축이
이동하게 될 것이다. 이는 펜에서 자판으로의 변화 즉 컴퓨터라는 이름에서
맞게 되는 남성 사회의 전통성이 무너지는 형태로 전개될 것이다.

3. 문학 본질의 변화

세계는 점차 하나의 공간으로 자리잡는다는 것은 오늘의 시대적인 특성

과 맞물리고 있다. 인터넷이라는 방도를 통해 시공을 하나의 공간으로 축소한 데서 서양과 동양이라는 개념은 이미 20세기의 낡은 의미로 전락시켰다. 이는 정보화라는 급속한 발전의 파도를 헤쳐가는 눈부신 변화 속에서 문학의 표정이 어떻게 전환할 것인가는 결국 인터넷이라는 축소된 공간에서 변화의 예상을 가져야 한다는 것은 그만큼 지난(至難)한 일이 될 것이다.

 개방적이고 또 포괄적인 마음으로 살아가야 하는 시대를 재촉하는 이유는 오늘의 시대적인 특성과 맞물리고 있기 때문이다. 이는 컴퓨터의 출현이 주는 급박한 변화를 어떻게 수용하는가에 따라 다른 삶의 문제뿐만 아니라 문학의 표현도 달라지기 때문이다. 가령 음악이나 미술에서 퓨전이 실험되고 있다. 그렇다면 문학의 패러다임은 무엇이어야 하는가? 사실 문학은 미술이나 음악의 영향을 많이 받아 오면서 문학의 땅을 비옥하게 만들어 왔다. 이런 징후는 21세기에도 어김없이 진행될 조짐을 보이고 있기 때문이다. 이는 문학이 보수성을 나타내는 일이고 명상적인 특성과 문자라는 표현이 도구로 작용하기 때문이다. 그러나 21세기에도 이런 입장은 확고한 문학의 위치를 점할 것인가. 다시 말해서 이질적인 하이브릿드문화 속에서 문학의 발판은 순종 고수가 아니라 착종 혹은 이종(異種)배합에서 개성을 찾는 시대로 변모하고 있지만 문학의 표정은 아직도 지난 세기의 표정을 짓고 있는 슬픈 모습을 돌아보아야 한다. 지금 컴퓨터의 출현은 인간의 기존 질서를 모조리 변모하는 와중에 어떻게 변모할 것인가를 예언할 수 없는 마치 기계가 인간의 의식을 대행하는 시대로 접어들었기 때문이다. 2000년 1월11일 MBC 텔레비젼의 9시 뉴스는 음악과 미술이 컴퓨터에 의해 이종(異種)의 요소를 하나의 목적으로 합치하여 예술적인 세계를 보여주는 변화의 예를 들려주었다. 그렇다면 문학은 어떻게 받아들여야 할 것인가. 물론 대중 음악에서는 퓨전(Fusion)이라는 말 ― 퓨전 재즈니 음악이라는 용어를 쉽게 들어왔지만 문학의 영토에서는 순정만을 고집하는 보수적인 특성에서 쉽게 문을 열지 못하는 점을 감안한다 하더라도 변화를 위한 속도 조절이 필연적이라는 점을 인정해야만 한다. 마치 구조 조정을 해야만 살아남을 수 있다는 기업의 급박한 현상 ― 문학의 세계는 아직도 잠을 자고 있다는 형상이라는 점이다. 여기서 문학도 퓨전의 길을 걷지 않을 수 없고 순종만을 고집하는 사고로는 예술의 자리에서 밀려나는 운명을 감당하게 될 것이다. 이는 변화에 대응하는 작가나 시인의 정신적 문제요 존재 자체와 연결 될 것이다

1) 과학과 원시 회귀

2000년 3월 2일 미국의 대통령은 자기의 생애에서 가장 득의로운 ― 인간의 유전자 지도를 작성할 수 있는 이른바 Human Genome 프로젝트라 불리는 인간 유전자 해독 작업과 관련, "두 달 안에 인간의 유전자가 완전히 해독됐다는 발표를 할 것이며, 이는 내 생애에 가장 자랑스러운 발표가운데 하나가 될 것"이라는 보도를 접한다. 이런 사실은 인간의 난치병을 치료할 수 있을 뿐만 아니라 인간의 역사를 새롭게 써야 하는 시대로 접어들었다는 사실을 뜻한다. 인간의 탐구가 어디까지 미칠 수 있을까에 대한 예상을 할 수 없는 오늘의 과학 문명 앞에 행복한 안도감을 갖기보다는 차라리 불안하다는 편이 옳은 일인지 모를 일이다. 왜냐하면 인간의 일은 항상 양면의 얼굴을 가지고 있고 또 이런 양면은 항상 밝은 면만 전면에 등장하는 것은 아니기 때문이다. 고도한 과학 메커니즘의 시대에도 점술가의 깃발은 지붕에서 펄럭이고 운명을 알기 위해 고민하는 인간사는 예외가 아닐 것이다. 첨단의 이기(利器)가 인간을 편리하게 할지라도 인간에게 불안의 와중을 떠나지 못하는 것은 유전자 지도나 과학의 수단으로는 해결할 길 없는 또다른 문제가 대두될 수 있을 것이기 때문이다.

아마도 21세기의 입구에서 원시 회귀라는 말을 사용한다는 것은 어리석은 잠꼬대라 말할 것이다. 왜냐하면 극도로 발달한 과학의 극치를 누리는 시대에 원시라는 어휘는 상상으로 접근하기 어려운 일이기 때문이다. 과학의 발달은 필연적으로 분석에서 시작된다. 쪼개고 쪼개는 일이 분자 혹은 원자라는 용어에 옷을 입혀서 더 작아지는 의미를 찾아가는 일이 지금까지의 과학이 만들어 놓은 현상이었다면 21세기의 입구에서는 이런 일에 대한

의문을 설정하는 조짐이 나타나고 있을 뿐만 아니라 — 이는 분석에서 오는 자연 질서의 파괴에 대한 자각을 하기 시작했고 여기서 쪼개는 일에 대한 의문이 점차 확대되면서 부작용의 심각성을 자각하게 되었다. 다시 말해서 분석의 형태를 빌리는 과학은 필연적으로 해체에 대한 임무를 목표에 집중하기 때문에 종합적인 형태에 대한 배려에서는 간과하게 된다. 이런 일은 결국 부메랑이 되어 인간에게 돌아오는 결말은 부작용을 수반하게 된다. 유전자 변형이니 동물 복제에 이어 인간 복제 등의 문제는 인간의 근원을 파악하기 위한 과학적인 시도였지만 이런 일이 인간의 재앙을 수반하는 일로 이어질 것을 염려하는 생각은 이미 현실로 나타나고 있다. 인간의 복제는 신의 창조라는 문제에 접근할 것이고 이는 다시 신을 복제(?)하려는 실험 — 이런 황당한 상상력에 도달하지 말라는 법이 없을 것이다.

　그렇다면 이런 과학 발달의 추세에서 인간의 의식은 행복해지기보다는 절망하였고 또 지금도 절망의 심화는 과학의 발달과는 전혀 상관없이 비참해지는 자각 의식을 갖고 있다, 이런 절망에서 위안을 찾기 위해 인간은 다시 자연을 생각하게 되었고 생명의 고귀함과 경이로움을 생각하는 쪽으로 눈을 돌리고 있다. 다시 말해서 자연과 인간을 과학적 실험 대상으로 생각했던 관점에서 실험할 수 없는 절대의 대상으로 생각하는 경향이 대두되고 있다는 점이다. 여기서 자연의 소중함은 곧 인간의 소중함으로 이해하게 되었고 또 어떤 경우에도 실험의 대상이 될 수 없다는 점에서 「자연」 즉 있는 그대로 바라보는 깨달음이 필요하게 되었다. 이런 징후는 의식의 원시화 혹은 자연에 동화됨으로써 평화와 행복을 터득하는 의식과 상통해진다. 있는 그대로 혹은 과학이라는 이름으로 쪼개거나 더하지 않는 상태야말로 인간이 추구하는 본질에 이를 수 있기 때문이다. 이런 염원은 실현될 수 있다는 개념보다는 오히려 실현해야 할 목표로 설정되었을 때 오히려 건강한 삶을 추구하는 의식의 전환이 될 수 있을 것이다. 인간의 삶에서 과학적 사고를 폐기하거나 덮어둘 수는 없는 일이기 때문이다.

　인간사가 변하는데 문학의 땅은 안주할 것인가? 이런 물음은 어리석은 일이다. 왜냐하면 문학은 오직 인간을 표현하기에 변화하는 인간을 버리고 따로 놀 수 있는 문학의 땅은 존재하지 않기 때문이다.

21세기 문학의 전망이라는 거창한 요구에 답할 수 있는 안목의 예언가는 없을 것이다. 왜냐하면 앞으로 10년이나 100년이라는 미래의 단위는 너무 급속하게 변모할 것이고 또 그 변모는 전혀 예측할 수 없는 속도감을 갖고 있는 것이 현대의 특성이기 때문이다. 다만 변화의 조짐을 어떻게 예상할 수 있을 것인가의 축소된 개념을 정리하는 수준에 이를 뿐이라는 점을 말하고 싶다.

시는 지금까지 문학 장르의 앞자리에 있었지만 앞으로도 그럴 것인가? 나는 이 의문 앞에서 「아닐 것이다」라는 말을 단호하게 쓴다. 그 이유를 증명하기 위해 논지의 길을 서두른다

4. 문학의 Fusion화

앞에서 문화 예술의 퓨전화를 언급했지만 문학의 땅도 이런 변화에 홀로 독야청청을 고수할 수 있다는 가정은 성립할 수 없는 일이다. 여기서 문학의 퓨전화라는 말이 미래를 위한 방법으로 대두된다. 결론부터 말한다면 문학이 장르라는 구분을 충실하게 지켜 왔지만 앞으로의 문학은 그런 형대의 집착이나 고수가 아니라 비빔밥식 혹은 모든 장르가 혼합된 퓨전화의 문학이 될 것이라는 점이다. 시 또한 전통적인 양태에서 이런 와해 혹은 변화를 절감해야 한다는 것은 시의 모독이자 시의 파괴라는 점에서 시인들은 우울할 것이다. 이는 시적인 패러다임의 변혁이고 이 변혁은 곧 시인들의 자리가 없어지면서 통칭되는 「문학인」이라는 용어로 대체될 것 같다. 그렇다면 그 증거를 앞세우는 논리는 무엇이라야 쉽게 납득할 수 있을 것인가?

어느 백화점에는 4층이란 말 대신에 유니섹스란 말을 쓰고 있다. 물론 이 말의 어원은 남녀 공용의 옷을 취급한다는 말이지만 상징성은 충분한 것 같다. 또한 전통적으로 남자와 여자라는 구분은 재래적인 관념으로 볼 때, 확연

했고 명백하게 구분했기 때문이다. 왜 남녀 공용이라는 말을 써야 했을까는 오늘의 문화를 살아가는 사람에게는 어려운 구분이 아니다. 가령 나이 많은 사람들은 이발소를 가야 하는 걸로 알았지만 요즘의 젊은 사람들은 이발소 대신에 미장원에 간다는 사실도 우리 곁에서 변화를 실감하는 일이고 머리 모양도 이미 남녀를 구분하기 어려운 현상으로 변화했다. 전통적인 것이 무너지는 자리에 이미 혼합 혹은 혼용의 조화만이 자리잡고 있는 것이다.

그렇다면 문학이란 인간을 떠나서 표현의 문제를 제기할 길이 없다는 것은 잘 아는 문제이기에 표현의 전통적인 문제도 무너지고 있다는 사실도 간과할 수 없는 일이다. 또한 전통적으로 예술은 개인이 하는 걸로 알았지만 이미 인터넷에서는 집체창작이라는 형태로 시험의 문을 지나고 있다는 점도 변화의 조짐일 것이다. 나는 이런 현상을 퓨전화 문학 — 영상과 미술과 기계의 혼합으로 이루어진 문학의 변화가 시작되고 있다.

그렇다면 전통적으로 시와 소설 그리고 수필과 평론, 희곡이라는 구분의 형태가 앞으로도 지속될 것인가라는 점을 떠올리게 된다. 여기에 대답은 「아니다」라는 쪽으로 고개를 돌리게 된다는 말은 모두(冒頭)에서 피력했다. 다시 말해서 문학은 장르 구분이 모호해지면서 「어떤화」라는 추상적인 단계로 접어들게 된다. 이런 근거는 「문학은 현실을 반영한다」는 아리스토텔레스의 주장 이후 인간의 생활과 삶과의 관계는 변함없는 현상으로 유지되어 왔다. 또한 문학을 컴퓨터가 창작하는 시대가 온다 하더라도 변함이 없을 것이란 점에서 예상의 근거를 마련할 수 있을 것이다. 왜냐하면 컴퓨터가 인간의 지능을 갖고 사고를 한다 해도 결국은 인간이 조정하고 입력하지 않으면 그것은 기계라는 싸늘한 체온을 갖고 있는 덩어리이기 때문이다. 현실을 살아가는 사람만이 문학을 창조할 수 있고 또 그런 사람에 의해서 사상 — 여기에 다른 감수성을 미적으로 조합할 수 있는 소프트웨어를 조작할 수 있기 때문이다.

5. 문학의 [어떤화]

변화를 말한다는 것은 구체적인 상황을 만들기 위한 예측일 것이다. 그러나 그 변화가 현실로 나타나기 전까지는 항상 모호하고 추상적인 형태로 모습을 드러낸다면 문학도 시와 소설과 평론 그리고 수필이 합해져서 「어떤화」로 변모된다는 점이 미래의 문학적인 모습이라 말할 수 있다. 앞에서 언급한 바와 같이 성의 구분이 모호해지는 것 같이 미래의 사회는 시와 소설이라는 구분보다는 이들이 합해져서 나타나는 현상을 나는 ― 수필화 ― 혹은 그런 양만큼의 형식적인 한계와 내용에서도 엄격한 격식을 떠난 자유화의 길이로 변모할 것이다. 여기에는 매우 모호한 구분의 애매성을 간파하는 일이 우선일 것이다. 그렇더라도 애매성에는 거기에 따르는 문제를 항상 내포하고 있고 또 그런 애매성을 구분하는 일정한 절차는 있어야 한다. 아무리 모호라는 의복을 입었다 하더라도 명백하게 정리되는 현상 ― 나는 이를 존재의 원리라는 이름으로 명한다. 존재라는 현상은 어떤 구분을 가능하게 하지만 정작 존재를 이끌어 가는 데서 섞어지는 일이 인간사의 일이기 때문이다. 섞어진다는 말은 앞에서 말한 퓨전이라는 말도 적용되겠지만 이와는 달리 구분의 명료화 또는 남자와 여자라는 성의 구분을 지을 필요는 있다. 이런 본질은 가령 낮과 밤이라는 구분을 아무리 섞어 놓는다 하더라도 낮은 낮이요 밤은 밤이라는 명백성을 혼동할 수 있을 것인가? 여기서 「어떤화」라는 말은 결국 양적으로는 혼합되어 애매하더라도 질적인 문제에서는 확실한 자태로 정리된다는 점이다. 그렇다면 어떤의 표정은 어떻게 될 것인가라는 의문이 설정된다.

한 가지 명백한 것은 수필화라는 점이다 이는 형태에서 수필화요 내용에서 수필적인 현상이다. 다시 말해서 형태에서는 10여 매의 길이 ― 현대인에게 긴장을 견디는 감정의 처리요 내용에서는 주제의 명확한 표정을 연출하는 점에서 수필화라는 말을 쓰는 이유가 있다. 나는 이런 현상을 「어떤화」라는 말로 정리한다. 이는 현대인의 특성이 조급하고 또 컴퓨터에 길들여진 인간의 심정을 문학의 감수성으로 전달하는 방법에서 길이와 내용의 변화를 재촉하는 이유가 될 것이기 때문이다. 이런 모든 이유의 근저(根柢)는 시대의 변화 즉 삶의 변화가 농경 사회에서 정보화라는 스피드로 살아가는 데서 얻어진 인간 심성의 변화를 문학이 수용하는 절차라는 점이다. 인간의 삶의 변화에 따른 문학의 변화는 결국 명상적인 혹은 철학의 깊이와는 무관한 그리고 영상 매체에 의해 사고가 형성된 현대인에게 과거의 문학적인 형태가 납득할 수 없다는 것은 명백한 가정이기 때문이다. 여기서 길이와 내용의 입체성이 아니라 단순화 혹은 일과성에 길들여진 심성에 상상력을 돋구어 줄 문학의 역할이 증대될 것이다.

문학환경학과 문학생태학

1. 인간과 문학 그리고 자연

인간은 사회의 변화에 반응하는 한편 변화를 주도하는 양면적인 역할을 수행한다. 물론 두 가지의 경우가 동시 혹은 별개로 영향을 받을 수도 있지만 일단의 반응을 주요한 대상으로 설정한다. 인간에게 적합한 환경인 경우에는 깊은 관심을 갖지 않지만 열악한 환경에서는 즉각 반응 — 개선을 위한 조치를 강구하는 절차를 생각하고 토의한다. 각종 환경 오염이 피부로 다가온다고 느낄 때, 위험에 대비한 반응 — 노래를 부르면서 그 중요성을 거론하는 글들을 쓰기 시작한다.

한국 문학사에서 1990년대 후반에 와서 환경에 대한 단편적인 거론은 시작되었다. 물론 이런 조짐은 서구 쪽에서 비롯된 현상이었지만 우리에게 피부로 다가온 것은 각종 매연, 일산화탄소의 증가와 쓰레기 그리고 공기 오염이나 오존층의 파괴 등 환경에 대한 위험 지수의 증기와 함께 인건 보호를 위한 깨달음이 고조되는 것과 더불어 표현의 필요성을 나타내는 징후가 전면으로 대두되게 되었다.

문학과 환경문제를 생태 — Ecology로 바라보는 현상이 90년대 후반부터 다음 세기에 걸쳐 주요한 문학의 이슈가 될 것 같다.[1] 여기에는 한국 문학의 새로운 관심 분야로 정착될 소지는 주로 사회 환경적인 문제가 관심을 재촉하는데서 근거를 찾을 수 있을 것이다.

문학의 생태라는 말에는 두 가지의 의미가 내포된다. 문학을 하나의 유기

---

1) 졸저『문학 생태학』(새미.1997.7)에서 환경문제에 따른 문학의 반영과 문학 자체에서 생로병사의 단계를 가졌다는 가정을 생태라는 개념으로 분석한 바 있음.

체로 인식하고, 문학 자체의 오염 환경(주로 표현의 저속성) 문제를 거론하는 것과 인간이 살아가는 환경이 파괴됨으로써 문학에 어떻게 반영되는가를 작품으로 비평하고 북돋우는 형태가 있을 수 있다. 주로 문학의 환경과 문학의 결합 문제를 거론하는 점은 후자 쪽에 집중되고 있다. 여기서 명백하게 구분해야 하는 점 — 전통적으로 동양 사회에서는 자연과 인간의 관계를 밀접하게 생각하고 상호 교접하는 조화에 초점을 두었던 자연 애호사상으로 돌아가야 하는 가라는 점이다. 다시 말해서 서양의 역사인 과학 만능의 폐해에서 오늘의 환경 위기를 초래하는 동인(動因)을 제공했다면, 그 반대인 동양사상의 본질로 돌아가야 하는가의 의문에 답해야 한다는 점이다.

작금에 와서 인간의 위기를 거론하는 주요 이슈가 환경문제로 집약된다, 예를 들면 물 좋고 산 좋았던 금수강산의 물도 마음놓고 마실 수 없는 오늘의 현실이나 한강 물도 5년이 경과하면 정화 기능을 완전히 상실하여 오물로 변할거라는 우려, 이 상태로 10년이 가면 도시는 유독가스로 가득찬 공기를 마시게 될 것이고, 공기를 맑게 해주는 숲과 녹지가 러브 호텔, 음식점의 대명사가 된 가든이 무분별한 개발로 죽어 가기 때문이다. 또한 이대로 20년이 경과하면 쓰레기로 전국이 묻히게 된다는 우려는 이제 남의 일이 아니다. 이미 환경문제는 개인의 단계를 넘어 전 인류의 문제로 확대되었다.

지식인들이 문명의 위기를 거론하는 것은 오늘의 문제가 아니다. 리즈맨, 머튼, 슈팽글러 등 서구 학자들 사이에서 분석된 아노미 퍼스낼리티 즉 서구 사회의 해체를 거론하는 시발도 과학의 발달에서 얻어진 위기를 예언하는 말들로 집약된다.

해체에는 ① 마약, 자살, 범죄, 섹스 범람에서 오는 <개인 해체>와 ② 별거, 이혼, 동성애, 부부교환, 자녀반항 등의 <가족 해체>, ③ 불복종, 임금투쟁, 무고, 모략, 사제지간의 파탄 등의 <직장 해체>, ④ 유괴 시설물 폭파, 빈민가 청소년 범죄 등의 <지역 해체>, ⑤ 기성 모랄의 거부, 노소전쟁, 남녀전쟁, 다수결원리의 거부, 게릴라의 출몰 등에서 볼

　수 있는 <제도 관습의 해체>가 있다.[2]

　주로 서구의 해체는 그들이 신봉했던 과학 만능과 물질 우선의 사고에서 비롯된 원인이지만 이런 원인이 동양 사회에 지대한 영향을 끼친 세기로부터 과학 편리의 대가를 치르는 일이 시작되었다. 이는 전통적인 동양의 미덕이 개선의 중심이 되었고 여기서 갈등과 반목의 소용돌이가 진행되었다. 과학은 분석이고 해체를 조장하는데서 논리를 앞세우게 된다. 그러나 동양 사회는 전통적으로 서구와는 완전히 다른 문화의 출구를 가지고 있었기에 둘의 결합은 갈등을 잉태하는 수순을 밟게 되었다. 여기서 앞에서 언급한 해체는 결국 좌절의 지수 — the Level of Frustration — 사회 병리 현상의 지표인 아노미 지수를 만들게 되었다. 현대의 특성은 모든 분야의 대상이 해체라는 혁명의 도구가 됨으로써 가치의 붕괴 현상을 가져오게 되었다. 물론 붕괴에서 어떤 대안을 마련하면 좋은 결과를 예상할 수도 있지만 목적 없는 파괴와 부정의 시대를 연출하는데서 현대의 위기는 시작되는 이유가 된다. 이는 서구의 위기가 아니라 곧 우리의 위기로 전염되었고 또 이런 현상이 급속한 기류를 타고 진행되고 있다는 점이다. 인구 1000명당 이혼 2건으로 1999년에 불란서나 일본을 앞질렀다는 이혼율의 급증, 블랙보드 쟝글을 능가하는 학생들이 무례한 일들은 동양의 전통을 일거에 무너뜨린 바, 이는 사회를 민감하게 반영한 현상이 우리 앞에 다가왔다. 그렇다면 이런 사회병리 현상은 치유의 전망이 있는가 혹은 그런 희망의 공간이 어디에 있는가를 염려하게 된다. 이런 해체 현상을 수반하여 질서 사회에서 무질서의 공간으로 이동하지만 이내 새로운 질서를 구축하고 찾으려는 노력이 인간사의 이치이고 자연의 이치라면 희망은 여기서 잉태하게 된다. 이런 근거 위에서 인간의 절망을 깨우치고 예언하는 기능 — 문학을 생태 — 유기체의 관점으로 체온을 나누는 생명 연장의 근거를 모색해야 한다.

---

2) 주관중, 『질학사상』(성아.1981.6) P.59.

자연은 항상 복원력을 갖는 특성을 갖고 있다. 쓰레기더미로 만들어진 난지도에 꽃들이 피고 나무가 자라고 열매가 맺는다면 이는 인간으로 생각하기 어려운 무서운 복원력을 증명한다. 그렇다면 자연을 파괴하고 죽이는 일을 일삼는 인간의 손길이 멈춘다면 피폐해진 자연은 금방 새로운 영토로 탈바꿈할 꿈은 먼 것이 아니다.

문학의 토양은 작가나 시인이 살고 있는 사회를 벗어나는 것이 아니라 오로지 사회 속에서 문학의 시발이 이루어진다는 점에서 시대의 온도계가 될 수 있다. 이는 시대마다 다른 표정 — 가령 김소월의 <진달래꽃>은 1920년대의 표정이 들어 있고, <죄와벌>은 당시대 러시아의 표정을 반영했다는 점에서 작가와 시인의 삶이 용해 혹은 투영되었다. 그렇다면 오늘의 문학적 표정은 어떤 모습인가?

한국 문학은 외래 지향이나 유행병에 매달리는 민감한 특성을 가지고 있다. 특히 서양의 흐름에 지식을 동원하는 경향이 한국 문학 초창기부터 일방적인 현상이었다면 이런 징후는 100여년이 지난 지금에도 변함없는 현상으로 나타나는 고질병이다. 1980년대 알맹이 없는 민중타령에 모조리 오염되었던 현상을 위시해서, 모더니즘이 들어오면 온통 문학의 이론은 모더니즘이라는 말로 도배를 했고, 현상학이 오면 거기에 맞추는 합창곡, 포스트모더니즘의 유행이 지나면 그런 이론에 발맞추는 행진을 익숙하게 보아 왔다. 이는 비전의 결핍을 나타내는 그리고 몰개성의 휩쓸려 가기 혹은 함정 빠지기의 특성과 같았다.

90년대 이후 나타난 현상은 문학과 환경을 거론하는 말들이 많아졌으나, 필연적인 현상을 간과하는 일과성 유행이어서는 안될 것이다. 왜냐하면 생존의 위협 혹은 인간 생명의 위험을 문학의 땅이 외면해서는 입지가 없기 때문이다.

2. 새로운 이데올로기를 위해

공산 이데올로기는 이론상으로 볼 때 민주주의라는 개념보다 훨씬 매력적인 용어이지만 실제로 욕망(慾望)을 부추기는 데는 민주주의의 매력을 따라가지 못하는데서 공산주의는 인류사에서 문을 닫아야 하는 운명으로 전락했다. 그렇다면 백성의 가치는 食而爲天이라는 경제 문제로 집약될 때, 민주주의는 욕망의 팽창을 위해 주야불식 노력을 투척하는 점에서 공산주의는 따라갈 수 없는 차이를 낳았다. 이런 승패는 인류사에 새로운 이념의 질서를 구축할 필요가 태동되었으니, 경제와 환경과 문화라는 세 개의 용어가 자리잡게 된다. 다시 말해서 이것들은 개별적으로 독립된 가치를 가지면서 아울러 종합적으로 작용하는 국가의 중추적인 현안 — 이데올로기로 정착되게 되었다.

경제는 국민을 넉넉하게 먹고사는 문제를 해결하는 점에서 우선 순위에 들게 된다면 자급자족의 협소한 개념이 아니라 인터내셔널에서 내셔널의 방향으로 특성을 삼을 수 있게 된다. 즉 국내에서 물건을 만들어 해외에 팔아 이윤을 극대화할 때 경제적 가치는 빛을 발하게 된다. 국가라는 기구는 본질적으로 국민을 안락하게 먹이고 입히는 제도를 어떻게 능률적으로 운용할 수 있는가의 요긴은 결국 경제라는 형태 — 여기서 공산이니 민주니의 이데올로기조차 와해되는 상황을 빚게 되었다.

두 번째는 환경 이데올로기의 대두다. 아마도 환경문제의 관심은 80년대 후반에 와서 급속하게 중요성의 앞자리를 차지하게 되었다면 이는 산업 사회와 메커니즘에서 빚어지는 필연적인 결과가 되었다. 무한정으로 배출되는 쓰레기의 홍수와 자동차에서 뿜어져 나오는 일산화탄소로 빚어지는 공기의 오염과 공장에서 배출되는 오수와 폐수의 문제는 이미 처리해야 할 인류의 중요 관심사로 대두되었기 때문이다. 이런 발상은 결국 내셔널의 국지적인 관심을 넘어 인류의 공통적인 현안으로 대두되었다. 가령 중국이 급속하게 산업화를 이루어 가는 와중에 어느 새 우리와 밀접한 황해가 썩어 가

고, 연안에는 적조현상이 빈번하다는 보도는 비단 중국과 우리만의 문제가
아니라 인류의 재앙으로 확대되는 개념으로 진전된다. 더구나 공기의 오염
은 일정한 지역만의 문제가 아니고 지구라는 인류의 귀중한 공간을 멸망으
로 변하게 하는 요인으로 작용할 뿐만 아니라 물의 오염은 더욱 심각한 미
래를 예측하게 한다.1998년 8월의 홍수, 99년 8월의 게릴라성 호우 등 엘니
뇨로 인해 기상 이변이 지구의 곳곳에서 재앙으로 아우성이었다.

　인간이 깨끗한 물과 신선한 공기를 마신다는 것은 생존의 본질이고 가장
시급한 문제의 핵심이 될 수 있다. 가령 한 끼니를 굶어도 되지만 공기와 물
을 마시지 못하고는 존재 자체가 불가능할 수밖에 없다. 여기서 환경 이데올
로기는 인터내셔널의 본질로 자리잡게 되면서 공통의 관심사로 다가온다.

　여기서 문학도 생태학적인 현상과 떨어질 수 없는 해결의 과제로 인간에
게 던져진 것이 90년대의 후반에 와서 관심의 현안이 되었다. 이런 관심은
앞으로 급속하게 확산될 것 — 인간의 중요 관심사는 곧 문학의 표현 대상
이자 해결해야 할 문제로 다가오기 때문이다. 문학 표현의 대상도 전통적인
것 혹은 민족적인 개념에서 세계를 대상으로 하는 표현의 시야가 넓어지게
되었다. 이를 뒷받침하는 또다른 현상은 정보화 사회라는 인터넷의 바다가
국가적인 경계에서 이미 우주를 하나의 단위로 변모시킨 사항도 표현의 영
역을 확대하는 요소가 된다.

　세 번째는 문화 이데올로기 — 현대는 단순히 물건을 파는 시대가 아니라
예술을 파는 시대라는 것은 두 말할 나위가 없다. 가령 밥을 먹을 수 있는
단순한 식탁에 예술적인 디자인이나 도안을 가미함으로써 그 부가가치는
높아질 수밖에 없다는 점에서 예술 문화는 현대와 미래를 연결하는 중대한
관심사가 될 뿐만 아니라 국가경제와 생활에 활력을 주는 요인으로 작용하
게 된다. 물론 예술 문화는 본질이 개방적인 성질을 띠기 때문에 또한 인터
내셔널이라는 속성에 쉽게 수용될 수 있다. 결국 이 셋의 상관은 때로 독자
적이고 또 종합적인 상관으로 이어지면서 국가 경영의 요체로 자리잡게 된
다. 아울러 인간을 위한 바탕이 중심을 이룬다는 점에서 생명의 존귀함을

깨우치는 일이며 인간 체온을 나누는 문학으로의 진로를 설정해야 할 필요가 대두되는 이유를 말하기 위한 예가 된다.

3. 자연과 문학의 고리

앞에서 언급한 경제와 환경과 예술은 곧 국가의 미래를 어떻게 운영할 수 있는가를 좌우하는 요체가 된다는 점에서 새로운 이데올로기라는 개념이 탄생된다. 물론 이 셋의 개념은 항상 밀접성으로 연결되면서 때로는 별개의 작용을 갖는다는 점에서 이질성일 수도 있다. 그러나 셋의 이데올로기 중에서 가장 중요한 것은 환경문제가 된다는 것은 두 말할 나위가 없다. 이런 발상에서 본인은 졸저『문학 생태학』을 상재한 이유도 문학과 인간의 환경문제가 본질로 대두될 수밖에 없는 시대적 상황을 직시하기 위함이다.

그렇다면 문학은 환경을 어떻게 수용하면서 또 정리해야 하는 가는 이제부터의 과제가 될 수밖에 없다. 두 가지의 인용으로부터 논지를 새롭게 하려 한다.

> 문학 생태학이란 말은 아직 사전에도 없고 또 학자들 사이에서 널리 통용되고 있지도 않다. 그럼에도 불구하고 그것은 지금 작가들괴 비평가들 사이에 점점 절박한 문제로 인식되고 있다. 거리에서 집안에서, 도시에서 또는 농촌에서, 우리는 우리의 생활 환경과 주거 공간이 급속도로 파괴되어 가고 있는 것을 바라보며 살고 있다. 그리고 그와 같은 상황 속에서 우리는 우리의 정신 건강 또한 급속도로 붕괴되어 가고 있는 것을 느끼며 살고 있다. 대기 오염과 수질 공해는 이미 우리 목숨을 위협하고 있으며, 물신주의와 이기주의는 이미 우리 사회의 근본을 흔들어 놓고 있다.
>
> ― 김성곤 <문학의 생태학을 위하여>

1990년에 쓴 위의 글은 아마도 우리 주변에 환경문제를 거론하면서 문학이 생태 쪽에 관심을 가져야 한다는 최초의 발성으로 보인다. 물론 이런 발상은 1866년 에른스트 헤켈이 「환경에 관한 유기체에 관련한 총체적인 학문」 이후 환경과 생명체의 관계 규명은 시작되었지만 정작 산업 사회의 폐해가 피부에 닿기 시작한 이후 자연 환경의 문제를 심각하게 숙고하게 되었고 더불어 자칫하면 인간 존재가 파멸에 이를 수 있다는 자각을 갖게 되었다. 다시 말해서 인간이 편리를 위해 노력한 과학 만능의 메커니즘은 결국 인간을 옭죄어오는 부메랑의 비극이라는 인식을 갖기 시작한 이후 생태의 파괴는 인간에게 위협의 수준으로 감지되고 있다는 점이다. 어떻든 도시나 농촌이나 어디를 막론하고 인간이 머무는 곳은 생태계를 위협하는 양상이 전개되고 있다. 이런 위협은 인간의 오만을 제어하는 쪽에 초점이 맞추어져야 할 것이지만 자연을 정복하고 개조하여 인간을 이롭게 하려는 F.Bacon 이후 자연 파괴를 과학이라 생각했던 서양식 사고의 문제를 무비판적으로 받아들인 ─ 자연 조화의 외경이 무너진 결말이 우리 앞에 무서운 속도로 다가오고 있음을 이제야 느끼게 되었다. 자연과 인간의 분리가 얼마나 비극인가를 깨닫게 되었을 때 이미 자연은 우리 곁에서 치유 불능으로 신음하고 있기 때문이다.

 서양의 자연관은 인간이 자연에 대해 얼마나 위력이 있는가를 시험하는 데서 출발했고, 동양은 인간이 얼마나 자연을 사랑하는가의 발상에서 시작되었다. 이는 결국 생태학의 차이를 마련했고 ─ 육식 문화의 서양은 대상을 적으로 생각하는 문화 ─ 초식 문화의 동양은 결국 자연 친화에서 삶의 근본을 맡기려는 발상으로 근본이 달랐지만 결국 서양 문화에 먹히운 꼴이 황폐화를 부추기는 위협의 원인이 되었다. 이런 위협에 대해 새로운 대책을 강구한 것은 동양 학자들이 아니라 서양의 학자들이었다는 것도 특기할 만한 문제 제기일 것이다.

 모든 문학의 영역은 결국 생태학이라는 영역으로부터 관찰과 묘사에 이르기까지 추상성이거나 현실성의 사이를 왕래하면서 문자로부터 생명력을 얻어야 한다. 살아 움직이는 자연현상과 여기에서 삶을 이어가는 인간과의 연결은 곧 문학 생태학의 근원을 형성하는 환경 모태가 된다.
인간은 환경을 떠나서는 존재 자체가 무의미하다는 발상 ― 지금까지의
자연현상을 새로운 눈으로 바라보아야 하고 가슴으로 느껴야 할 대상으
로 다가온다. 결코 정복이나 버려두어야 할 대상이 아니다.

―졸저, 『문학 생태학』

문학은 곧 인간학이고 인간은 자연 속에서 존재를 구성하게 된다. 자연과
인간은 어떤 일이 있어도 분리되는 것이 아니라 동화되었을 때 존재 추구는
안락을 얻을 수 있다. 여기서 자연과 문학 또한 상호관계를 어떻게 유지하
면서 표현으로 승화하는가에 중심을 두어야 한다는 발상이다. 이제 모든 국
가는 얼마나 잘사는가의 경쟁이 아니라 어떻게 자연을 아름답게 유지하고
보존하는가에 관심을 집중할 때 삶의 원리가 주어져야 하는데서 문학과 생
태학(Ecology)의 관계가 대두된다.

자연은 인간에게 위안을 제공한다는 말은 특이한 뜻만은 아닐 것이다. 편
리를 추구하는 과학 만능은 오늘의 위협을 불러왔다면 ― 자연은 편리와는
상관이 없지만 아름다움과 안락을 제공하는 점에서 인간은 자연 속에의 존
재가 되어야 한다.

한국의 현대시는 이미 자연을 이렇게 친화적으로 수용힐 것인가를 최근
에 많은 시인들이 시도하고 있다. 나는 이런 현상에서 앞으로 한국 시의 진
로가 자연을 노래하는 「신자연현상」으로 집중될 거라는 단언을 하고 있다.
편리와 합리와 정치(精緻)함에 이미 피곤하고 식상한 것이 현대인이다. 여기
서 자연으로 돌아가는 것은 노동의 귀중함을 알지 못하고는 풀 한 포기의
의미도 깨닫지 못하고 다시 도시의 낙오자로 전락하게 된다. 편리를 추구하
기 위해 자연 앞에 군림하는 오만성을 버리고 겸손으로 새롭게 만나는 점에
서 신자연현상은 단순한 자연과의 조우와는 상당히 다를 것이다. 다시 말해
서 자연의 순수함을 보지(保持)하려는 노력과 과학의 편리가 결코 자연을
훼손하지 않으려는 인간의 자각이 덧붙여진다면 원시 상태가 아닌 또다른

친근미의 자연이 인간 앞에 마주하게 될 것이라는 의미이다. 바라보면서 노래하는 자연이 아니라 땀을 흘리면서 심고 가꾸면서 동화되는 자연을 뜻한다.

4. 자연 철학과 한국 문학

서양의 문화와 동양의 문화적인 차이는 익히 알려진 바다. 서양의 문화는 해양의 도시 중심으로 출발했다. 이는 서양의 사상이 선(線)위주의 기하학적인 현상을 뜻한다면 동양은 땅의 농경 문화 — 원으로의 포괄적인 차이를 갖는다.

시조의 대부분이 자연현상과 인간의 도덕을 전면에 내세우고 있는 것도 모두 동양사상의 근저를 문학으로 표출한 특성을 가지고 있다면, 이는 곧 삶의 원형을 문학이라는 형태로 나타낸 의도일 것이다. 한글에 天地人 삼재의 원리나 5音 5行 5時 5方位 등의 이름들은 곧 자연의 이름을 모아 놓은 것이나 오장6부 등 우주의 개념과 인간의 신체 구조를 자연현상에 일치시킨 사상은 곧 동양문화의 원형을 뜻하는 명칭으로 삶의 모두를 여기에 집중하면서 사상을 형성했다.

<춘향전>에서의 원형은 한국인의 사상 — 밤과 낮으로 명확하게 구분되는 자연의 원리에서 설명되어지는 — 선택의 여지보다는 차라리 죽음으로 삶을 선택한 춘향의 행복이나 불사이군의 뜻으로 생을 마감한 정몽주를 여전히 도덕가치의 정점으로 생각하는 일들은 비단 문학만의 현상은 아닐 것이다. 자연의 본성을 거슬려서는 인간으로 존재할 수 없다는 사상은 곧 한국 문학의 원형을 이루는 요소가 되었으니, 이의 줄기는 농경 문화를 바탕으로 출발한 동양문화는 계급적인 사회를 형성했고 이는 배반 없는 절대 헌신의 결과를 최상의 가치로 삼는다. 한용운의 <님의 침묵>에 "님은 갔습니다. 아아 사랑하는 나의 님은 갔습니다 ……. 아아 님은 갔지만 나는 님을 보내지 아니하였습니다." 중 실제로는 不在하지만 결코 이를 인정하지 않으

려는 사랑은 곧 영원을 지향하는 일체화의 목표, 곧 생명을 버리고 얻는 좌표이기 때문에 죽음이라는 마지막조차도 영원의 이름으로 바뀌는 계기를 형성하게 된다. 결국 한국인의 삶은 현세뿐만 아니라 내세까지도 연결되는 인자가 절대 요소인 가치를 떠나서는 존재할 수 없다는 사상에서 연원하는 것 같다. 인간과 자연의 조화는 문화 가치의 일정한 축(軸)을 이루었고 「우리」 사상의 원형으로 처리하고 있을 뿐이다. 즉 「우리」의 중심축은 항상 자연과 인간의 조화를 본질로 이룩한 사상이다.

한국 문학은 갑오개혁 이후 서양화에 모든 가치를 접목하는데 시간을 투척했다면 이로부터 1세기가 경과한 지금에 문학은 국적을 상실한 형태 — 서구 형식에 우리 내용을 비빔밥식으로 혼합한 점이 없었는가를 반성할 필요가 여전히 유효할 것이다. 다시 말해서 「우리」를 상실하고 1인칭 문화에 중독 되었다는 뜻으로 이는 전통적인 특성이 상실된 바탕 위에 세워진 이상한 건물과 같은 모양새가 오늘의 한국 문학이라면 21세기의 문학은 개성을 확립하면서 우리의 문학적 표정을 연출해야 한다는 점이 주요한 이슈가 되어야 한다.

문학의 표현은 민족의 정신적인 축(軸)을 중심으로 전개되어야 한다. 축은 곧 우리의 원형이고 이 원형은 새로운 문화를 받아들일 때 혼란함이 없이 수용하면서 용해하는 바탕을 만들 수 있는 인자가 되기 때문이다. 정신의 중심축을 갖지 않을 때 개성의 혼란은 곧 존재의 혼란으로 이어질 공산은 크다. 정신 원형 형성에 가장 중심을 끼친 자연으로의 길찾기는 오늘의 이데올로기의 중심을 이루는 일과 같다. 자연 파괴와 공기의 오염 그리고 황폐화한 도시 조건 아래서 민족의 원형을 되찾는 일은 곧 카오스에서 질서를 찾는 일 — 자연으로의 길을 찾아 나서는 일이다. 21세기의 정보화 사회의 급속한 변화에 정신의 축을 이루는 것은 곧 생존의 원리와 다름이 없다는 점이다.

1) 전원으로의 귀환

인류사는 복잡에서 단순 혹은 단순에서 복잡을 순환하는 형태로 진행한다. 20세기말까지의 문화는 복잡을 향하는 고도한 과학메카니즘의 시대였다. 현대를 리모컨의 시대 — 지금까지의 리모컨의 형태는 여러 기능을 나열하는 형식이었다면 이는 과학을 최대로 이용하는 기능을 뽐내는 형태에서 점차 이런 기능을 소화하고 사용하는 사람은 없을 것이다. 여기서 다시 단순한 기능을 선호하는 쪽으로 옮아가게 된다. 또한 도시적인 형태는 과학과 편리라는 요구에 부응하는 쪽에서 점차 탈도시의 심리적인 인간의 마음이 도시에서 전원으로의 귀환을 서두르는 최근의 현상 — 예술인들이 편리하고 안락한 도시를 떠나 시골로 돌아가는 심리적인 상태에서 생태적인 발견 이는 문화의 발달에 따른 인간 생존의 노래 쪽으로 변하게 된다.

시의 표현도 이런 추세를 이미 반영하는 작품들이 비중을 갖고 있다. 생명 의식의 고취라는 점에서 Vital Art라는 현상이 힘을 얻을 것이다. 이점에서 생태학적인 문학의 관심 — 결국 전원으로의 귀환을 서두르는 작품들이 우세할 것이고 이런 징후는 이미 진행되고 있다.

2) 자연과 인간의 균형

자연 생태는 인간의 손길이 닿는 곳에서는 어김없이 진행되고 있다. 다시 말해서 인간의 편리와 생산의 증대를 위해 필연적으로 자연의 일부를 훼손해야만 하는 점에서 자연은 곧 인간에 의해 변형되는 도정을 되풀이하고 있다. 그러나 자연은 복원력으로 돌아가는 길을 재촉하지만 되풀이되는 인간의 파괴력은 무한 반복으로 다가온다. 자연의 복원탄력과 인간의 훼손의 정도가 균형을 이루면 파괴의 위력을 발하지만 복원력에 못 미치는 경우가 되면 자연의 상태는 양호한 환경을 이룩하게 된다. 그러나 유감스럽게도 인간의 손길은 훨씬 빠른 속도로 자연과의 균형을 파괴하는 속도를 갖고 있다. 편리를 위한 과학적인 발명들은 하나같이 자연의 상태를 위험으로 만들었고—자동차를 위시해서 냉장고 또는 에어콘, 아스팔트 등 우리 주변에 많은 이기가 결국 부메랑으로 돌아오는 피해는 편리만큼 보답을 받아야 한다. 그 보답의 정도는 천천히 그리고 완만하게 다가오는 점에서 인간의 각성에 불빛을 희미하게 한다. 문학의 길은 이런 형편에 불을 밝히는 작업을 예언처럼 설파해야 한다. 한국의 문학은 이점에서 예언자의 설법을 화두로 던져야만 한다.

5. 文學環境學

문학은 인간이 살고 있는 환경을 — 여기엔 사회 환경과 자연 환경으로 나누어지지만 문학의 대상은 결국 두 가지를 표현하는데는 구분이 없을 것이다. 그러나 문학은 본질적으로 환경에 인간이 어떻게 반응하고 또 환경을 영위하는가의 여부에 인간의 이야기를 더하는 줄거리로 이어진다면 인간에게 환경이라는 재료는 본질이 될 것이다. 물론 소설은 공간적인 현상으로 나온다면 시는 주로 배경을 이루는 요소로 드러난다. 또 인간이 살아가는 공간이 건전하고 쾌적하다면 그 공간을 영위하고 살아가는 인간의 땅엔 평화가 깃들게 된다. 결국 인간의 싸움이라는 형태도 이런 평화로운 환경을 쟁취하기 위한 명분이기 때문이다.

문학은 역경의 환경을 또는 평화로운 환경을 노래하는 점에서 환경학(環境學)일 수 있다. 하늘을 나는 구름에서 땅 밑을 흐르는 하수도에 이르기까지 문학이 처리하고자 하는 모순과 합리의 명분을 축적하면서 환경에 반응 — 뜨거움과 삽상함에 대한 노래를 합창한다.

인제에서 댐의 건설을 반대했던 일이나 동강의 댐을 반대하는 일들은 인간의 손길에 위협을 받는 자연의 순수를 지니고자 하는 문학의 노력의 일환이다. 이점은 확실히 환경학이 문학의 영토라는 말에 어울리는 것 같다. 환경이 생태의 특성을 만들 수 있다는 점에서는 순서를 갖지만 결국 둘은 분리되는 개념에서보다는 통합된 의미에서 문학의 활기를 부여하는 조건이 될 것이다. 문학과 환경의 문제는 표현으로 어떻게 용해될 것인가를 나타내는 주요한 문제가 될 것이다.

6. 남는 문제를 위해

작금에 우리 주변에는 자연으로 돌아가자는 소리가 드높아 가고 있다. 이는 한창 들떠서 소리쳤던 과학에서 인간의 정서가 안정감을 갖지 못한다는 의미를 확인하는 흐름으로 보고 싶다. 다시 말해서 자연현상으로 돌아가기를 염원하는 문학작품들이 많은 빈도로 관심을 표현하는 것은 시대의 요청이자 흐름일 것이다. 이런 추세는 더욱 가속될 것이고 또 그런 기세를 대체할 다른 문학적인 이슈가 없을 것이기 때문에 확신을 갖는 이유가 된다. 물론 이런 조짐은 앞으로의 한국 문학사에서 환경의 관심은 상당 기간 중심 이슈로 거론될 것이다. 아울러 동감댐 건설의 반대 주장처럼 이념으로 생겨진 휴전선은 우리가 선택한 결말이 아닐지라도 이곳에 살아 있는 생태계는 우리 땅에 마련된 소중한 우리의 유산이 되었기에 보호와 보존의 의무가 남게 된다. 그리고 문학인들은 자연의 가치와 중요성에 대해 노래해야 할 문학환경학의 임무가 주어진다.*

한국 수필의 얼굴 정형

1. 수필과 대접

매우 어리석은 말이지만 수필을 문학의 장르라는 구분에서 추방할 것인가 아니면 동등한 식구로 체온을 나누는 일에 구분이 없는가의 여부를 말한다면 ― 소외된 지금까지의 문제를 벗어나는 이론을 발굴하는데 초점을 두어야 할 것이다. 기실 수필은 불만의 언덕을 오르는 가파른 대접을 받아 왔다면 이는 한국 수필의 문제는 곧 여기(餘技)나 여가(餘暇)를 해결하는 방도로 혹은 시나 소설을 쓰는 문장 수련쯤으로 생각하는 일들이 다반사가 아니었던가를 염려하게 된다. 그러나 유감스럽게도 지금까지 이런 문제는 다소 사실로 입증되는 점에서 목청을 높이는, 누구나 쓸 수 있고, 무형식의 형식이라는 지금까지의 단순 변호에서 논리적인 증거를 제시해야 하겠지만 이런 점에서는 강변 혹은 변호 일변도였다는 것도 사실이다. 조급하고 감각적이고 긴장에 견디지 못하는 현대인의 심리적인 특성을 감안할 때, 수필은 문학의 신전에 주인이 될 수 있다는 점에서 현대인의 성격과 밀접한 추이를 인정해야만 한다. 이는 시나 소설에서는 아픔이 되겠고 또 변화를 주도하는 역할을 어떻게 대응할 수 있는가의 여부에 따라 미래의 판도는 달라질 수 있고 그 중심의 자리에 수필의 역할이 문학의 주인으로 둔갑할 소지가 충분하기 때문이다. 문제의 핵심은 이런 예상을 어떻게 수용하고 대처할 수 있는가의 대응 여부가 21세기의 문학에 핵심이 될 가능성은 충분하다는 전제로 이 논지는 출발한다.

2. 고백으로부터

나는 주로 시와 평론의 글을 쓰면서 지금까지 문단의 말석을 어지럽혀 왔다. 그러나 가끔 수필을 써 달라는 청탁을 거절한 적은 없고 ― 한 권의 수상집을 상재한 바 있다. 그러나 재주가 없어서인지 몰라도 10여매의 수필을 청탁 받으면 60여 매의 평론을 쓰는 일보다 더 어렵고 한 편의 시를 쓰는 것보다 고민 많은 시간을 보내고서야 소기의 글을 완성할 수 있다는 점에서 어려운 글이라는 고백을 한다. 물론 평론은 바라보기에서 출발하여 분석하고 해석의 결과를 따져 묻는 글이라는 점에서 일정한 도식의 행로를 추적하는 글이지만, 수필은 무엇을 말하는가 주제의 명료성을 나타내는 비교적 짧은 분량의 형태 속에 알맹이를 담아야 하는 부담 ― 일정한 라인을 설정하고 그 경계 속에서 혹은 엄정한 법도를 벗어나서는 안되는 것 같은 마음의 고통을 갖게 된다. 이것저것 혹은 신변 잡사를 늘어놓는 일이야 수필과는 다른 개념이라 생각하기 때문이다. 그렇다면 이런 고백이 전적으로 나의 수필에 대한 무지를 덮어 줄 수 있다는 자위는 물론 아니다. 다만 카타르시스로의 배설 행위가 수필의 모두가 아니고 오히려 이를 승화하는 또다른 장치를 갈구하는데서 수필의 얼굴은 생기와 생동감을 나타낼 수 있다면 내게 수필은 확실히 넘어야 할 성(城)인 것 같다는 고백이다. 그러나 문학평론을 했던 사람들이 만년에 평론의 무게를 감당하지 못하고 수필쪽에 안주하는 도피처로서가 아니라 어려움을 극복하는 과제로서의 수필을 대면하고 싶다는 뜻이다.

3. 수필과 자화상 그리기

자기 얼굴을 바라본다는 것은 스스로는 불가능한 일이다. 그러나 도구를 이용함으로써 자화상을 대면하는 지혜를 발동한다. 여기서 지혜라는 이름은 여러 갈래로 말할 수 있겠지만 본질적으로 만물의 영장이라는 지위를 누릴 수 있는 자격을 얻었다는 것과 다름이 없는 일이다. 물론 거울이라는 도구를 이용함으로써 얼굴에 대한 문화를 만들 수 있고 여기서 파생되는 산업은 인간만의 독특한 세계 — 성형이나 분장 혹은 얼굴로 나타내는 문화는 확실히 독창적인 세계를 가지고 있다.

문학의 세계라 해서 예외는 아닐 것이다. 자기가 창작한 작품이 어떤가를 모르지만 평론 또는 독자의 거울을 통해 — 비평이거나 조언 혹은 여러 가지 방법을 동원하여 자기 작품의 위치와 수준 혹은 문학사 속에서 비교가치를 얻게 되는 점에서 평가의 기준자(尺) 역할을 수행하게 된다. 물론 비교가치의 거울을 부정하거나 필요를 인정하지 않는 나르시스적 사고를 가졌다면 그의 위치는 인간의 대열에서 따로 떨어진 존재로 위치하게 된다. 비단 반면교사라는 이름에서가 아니라 나를 아는 방편으로의 방법이기 때문이다. 이는 반성과 교정을 위해 혹은 미모를 가꾸고 결점을 수정하기 위해서 거울은 존재를 설정하기 때문이다.

그렇다면 문학의 땅에서 수필은 어떤가? 얼마나 거울보기를 계속했고 또 거기에 필요를 갖고 임했는가라는 질문 앞에 어떻게 자화상을 그릴 수 있는가? 마치 비난의 말을 포용하기보다는 발끈하지는 않았는가 혹은 외면함으로써 스스로의 패각 속에서 안주의 자세는 아니었는가? 이런 질문에 「아니다」라는 말을 할 수 있다면 지금까지 문학 장르 중에 수필의 대접에 대한 불만은 당연한 것이지만 「아니다」를 망설인다면, 다시 스스로를 바라보는 얼굴 찾기의 절차를 수행해야 한다. 한국 수필의 현주소는 어디에 어떤 자세로 지내 왔고 또 미래를 수용할 것인가는 문학 전반의 양상과 연계를 가져야 한다. 아울러 사회 변화 또한 제외할 수 없는 함량이어야 한다. 전자와 후자는 모두 문학 얼굴의 변화에 적극적으로 영향을 미치기 때문이다. 가령 문학이라는 것도 독자에게 무언가를 전달하는 효과를 도외시할 수 있는가를 유념할 필요가 있을 것이다. 이는 문학의 효용이 지적 쾌락과 교훈적인 것을 운위하는데서 어떤 역할을 할 수 있었던가를 물어야 한다는 뜻이다.

민중 문학이 거세게 몰아쳤을 때 조악하고 생경(生硬)한 배설을 시라는 이름으로 포장하여 아우성을 했던 — 시도 아니지만 — 이들이 사회적 관심사를 유지하면서 ― 처음엔 민주화라는 상품을 내걸어 시선을 집중했고, 이어 민족이라는 상품을 그리고 통일 또는 리얼리즘 등 많은 상품 개발을 하면서 사회의 이목을 집중적으로 조명 받아 관심의 증폭을 꽤 했던 일은 지난 일의 난센스일지라도 돌아볼 필요는 있었다. 이 무렵 이른바 순수시를 썼던 시인들은 무기력하고 나약한 자기 패각(貝殻) 속에서 시대의 변화나 시대 속에서 자기의 사명을 발언할 수 있는 기회를 스스로 봉쇄하는 나른함에 빠져 문단의 일정한 흐름에서 제외되는 현상을 초래했던 것이 80년대 악머구리 판도를 기억한다면 이런 가정은 수필이라고 해서 예외로 치부할 수 있을 것인 지 모르겠다.

모든 문학은 사회현상 「속」에서 자기 발언을 계획하면서 시대 「밖」으로 눈을 돌려야 올바른 작가의 태도일 것이다. 왜냐하면 인간은 사회라는 단위 속에서 자기를 펼치는 작업을 지속할 수밖에 달리 도리가 없기 때문이다. 여기서 문학 전반의 흐름에 보조를 맞추는 자기 변화가 필요하다는 말이다. 이런 전제는 후자의 문제인 사회 변화의 축에 어떤 발언을 내포할 수 있는가는 결국 개인 삶의 고백적인 흔적으로 나타내야 한다. 그러나 지금까지 한국 수필의 소재는 거의 자기의 성(城)안에서 안주하지 않았는가의 문제 ― 이의는 있겠지만 ― 미문을 제작하는데 초점을 집중했다는 것 때문에 식상의 그물에 걸렸다는 점이다. 다시 말해서 사회의 변화를 위한 감수성을 얼마나 투척했는가에 머물게 된다.

자기 고백이나 주변 잡사를 말하는 되풀이에서 문학의 구미를 외면하는 결말 ― 구석진 자리를 점했다는 원인이었다면 이는 수필의 답보를 혹은 자업자득의 함정 빠지기가 당연했다는 뜻이다. 여기서 수필과 현실 수용 혹은 경험의 요소가 작용하는 ― 이상의 구름 위에서 현실의 공간으로 내려오기를 권하고 싶다. 그렇다면 수필의 고민이 무엇인가를 아는 일이 문제 해결의 길을 확보하는 일과 같아지는 의미가 될 것 같다.

4. 수필의 고민

1) 넓이의 문제

흔히 수필의 특성을 말할 때, 편지나 일기도 혹은 마음가는 데로 좇아 쓰는 글이 수필이라는 막연한 교육을 받아 왔다는 오류도 지적될 수 있다. 이런 현상은 수필이 오랜 습작이나 교육의 필요성을 제외하는 오해의 소지를 불러왔고, 또 연필을 잡을 줄 알면 수필집을 펴내는 질저하의 원인과 상관이 없다고 강변할 수 있을까?

그러나 확실히 수필은 넓은 영역의 주인임에 틀림이 없다. 그러나 이런 광역성은 자칫 또다른 오류에 이른다는 점에서는 경계해야 할 일이다.

철학사상과 인생의 회고가 사고의 복합 구성의 형태로 표현될 때, 장편 수필이 된다. 과거의 여러 철학적인 논저, 루소의『참회록』과 같은 인생 회고록, 20세기 이후의 앙드레 말로, 까뮈, 사르트르 등의 논저가 여기에 속한다. 그러므로 체계적이요, 학구적이요, 논리적인 순수 학문으로서의 철학은 원래 문학이 아니지만, 광대하고 분방한 사상에서 주관적으로 진리가 섬광하는 문장에 있어서는 이미 하나의 문학적인 가치를 이루고 있음으로써 장편 수필로 볼 수 있으니, 동양 고대의 諸子書 (특히 장자)나, 니체의『짜라투스트라는 이렇게 말했다』나, 근대의 베르그송의『창조적 진화』나『도덕과 종교의 두 원천』같은 것은 거의 철학과 수필의 장벽을 무너뜨렸으며, 소설에 있어서도 최근의 사색적인 경향의 작품들은 이미 수필과의 경계선이 애매하게 되어, 알베레스같은 평론가로 하여금 "결국 소설이 사색적인 경우에는 수필과 그 차이점을 구별할 수 없다.『인간의 대지』,『전투 조종사』와 같은 작품은 무엇으로 정의할 것인가. 구상화된 사실상의 수필이 아닌가"라고 당당하게 말했다
— 윤오영, <수필 문학과 다른 문학들>에서

윤오영의 수필과 여타 문학과의 상관을 거론한 것은 수필의 영역이 넓이와 광대하다는 뜻을 피력했지만 이는 짝사랑이라는 점에 더 가까이 다가가

는 느낌이다. 또한 이런 주장은 자칫 수필이 또다른 함정에 빠지는 결과에 이를 수 있다는 점에서 조심스러운 접근이 필요할 것 같다. 가령 수필이 일기나 편지 쓰는 것과 다름이 없다는 쉬운 접근의 강조는 한국 수필의 질적인 문제에 심대한 영향을 끼쳤고, 심심하면 수필이나 써 볼까라는 말이나, 대학에서 강의하는 사람치고 수필집 한 권 없는 교수가 없다시피—무슨 탤런트가 섹스체험 이야기를 자랑삼아 사회 이목을 집중하는 범람 현상도 어떤 범주에 넣어야 할 것인가. 물론 대중소설의 저급을 예로 반론을 제기할 수도 있을 것이지만 수필 교육에 애시당초 문제가 있었다는 점이다.

여기서 수필의 경계를 애매하게 설정할 것이 아니라 엄격하게 초점을 맞추는 범주에 명료성을 부여할 필요가 있을 것 같다. 다시 말해서 넓이의 고민은 결국 수필이 이것도 아니고 저것도 아닌 인식을 강조하는 결과가 무엇을 얻을 수 있을 것인가를 자문하게 되기 때문·이다. 이처럼 넓이의 주장에서 수필을 폄하하는 무지를 발견하게 될 뿐만 아니라, 수필의 특성이 곧 아무나 혹은 붓가는대로의 이현령비현령식 또는 도처춘풍으로 귀결된다면 이는 수필이 문학의 땅에서 기둥을 세울 수 없는 이유가 될 것이다.

2) 깊이의 고민

한국 수필의 맛은 무엇인가? 이런 질문 앞에 한마디로 대답할 사람이나 논리는 없다. 그러나 정작 범람하는 자기 고백의 함정에서 넋두리가 대부분이라는 사실도 있을 수 있을 것이다. 지나치게 미문(美文)에만 매달리는 현상이나 또는 사건의 나열에만 치중하는 작품을 읽을 때—초점의 일탈을 경험할 경우 수필은 긴장미를 잃게 된다.

모든 글은 긴장미를 가질 때 독자를 자극하거나 이끌고 가는 인력(引力)을 가질 수 있다. 다시 말해서 우아하다(graceful)나 아름답다(beautiful)와 같은 형용사나 부사의 남발에 치중함으로써 글의 무게를 가볍게 했다면, 엄숙하다(austere)나 윤곽이 뚜렷하다(clearcut)나 적나라하다(bare)와 같은 깊이의 체험을 언어로 탐색하는 작업보다는 「부사나 형용사」에 먹히우는 현상이 지금까지 한국수필의 관행이었다는 말 ― 관념의 포로들 ― 여기서 필연적으로 지적되는 문제는 신변잡기의 나열이라는 문제 ― 깊이를 벗어나 일상사만을 감각적으로 나열하는 이름의 수필은 이미 딜레탕트의 함정을 벗어나는 것이 아닐 것이다. 적어도 수필가라는 이름이 붙게 되는 글은 깊이에 맛을 부추기는 요소들이 들어 있어야만 소기의 성과를 기대하게 된다면, 철학적인 명상이나 사회현상을 통찰하는 안목이 작가의 재능과 결합했을 때 글의 맛깔은 속내를 감상하게 된다. 다시 말해서 한국수필은 소재는 있지만 「자기 언어가 없다」는 지적을 하고싶다. 또 이런 현상에 대해 논의는 시작되어야 할 것이다.

동치미 혹은 백김치의 맛은 많은 양념을 필요로 하지 않는다. 이른바 손맛 혹은 숙성된 또는 발효된 묘미에 의해 독특한 맛을 자극하게 된다면 수필의 재료는 특별한 것이 아니라 평범하면서도 감칠맛을 낼 수 있는 요소는 명상 혹은 철학적인 곰삭은 맛을 필요로 한다. 소금과 파와 고추 마늘이라는 단순 요소를 결합하여 깊은 맛을 낼 수 있는 것과 심도있는 글을 쓸 수 있다는 것은 경험에서 나오는 오묘한 조화의 길을 알아야 할 것이다. 이런 이치를 터득하는 것은 머리로 짜내는 일이 아니고 교과서식으로 조합하는 것도 아니다. 인생의 맛은 곧 복잡한 이야기를 필요로 하는 것도 아닌, 단순하고 감명 깊은 이야기를 담담하게 바라보고 서술하는 기교가 필요하다면 수필은 곧 살아가는 이치에 닿는 기교없는 투명함과 같을 것이다.

모든 글은 재미라는 틀을 유지하기 위해 때로는 박식한 지식도 필요하고 우회하는 표현미를 얻기 위해서 익살스런 인용이 주는 효과는 다대한 흥미로 이어지게 된다. 흥미는 오감을 자극하는 일이면 흥미는 구조만으로는 안된다. 여기서 수필의 깊이는 곧 삶의 깊이와 같아지지만 오래 살았다고 해서 이런 답안에 가까워질 수는 없을 것이다. 경험이 없더라도 ― 마치 요란한 재료가 없더라도 담백한 맛을 내는 백김치의 맛이나 동치미의 시원한 맛을 내기 위해 곰삭이는 끈기와 단순미를 가져야 할 것이라는 뜻이다.

3) 테마 수필의 필요성

나는 작금에 시인들에게도 테마 시를 쓰라는 말을 많이 한다. 왜냐하면 그 대답은 현실성과 상관이 있기 때문이다. 요즘 잡지 자유화 이후 등단이라는 절차를 통해서 나오는 문인의 이름을 기억할 수 있는 방도는 심히 어렵다. 결국 이처럼 많은 숫자에서 자기를 알리는 일은 ― 설사 글쓰기는 단순한 카타르시스라 자위한다 하더라도 궁극적으로는 이름 석자를 쓰는 일에 다름이 아닐 것이다. 문인의 숫자가 희소했던 때는 문학의 기능도 전방위였지만 이젠 숫자의 증가로 볼 때, 이름 석자를 독자에 쉽게 각인시키는 방법은 좀처럼 어려운 일이다. 이렇기 때문에 자기만의 분야 혹은 자기만의 개성 또는 자기만이 독특한 영지를 확보하는 일은 ― 빨리 지름길을 갈 수 있는 이치와 같기 때문이다. 일테면 평생 꽃에 대한 수필을 쓴다면 그 심도는 깊을 것이고 또 누구의 수필이라는 명패를 쉽게 이해할 수 있다면 ― 이는 글쓰는 일에 개성을 알릴 수 있는 첩경일 것일 것이라는 가정이다. 물론 여기에도 위험이나 반론을 제기할 수도 있다. 다시 말해서 협소성 혹은 경험의 단순성을 제기할 수도 있지만 초점이 일정하다는 이점으로 계산하면 위험보다는 오히려 장점이 더 많을 수 있고 개성의 확실한 보증을 얻을 수 있을 뿐만 아니라 잃어지는 것 보다 이름에 따라오는 찬사는 더 찬란할 것이다. 테마 수필은 곧 와글거리는 틈새에서 독특한 이름을 쓰는 일과 같기 때문에 더욱 필요가 절감될 것이다.

4) 수필과 현실

한국 문학에서 가장 취약한 문제점은 사회 의식의 결여 ― 이는 작가가 살고 있는 현실에 대한 책무거나 나만의 영역을 한계지우는 동양문화의 특성과 상통된다. 즉 서양의 문화는 간섭과 논리성 또는 분석적이라는 특성이 있다면 동양은 무간섭 혹은 추상적이고 종합에서 오는 자기만의 문화적인 특성이 있다. 공자가 余欲無言이라 말한 것이나 天何言哉 四時行焉 百物生焉 天何言哉라 말한 것은 모두 동양사상의 무간섭 원칙을 뜻하는 말들이다. 이런 전통은 동양의 침묵주의의 원칙이 되었고 말은 곧 경박함 또는 소인배로 치부되었기에 논리라는 웅변은 현실의 수단이 아니었다. 이런 전통은 오늘에도 당연한 전통으로 맥을 유지하고 있다는 것이 동양사회의 특성이다.

사회의 불합리와 모순에 대결하기보다는 오히려 순종하는 미덕을 앞세우는 것은 모두 전통적인 동양관의 미덕이었다면 이는 봉건사회의 폐칩성 — 시민사회의 전통이 없던 데서 나온 일이었다면 오늘의 사회는 시민사회의 규범으로 바뀌었기 때문에 나만의 일이 아니라 공동의 문제로 인식하는 태도가 필요하다. 이는 오늘을 살아가는 독자와 작가가 호흡을 함께 하는 의식의 동질성을 추구하는 문제와 같다는 인식이다. 이는 앞에서 말한 80년대 민중문학의 현란한 상품개발이 관심을 지속시켰던 경우와 같을 것이다. 사회의식의 공존은 더불어의식이고 이는 현실에서 체온 나누기의 경우와 같다. 자기만의 이야기 혹은 내 가족들의 콜콜한 이야기보다는 동감할 수 있는 사회 이슈와 함께 했을 때 자기 이야기의 성을 벗어나는 영역이 확대된다는 점에서 사회 의식의 공유는 수필의 성격 변화에 이를 수도 있을 것이다. 물론 다양한 관심이 나쁘다는 뜻이 아니다. 현실과 체온을 나누는 일은 곧 사는 일이고 이는 사회를 따스함으로 채우겠다는 의지일 때 공감의 폭도 넓어지게 될 것이다.

현대의 특성은 집단 혹은 단체라는 형식으로 의견을 집약하는 사회의 양상으로 변모되었고 또 이런 징후는 개인의 힘보다는 집단의 위력이 발휘하는 시대로 진입했기에 전통적인 나만의 영역을 우리라는 영역으로 확대하는 것은 수필의 친근미와 관심의 증폭이라는 점에서 필요한 요소일 것으로 생각된다.

또 한 가지는 문학의 이해가 전반적인 영역에 이르고 여기서 수필을 바라보는 안목의 확대가 있어야 한다는 점이다. 수필가는 시를 알아야 하고 또 인접 장르에 대해 담을 높이 치는 협소성의 문제는 결국 수필의 얼굴을 축소하는 일에 다름이 아닐 것이기 때문이다. 이런 명제에 얼마나 당당할 수 있는가를 자문한다면 수필이 위치한 명백한 자리설정이 보다 쉬울 것이다.

소설과 수필 그리고 평론과 수필 등을 구분할 수 있다면 자연스레 수필의 존엄한 자리에 어떻게 잡초를 무성하게 키울 수 있겠는가?

5) 사이버 문학과 수필의 변화

인류 문화를 바꾼 20세기의 특징 중에 가장 영향력이 있는 것은 아마도 컴퓨터의 출현일 것이다. 이는 세상을 정보화 사회라는 초스피드로의 사회현상뿐만 아니라 문화의 중심축을 온통 바꾸었고 다음 세기에는 더 심각한 변화를 촉구할 것이다. 누가 E - mail로 주고받는 원고를 예상했고 사이버 공간에서 문학을 표현 할거라고 예상한지 얼마나 되었는가 말이다. 문학의 세계에 이미 원고지는 사라지게 되었고 필기구 또한 자판이 대신하는 시대로 접어들었다.

1996년에 양 돌리를 복제한 이후 인간도 복제할 수 있다는 가능은 불가능이 아니라 현실이라는 점에서 인류사는 가히 변혁의 소용돌이에서 현기증을 느끼게 되었다. 이런 사회현상에 문학의 표현도 예외없이 어떤 변화에 이를 것인가를 예상하게 된다. 물론 인간이나 양을 혹은 송아지를 복제한다고 해서 예술을 인간처럼 복제하기란 어려울지도 모른다. 왜냐하면 인간을 복제할 수는 있어도 예술은 복제하기는 어려울 것이다. 왜냐하면 예술의 복제는 이미 비슷한 가짜이기 때문이다.

사이버 공간에 문학 ─ 지금 시작하고 있는 컴퓨터 문학을 어떻게 주도하는가의 여부가 현안으로 대두된다. 아마도 20세기까지의 문학의 주도권이 펜이나 연필이었다면 컴퓨터의 출현은 미처 50년이 되지 못했다 해도 오히려 2천년 동안의 시간보다 더 빠른 변화를 경험하는 것이 컴퓨터의 역할이라는 사실을 상기할 때 앞으로 21세기의 문학의 주도는 펜이 아닌 자판에서 다시 음성만으로 변화할지 모른다. 자판 표현은 연필의 표현과는 사고 형태 그리고 표현의 방법에서 다르다. 스피드에 따르는 일회성이 주도를 이루고 영상적인 현상으로 진행되는 컴퓨터의 표현에 따라 인간의 의식도 단순화 혹은 감각적인 현상으로 고정되는 특성을 갖게 될 것이다. 시대의 급속한 변화를 문학의 역할이 뒤따라가면서 수용하는 보수적인 형태에서, 보다 진전된 의식을 받아들이면서 변화로 진입하기 위해서는 사이버공간을 유영하는 헤엄을 익혀야만 한다. 이는 문학의 생존과 같아지기 때문이다.

또다른 특징은 국소적 혹은 일정한 지역적인 표현이 아니라 세계화라는 유영의 공간이 넓어진다는 점이 사이버 문학의 독특성을 가질 것이다. 이젠 서울이 아니라 뉴욕이나 유럽 혹은 아프리카 오지를 넘나들면서 독자를 만나게 되고 비평과 공감의 대화를 나눌 수 있게 된다면 지금까지의 평면적인 문학판도에 입체성 혹은 변화의 어지러움을 감내 할 날이 쉽게 도래할 것이다. 사실 예술의 전반적인 상황에서 볼 때 문학은 가장 보수적이고 또 변화에 둔감함도 사실이다. 음악이나 미술이 먼저 받아들인 이론을 문학의 땅은 가장 뒤에 사용하는 경우는 흔했기 때문이다. 그러나 컴퓨터의 운용으로 문학의 영토도 확장을 쾌하는 작업이 빠르게 수행되지 않는다면 문학의 전철은 20세기와 같아질 공산이 많을 것이다.

5. 애매성의 얼굴 정형

미를 추구하는 것은 인간의 보편적인 심사이자 변화를 갈망하는 인간의 심성을 나타내는 말이다. 예술도 본질적으로 미감을 쫓아가는 일이라면 인공미의 가미는 때로 필요한 덕목일지 모른다. 다시 말해서 발상을 바꾸므로 인해서 새로운 땅을 밟아 볼 수 있다면 이는 시도의 가치가 충분하다. 수필은 쉽고 누구나 쓸 수 있고의 자랑은 수필에 무엇을 도울 수 있었던가? 문학잡지에서 잡문으로 치부했고, 문학의 여기쯤으로 인식 — 문학의 곁가지라는 타매를 받아왔던 이유가 그런 말들이 아니었던가? 또 문학의 기력이 다하면 수필의 집에 은거하면서 문인의 명맥을 유지하는데 은신처가 되었던 원로 (주로 평론가)들의 이름을 거명할 필요는 없다. 그렇다면 이런 결과에 무슨 변명이 있을 것인가? 이는 수필에 명백한 주인이 없었던 무주공산이라는 점 — 이는 지금까지의 수필에 대한 애매성의 호도라는 진단이다.

시는 상징과 비유라는 도구를 통해 이미지의 숲을 만들면서 인간의 미감을 자극하는 성격을 갖고 있고, 소설은 묘사나 설명을 통해 구조를 짜맞추는 작업을 — 인간의 일을 말한다면 수필은 정작 무얼까? 흔히 수필의 특성을 말할 때 주제의 예술이라는 말로 처리하지만 어떤 문학도 의미 즉 주제를 예외로 하지 않는다는 것은 수필과 다름이 없을 것이다. 그렇더라도 시나 소설 혹은 희곡이나 비평을 말하는 저마다의 개성은 뚜렷하지만 정작 수필에서는 애매모호의 이론으로 얼버무리는 것도 다소는 사실일지 모른다. 이는 격식을 갖지 않는다는 자유성 — 지금까지 수필의 성격을 정의하는데서 나타난 자승자박으로 생각되는 점이다. 자유라는 의미는 엄격하게 부자유라는 명백한 구분하에서만 자유라는 의미가 더욱 선명하게 된다면 수필의 자유는 오히려 수필의 얼굴을 불명확 혹은 애매성의 함정으로 유인하는 결과가 되었다는 주장을 하고 싶다.

지금까지의 수필의 기존에 대한 과감한 길항(拮抗)의 전제가 없다면 수필의 미래는 다시 답보라는 미궁을 헤맬 가능성은 충분하다. 여기서 수필의 영토는 버리면서 얻어야 하는 이치를 논리로 무장해야 한다. 이는 단순한 문학의 투쟁을 부추기는 것이 아니라, 여타 문학의 이론과 분리하는 것이 아니라 하나로 통합하면서 바라보는 안목의 확대가 필요하다는 점이다. 이는 곧 수필을 애매성의 공간으로 집어넣고 소리지르는 차별화의 목표가 지금까지였다면, 반대로 통합 속에서 수필을 차별화 하는 일이 우선되어야 할 것이라는 점이다. 다시 말해서 수필이 쓰기 쉽고 자유스럽고라는 기존의 논리를 부정하고, 쓰기 어렵고 또 엄격한 형식의 틀을 갖추면서 한 편의 수필을 쓸 수 있어야 한다는 이론의 역전 현상 — 발상의 전환이 필요한 요소라는 점이다. 이는 지금까지의 문학 속에서 홀대를 받았다고 불평할 것이 아니라 자기 변호의 성벽을 넘는 대안일 수도 있을 지 모른다. 애매성의 이론으로 수필의 장점을 변호하는 변호사를 바꾼다면 아마도 새로운 이론은 그에 따르는 상응한 대접도 따라 올 것이다. *

수필과 문학의 상상

1. 홍성의 뒷자락 ― 수필의 또다른 위기

80년대 후반 잡지 발간 자유화는 한국 문학에 변화를 재촉했다. 물론 질적인 문제를 차치하고 양적인 팽창은 필연적으로 문학의 생산자와 수용가의 처지가 임의로 선택할 수 있는 계기를 마련했기 때문이다.

수필은 문학 장르의 자리를 확고하게 차지하고 있지만 위치에 따른 자리매김을 제대로 받고 있는가는 의문이 있을 수 있다. 가령 한 때 유수한 문학 잡지에 이른바 잡문(雜文)이라는 폄하로 수필을 게재하지 않는 적도 있었고 90년대 무렵에서야 본격적인 관심과 더불어 상당히 홍성을 누리고 있음이 오늘의 현상이다. 이런 이유 중에 한가지는 수필의 활성화가 자발적인 현상에 의해 나타난 현상이 아니라, 90년대 잡지 출판의 양성화에 따라 수필 인구의 확대 현상을 가져왔다는 점에서 볼 때는 우울한 일이다. 다시 말해서 확고한 수필관을 갖지 않고 「뱃놀이 유람식」으로 글쓰는 대열에 참가한 사람들이 대부분이기 때문이다. 즉 수필에 대한 신념으로 매달렸다기보다는 오히려 편안히 갈 곳을 정하는 식의 표류 현상에서 얻어진 일이라면 수필의 위기는 이제부터 시작하고 있다는 진단이 될 수 있다. 물론 이런 진단은 한국 문학의 전반에 걸쳐 나타난 현상이지만 수필이나 시 ― 수필은 소설보다 길이에서 짧다는 형태에서 수필을 선택하는 경향은 없는가의 의문과 시 역시 호흡에 견디지 못하는데서 행과 연을 끊어서 시라는 형태만 만드는 현상이 오늘의 문학 표정이라는 진단이 정확한 말이라면 한국 문학의 위기라는 단서는 타당성을 갖게 된다. 누구나 등단해야겠다는 마음만 먹는다면 마치 부로치나 귀걸이 목걸이처럼 문인이라는 호칭은 가을날 길바닥을 딩구는 낙엽과 같은 처지라면 지나칠까? 그렇다면 수필의 자리는 어디쯤에서 그리고 어떻게 진행될 것인가의 여부는 단지 수필만의 문제가 아니라 문학의 변화를 어떻게 수용할 것인가의 문제와 결부된 일이다. 그렇더라도 수필의 위상은 어떤 진로를 잡을 것인가의 여부는 한국 수필 문학의 생동감을 위해서는 바람직한 일일 것이다.

2. 수필적인 시대로의 진입

현대인을 말하는 데는 두 가지의 설득력있는 요건이 있다. 사회현상은 계속적으로 기계화라는 메커니즘의 발달 현상이 사회의 모든 분야를 종합적으로 바라보는 안목보다는 미세화하는 세분화에서 쾌감을 얻으려는 현상으로 순치(馴致)되면서 ― 인간의 품성이 조급증을 나타내게 되었고 여기서 사고의 폭이 좁게 형성될 뿐만 아니라 인간의 의식이 점차 왜소화 혹은 단순화를 촉진하는 길을 넓히게 된다. 다시 말해서 인간성이 지구력을 상실하고 기계 메커니즘에 스스로를 의존하는 의타적인 인간성을 나타내게 될 것이다. 이런 전제를 놓고 문학의 현상을 바라보는 계제(階梯)가 설득력을 갖는다면 문학의 판도는 자명하게 예언의 깃발을 들게 된다. 가령 텔레비전을 바라보는 것도 리모컨이 발명되면서 인간의 행동 양식은 점차 퇴화의 길을 가고 있다는 점이다. 인간 행동이 기계 리모컨에 의지함으로써 움직임을 싫어하는 ―결국 편리에 점령당하는 게으른 인간의 정서가 따르게 된다. 가전제품의 모두가 버튼으로 이루어졌지만 이를 모두 이해하고 사용하는 사용자는 거의 없다. 이런 현상은 인간을 편하게 하는 기계 기능이 인간을 퇴화시키는 속도를 더욱 가속화하고 있다는 점이다. 여기서 행동의 왜소화는 정신의 왜소화를 촉진하게 되면서 인간의 정신세계도 점차 위축되는 ―심각하고 심오하고 복잡한 것을 기피하는 성향으로 자리잡게 된다.

급속적으로 발전하는 속도의 문제는 인간의 행동이 따라 잡지 못하는 문화 발전의 속도와 인간의 현실적인 사고의 괴리감을 갖게 되면서 기계의 속도감에 먹히우는 데서 오는 심리적인 좌절의 문제가 파생된다. 이런 좌절의 문제는 기계로 인간의 마음을 채우려는 발상이 강할수록 인간성은 순화되기보다는 속도, 잔인, 그리고 자극적인 쾌락을 지향하게 된다.

문학의 땅은 결국 인간의 삶이 펼쳐지는 공간을 주요 무대로 상상력을 펼친다. 가령 농경시대의 문학은 깊고 오묘하고 인내하면서 길어진 특성을 가지고 있다. 예를 들어서 단테의 「신곡」이나 밀턴의 「실낙원」과 같은 무게의 문학이 얼마나 독자들에게 열광을 받을 수 있는가를 숙고할 필요가 있다. 과거의 취미란은 독서 아니면 음악 감상이었지만 작금에 취미란은 컴퓨터 아니면 운동이라는 현상과 시대의 특성과는 밀접성을 가지고 있어 인간의 심성이 조급하고 잔인한 성품으로 변모한다.

여기서 문학의 일반적인 판도 또한 과거와는 판이한 현상을 연출하고 있다. 시는 짧은 격식을 요한다. 다시 말해서 언어의 압축과 상징과 비유라는 절차로 의미를 감동으로 바꾸는 일이기 때문에 일반적으로 문학의 깊은 소양을 갖추지 않은 사람이라면 쉽게 접근할 수 없는 일이고, 산문의 주자인 소설은 길이에서 긴장을 견디지 못하는 현대인의 특성을 감안하면 수필적인 시대로 접어들었다는 이론의 근거는 여기서 마련된다.

다가오는 세기는 수필의 시대라는 뜻은 호흡에 견디는 길이에서 저당하고 긴장을 소화할 수 있는 의미 구성에서 현대인의 문학으로 타당성을 가지고 있다는 주장이다.

3. 머리와 가슴 그리고 배꼽

가령 인간의 신체 구조로 문학을 바라본다는 것은 적절한 비유가 안될지 모른다. 문학적인 감수성은 종합적인 구조를 특성으로 하고 있다. 즉 기능의 부분 부분 혹은 요소 요소들의 결합이 하나의 표징(標徵)을 이루면서 보다 간편하고 함축적이고 암시적인 특성으로 지향하는 성질을 가지고 있기 때문이다. 로흐너(Rohner,Luding)는 명상적인 산문의 단편(斷編)으로 수필을

다음과 같이 해석했다

> 이 단편이란 미학적으로 그 성격이 까다로운 형식 속에서 뭐라 비교
> 할 수 없는 유일한 대상을 지칭하면서 종합적이고 연상적이고 직관 상
> (像)으로 다루기를 가장 반겨하며, 정신적인 대화 속에서 가상의 상대방
> 과 교묘하게 담화를 나누며 그리고 그 상대방의 교양, 대조를 이루는 사
> 고, 상상의 체험하기나 하듯 불어넣어 주는 것[1]

독일의 로흐너의 논리는 매우 포괄적인 개념을 나타내는 말이지만 종합
적인 인간의 현상을 미감으로 포착한다는 점에서 벗어나는 것은 아니다. 다
시 말해서 종합적이고 연상적이고 직관적인 이미지를 다루기를 즐겨 한다
는 점은 수필이 가진 속성의 일부를 암시하는 점으로써 연상적이고 종합이
라는 것은 결국 문학이 갖는 속성이고 이를 바탕으로 정서를 통합하는 점에
서 수필은 인간의 신체적인 속성에 머무는 비유가 성립될 수 있을 것이다.

시와 평론은 머리의 글이고, 수필은 가슴의 글, 그리고 소설은 배꼽 아래
쪽으로 지향하는 비유를 말하고 싶다. 시는 상상력의 극대화를 노리는 점에
서 경험의 요소를 과히 필요로 하지 않는다. 상상력은 대상을 통합하는 범
위가 넓고 예리한 상황일 때 나타나는 정서 현상이라면 머리는 차가운 냉정
과 이성을 필요로 한다.

인간의 본질은 무얼까라는 의문에 해답을 찾아 나선 인간의 역사는 생명
에 대한 의문을 풀어내기 위해 생명의 근원을 머리에 두고자 한 것만은 아
니었다. 그러나 심장에 인간의 마음이 있다는 가상은 곧 생명의 본질로 다
가간다.

생명은 머리가 아니고 심장에서 생명을 찾아낸 것은 상징적인 의미에서
중요한 암시를 갖게 된다. 수필은 가슴에 본질을 두려는 것은 인간의 생명
원리에 중요한 근거를 갖는다. 물론 머리가 가슴보다 차겁다거나 아니면 심

---

1) Rohner,Luding : 오현일 역, 『현대에세이론』(삼중당, 1978), p.87.

장이 가장 따스한 곳이라는 원리는 별로 중요한 의미는 아닐지 모른다. 그러나 관습적으로 심장은 따스함에서 생명을 상징하는데 부족함이 없는 암시로 이어왔다.

수필은 따스함을 필요로 한다. 이런 논리는 진실이나 사랑을 강조하는 임무에 헌신했고 또 인간관계를 중점으로 의미한다. 이는 경험의 농익은 여유를 요구하고 또 박식한 지혜를 필요로 하는 그림이기 때문에 가슴으로 다가오는 전달의 속도는 가장 민감한 호소력을 갖게 된다. 수필은 확실히 가슴에 따스한 진원지를 갖고 있고, 가슴으로 전달되는 통로를 확보할 수 있는 감성의 글로 생명을 유지해야 한다. 수필은 가슴의 글이라는 근거는 이렇게 인간의 본질에 이르는 글로 근엄함인가 하면 친근미를 소유한데서 체온을 가지고 있는 글이라야 한다는 뜻과 다름이 없다.

소설이 추구하는 것이 섹스 쪽만이 아니겠지만 아무래도 소설은 이런 점에서 재미를 찾는 일반성을 가지고 있다. 물론 섹스 또한 미학을 이루는 요소가 되겠지만 결코 소설이 저급함을 나타내는 것은 아니라는 증거는 이효석이 쓴 「돈(豚)」을 읽으면 이해가 된다. 그러나 소설은 항상 인간의 관계를 아름다움으로 채색하는 기능으로 구조를 짜는 작업에 열성을 갖기 위해 주로 섹스를 동원하는 것을 나무랄 필요는 없을 것이다. 인간의 삶에서 성의 문제는 벗어날 수 없는 일부분이자 인간의 생명을 지속하는 근본이기에 추하거나 속스럽다는 것과는 다를 것이다. 다만 남용이 저급함으로 가고 속스러운 감정을 남기는 점에서 문제가 있을 뿐 섹스란 즐겁고 때로 아름다운 이름일 것이다. 여기서 파생되는 것이 섹스 즉 배꼽 아래로 의미를 좇아가는 성향을 갖는다는 개념에 고급한 개념을 부가할 필요가 있다. 이런 절차가 결코 부정하거나 추악한 이름을 만들기 위함이 아니라는 점에서 역시 종합적인 미감을 자극하는 것이 소설의 임무일 것이다. 그러나 배꼽 아래에서 킬킬거리는 속삭임을 부추기는 소설의 이름은 배꼽 아래에서 자리를 펴고 인간을 기다리는 얼굴이 흔하다는 점을 지적하는 말이다.

박종화도 수필은 20대 소설은 30대 그리고 수필은 40대의 글이라는 말을 했지만 시는 상상력의 극대화에서 창작되는 천재의 예술이라면 소설은 상상력과 체험이라는 요소가 결합하여 빚어지는 픽션일 것이고 수필은 농익은 경험과 철학 그리고 인생관을 확고하게 확립하고 있을 때, 빚게 되는 글이라는 가정에서 보면 수필은 확실히 가장 인간적인 면모를 보여줄 수 있는 ― 편안한 가슴에 고여 있는 글이라는 말에 이른다.

4. 수필을 단순한 수필로 아는 일의 모순

시를 알아야 수필을 안다면 수필에 심취한 사람은 의문을 가지고 불쾌할 것이다, 그러나 수필가는 시를 알지 못하면 좋은 수필을 쓸 수 없다는 이치를 알아야 한다. 그러나 시인은 수필을 몰라도 시를 쓸 수 있다는 점에서 차별이 아니라 바로 수필의 영역이 넓다는 이해를 하면 이미 수필가는 훌륭한 이름을 쓰고 있는 것이다. 이제 그 이유를 인용으로 대신하겠다.

> 우리가 어느 수필을 시라고 감탄 할 때 그것은 시적 정서, 시적 이미지, 시적 음향이 담뿍 담겨 있는 것을 의미한다. 그리하여 어떤 이단에서는 시와 수필은 구별되지 아니한다.[2]

수필과 시는 산문과 운문이라는 구분으로 보면 전혀 상반된 이름으로 남게 된다. 그러나 글은 산문과 운문을 구분한다면 이는 글의 성격을 모르는 사람의 이름일 것이다. 운문은 산문의 요소로 작용하고 운문은 산문의 이름으로 결합할 때, 온전한 글이 될 수 있다. 수필을 쓰는 사람은 산문을 알아야 한다는 것만을 강조하는 것이 아니라 운문은 산문과의 구분을 알기 위해 산문의 가치를 알아야 한다는 뜻이다. 결국 산문을 아는 것은 운문의 특성을 파악하기 위함이다. 가령 평생을 산문만을 알고 또 고집한다면 이는 청맹과니의 처지 ― 문학인의 자세가 아니라는 말이 성립된다. 수필은 유연미

---

2) 윤오영.『수필문학입문』(관동출판사.1978)p.191

의 문학이다. 다시 말해서 수필은 가장 시적인 특성을 흡입했을 때, 비로소 수필의 성격을 온화하고, 따스하고, 다감한 표정을 짓게 된다. 글에서 다감성과 따스함이 없다면 이미 논리의 함정에 빠진 허우적임이 된다는 것을 깨닫는 수필가는 성공한 입구를 확보하게 된다는 이유가 여기에 있다.

문학의 전반적인 현상을 알아야 한다는 것은 문학을 편벽된 장소로 몰아가는 것이 아니라 넓은 대해로 나아가는 길을 확보하는 일이 된다. 시를 알아야 한다는 것은 시를 수필가가 쓰라는 것이 아니라 수필을 가장 유연한 이름으로 탄생하기 위한 전제가 될 것이다. 이를 이해한다는 것은 수필이라는 땅에 안주하는 것이 아니라 대해를 찾아가기 위한 경험의 확충이 된다는 것을 이해하는 길이 된다.

문학의 땅은 경험의 종합이고 상상력의 기저를 어떻게 문자로 표현할 수 있는 가에 대한 실천의 문제가 된다. 시와 수필은 사촌이 아니라 한 몸에 붙은 두 개의 머리일 뿐이다. 이런 전설은 다만 설화 속에 간직된 것이 아니라 문학의 현장에서 체험되어야 할 필수 요소라는 점에서 자각의 문제가 된다. 시와 수필은 분리되는 것이 아니라 하나로 결합된 이름을 분리하는 일은 경계가 명확한 것은 아니다. 이른바 아름다움을 일렁이게 하는 것은 파스텔 톤의 경우와 같은 처지에서 앰비규어티 — 아름다움은 여기서 발원의 바다를 이루게 된다. 시와 수필은 문학이라는 땅에 자리잡은 한 몸의 피를 나누고 있는 본질이라는 점이다. 시를 알아야 하는 이유는 바로 이런 이유에서이다.

5. 상상력과 미적 장치

이름에서 혼란을 가져오는 우리말은 상당히 어리둥절할 때가 많이 있다. 가령 사철탕, 국밥, 복덕방(福德房)이라는 용어를 해석하면서 의미와 결부시키려면 난감하게 된다. 시, 소설, 수필이라는 용어도 명칭 자체만으로는 혼란스러운 일이다. 붓가는대로 쓴 수필의 의미 자체는 결국 「쓰기 쉽다」로 해석하여 편지나 일기도 수필이라는 말로 교과서를 꾸몄던 과거는 지척에 있었던 일들이었다. 시(詩)의 경우 말(言)의 절(寺)이라는 뜻으로 시를 접한다면, 시를 쓰기 위해서는 절로 들어가거나 종교인이 더욱 잘 쓸거라는 인상으로 다가올 수 있다. 소설(小說)의 경우도 작은 말 — 이야기라는 뜻과는 달리 大說이라야 한다. 이처럼 말과 실제의 의미와 다른 명칭이 문학의 바탕에도 예외가 아니다. 붓가는대로의 수필에서 문제가 되는 것은 상상력의 함량을 도외시한다는 점일 것이다. 이런 일은 한때 논란으로 상상력 함량 문제를 거론한 적이 있다. 시나 소설은 픽션인 상상력의 함량이 바탕을 이루지만 수필은 경험에 근거를 둔 사실성에 근거를 둔다는 점에서 답보를 면하지 못하는 문제가 있다. 그렇다면 수필에서 현실과 상상력의 문제는 무슨 상관이 있을 것인가? 결론부터 말한다면 상상력을 유발시키는 이미지의 배치를 무시한다면 이미 문학의 이름을 벗어난 문서나 단순한 일기에 불과할 것이다. 이점은 작금에 수필에 픽션의 유무문제가 제기된 것도 어떤 각도로 접근하는가의 문제와 상관이 있을 것이다.

> 한국의 수필은 다음 두 가지의 문제점을 지니고 있다. 하나는 상상력의 공급 부족으로 인한 미적 감동의 결핍 현상이고, 또 하나는 지나친 소재주의로 인한 품위의 결핍 현상이다.
> 이같은 현상은 한국 수필가의 자질의 문제이기보다는 수필 자체가 지니고 있는 본래적인 특성 때문으로 봐야 할 것이다. 이 특성에 대해서 우리는 이렇게 말해 봐도 될 것이다.
> 시인이나 소설가가 되기는 어려워도 수필가가 되기는 쉽다. 그러나 좋은 수필가가 되는 것은 좋은 시인이나 소설가가 되기보다 어렵다.[3]

김우종이 거론한 수필가의 자질 문제는 매우 적절한 지적 같다. 상상력의 결핍이 주는 문제는 지금까지 수필의 나른한 표정을 만드는 원인이 되었고

---

3) 김우종, 「젊은 독자가 원하는 수필」, 『수필 문학의 이해』(세손, 1995), p.322.

이로부터 수필의 오도된 자리 매김은 시작되었기 때문이다. 상상력은 예술의 본질이다. 문학도 예술이라는 땅에 존재하고 있다면 의당 상상력의 문제에 재료의 다소는 있을지 모르지만 완전히 경험만의 재료만 주장한다면 난감한 일이 될 것이다.

소설에서 리얼리티의 문제는 상상력의 기반을 얻어서 가능한 일이다. 가령 몽고의 설화 <박타는 처녀>가 「흥부전」으로 탈바꿈하는데는 본래의 설화와는 다른 각도로 전개 — 흥미라는 요소가 픽션을 형성하게 되었다는 점이다. 문학이 예술이라는 이름을 얻게 된 배경은 재미의 요소인 감동을 제외한다면 이미 문학이 아닌 이름을 가질 수밖에 없는 일이 된다.

결국 상상력은 유익한 의미를 생성하는 요소이자 문학으로 형성되는 근본이 된다는 사실을 외면할 수는 없는 일이다. 그렇다면 수필의 상상력은 소설에서 거론하는 상상력과는 다른 차원에서 접근되어야 한다. 경험과 체험의 요소가 우선한 수필의 경우에는 이미지의 배열로의 출구가 비유라는 장치를 동원할 수밖에 없을 것이기 때문이다. 다시 말해서 대상과 나라는 둘의 관계를 연결하는 고리는 비유 혹은 비교라는 장치를 동원해서 의미와 재미를 유발하는 원인을 만들어야 한다는 점이다. 김우종도 피천득의 <시골 한약방>을 예로 들어 — 약재가 없어 좋은 약을 못 짓는 한약방의 아픔이나 좋은 책을 분실해서 좋은 논문을 못쓰는 처지가 명교수 피천득 자신을 상상하게 만든다는 비유를 적절하게 말하고 있다. 하나의 예를 든다.

> 비원은 창덕궁의 일부로 임금님들의 후원이었다. 그러나 실은 후세에 올 나를 위하여 설계되었던 것인가 한다. 광해군은 눈이 혼탁하여 푸른 나무들이 잘 보이지 않았을 것이요. 새소리도 귀담아 듣지 못하였을 것이다 숙종같이 어진 임금은 늘 마음이 편치 않아 그 향기로운 풀 냄새를 인식하지 못하였을 거다. 미(美)는 그 진가를 감상하는 사람이 소유한다
>
> —피천득, 「비원」[4]

---

4) 『珊瑚와 眞珠』(일조각, 1969).

피천득이 광해군이나 숙종을 만나 본 적도 없고, 또 광해군이 눈이 혼탁하다는 것도 정확한 말이 아니라 악독한 군주라는 이미지를 더하는데서 나온 상상의 이름이라면, 숙종이 풀 냄새를 향기로 이해하지 못한 이유도 모두 상상력의 일환으로써 자의적인 피천득의 지성 여행에 불과한 점이다. 다만 상상력의 함량이 시나 소설과 다르다는데서 수필의 경험을 강조하는 것은 문제가 있다. 가령 80내지 90%의 상상에 의존하는 것이 시나 소설이라면 20내지 10%정도의 상상력을 가미했을 때, 수필의 맛은 오히려 경험의 화려한 옷을 입힐 수 있다는 점에서 윤기를 더하는 문학이 될 것이다. 요컨대 상상력을 제거한 문학은 이미 문학이 아니라 문서라는 말의 근거는 여기에 있다.

상상력이라는 말의 근원은 눈앞에 존재하고 있지 않는 것의 이미지를 창조하는 힘이라는 정의를 앞세우면 일상의 현실과 만들어진 이미지와의 유대관계가 밀착되었을 때, 또 다른 이미지로 전환하게 된다. 문학은 현실을 재료로 하여 화학적 반응을 일으키게 하는 또 다른 묘미를 만드는 작업 ― 이런 절차는 문학에 역점을 두는 꿈의 요소와 관계를 맺게 될 것이다. 문학의 바탕이 꿈을 부추기는 것이 아니라면 하등에 존립에 근거를 상실하게 된다. 꿈이라는 것도 살아 있는 사람(현실 혹은 경험)에 의해 형성되는 개념이기 때문에 수필도 꿈을 부추기는 상상력의 함량이 제거된다면 이미 문학의 생명력을 일탈하고 문서나 일기로 전락하게 된다는 사실 ― 현실을 떠난 인간이 꿈을 꿀 수 없는 이치와 같을 것이다.

앞에서 로흐너의 연상적인 작용을 거론하는 것도 연상에서 상상력의 강도를 높이는 귀결점을 얻기 위함이다. 한국 수필에 소재주의로 인해 深度없는 소재의 나열에서 신변잡기의 형태를 벗어나지 못하는 결과로부터 수필의 정체성은 시작되었기 때문이다.

몽테뉴는 그의 생활 방식을 산책에 비유시켜서 활동의 자유분방성을 글에 생명을 도입했던 것이나 페이터의 지적여행을 거론한 것 등은 자유와 분방한 상상력의 영감을 얻기 위한 조치였다면 상상력의 바탕은 곧 심도 있는 글로 연결되기 때문이다.

> 마이어는 수필 작가를 미술 애호가라고 서술하고 있는 바, 그것은 아무런 강박관념 없이 내면적으로나 외면적으로나 완연한 해방감에서 그의 미술관 속을 빙빙 돌아다니며 방문객들에게 그가 이런 저런 회화를 발견하게 된 여행에 관한 얘기를 들려주는 그러한 미술 애호가인 것이다.[5]

미술관 속을 빙빙 돌아다니면서 느낄 수 있는 자유에의 지적 여행은 상상력과는 분리할 수 없는 사실이다. 다시 말해서 미술관이라는 현실 공간 — 이 공간에서의 그림을 감상하는 여행은 작가의 상상력과 독자의 상상력이 결합하여 비로소 「형성된 상상력」을 구성하게 될 때 형성된 상상력은 곧 감동으로의 미적 장치가 된다는 점이다.

문학에서 현실이란 없다. 오로지 현실은 재료의 가치일 뿐 — 오로지 있어야 하는 것은 상상력의 여행만이 재미와 의미를 줄 수 있기 때문이다. 수필 문학도 예외가 아닐 것이다.

6. 수필적인 문학의 변화

동양에서는 혁명이란 말은 역천(逆天)을 의미했다. 동양 문화는 순리를 외면할 수 없는 발상에서 출발 — 간섭 없는 존재의 자유적인 발상이 서구와 다른 면에서 자연과 인간의 공존을 강조했다. 그러나 서양의 경우는 인간 중심 사고로부터, 인간에 유리한 쪽으로 자연과 우주를 정복할 수 있다는 개념으로 생성된 것이 혁명의 뜻이다.

동양의 문학에서는 혁명이란 없다. 이런 단안은 인간사가 진행형일 뿐, 단절이라는 개념은 있을 수 없는 일이기 때문이다. 또한 새롭다는 것은 인간의 기준으로의 개념이지 우주 질서에는 언제나 다름없는 운행을 계속하

---

5) G. Hass. 앞의 책 p.88.

는 점이다. 문학의 풍토에서 혁명이라는 개념은 성립되지 않는다는 말은 인간 중심으로의 시선이 아니라 자연 혹은 우주라는 확대의 사고로 해석하는 일이다.

　그러나 문학의 변화는 어떻게 이루어질 것인가를 생각해야 한다. 다시 말해서 문학의 변화는 항상 문학인에 의해 시도되지 않으면 정체라는 자연의 원리에 함몰될 수밖에 없다. 끝없는 실험의 시도 — 拮抗은 변화를 전제로 하는 발상이지 완벽한 변혁을 요구하는 것은 아니다. 시조가 과거와 다른 점은 리듬 위주에서 의미 쪽으로 전환하는데서 답보를 면하지 못하고 있듯이 수필도 시대의 변화를 어떻게 수용할 것인가를 가늠하는 모색이 부족한 것 같다. 본인은 시대의 추이가 급속도로 변모하고 또 깊고 길고 심각한 것을 외면하는 현대인의 가슴을 적셔 줄 수 있는 문학의 기능은 점차 수필쪽으로 간다는 주장을 하고 있다. 다시 말해서 시를 이해하기 위해서는 상징과 비유 그리고 이미지 구축이 어려운 문제, 소설은 길이에서 긴장을 견디지 못하는 현대인의 특성을 대입하면 시와 소설의 입지는 점차 수필적인 형태로 진입하게 될 수 있을 것이다. 여기서 미래의 문학은 탈장르의 현상이 「수필적」으로 변모를 가속할 가능성이 있다는 강변이다.

　변화는 질서의 개념이기 때문에 오늘의 표정은 이미 오늘이 아니고 과거가 되었고 여기서 미래의 땅은 이미 현실로 다가왔다는 의식을 가진다면 문학인의 자세는 온고의 자세에서 좀더 적극적으로 다음 장면을 숙고하는 자세가 필요한 이유가 남는다.

　한국 수필은 새로운 질서의 구축을 어떻게 설정할 것인가의 여부에 따라 한국 문학사의 표정 문제와 직결되었다는 점도 미래의 시야를 확보한 발상이다. *

잡초 문학론(4)

1. 잡초문학 출발의 원인 — 둘

한국 문학은 변화의 와중에 있다는 생각이지만 확실한 논리를 제공할 수는 없을 것이다. 왜냐하면 문학의 변화와 현상은 수학적으로 하나의 답안을 마련할 수 있는 방도가 없기 때문이다. 그러나 과거를 유추하면서 미래를 예견할 수 있다는 것은 다양성에서 그 변화가 일정한 패턴을 유지하기 때문에 예측은 가능한 일이다. 한국 문학의 변화는 대체로 주기적인 특성을 갖고 진행되었고 그 진행은 사회 현상에 따라가는 추수적인 특성을 유지했다. 다시 말해서 사회 변혁을 선도하고 이끌어 가는 것보다 사회 변화의 뒷전을 서성이다 지나치는 체념적인 표현이 예외는 아니었다.

한국의 현대문학은 근대를 생략한 채 막바로 현대라는 의복을 입었다는 것은 축적된 매듭을 갖지 못했다는 점에서 기형적인 현상에서 벗어나지 못했다는 근거기 될 것 같다. 다시 말해서 신체시나 신소설 등이 모두 문학 본래의 역할로 생성된 것이 아니라 사회의 불합리한 현상을 발언하는 또다른 수단으로 문학을 이용 한데서 비문학적이었지만 정작 사회를 선도하는 임무에서는 함량 부족이었다. 가령 1930년대의 문학적 성과도 일제의 검열과 탄압을 벗어나는 수단으로의 도피문학이 대부분이었다는 점에서 또다른 문학적인 기형과 같았다. 이런 현상을 지나 50년대 그리고 60년대까지의 한국 문학은 답보와 정체 — 70년대 이후 박정희통치의 모순에 대해 절규한 악머구리의 아우성인 민중 문학은 핏발선 사회 이슈가 소멸되자 지금 그들이 떠들었던 문학은 어디로 갔는가를 묻게 된다. 이런 현상은 정확하게 1985년을 지나자 완전히 뒷모습을 감추고 말았다. 그러나 한국 현대문학에서 새로운 전기를 마련할 수 있는 좋은 기회를 놓친 아쉬움은 외국 문학의 잣대로 한국 문학을 재단한 일단의 그룹을 지적하게 된다. 여기에는 한국 문학에 대한 명료한 길잡이의 수로(水路)가 없었다는 아쉬움도 따르지만 이유는 한가지로 요약된다. 즉 사회 현상과 문학의 융합이 안되었다는 거리(距離)조정의 실패라는 점이다. 좋은 사진을 찍기 위해서는 피사체와 초점의 일치 ― 거리 조정이 안되었다는 답안을 거론하는 이유는 오늘의 문학에 질적인 저하의 첫 단계는 설익은 노동 현장의 혹은 생소한 학생들이 토해 낸 집단적인 고백 등을 문학이라 부추긴 민중 소용돌이에서 비롯되었기 때문이다. 이들은 대사회의 불합리에 대한 항거에서 나타난 첫 번째 잡초 현상이었다면, 6공 이후 90년대 잡지 자유화에 따라 나타난 잡초 현상은 첫 번째와는 달리 문학 흉내의 흐름을 나타내는 점 ― 둘 다 문학의 질적인 문제를 걱정하는 점에서는 공통점이다. 물론 대사회의 불합리에 항거한 첫 번째의 경우 진로를 잘 잡았더라면 한국 문학의 새로운 도약을 마련할 수 있었지만 질적인 실패에 이른 아쉬움이 남는다. 다시 말해서 현대 한국 문학은 70년대부터 박정희 통치의 불합리에 도전하는 형태로 일단의 그룹을 형성하여 노동 현장 혹은 학생들이 토해 낸 비문학적 고백이 문학으로 둔갑하여 질적인 저하를 유발했다면 두 번째는 6공 이후 잡지 자유화로부터 누구나 문인의 칭호를 사용할 수 있는 ― 과거 엘리트만의 전유물에서 대중 공유의 문학으로 변모했다.

첫 번째의 현상은 사회현상과 문학적인 표현의 거리 조정에 실패한 전철을 거론하게 되고 후자에서는 문학 풍토의 와해에 따른 혼란으로 특성을 삼을 수 있다. 둘의 공통점은 과거 전통적인 엘리트의 전유물에서 필요에 따라 누구나 문학의 생산자가 될 수 있다는 인식으로의 전환을 가져왔다. 그러나 가치로의 문학 즉 질을 거론하는 데는 문제가 심각할 수밖에 없다.

2. 새로운 잡초밭의 형성

제6공화국의 수립은 한국 문학에 새로운 변화를 가져왔다. 이데올로기라는 금지의 멍에에서 벗어나 잡지 자유화라는 변화에 따라 문학 현장이 지금까지 겪었던 것 보다 새로운 차원으로 전개되었기 때문이다. 즉 고대의 문학인은 집권층을 형성하는 일이었고 사회 엘리트만의 전유물이었다면 90년대 잡지 자유화의 현상은 이런 현상을 변화시키는 계기—누구나 문학을 생산하고 소비하는 대중화의 시대로 진입하게 되었기 때문이다. 이제는 청산해야 할 신문의 신춘 문예와 몇 개의 독점적인 문학잡지에서 배출되는 문인은 문자 그대로 엘리트요 확실한 보증을 받고 출발하는 의미를 가졌지만 잡지 자유화 이후 우후죽순으로 늘어난 잡지에서 배출되는 문인은 문학적인 개성도 문학의 훈련도 없는 아마추어 문인을 양산하는 폐해를 떠 안게 되었다. 그렇다면 지금까지의 문인은 특수한 사람 혹은 존경을 받을 만한 사람이라는 보증에서 그 지위를 강등하는 계기를 갖게 되었다. 여기서 심각한 문제는 신분적인 문제가 아니라 작품의 질적인 저하가 한국 문학에 끼치는 심대한 장애라는 점에서 갈등이 성립된다. 어떻든 잡지 자유화 이후 한국 문학은 엘리트 전유물에서 누구나 생산할 수 있고 또 소비자가 되는 대등관계로 변화했다는 문학상의 전환을 의미한다. 그러나 문제가 되는 것은 양적인 팽창에 따른 질적인 저하를 고민하는 문제를 해결하는 절차를 필요로 하게 되었고, 솎아 내지 않으면 잡초는 무성하게 된다는 이치에서 일정한 장치를 요구하게 된다.

3. 문제의 발생

잡지 자유화 이전 문예지를 갖는 것은 그 자체로 상당히 프리미엄을 유지할 수 있었고 희소성에 편승하여 대단한 명망을 누렸다는 것은 익히 아는 일이다.

문학상(賞)을 받는 특혜를 위시해서 작품 창작보다 더 높은 대단한 명성을 누릴 수 있었고 또 문예진흥원에서 보조했던 고료를 집필자에게는 안주고 자기 작품을 재탕 연재하면서 고료를 독식하는 전횡도 일삼았지만 이를 따지는 문인은 별로 없었다. 또한 잡지는 문단의 파워를 형성하는 또는 자기 사단을 형성하는 우두머리로의 독식은 확실히 잡지 자유화 이전에 문제였다. 아울러 잡지를 운영하는 것은 문단을 장악하는 지름길이었고 이런 헤게모니 쟁탈전은 선거 때가 되면 어김없이 위력을 발휘했었다. 한 편의 작품을 싣기 위해 머리를 조아리면서 술 사고 고료 안 받는 것을 당연하게 여기는 현상이 만연했었다. 결국 극장에서 문예 기금은 받아 문인에게 보조하는 문예진흥원 고료도 없어지는 직접적인 계기는 운영자들의 횡포에 대한 자살인 셈이었다. 오늘의 잡지 운영을 거론하기 전에 이들에 대한 문제를 먼저 거론하는 이유는 오늘의 문제가 이른바 엘리트 문인이 운영했던 과거 문인에서 시발되었기 때문이다.

오늘의 현상을 되짚어 보기 전에 이들에 대한 검토를 시작해야 하는 것은 잡지의 소유는 곧 소유만큼의 어떤 결과가 있었기 때문이었다면 글쓰는 사람으로서는 굉장한 매력이 아닐 수 없었다는 일이 된다. 고료를 안주고도 존경과 대우를 받는다는 일 뿐만 아니라 화가로부터 표지의 그림이나 목차 화를 무상으로 소유할 수 있는 일도 간과할 수 없는 일에 속할 것이다. 결국 잡지를 소유한다는 것은 문인으로서는 선망의 일이었고 창작의 수준보다도 높은 평가를 덤으로 받을 수 있다는 등등이 문예 잡지 발간에 대한 열망을 부추기는 계기가 되었다. 이런 직접적인 원인은 잡지를 자유롭게 출판할 수 없었던 통제 시절의 풍경화였지만 문인들에게 작품 발표 기회와 문학의 질 적 제고에 기여한 공로는 인정해야 할 것이다

4. 문인이 문인의 땅을 헤집기

잡지 발간 자유화 이후 문학 잡지를 운영하는 사람들은 거개가 문인이라는 점과 이들이 많은 문인을 배출하는 문제를 제시하게 된다. 대부분의 발

행인이 시인이고 문단 경력 20년 이상 40년에 이르는 중견 문인이 주도적인 역할을 감당하고 있다. 이들은 거의 직장이 없는 경우가 대부분(한 두사람의 예외는 있다)이라는 현상은 시사하는 바가 크다. 아울러 문단 마피아를 장악하고(일정한 단체)있는 문인의 대부분이 계간지 등의 잡지를 운영하고 있다는 점도 잡지라는 것이 문인 선거에서 표로 연결될 수 있는가를 나타내주는 증거가 될 것 같다. 선거 때가 되면 잡지의 위력은 가히 절대적이라는 표현이 어울리는 말이라면 문학 잡지를 소유한다는 것은 곧 자신의 문학 부풀리기뿐만 아니라 인생 부풀리기 등 보이지 않는 여러 가지 매력을 소유하게 된다는 점이다.

이들은 무엇 때문에 산술적 수지 타산으로 계산되지 않는 일을 무릅쓰고 잡지를 운영하는 걸까? 투철한 문학에 대한 열정인가? 아니면 직장이 없어 먹고살기 위한 생계의 뜻일까? 아니면 명예일까? 어떤 일이든 의문 부호는 결국 열정이거나 명예 혹은 생계의 수단 중 하나의 답안으로 귀결될 것이다. 첫 번째의 문제는 순수성이자 바람직한 일일 것이다. 이는 순수하게 한국 문학의 질적 향상을 위한 배려이자 문학의 풍토를 고양함으로써 한국 문학의 세계화나 혹은 그런 초석을 놓으려는 일이라면 매우 현명하고 좋은 일이다. 한국 문학 초창기의 문인들은 그런 목적에서 순수했다면 그런 전통이 오늘에도 면면히 이어지고 있다는 점에서 화려한 칭송을 받아야 한다. 그러나 이런 칭송의 대가보다는 오히려 사시적인 문제가 따라붙고 있음도 사실이다. 그렇다면 명예라는 이름이 따라오기에는 실재로 잡지를 운영하는 사람들의 면면은 절대로 그런 예상과는 상관이 없는 것 같지만 잡지를 계속 발간하는 것을 보면 기이한 점이 사실이다. 세 번째인 생계의 문제는 아마도 가장 정확한 답안이 될 것 같다. 여기에는 신인의 주머니를 통해서 잡지의 명맥이 유지된다는 공통점이다. 가령 신인으로 등장 — 등단이 아니고 — 시켜 주면 책을 몇 권 사주는 일은 이미 고전적인 수법이고 — 싸구려 형태로 신인 모집이거나, 영구 독자로 모신다는 명목이거나, 어떤 것이든 신인의 주머니를 통해서 유인되는 현상이 잡지를 운영하는 유일한 방법이 된다는 사실이다. 그렇다면 수지 타산의 문제는 이미 확보된 것과 같다는 결론을 맞게 된다.

그러나 솔직하게 말해서 이들이 문학잡지를 운영하는 것은 그런 잡지가 전무한 것보다 불합리와 모순이 다소 있다 하더라도 오히려 한국 문단의 발전을 위한 몫을 하고 있다는 역설적인 말이 된다. 잡초의 시련 속에서도 유익한 생명체는 자라고 있기 때문이다.

여기서 가정의 길을 대입할 수밖에 달리 길이 없어지게 된다.

가설1. 내가 잡지 운영자라면.

내가 잡지를 소유한다는 것은 우선 한 번 해보고 싶다는 매력을 갖는다. 이는 앞에서 말했지만 내 돈들이지 않고 —순전히 신인의 주머니에 의해 혹은 원고료 없이 글을 받아 잡지를 운영할 수 있다는 것은 확실히 매력이 아닐 수 없다. 속언으로 땅짚고 헤엄치는 일을 안 할 사람은 없을 것이기 때문이다. 지방 여행을 갈라치면 융숭한 대접을 받을 수도 더러는 있을 것이고, 혹은 신인으로 등단하려는 사람이 —이 말은 소가 웃을 일이지만— 교통비라는 명목으로 머리를 조아릴 수도 있을 것이고, 때에 따라서는 선물 꾸러미도 있을 수도 있을 지 모른다. 더 확실한 미명은 잡지를 발간함으로써 한국 문학의 질적인 현상을 제고할 수 있다는 사명감을 도외시해서는 안 될 것이다. 또 잡지를 발간함으로써 보잘것 없는 당사자의 문학에 대한 평가의 키를 높일 수 있다는 현상도 군침 도는 일이 될 것이다. 문인의 숫자가 많아짐으로써 발표라는 공간은 아무래도 협소한 상황을 감안할 때 허리를 굽히지 않아도 굴러 오는 지명도는 차라리 죽자살자 글쓰는 노릇보다는 차라리 낳을지 모른다.

그렇다면 나는 왜 이런 문학 부풀리기의 일을 하지 못하는가? 다음의 가설로부터 해답을 유추할 수 있을 뿐이다.

내가 만약 잡지를 운영한다면 어떨 것인가? 그 첫째는 잡지를 운영하는 일에 매달리는 일을 할 수 없다는 성격의 문제가 될 것 같다. 공짜로 글 써 달라는 전화를 하기가 어렵다는 것이 가장 큰 이유가 될 수 있다면, 내 얼굴은 아무래도 넓지 못한 일이고 또 신인 지망자에게 도움을 받아야 한다는 ─그 은밀한 말을 차마 할 수 없다는 성격의 문제점이다.

두 번째로는 시간이 부족하다는 점이다. 나는 운 좋게도 봉직하는 대학에서 65세까지는 직장에 충실해야 하고 또 그런 일로 경제적인 문제를 해결하는 처지임에야 다른 일 때문에 빼앗길 시간은 없다는 이유가 된다.

그러나 만약 내가 잡지를 운영하는 경우가 된다면 ─ 내가 살아오면서 부탁이라는 부담을 한 번도 주지 않는 나와 인연이 있는 사람들에게 「광고」라는 명목으로 잡지 운영의 묘를 찾겠다는 각오 ─ 그러나 얼마나 치사한 노릇인가? 왜냐하면 문예 잡지에 광고 효과를 기대한다는 것은 난센스이기 때문에 결국 부탁은 성격과는 다른 공간의 일인 것 같다. 그렇다면 나는 죽자 살자 땀흘리면서 글을 써서 주는 고료를 받고 평범하게 살아가는 도리밖에 달리 방도가 없음을 어쩌랴. 이도 운명이고 팔자소관이라는 말로 돌리는 수밖에……

가설2. 내가 문학 잡지의 독자라면.

내가 글쓰는 일에 종사하지 않고 다만 문학을 좋아하는 순수한 독자라면 오늘의 현상을 어떻게 바라볼 것인가? 그 첫 째는 불만이라는 함정에 빠질 것 같다. 왜냐하면 나는 어린 시절부터 우리 집의 생계 수단인 서점 ─ 책방에서 무작정 글을 읽다 결국 문단의 말석을 어지럽히는 이력을 가졌기 때문에 글을 바라보는 안목과 비평의 식견을 ─ 별 것이 아니지만 ─ 가졌다는 이유로 침을 튀기면서 누구는 어떻고 또 누구는 어떠한 글을 써야 한다는 술좌석의 고성은 있을 것 같다.

고급의 독자는 고급의 문인을 만든다. 이는 풍토의 문제이고 또 풍토가 현실을 조성하는 연결 고리로 볼 때, 오늘의 독자는 맛을 모르는 조미료 세대의 독자들이 태반이다. 글의 맛을 알기 위해서는 깊은 맛을 터득해야 한다. 그러나 작금의 독자들은 일과성 혹은 땀흘리기의 노력이 태무하다는 사실은 현대인의 특성으로 돌린다 할지라도 무관심과 무지의 행렬에서 벗어나지 않는 독자들이 많을수록 이 땅의 문학적인 풍토는 삭막하고 메마르다는 현상을 타개하는 방법이 요원할 뿐이다. 비디오방의 숫자와 서점의 숫자를 비교한다는 것은 이미 비교의 가치도 없는 일이 되었다. 문학을 사랑한다는 것은 우선 읽어야 한다는 지적인 만족을 향하는 여행일 것이지만 이미 이런 현상을 요구한다는 이 땅의 독서 풍토는 먼 나라의 이야기가 되었다. 하물며 문학이라는 땅에 독자가 없는데 작가와 시인이 존재한다는 것은 우스운 일이다. 우리의 문학 풍토는 이렇게 허무의 땅으로 변모되었다. 소비자가 없는데 공장이 돌아갈 리 없고 소비자가 무지한데 생산자가 현명할 이유가 없다는 논리에서 이 땅의 문학적인 풍토는 암담한 시기를 보내야 할 것 같다.

나는 지금도 독자로서 살아가고 있다. 그러나 다가오는 상품들의 구미는 아예 외면하고 싶은 물건들이 개성없이 뒹굴고 있다. 소비와 생산의 상관이 병이 들었다는 유통 구조의 문제 — 이 땅의 문학 시장은 수입으로 의존하는 외래품이 지배하는 내용없는 풍토를 유지하는 시간이 더 길어지고 있다.

가설3. 신인 지망자 입장에서

만약 내가 신인으로 등장할 수 있는 기회가 된다면 — 생각만 해도 기분이 좋을 것이다. 우선 남과 다르다는 인상을 심을 수 있기 때문에 수단 방법을 가리지 않고 신인이라는 메달을 달기 위해 노력할 것이다. 더구나 지성을 나타내는 작가나 문인이라는 명찰을 평생 달고 다니는 패물 — 금전적으로 혹은 글쓰는 능력으로 볼 때 어렵지 않게 획득할 수 있다면 망설일 이유가 없다. 까짓 대폿집 술값도 안되는 돈으로 시인, 그리고 소설가, 수필가, 문학평론가라는 이름을 훈장처럼 주절주절이 달고 다닌다면, 지성인의 냄새를 풍기는 치기가 멍든 사회에 잘도 통용될 것이다. 더구나 명함에 이런 이름들을 나열하고 다니면 그 뒷모습은 얼마다 근사할 것인가. 아직까지 글을 쓴다는 이름 앞에 존경(?)같은 생각이 남아 있는 사회라면 — 이런 일을 마다할 바보는 없을 것이다.

작금엔 시인이 되기 위해서는 시를 몰라도 된다. 다만 시의 **흉내** — 행과 연을 끊어서 나열만 하면 그 뒤는 잡지사에서 충실하게 다소 수정해서 잡지에 실어 주는 친절도 있고 또 그런 수고를 안하는 잡지도 있기 때문에 문제는 잡지사의 형편에 얼마큼 협조적인 자세를 갖는가의 여부가 중요하다. 최근에 명함에 시인·소설가·문학평론가·수필가라는 복수 명칭을 사용하는 사람들이 많아진 것도 따지고 보면 이 땅의 문학의 질이 초등학교 수준에도 미치지 못하는 혹은 한글 맞춤법은 물론 시집 몇 권도 읽어보지 못한 사람들에 의해 저질러지는 어지러운 문학의 현장이다. 이런 일은 결국 문인들이 불러들인 업보라는 데서 오염의 대가를 치러야만 될 것이다. 이런 우울은 쉽게 끝나는 계약이 아니라는 예상에서 한국 문학의 21세기 초기는 갈등의 시기가 될 것이다.

5. 새로운 창조를 위해

1) 잡초는 있어야 하는가?

90년대 초 본인은 <잡초 문학론>을 모잡지에 연재한 적이 있다. 잡초 시인, 잡초 박사 문인, 잡초 잡지, 잡초 문학상, 잡초 문인 감투 등……. 심심하면 글이나 써 볼까라는 자조적인 형편이 이 땅의 문학 풍토였다면 이를 정화할 수 있는 제도적인 걸름장치가 없다는 점에서 우울한 시대로 접어들고 있다. 아울러 원고를 집필하면 거기에 대응하는 보상이 없는 풍토에서 좋은 문학적인 성과를 기대한다는 것도 무리한 희망일 것이다.

예를 들면 『펜과 문학』 통권 52호의 <원고 청탁서> 중 참고 5항에는 "본지의 고료는 종전 고료보다 다소 하향 조정됨을 양지하시기 바랍니다"를 읽을 때, 글을 쓰는 기분은 어떻게 반응될 것인가? 종전의 고료는 얼마나 높았는가? 이는 잡초가 무성할 수밖에 달리 도리가 없는 열악한 문학적 환경이라는 뜻을 함축한다.

본인은 잡초의 필요성이 이런 풍토에서 어쩔 수 없는 현상이라는 변호를 마다하지 않는다. 왜냐하면 잡초 속에서 끈질긴 생명력을 발휘하는 목적의 이름이 지금도 성장하고 있기 때문이다. 만약 잡초의 기승 때문에 현존의 모든 잡지를 사장시킨다면 한국 문학의 현상은 얼마나 변화될 것이고 또 좋은 일들만으로 채워진다고 장담할 사람은 한 사람도 없을 것이기 때문이다. 그러나 시장 원리에 맡겨 주는 무간섭보다는 다소의 정화 장치가 더욱 요망되는 것은 현상을 높은 단계로 이끌어 올리려는 제도적인 장치가 필요하다는 인식이다. 이는 국가의 문화 정책과 무관한 것이 아닐 것이다.

문학의 시장은 과거와는 달리 변했다. 요컨대 과거 엘리트의식에 젖은 생각으로 비판하지만 변화를 받아들여야 할 것 같다. 왜냐하면 오늘의 시대는 이미 선민의식이나 엘리트라는 존재를 인정하지 않는 평범의 시대로 변모했을 뿐만 아니라 누구나 문학을 생산하고 소비하는 동등의 시대 혹은 공유의 시대로 문학의 판도가 전환했음을 인지하고 좋은 작품을 생산할 수 있는 분위기의 조성이 우선되어야 할 것 같다. 신인들의 다수 등장은 질적인 문제이지 등단 자체가 문제는 아닐 것이다. 무작정 신인을 내보내는 형태에서 점차 교육 쪽에 관심을 기울이는 잡지사들의 노력도 변화를 시도하는 일 중에 하나라면 좀더 제도적인 장치를 연구하는 선도적인 작업이 따라야 하는 문제가 혼란의 시대 혹은 소용돌이의 시대에 절실한 문제로 대두된다.

2) 변화와 기대의 공간

문학의 변화는 하나의 기준(尺)자로 설정할 수는 없을 것이다. 그러나 주류를 이루는 장치가 있기 마련이다. 지금까지 문인이 되는 방법에는 주로 전통적으로 대학에서 국어국문학과 출신들이 주류를 이루었지만 90년대 이후에 와서는 이런 현상이 무너지고 있다. 다시 말해서 전통적으로 이론과 창작을 구비한 국어국문학과 출신에서 벗어나 전문으로 문인을 집중적으로 양성하는 체제인 문예 창작과 쪽에 창작의 비중을 높이고 있다는 점에 있다. 이런 현상은 당장은 아무런 변화도 없는 것 같지만 5년 내지 10년의 경과 뒤에는 이들 출신들이 한국 문단을 장악할 가능성, 아니면 주류를 이룰 것은 거의 확실하다. 왜냐하면 오로지 문학의 창작에 초점을 맞추기 때문에 문예 창작과 출신들의 기대는 그만큼 한국 문단의 판도를 새롭게 변화할 수 있는 여지를 갖고 있다. 이런 기대치는 지금까지의 문단에 대한 독초, 잡초들의 우려를 다소 불식할 수 있는 전기가 될 것으로 보인다. 현재도 백일장을 거의 독식하거나 신춘 문예에 두각을 나타내는 숫자는 급진적으로 증가하고 있기 때문이다. 그러나 이들에게 요망하는 것은 기교적인 재주는 있을 수 있지만 기교를 담는 의미 즉 사상의 옷에서는 항상 문제가 따를 소지는 충분─함량 부족의 재주꾼을 기른다면 문제가 된다는 점이다. 어떻든 앞으로 상당 기간을 경과하면 한국 문단의 변화는 이들에게서 변화를 기대할 수 있다는 점에서 한국 문학의 21세기는 20세기의 모방과 답보와는 다를 것이 분명할 것 같다.*

제 2 부

시와 상상구조

길찾기와 바다의 이미지
— 조병화의 초기 시를 중심으로(1)

1. 들어가면서 — 정신 문법과 시

시가 의식을 통해 정신적인 지도를 그릴뿐만 아니라 시인이 살아왔던 현실과 일체화를 이루는 감수성의 표출이라면 이는 곧 시인의 총체적인 정신의 축도를 접하는 일이다. 다시 말해서 한 편의 시 속에는 시인에게 부여된 시대의 온도를 측정할 수 있고 어떻게 살아왔는가 혹은 사상의 맥락이 형성된 줄기를 파악할 수 있다는 점에서 심리적인 기저(基底)를 예외로 하지 않을 것이다.

물론 인간이 살아가는 방도는 제각기 다른 양태 — 현실을 수용하는가 하면 때로 거부의 몸짓을 나타내는 생활의 태도가 있을 수 있다. 일제 치하에도 합리를 내세워 친일의 행위로 부귀를 누린 사람이 있는가 하면, 독립운동의 신산(辛酸)한 고통을 선택하면서 살아간 사람도 있다. 이런 행동의 기준은 곧 역사 가치 혹은 삶의 기준자(尺)를 어떻게 객관화할 수 있는가의 여부에 따라 현실을 접하는 태도는 달라질 수밖에 없다. 이런 정신의 문법은 특수한 경우를 예외로 한다 하더라도 보편적인 생활에서도 차이를 갖기 마련이지만 가치의 개념이거나 신념의 문제로 치부할 수도 있을 것이다. 이런 개별적인 행동의 문제는 얼마나 객관적이고 보편적인 가치를 획득할 수 있는가의 여부에 따라 평가의 이름은 다르게 나타날 수도 있다. 물론 시인의 작품에 함축된 현실의 함량을 계량화하거나 또 현실의 함량이 시의 가치로 이어진다는 기준은 필요 없다. 다만 시인이 살아왔던 시대의 소명이거나, 또는 모든 사람이 겪는 현실에 얼마나 선도적인 역할이거나 예언자의 임무를 수행했는가의 여부는 중요한 이름일 것이다. 상갓집에서는 울음이거나 침통한 표정이 있어야 하고 결혼식장에서는 밝은 표정을 가져야 한다는 일은 상식이기 때문이다. 시의 소용이 다만 장식적인 역할로 끝나는 것만이 아니고 인간이 살아가는 도정(道程) ― 희로애락을 시의 이름으로 표현해야 하기 때문이다. 여기서 시의 창작 문법은 결국 보편적인 개념을 앞세우는 방도 이외에 다른 묘안이 없게 된다. 시도 인간의 역사에서 한몫을 할 수 있는 존재 가치의 문제와 상통하기 때문이다.

조병화(1921년생)시인 ― 다작으로 끊임없이 시집을 발간하는 그는 아직도 왕성한 작업을 계속하는 이 땅의 시인이다. 1921년생 ― 80객의 나이에도 불구하고 여전히 거침이 없는 속도로 시업(詩業)에 정진하는 에너지는 확실히 특이한 자리를 논하는 이유가 될 것 같다. 방대한 그의 시집에서 굳이 초기에 초점을 맞추는 것은 조병화의 시가 어떻게 진로를 설정하고 있는가를 파악하기 위함이다.

1949년 7월 시집 『버리고 싶은 유산(1949.7)』이나 『하루만의 위안』(1950.4)은 해방 이후 격랑의 와중에서 피폐한 나라의 시련과 갈등이 한 개인에게 어떻게 영향을 남겼고 또 상상력을 발진(發進)시켰는가를 점검하기 위한 의도 ― 이는 조병화의 시가 오늘까지 건강한 표정을 어김없이 관리하는 측면과도 밀접한 상관을 유추하는 계기가 될 것이기 때문이다.

조병화의 시가 출발한 시기는 나라를 빼앗긴 식민지의 백성으로서 1943년 일본 동경고등사범에 유학하여 나라 없는 백성의 아픔을 시로 승화했고 또 해방이라는 소용돌이에서 감수성 예민한 나이에 어떻게 젊은 날의 고뇌와 아픔을 시화했는가는 대단히 중요한 관건이 될 것이다. 첫 시집 『버리고 싶은 유산』과 두 번째 시집 『하루만의 위안』은 이런 정신적 편력을 추적하는데 초점을 맞추게 될 것이다.

2. 정서의 편린들

1) 길

길은 인간의 운명이 시작되는 공간이고 또 인간의 운명이 마침표로 끝내는 일이라는 점에서 숙명적인 현상으로 상징된다. 여기에는 정신으로 유추되는 개념이 있을 수 있고 인간의 발자국으로 나타내는 현상적인 의미로 압축되는 길이 있다. 정신적인 것과 현실적인 의미는 따로 분리된 상징이기보다는 오히려 하나로 통합된 암시에서 인간의 삶은 충실한 의미를 생산하게 된다. 가령 한용운이나 이육사의 경우는 독립이라는 행동과 정신의 지표가 일치했기 때문에 뛰어난 칭송의 근거를 제공하는 경우도 있지만 이런 경우를 모든 시인에게 강요되는 것은 어느 정도 한계를 갖게 된다. 침략자 나폴레옹의 말발굽 아래 맨 처음 무릎을 꿇고 세계의 양심이 왔다고 선언한 괴테를 문학 이외의 수사로 폄훼(貶毁)하지는 않기 때문이다. 어떻든 인간에게 길이라는 개념은 필연적이고 숙명적인 뜻이라는 점에서 어떻게 살아가는가의 문제와 직결될 수 밖에 없다.

조병화의 일생은 여타 사람에 비해 순탄하다는 말에서 크게 벗어나는 일이 아닌 것 같다[1]. 일본의 패전의 기색이 감돌던 무렵 어머님을 뵙기 위해 귀국한 이후 이른바 학생이면서도 운좋게 선생으로 출발하는 1945년 7월 — 이 해에 경성여의전을 졸업한 의사 김준과 결혼한 이후 그의 삶은 객관적으로 판단할 때, 넉넉하고 평안한 일생을 이어온 시인으로 추측할 수 있는 근거와 그의 시와는 밀접한 상관을 유지하게 된다. 다시 말해서 가난에 슬프고 비극에 괴롭다는 이미지와는 먼 거리에서 유유하게 살아 고독을 관조하면서 때로는 즐긴 — 어찌 보면 사치한 일생을 살아온 시인이라는 이미지는 당연할지 모른다. 물론 좌우 이념의 피투성이가 난무할 때도 그런 와중(渦中)에서 비켜선 삶이라는 추측은 곧 조병화 시의 특성을 가름하는 중요 요

---

1) 이런 추측은 그의 전집『고독과 허무를 넘어서.10 』(학원사, 1988.10)나 그의 연대기를 검토한 결론이다.

소가 될 것이다. 이런 특성은 가치의 폄사(貶辭)로 이어져서는 안된다. 모든 시인을 하나의 규범으로 묶는다면 결국 이는 예술이 아니고 표현의 부자유성과 박제(剝製)성을 변명하는 결과이기 때문이다. 결국 조병화의 인생의 길과 이를 시로 포착한 표현미의 일치는 결과로 입증된다는 점이다.

조병화 시의 길찾기는 바다(물)의 이미지로 형상화된다. 다시 말해서 바다를 통해서 시의 출구가 비롯된다는 사실이다. 그 조짐부터 점검하고 바다로 접근한다.

하늘 하늘로 기어오르는 길
대체 이 길이 어디로 뻗친 것인가

임이 쉬었던 자리에
민들레가 한 송이 피어 있어요

시들어 가는 햇빛을 바구니에 안고
할머니와 손녀가 하늘로 갔어요

하늘 하늘로 기어오르는 길
대체 이 길이 어디로 뻗친 깃인가

— <길>

조병화의 길 이미지는 철학적인 암시로 출발한다. 길의 마지막은 인간세계가 아니라 하늘로 이어진다는 상징은 곧 삶의 종착인 죽음조차도 끝나는 것이 아니라 형이상학으로 옮겨진다는 의미에 다가갈 때, 땀흘리는 고통으로의 길이 아니고 명상적이고 함축적인 운명의 암시로 전개된다. 다시 말해서 '할머니'와 '손녀'가 하늘로 이어지는 길을 만들었고, '임'이 '민들레'로 환치되어 2연과 3연이 동가(同價)적인 암시를 만들면서 하늘의 어디인가를 묻고 있는 데는 인간 누구나 가야만 하는 죽음의 길에서 결코 벗어날 수 없는 필연적인 물음을 띄우고 있다는 암시이다. 이런 물음은 누구나 직면하는 의문이지만 그 대답은 어느 사람도 정답으로 치부할 수 있는 만족의 이름은 아니다. 그러나 시인은 막힌 절벽이나 죽음조차도 희망의 이름으로 환치하는 방도를 노래하는 사람이다. 이는 미감(美感)의 옷을 입고 관념을 뛰어넘어 새로운 의미를 창조한다는 점에서 '이 길이 어디로 뻗친 것인가'라는 물음 — 20대의 시인에게 잠재된 성숙한 의식을 앞세워 생의 입구를 찾아가려는 의도를 나타낸다. 다시 말해서 20대 후반의 나이에서 삶의 문제를 고민하는 철학적 방도가 상당히 높은 수준의 고뇌를 견지하는 점에서 조병화의 시적 출발은 당시의 여느 시인들보다는 높은 자리에서 펼치는 의식으로 보인다. 젊은 시절의 특성은 고독의 옷을 입고 심각한 의문을 던지는 발상이 수시로 나타나는 점에서 특성이 있다면 조병화도 그런 조짐을 예외로 하지 않는다. 아울러 하늘의 푸른 이미지는 바다의 푸름과 연결되면서 동화되는 개념을 낳게 된다. 즉 하늘은 바다의 또다른 시적 발상이라는 뜻이다.

낮이나 밤이나 이 길을 걸어가는 것은
진정 내게 고독한 까닭이 있어서가 아니다
내 그 어느 미래로 통한
혹은 나와 같은 그 어느 체취를 호흡하는 생각에
어리던 시절과 늙었을 그 시절 사이를 비비고
걸어가는 생각에
아 그것은 사랑을 잃어버린 사람들이
오고 가는 길 인가기에 —
나는 몇 번이고 이 길의 종점을 알고 싶었다
허나 나는 그것을 무서워한다
내가 애써 찾아온 것은
모두 소용없는 것이었고
이미 청춘이 다 지나간 이 길가에 서서
오늘도 나는
쓸데없는 곳만 기웃거린다

나 아닌 사람들은 모두 행복하다
　　　　　　　　— <낙엽수 사이길을 걸어간다>에서

　다소 시적 논리의 그물에 걸리는 점이 있는 작품이지만 R.프루스트의 『The Road not taken』을 연상하는 작품이다. 그러나 20대 후반의 시인에게 조숙을 넘어 조로의 경지를 배회하는 고민이 있음도 사실이다. '나는 몇 번이고 이 길의 종점을 알고 싶었다'라는 의문을 풀기 위해 지나친 허무를 방문하는 점이 있기 때문이다. 인생의 의미는 살아가는 그 도정 자체가 의미일 뿐이지 별도로 의미의 숲을 가지고 있는 것은 아니다. 타인의 인생을 화려한 눈으로 바라보고 스스로를 무가치 내지 절망으로 생각하는 일은 곧 자기 비하(卑下)의 늪에 빠진 것과 다름이 없는 일이기 때문이다. 물론 젊은 시절의 특성은 방황이라는 미궁에서 스스로를 찾아 나서는 공통점은 누구가 경험하는 문제이지만 '내 무서운 미래를 잠시 잊어버리기 위하여'라는 조병화의 젊은 날의 길은 「무서워한다」라는 암시에서 치열한 자기 찾기의 고뇌는 없는 것 같은 인상이다.

2) 바다로 난 길

　물의 이미지는 수용하는 의도로 모두를 포괄하는 특성이 있다. 이는 흙의 이미지일 뿐만 아니라 반사하는 거울과는 다른 성질을 나타낸다. 다시 말해서 물은 모든 사물을 거부없이 받아들여서 자기화하는 점에서 독특한 상징성을 갖는다. 물이 높은 곳에서 낮은 곳으로 흐르는 성질을 노자는 上善若水라는 말로 인간의 귀감을 말했듯이, 물은 자기의 의지를 고집 세우지 않고 사물의 특성과 동화되는 점에서 인간에게 지표가 된다. 이는 도달하기 어려운 가치의 문제이면서 인간이 살아가는데서 도달해야 하는 영원한 좌표일 것이다. 물은 흐름이 아니면 안 된다. 그 흐름은 곧 길을 만든다는 점에서 인간의 운명적인 현상과 유사점을 갖기 때문에 선택하고 극복해야 하는 길이 된다.

조병화의 초기시에 바다는 비교적 많은 빈도를 나타낸다. <귀향>·<나씨일가>·<기항지>·<바다의 답서>·<다방 해협>·<소라>·<바다>·<추억>·<소라의 초상화>·<해변>은 바다의 이미지를 표현했고 <한강수>·<옛엽서> 등은 물의 이미지인 바 전부 26편의 첫 시집에 절반 이상에 이르는 걸로 보더라도 바다(물)와 시인의 정신적인 추이는 유동성을 상징하는— 어딘가로 벗어나기 위한 심리적인 특징이 내재되어 있다. 이런 현상이 곧 길찾기라는 점에서 초기 시의 정신적인 방황과 맞물리고 있다는 증거가 된다.

인간은 방황에서 참된 자기를 만난다는 것은 오랜 삶의 축적에서 얻어진 결론이다. 이는 모순을 헤아리는 지혜를 필요로 하는 점이고 어둠에서 밝음으로 나아가는 우주 질서의 법칙과 다름이 없는 일이다. 카오스에서 코스모스로 진행하는 것은 우주의 이름이기 때문에 이런 질서의 기운을 벗어날 수 없는 어둠 — 고뇌의 깊이에서 허우적이다 결국은 빠져나오는 길찾기가 된다.

인간은 넘어지기 때문에 일어서는 방법을 터득하는 유일한 동물이다. 파우스트적인 행동이 인간의 본질이랄 수는 없지만 지혜를 동원하여 미궁의 수로를 빠져 나오는 현명함은 항상 위기 속에서 빛을 찾아 나서는데서 독특한 세상을 이룩하게 된다. 조병화의 초기 시는 이런 갈등과 어둠의 기저위에서 출발한다.

> 羅씨 23대손 한 가족이 바다로 왔다. …… 1연
> 학교 갈 나이의 남수는 굴 줍기에 종사했다. …… 2연
>
> 바다
> 바다엔 해가 뜨고
> 날이 가고 밤이 오고 별이 떴다
> 별 모양 등잔불이 가늘었다. …… 3연
>
> — <羅씨일가> 중

1연은 새 삶을 위한 준비의 상태라면 2연은 고통이고 3연은 불빛이라는 희망의 상태를 나타낸다. 이런 상황 설정은 고통과 어둠에서 빛을 추구하는 도식적인 형태로 시를 구성하고 있다. 어둠에서 빛으로의 이동의 촉매는 물론 바다라는 점에서 유동적이고 이런 발상이 첫 시집에서의 물의 이미지가 된다. 그렇다면 조병화의 시적 출발은 정지(停止)에서가 아니라 이동을 위한 모색 혹은 좌표를 설정하고 나아가는 인생 설계와 밀접성을 가정하게 된다. '바다'라는 공간에 '해가 뜨고'의 낮이 설정되었고 이어 생존의 광장을 지나면 밤이 오고 그 밤의 무대엔 '별'이 떠오르게 된다. 별은 인간의 능력으로 만들어질 수 없는 자연현상을 의미한다면 여기에 '등잔불'은 인간에 의해서 소임을 다하는 목적으로 상징된다. 아울러 등잔불은 시인 자신이 어떤 목적을 달성하기 위해 불을 켜는 의미가 된다. 그렇다면 별이 뜬 아름다운 밤에 무엇을 위해 불을 켜는 것일까? 그 대답은 다음 시로 집약된다.

바다엔
소라
저만이 외롭답니다

허무한 희망에
몹시도 쓸쓸해지면
소라는 슬며시
물속이 그립답니다

해와 달이 지나갈수록
소라의 꿈도
바닷물에 굳어 간답니다

큰 바다 기슭엔
온종일
소라

　　　　저만이 외롭답니다

　　　　　　　　　　　　　　　　— <소라>

　　장.콕토의 「내 귀는 소라 껍질/바다의 소리를 듣는다」와 유사한 시적 발
상이다. 그러나 콕토의 소라는 인간과 소라가 융화를 위한 발상으로 적극적
이고 외향적이라면, 조병화의 소라는 고독의 옷을 스스로 걸치는 점에서 내
향적이라는 점이다. 어떻든 소라는 곧 시인의 형상이고 바다를 곁에 두고
'온종일' '저만이 외롭답니다'라는 증거를 내보인다. 이런 증상은 곧 시인
자신의 삶에 대한 상징을 뜻하는 점에서 고백적인 한계를 암시한다.

　　　　나는 길을 잃고 있었던 거다. 물리화학을 하겠다던 나의 꿈은 날로 암
　　담해지고 물리화학으로 월급을 타는 직업인으로 전락해 가고 있었던 거
　　다. 어떻게 해볼 수 없는 상황에서.
　　　　이러한 꿈의 좌절에서 실로 쓸쓸해서, 고독해서. 외로와서, 걷잡을 수
　　없는 낙오감에서, 그 포기에서, 시가 나오기 시작했던 거다. …… 중략
　　…… 「소라」라는 시, 그건 이렇게 독백하듯이 금새 나와 버린 거다. ……
　　중략 …… 그리고 아름답고, 멋이 있기 때문에. 그리고 무한한 동경의 세
　　계, 그 꿈으로 나를 함빡 젖게 하기 때문에. 그것으로 하여 나는 내적 성
　　숙감을 느끼면서 청년 학창시절을 보냈던 거다.[2]

　　조병화의 시에서 시대의식을 찾는다면 도로(徒勞)가 될 수 있다. 이는 초
기부터 그의 만년의 시에서도 발견할 수 없는 의식의 특성이다. 다시 말해
서 해방 이후 소용돌이의 와중에서 민족의 아픔이라거나 국가의 운명이 풍
전등화의 고난 속에 있었다는 의식은 시의 전면에 등장하는 요소가 아니라
자기 고독 그리고 스스로만의 아픔을 표현하는 한계를 갖고 있다. 공동의
선(善)을 위한 투쟁이나 미래의 아픔을 공유하려는 것보다는 「나만」의 고독

---

2) 조병화 : 「김기림과 그 주변」, 『떠난 세월 떠난 사람』(현대문학사, 1989.7), p.14～15.
　　passim.

을 즐기는 범주에서만 시를 생산하는 일종의 자기적인 시를 쓴다는 고백의 일단이 인용의 수필이다. 길을 잃었다는 것은 해방 이후의 상황으로는 참으로 사치한 고백이다. 물리와 화학을 전공하겠다는 소망의 좌절이었지만 모든 것이 무너졌던 해방 직후의 극한상황에서 무난하게 살아가는 직업인으로 「전락」했다는 것이 좌절이었고 아픔이었다는 요소가 1946년 <소라>를 처음 쓰게 된 고백이고 또한 '아름답고, 멋이 있기 때문에' 시를 썼다는 말은 당시의 사회 상황에서는 확실히 귀족적 사고 ― 구름 위에서 노니는, 세상과 유리된 신선의 경우와 같다는 생각이다. 물론 다감하고 나이브한 성품의 시인을 나무라는 것은 아니다. 다만 시대를 수용하는 의식의 치열성에서는 예외였다는 점에서 조병화만의 독특한 시적 가문을 형성하는 계기가 초창기부터의 진로였다는 점이다. 이는 조병화 시를 사시(斜視)로 보는 아킬레스건이지만 이는 개성으로 돌릴 수 있는 부분이다.

일제 치하에도 독립을 위해 온몸을 던져 투쟁한 사람이 있고 침묵만으로 일제의 침략을 반대한 대부분의 백성이 있었고, 부귀와 영화를 위해 민족을 버렸던 친일의 무리가 있다면 처음과 두 번째는 어떤 명분을 내세워도 비난되어서는 안된다. 일본 천황을 위해 앞장섰던 지도층 문인의 행동보다는 높은 자리에 있어야 한다는 점이다. 적어도 조병화의 일생에는 그런 이름과는 거리가 멀기 때문이다. 또 80년대 이른바 민주화를 부르짖었던 민중문학의 결과는 문학이 아닌 빈 껍데기라는 결과를 주시할 필요가 있다. 문학은 다만 문학이고 시는 다만 시이면 된다. 조병화의 시는 다만 시일 뿐 다른 요소를 첨가해서는 안된다는 뜻이다.

인간사는 다양성에서 조화의 묘미가 있기 마련이다. 시장에서 물건을 파는 사람이 한가지 물건만을 모두 판다면 밋밋하고 볼품없는 획일의 사회일 것이다. 시의 경우에도 다양한 판도를 형성하는 것은 결국 한국 문단이라는 확대된 상황에서는 조병화만의, 조병화로서의 일익을 감당하는 문학적인 역할을 수행할 수 있는 공간을 명백하게 설정했다는 점이다.

「소라」는 바다와 떨어질 수 없는 생명의 공간 ― 바다는 세상이고 소라는 조병화라는 도식이 설정된다. 그러나 소라가 「저만이 외롭답니다」에 이르면 스스로 선택적이라는 구분이 명료해진다.

누구나 어울려 살아가는 바다의 세상에서 「저만이」 선택은 곧 공존의 광장을 벗어나서 살아가겠다는 홀로의식의 발동이기 때문이다. 여기서 바다의 이미지는 곧 출발의 공간을 설정한 의식의 출구가 될 것 같다. 이런 바다의 인연은 모교의 소란과 은사 신기범의 불행한 작고로 염증을 느껴 1947년 9월부터 1949년 2월 서울고등학교 물리선생으로 전근되기까지 인천(중학교)에서 바다와 접하게 된 경험이 뇌리에 각인(刻印)된 중요한 시적 모티브를 제공한 것 같다.

> 바다의 이별이
> 이국의 소식이
> 진한 커피와 마도로스 파이프에 전해질 무렵엔
> 등불도 저물어
> 안개 자욱한 북쪽 해협 어느 지점에
> 우리는 삼등 선객임이 분명한 것이다
>
> — <다방 해협>에서

인천에서 쓴 작품인지 아닌지는 중요한 것이 아니다. 다만 바다라는 이미지가 번다히 출몰하는 이유가 자신의 삶에 대한 모티브를 제공하고 있다는 점에서 시적 발상의 중요성을 거론하게 된다. 바다는 어딘가 떠나고 돌아오는 길의 의미를 충족한다. 이런 현상은 바다를 통해 오고가는 소식을 접하기도 하고 또 소식을 전해 주는 메신저의 역할을 감당하기 때문에 기다림과 이별과 그리움이 교차하는 공간으로 역할을 수행하게 된다. 조병화의 경우도 바다를 바라보는 다방에서 커피와 파이프 등의 소품을 동원하여 멋스러운 자세로 미지에 대한 소식을 기대하는 심정을 키우고 있다. 그러나 바다를 항해하는 배에는 선객이 있고 그 선객은 어딘가로 떠나는 이별과 만남의 교차가 인간사를 의미한다. 조병화의 정신 속엔 바다만의 공간이 아닌 또

다른 세계를 지향하지만 그가 살고 있는 공간에 영향을 받아서 스스로 소라 혹은 삼등 선객임을 선언하는 고독한 행보를 바다로 난 길에서 출발의 상징을 띄우고 있다. 그러나 '바다는 / 세너토리움 유리창 밖으로 내려다볼 것이다'<ETUDE - 3. 바다는>나 '바다로 / 하늘로 / 홀가분한 단념과 웃음을 배우러 가자'<입춘>에서처럼 바다에서 삶의 치열성을 경험하는 것이 아니라 바라보고 관조하는 점에서 일정하게 바다와 거리를 유지하는 문제를 가지고 있다. 이런 현상은 시인의 성품 혹은 삶의 현상과 밀접성을 가질 수밖에 없을 것이다.

2) 어둠

의미상으로 볼 때 어둠이란 빛과 반대의 개념을 뜻하지만 그 소임은 전혀 다른 발상으로 출발한다. 그러나 어둠과 빛은 결국 탄생과 죽음이라는 이질성을 넘어 하나로 연결된 동그라미와 같다는 순환 논리의 우주 질서에 도달하게 된다는 점이다.

우주의 탄생을 위한 물리학의 비밀은 아직도 명확하게 밝혀진 것이 아니다. 빅뱅이라는 이론도 추측을 이론화했다는 점에서의 이론이지 명백한 근거를 제시한 것은 아니다. 그러나 인간사에서 어둠이란 곧 양수에서 탄생의 생명을 키우는 인간의 잉태도 유추할 수 있고, 밤의 안식은 내일을 위한 태양을 맞이하기 위한 근거가 될 수도 있다. 이런 유추로 보면 어둠은 절망 혹은 슬픔과 같은 이름을 붙이지만 이를 뒤집으면 어둠은 안식을 마련하는 공간이며 또 빛을 잉태하는 것이고, 절망과 슬픔은 희망과 기쁨을 만드는 기반이 된다는 점이다.

> 한 병아리가 태어나기에
> 느티나무는 무서운 밤을 꼭 참았을 거라
>
> 그러나 이 날
> 마을엔 찬란한 고독이 피어오르고

　　生殖의 줄기는 신화를 侮辱하였답니다
— <탄생>

　병아리가 시인이든 누구인가는 중요한 것이 아니다. 탄생을 예비하는 밤
에 무서움을 느끼는 느티나무의 전율은 곧 시인 자신의 감정이고 무서움을
견디는 감성은 곧 새로운 생명을 맞아들이기 위한 문법으로 작용하는 것이
<탄생>의 규격적인 사고이다. 물론 '찬란한 고독'이 피어오르는 것은 마을
의 경사이자 시인 자신의 정신적 환희를 나타내는 감탄으로 느껴 온다. 이
런 탄생의 전제를 내세우면 다음 단계로 전이하게 된다.

　　비 많이 쏟아지는 밤
　　이러한 밤에 절망을 뒤적거려 보는 것이
　　얼마나 위안이 되었던가
— <오히려 비내리는 밤이면>에서

　비와 밤은 젖어지는 — 다시 말해서 대상을 일체화하는 점에서 감싸는 성
격으로 좁아진다. 밤은 생명을 새롭게 변화시키는 안식의 의미에 가깝고 비
는 생명을 키우는 유연함으로 직접성을 갖게 된다면 밤과 비는 절망의 반대
편에서 생명을 키우고 안식을 주는 양가(兩價)적인 특성으로 좁아진다. 물론
슬픔과 좌절이나 절망의 이미지와 명확하게 접근되는 것은 아니다. 다만 여
느 사람들의 절망과 슬픔과는 좀더 고답적이라는 점에서 쉽게 수긍할 수 없
는 한계를 갖는 것도 사실이다. 왜냐하면 가난의 고통이나 절망의 심연에서
아우성 내지는 절규하는 처절한 몸짓으로의 비극적인 인상이 아니라 어찌
보면 사치한 것 같은 고독의 발성이라는 인상을 지울 수 없기 때문이다.

　　나의 꿈의, 좌절의 배설처럼, 고독의 배설처럼, 절망의 배설처럼, 외로
운 단독자의 절규처럼 써 두었던 시들이 장만영 시인의 손에 의해서 추
려지고 배열되어 김경린 시인의 장정으로 출판의 옷을 입고, 한국문학사

그 한 대낮에 나타나게 되었다. 그러니까 1946년경부터 1948년경까지 모여진 작품들이었다.

— 시집 『버리고 싶은 유산(1949.7)

참으로 나를 구출하는 하나의 방법이었으며, 이름 그대로 하나의 스스로의 먼길의 발견이었다. 어둡고 고정 개념의 파괴로부터 다시 나의 생존을 이끌어 내자는 생각이었다[3]

예술은 역설의 미학이라는 말을 한다. 가난과 고통 혹은 혹독한 시련 속에서 예술의 미감을 나타내기 때문이다. 넉넉하고 행복한 시절에 위대한 예술은 조짐을 보이지 않는 법이다. 피카소의 청색 시대[4]는 고통과 아픔 그리고 불행의 옷을 벗지 못해서 예술의 색채로 자신을 표현했다면, 이는 위대한 창조의 빌미를 제공하는 본질이 될 수 있다는 뜻이다. 조병화도 슬픔을 짓이겨 그만의 시를 출범하는 계기가 꿈에 대한 좌절이 본질을 이루고 있다.

아 오늘과 같이 눈 내리는 밤엔
여인의 따뜻한 가슴 안에
내가 귀여운 아해처럼 안겨 있는 듯하다

— <눈 내리는 밤엔>에서

눈과 밤이 따뜻한 느낌으로 시인을 감싸는 소망을 바라고 있다. 이런 고독은 처참한 패배로서의 고독이기보다는 다소 평화로운 혹은 소녀 취향적인 느낌을 배제할 수는 없을 것 같다. 눈이 여인의 가슴과 연결되는 이미지 그리고 귀여운 아이와 같은 부드러움으로 전환되면서 시적인 메타퍼는 아

---

3) 조병화, 「나의 문학적 고백」, 『고독과 허무를 넘어서』(학원사.1988.12), p.14.
4) 대략 1901년에서 1904년 봄까지를 파블로 루이즈 피카소의 Blue Period란 한다. 내적 갈등과 의기소침, 인생에 대한 끊임없는 질문 — 인간성으로 향하는 문을 열기 위해 변화와 고독의 기간을 청색으로 표현했다.

늑하고 꿈꾸는 ─ 정적(靜的)인 느낌을 생성하게 된다.

> 밤이 깊어서 나 호올로 여기 아시아 한 자리
> 촛불 앞에 남아 있어
> …… 중략 ……
> 아 나의 텅빈 가슴 저 저 먼 방향에서
> 전율의 연대를 향하여
> 달음박질치는 나의 발자국 소리가 들려 온다
> 발자국 소리가 들려 온다
>
> ─ <나의 가슴에는>에서

  아시아라는 커다란 공간을 생각하는 밤에 먼 미지를 향해 화려한 명성의 이름을 찾으려는 발심(發心)으로 '나의 발자국 소리'를 들으려는 귀 ─ 명성의 획득을 위해서 고독의 시간을 즐기는 것이다. 이로 보면 조병화의 고독은 찾아가는 그리고 스스로가 선택하는 고독이라는 점에서 비극의 인식과는 멀리 있다. 이는 '팽창하는 시절이 두렵다'<눈 내리는 밤엔>와 '불안한 세월을 혼자 두고 / 기다리어도 멀어만 가는 사람들 속에'<1950년>와 같이 전쟁을 무대로 쓴 피흘리는 시보다는 오히려 자기 주변의 문제들을 자기만의 공간으로 끌어들여 이미지를 극대화하는 기교를 보인다. 다시 말해서 타인의 문제를 객관화하는 것이 아니라 자기만의 문제 속에서 자기만의 개성을 나타내는 점에서 다른 자리를 점하는 점이다. 또한 격변 앞에 대결하면서 피흘리는 전사가 아니라 안주하면서 바라보는 또는 흘러가는 가운데서의 변화를 관조하는 특성을 나타내는 순수하고 질박(質朴)한 시심(詩心)의 모습이다.

3. 나가면서

  단순하다는 것은 복잡하다는 것과 반대편의 의미지만 조병화는 복잡한 미로를 싫어하는 명료한 성품을 가지고 있다. 이런 현상은 하찮은 사물에서도 시적인 이미지를 포착하는 예민한 촉수를 발휘하면서 시화(詩化)의 길로 출발한다.

조병화의 시는 고독을 메우기 위한 발상으로 출발했지만 그 근거는 투명하고 순수를 지향하는 점에서 단순하다. 이는 그가 태어난 삶의 도정(道程)이 비교적 순탄하고도 안락한 귀공자의 품성을 여일하게 유지하는 발상이 초기시의 특성으로 보인다.

길을 찾아가는 방법은 어둠으로 나타나는 질서의 형성이면서 이 질서는 곧 시의 문을 두드리는 양상으로 전개되었고 그 정서의 함량은 고독으로 얼굴을 내밀었지만 모두와 공유하는 고독이라기보다는 따로 떨어진 성주(城主)가 되었다는 점에서 또다른 개성이랄 수 있다.

바다(물)의 이미지는 초기 출발의 중요한 모티브가 된다. 스미는 것 혹은 일체화를 지향하는 속성으로 나타나는 바다는 곧 조병화의 시가 유동적이면서 의식을 옮기는 메신저로 등장한다. 물론 광막한 그리고 파도가 일렁이는 무서운 바다가 아닐 뿐만 아니라 고독한 영혼의 세계와 인생에의 순화를 바다에서 씻어내려 했고 또 인간적인 슬픔과 아픔을 정화하는 작용으로 유추되는 바다인 것 같다. 그러나 그의 시적 성격은 활달하고 동적이며 활동적인 것보다는 오히려 내성적이고 정적(靜的)인 미감으로 시의 얼굴을 삼고 있다.

조병화의 초기시는 바다라는 공간에서 미지를 향하는 길을 만들기 위한 내심으로 한국 시단의 일정한 공간을 조병화만의 개성으로 설정한 입지가 보인다. 더불어 그의 품성은 전원적인 사고(思考)이지만 도시적인 취향을 시의 내용으로 도입하고 있다. *

출발점에 선 사랑과 고독의 표정
— 조병화의 초기 시를 중심으로(2)

1. 서론 — 50년대의 문법

인간은 일차적으로 어떤 사회 상황에 반응이라는 절차를 통해 행동의 변화를 꾀하고 또 이로부터 새로운 행동의 예비를 감행한다. 이런 질서는 흔히 새로운 의미를 갖게 될 뿐만 아니라 새로운 장면을 자아내는 원동력이 될 수 있다는 점이다. 가령 예술의 특성을 말할 때, 흔히 역설적인 현상의 기록-즉 행복하고 넉넉한 경우에서보다는 악착하고 고통스런 반응에서 위대한 예술혼이 탄생했다는 것은 잘 알려진 일이다. 고호나 고갱 혹은 토스토예브스키 또는 베토벤 등의 일대기는 아픔에 신음하는 생애였지만 이를 극복하고 미감(美感)으로 환치한 결과는 위대한 예술적인 결과로 남았다.

평화로운 때의 예술은 장식적인 기능을 다하지만 어렵고 신산(辛酸)한 경우에는 인도자 혹은 예언의 몫을 다하게 된다. 이는 개인적인 현상이나 사회적인 현상의 경우에도 다름이 없을 것이다.

가령 현대사에서 1950년의 한국전쟁은 수백만의 이산가족을 만들었고 290만 명이라는 인명이 목숨을 잃었다. 이런 현상이 50년대를 점철하는 문학의 경우 어쩔 수 없이 표현 속에 용해 혹은 반응될 수밖에 없다는 점에서 간과할 수 없는 개인 의식의 분수령이 될 것이다.

조병화의 경우도 이런 흔적을 발견하게 된다. 1949년 첫 시집『버리고 싶은 유산』과『하루만의 위안』(1950년)에서 길과 물이 주요한 시적 모티브를 제공했다면 그 이후의 시집은 주로 50년의 흔적이 시적 표현의 의복을 입고 변용 되고 있다.

조병화의 특징 마크와 같은 고독이 얼굴을 내보이고 — 어둠 의식 혹은

'당신'이라는 시어가 싹을 틔운다. 이런 의식을 밑받침하고 있는 종자 의식 등이 『패각의 침실』(1952), 『인간고도』(1954), 제5시집인 『사랑이 가기 전에』(1955)에 관류하고 있는 시적 특징이다.

본고는 50년대 민족 수난의 기간을 어떻게 개인적으로 극복하면서 의식의 확대를 꾀했는가를 점검하는 절차에 한한다.

2. 본론 — 의식의 갈래들

1) 고독과 나그네의 원인

지극히 피상적이지만 조병화는 참담한 불행의 소용돌이와는 먼 거리에서 유유자적하면서 살아온 시인이라는 느낌을 갖는다. 물론 가난이라는 언덕에서 절규하는 참담함도 없고 또 갈래 치는 불행의 암담함과는 먼 거리에서 비교적 여유로운 삶을 — 여기서 피상적이라는 말을 쓴다. — 평생 살아왔다는 점과 그의 시를 연계시키는 것은 연구자의 함정일지 모른다. 그러나 인간에게는 누구나 피력할 수 없는 비밀한 사연이 내장 될 수 있다는 가정을 버릴 수는 없을 것이다. 즉 예술가의 내면은 일정한 예술 형태로 포장하여 보여주는 점에서 우회의 길을 뜯어보는 절차가 필요한 이유가 있게 된다.

> 조병화에게 있어서 전쟁은 감상적이며 허무주의적인 자괴(自愧)심을
> 심어 주었다. 섬세한 예술적인 센스를 다시 일깨워 준 것이다[1].

아마도 전쟁은 사회의 구조를 그리고 그 구조의 변화에 따른 개인의 운명을 일거에 바꾸어버리는 파워를 갖고 다가온다면, 조병화의 어린 시절의 꿈은 부산 피난 시절의 절망적인 풍경화에서 그의 시에 지대한 작용점을 형성하게 된다. 전쟁이라는 비극의 장면을 담담하게 바라보면서 노래하는 안온한 정경은 때로 비난의 표적일 수 있기 때문이다. 여기서 "감상적이며 허무

---

1) 박이도, 「항도 부산의 연대기」, 『조병화의 문학 세계』(일지사, 1986), p.14.

주의적인 자괴심"이라는 표현이 당연할지 몰라도, 조병화에게 피흘리는 전사(戰士)의 요구는 그의 천품으로 볼 때, 무리한 요청이 될 것이다.

박이도의 진단은 매우 예리하고 적절한 점으로 포착했다. 내부에서 터져 나오는 절규이거나 아픔이 아니라 스케치적인 장면의 보여줌 — 파노라마적인 풍경을 바라보는데서 생래적인 예술적 감각을 가진 낙천적인 시인으로 포장된다. 이런 현상이 당시의 여느 시인들과 구분되는 점을 이해한다는 것은 시간을 요하는 일이 될 것 같다. 왜냐하면 그의 시는 보편적인 상식의 기준에서 파악하려 해서는 안되는 자기만의 세계를 줄기차게 지녀 온 특징이 있기 때문이다. 이런 '자기만의 기준'을 여일하게 준수하면서 지금에 이른 것 때문에 비평가들의 입맛을 부추기기에는 때로 예외를 감수해야 하는 경우가 많았다. 또 한 가지 사실은 조병화의 방대한 시를 접할 때, 사회 변화와 시의 특성을 대입하는데 애로를 느낀다는 점은 결코 비난의 잣대여서는 안된다는 점이다. 왜냐하면 한 가지 얼굴로 통일하는 인형 제조의 임무가 예술 창작의 본질이 아니기 때문이다. 체험의 요소를 지나치게 요구한다는 것보다 상상력의 예술혼이 때로 체험보다 더 깊은 의미를 간직할 수 있고 다양한 표정이 문학의 정원에서도 더욱 화려하기 때문이다. 이런 진단으로 보면 조병화의 1950년대는 확실히 자기만의 기준을 지녔고 또 그런 맥락을 여일하게 지켜 왔다는 점은 구분되어야 할 목록이다.

> 신들이 외출한 긴 계곡을
> 가벼운 여장으로
> 이렇게 나선
> 나 호올로 인간의 피고올시다.
>
> — <신들이 외출한 긴 계곡을>에서

조병화의 시는 정지태가 아니라 유동하는 점에서는 동적이지만 그렇다고 다이내믹한 특성을 간직한 것도 아니다. 겉으로 드러내면서 요란을 떨지 않고 조용한 행보를 유지하기 때문에 움직임이 쉽게 포착되지 않는 이동의 특성을 갖고 음미하는 고독의 행보를 나타낸다는 점이다. 이런 현상이 '나 호올로'라는 독립된 영역의 땅을 향하는 나그네의 행보가 설정된다. 물론 무겁거나, 복잡하거나, 심각한 것이 아닌 점에서 조병화의 시에 고독한 특성은 초창기부터 조짐을 보이게 된다.

> 사랑하는 나의 애인들이여
> 쉽사리 절망하실 것은 없습니다
> ― 외로움은 또 하루만 견디면 사라지는 것.
>
> ― <가을은 당신과 나의 계절>에서

물론 애인이라는 말은 이성이 아니라 미지의 대상을 암시하면서 ― 그 대상이 절대적으로 작용하는 것이 아니고, 다만 왔다 사라지는 자연의 법칙에 철저히 따르는 느낌을 갖는다. 이런 말은 '나의 재산은 우정과 고독'이라는 연결이 이질적인 현상으로 결합한다. 이같은 병치 은유의 실상은 조병화가 지향하는 관념의 깊이를 간직하는 평생의 요인이 된다. 즉, 뼈 속에 스며 각인(刻印)된 고독이 아니라 지나면 자연스레 없어지는 자연의 법칙을 순응하기 때문에 나그네의 행보가 일정한 성취를 지향하는 목표점의 명확성을 갖지 않아도 아름다움의 표정은 넉넉히 감지되기 때문이다. "하루만 견디면"의 외로움은 피상적인 표현이 아니라 다시 새로운 고독의 표정을 찾아 나설 수 있는 고독이 그의 시정신으로 흐르고 있다는 점이다.

> 일체의 수속이 싫어
> 그럴 때마다 가슴을 뚫고 드는
> 우울을 견디지 못해
> 주점에 기어들어 나를 마신다.
>
> ― <주점>에서

리버럴리스트로서의 고독한 원인을 발성(發聲)하는 시이다. "일체의 수속이 싫어"라는 불간섭의 성격은 곧 따로 의식이기보다는 더불어 의식이 더욱 강하지만 막상 더불어 체온을 나누는 장소에서는 다시 홀로이기를 원하면서 다른 곳으로 떠나려는 발상을 갖고 있기 때문에 조병화의 고독은 항상 유동하는 흐름을 갖게 된다. 다시 말해서 자기의 의견을 앞세우면서 나를 따르라는 인도자의 임무를 자청하는 성미가 아니라 방관자적인 성품으로 어울렸다 다시 떠나는 여정의 고독이라는 점은 조병화의 성장 환경과 밀접한 인상을 준다.

모든 문학적인 장치는 낯설게하기라는 방도로 독자를 외면하면서도 자기를 드러내는 고백의 장치를 갖게 된다. 시 또한 은유와 비유라는 도구를 사용하면서 상징의 숲을 만드는 일도 결국은 자기 고백의 미감을 창조하기 위한 방도인 점이다. 어차피 시는 시인의 정신적인 고백의 한계를 벗어나는 것이 아니기 때문이다.

> 형제들 중에서도 나이 차가 많아서 무섭무섭 말없이 자랐다. 그 중에서 제일로 가까운 사람이 어머니였다. 나는 열 살까지 어머니 젖을 만지며 자랐다. 응석도 있었지만.
> 나는 곧잘 어머님이 산나물 뜯으러 마을 아낙네들하고 뒷동산 앞동산으로 가실 땐 나도 따라나섰다. 그리곤 산골짝을 홀로 내리는 아주 약한 도랑물에서 돌을 젖히며, 굴에 손을 넣으며 가재를 잡곤 했다. 좀 큰 것이 돌 사이에서 이빨을 벌리고 나설 땐 무섭기도 했다.[2]

조병화의 자서전적인 기록에 의하면 위로 배다른 형님이 두 분 이고 (첫째 둘째 어머니는 모두 돌아가시고) 세 번째가 조병화의 모친이 된다. 그리고 그의 가산은 중농쯤이고 항렬이 높아 꼬마 시절부터 할아버지 아니면 삼촌으로 불리는 — 따로 떨어진 존재 의식을 엿보게 된다. 즉 형제들 중에서

---

[2] 조병화, 「나의 유년기」, 『나의 생애』(영하, 1994.2), p.28.

도 나이 차가 많아 "무섬무섬 말없이 자랐다"는 뜻은 조병화의 시에 스며든 고독의 진원이 되고 또 그의 성품을 나타내는—어머니 곁에서 응석을 부리면서 자랐다는 점과 "아주 약한 도랑물"에서 가제를 잡는 '아주 약한'의 유약하고 의타적인 성품의 일단을 형성하는 점이다. 이런 성미 때문에 "좀 큰 것이 돌 사이에서 이빨을 벌리고 나설 땐" '무섭기도 했다'라는 표현이다. 10여살의 어린 소년의 당돌한 기백이기보다는 귀공자의 연약한 면을 나타내는 말이다. 이런 정신적인 흔적이 평생을 지배하는 요소가 된다는 것은 심리적인 방향타와 삶의 궤도와는 일정하게 보조를 맞추게 된다. 여기서 조병화의 고독과 나그네의 심사는 '무섭기도 했다'라는 순수한 귀공자의 성품에서 발원하는 줄기가 조병화 시의 굴곡 없는 평탄함을 유지하는 근거가 된다.

> 실로 친구가 그리 없는 나의 유년기였다. 더구나 집에선 거의 혼자 생활이었다. 말할 사람은 어머님밖에 없었다. 형님, 누나들이 다 나보다 나이들이 많아서 어려웠었다. 나의 방은 수공품이니 그림도구니 톱밥이니 하는 것들이 어지럽게 산재하고 있는 하나의 작업실이었다. 이렇게 나는 집에서, 학교에서 거의 나의 세계에서 나의 유년기를 혼자서 지낸 것 같다.[3]

어린 날의 기억이 평생의 행동에 영향을 끼친다는 것은 인간의 행동의 틀을 생각하는데 기점이 될 것이다. 가난과 싸움 그리고 악착한 생활이었다면 성장해서도 그런 도정(道程)의 길을 따라가지만 유복하고 평탄한 생활을 살아온 사람은 성장해서도 어린 날에 형성된 삶의 길을 밟아 간다. 조병화의 일생이 평탄했다는 점은 그가 인하대학교 대학원장으로 퇴직할 때까지— 총장만을 제하고 부총장, 대학원장, 문인협회 이사장과 예술원장 등 무탈하고 평탄하게 살아온 "실로 모든 것이 순조롭게 내 인생은 진행되었다"[4]로

---

3) 상게서, p.35.

보면 시의 표정은 곧 어린 날의 정서에서 크게 벗어나지 않는다는 것을 알
게 한다.

어린 날의 추적은 곧 오늘의 조병화의 시를 조감하는 틀이 된다는 점에서
앞의 인용은 유년기의 고독과 나그네의 행로가 오늘의 표정과 일치한다는
점을 파악할 수 있는 빌미가 된다. 다시 말해서 시의 특성과 떨어질 수 없는
이유를 제공한다는 뜻이다.

2) 유방과 종자 의식

어둠의 상징은 햇살의 밝음과는 다른 측면으로 상징될 때, 인간은 이런
상황을 벗어나려는 발상을 갖는다. 그러나 조병화는 이런 생각과는 반대쪽
으로 의식을 옮기는 발상을 갖고 있다. 물론 왜, 그런가를 따져 묻는다면 그
대답은 정확할 수가 없다. 심리적인 흐름은 논리를 갖고 있지 않기 때문이
다. 또한 흘러가는 의식은 스스로의 운명적인 것과 유관하기 때문이다.“암
흑은 물질, 원초적 모성, 우주 생성의 싹과 동일시되지만, 이런 현상이 분별
되기 이전의 상태를 암시한다”5)를 대입하면 쉽게 이해된다.

어둠은 동양사상의 원초적인 공간이고 빛이 숨쉬는 생명이 은신처이다.
이를 부정의 개념으로 생각하는 이원론적인 사고는 단순 논리일 뿐 의미를
갖지 못한다. 물론 불안이나 비극을 어둠으로 상징하는데서 오는 의식이지
만 어둠이 태내(胎內)에 창조의 은신처와 같을 때, 어머니의 포근한 밤이 연
상된다. 조병화의 유방은 꿈을 잉태하는 이치로 시작된다는 뜻이다.

> 밤새 불은 유방에 빨간 해가 물든다
> 꿈이 젖는다
>
> — <샘터>에서

---

4) 상게서, 「나의 노년기」, p.54.
5) 이승훈 편저, 『문학상징사전』(고려원, 1995), p.360.

비파를 닮은 어머니의 유방.

　　　　　　　　　　　　　　　　— <여인>에서

물가에 익은 어머니의 유방으로
저녁은 온다

　　　　　　　　　　　　　　— <나 사는 마을>에서

　유방은 생명을 연장시켜 주는 상징이 들어 있다. <샘터>에서의 유방은 꿈과 연관을 맺는다. 이는 물론 어둠이라는 밤의 전제가 있어야 꿈을 꿀 수 있다. 밤이라는 어둠의 공간을 지나면서 생명을 키우는 한편, 해의 빛으로 변형을 이룰 때. 사랑의 정점은 이룩된다. 다시 말해서 저장 공간 혹은 새로운 생명으로 탄생되는 어둠은 두려움이거나 아픔이 아니라 재생의 상징을 지니게 될 때, 어둠은 친근미를 갖게 된다는 뜻이다.

　아울러 <여인>에서의 유방은 어머니의 자애와 생명의 근원을 내포한 암시가 들어 있다. 이 둘의 상관은 생명과 꿈과 어둠이라는 요소가 유기적인 맥락을 갖고 있기 때문에 살아 있는 자의 꿈이 밤이라는 공간에서 생성된다는 개념을 잉태하게 된다. 물론 <나 사는 마을>에서는 이런 현상이 일거에 연결 — 물과 어머니의 유방과 저녁이라는 요소가 결합하여 새로운 생명의 탄생을 부추기는 상징으로 성장하기 위해서는 어둠이라는 은신의 공간을 필요로 한다.

　보호 본능을 지닌 시인의 마음을 상징하는 유방은 삶의 아름다움을 생성하는 공간, 곧 어머니의 사랑을 염원하면서 저장된 꿈을 펼쳐 볼 수 있는 내면적인 장소로 상징된다. 다시 말해서 어머니 혹은 사랑의 근원 또는 포근한 어둠을 인식시키는 상징을 갖고 있고 또 당신이라는 미지의 사랑을 확인하는 의미를 갖고 있다는 점이다.

　사나운 거리에서 모조리 부서진
　나의 작은 감정들이

소중한 당신의 가슴에 안겨 들은 것입니다

밤이 있어야 했습니다
밤은 약한 사람들의 최대의 행복
제한된 행복을 위하여 밤을 기다려야 했습니다
　　　　　— <이렇게 될 줄을 알면서도>에서

조병화 초기의 시에 당신이 출현하는 시는 <이렇게 될 줄을 알면서도>로 부터다. 당신이라는 의미가 무엇인지는 다양한 형태로 변화하지만 "밤이 있어야"라는 관능적인 형태를 불러오는 점에서 호기심을 자아낸다. 그러나 당신과 밤은 시적인 호소의 대상화라는 점에서 긴축적인 간격은 없다. 다만 당신이 출몰하는 시간이 밤이라는 점과 최대의 행복을 가져올 수 있는 안식의 개념이 내포되었다는 점에서 밤과 당신은 분리되는 것이 아니다. 이로 보면 밤의 또다른 변형은 안식으로 찾아가는 도피처라는 점에서 기다림의 요인이 저장될 뿐만 아니라 재생과 회생의 아늑한 공간을 포괄하게 된다.

3) 불안한 변증법

전쟁은 시인을 가장 두드러진 이성의 인간으로 작용하게 한다. 다시 말해서 고난과 아픔 그리고 주검을 바라보는 절대 상황에서는 자각의 문을 넓게 열고 스스로의 문제를 깨우치게 한다. 1950년의 전쟁은 조병화에게도 어김없이 그런 작용을 내부로 스미게 만들었다. 이런 환경적인 요소가 시인의 의식을 지배할 때, 시 또한 곤궁한 탈출을 감행하려 한다. 조병화에게는 50년대의 일상이 우화의 시대요 신음의 시대이면서 존재를 각성케 하는 시대에 속한다.

말은 말이로되 나귀올시다
서산 나귀올시다

　　보시다시피 이렇게 지지리 못생긴
　　서산 나귀올시다

　　뛸 줄도 모르고
　　날 줄도 모르고

　　그대로 꾀도 부릴 줄 모르는
　　한 마리 서산 나귀올시다

　　　　　　　　　　　　　　　　　— <서산 나귀>에서

　우화의 시대는 주로 제4시집인 『인간고도』에서 집중적으로 자학의 의미를 생산한다. <당나귀>나 <꽃과 고양이>, <귀로> 등에서 시인 스스로를 우화의 대상으로 바라보는 시선이 피난 시절의 황량한 현장과 연결된다. "지지리 못생긴"이나 "뛸 줄" 혹은 "날 줄" 모르는 처지의 인간 한계를 느끼는 시대를 당나귀나 고양이에 비유하는 심사는 자학적인 현상과 다름이 없다. 이는 비극적인 처지에서 벗어나려는 발상이고 또 자기를 확보하려는 존재의 설정이라는 점에서 초기 빛나는 시대를 연출하는 계기가 된다. 왜냐하면 인간이 자기를 찾아 방황하지만 자기를 만나는 것은 짧은 순간이허여 되었다면 고통의 시대를 통해 스스로와 대면하는 시인의 감수성이 다른 길을 확보하려는 눈뜬 시대이기 때문이다.

　　어쩌다가 멋모르고 태어난 당나귀
　　나 한 마리

　　살고 싶은 죄밖에 없습니다
　　이렇게 저렇게 살고 있는 죄밖에 없습니다

　　외로움이 죄라면 하는 수 없는 죄인이올시다

　　　　　　　　　　　　　　　　　— <당나귀>에서

운명을 받아들이는 자세가 체념의 시대를 암시한다. "살고 싶은 죄"의 간절함은 50년대의 한국민에게는 처절한 존재의 소망이었고, 산다는 것은 슬픈 명제였다. 전쟁의 폐허 위에서 "이렇게 저렇게"라는 아무렇게의 의미가 짙은 우울을 드리우지만 조병화의 시에 우울은 밝고 투명한 그림으로 변형된다. 이런 기법은 질축거리는 비극조차도 선명하게 받아들이는 모더니스트적 정서의 옷에 의해 시적 처리가 이루어진다. 즉 심각한 상황을 심각하지 않는 것처럼 포장하는 기교는 시인의 낙천적인 성품에서 비롯되는 것 같다. 더구나 전쟁의 처참한 비극의 와중에서 드러나는 자제력은 <인간 구도>나 <인간 시장>혹은 <희녀 백설희>, <가로수> 등에 나타난 정서는 운명의 악착함조차도 순명으로 처리하는 품성이 느껴진다.

> 전쟁과 전쟁의 계곡으로 황혼이 저물어
> 아해들의 울음이 먼 마을에 짙으면
> 오히려 그 누구도 이해할 수 없는
> 장미의 축배를 기울이고
>
> 찬 겨울 밤
> 연대와 연대가 바뀌는 틈 속으로
> 이렇게 낙타 깃을 여미고 나는 내려가야만 했다
>
> ― <인간 構圖>에서

상황 설정은 겨울의 공간이고 이 겨울을 서성이는 한 인간의 모습이 서럽게 투영된다. 전쟁이라는 비극이 남긴 자취에 황혼이라는 배경이 깔리고 또 죽음의 곡성이 들리는 마을에 어두운 표정을 감추지 못하는 나그네가 두터운 낙타 오바 깃을 움추리고 시대의 강물을 따라가는 풍경을 보여준다. 조병화의 시는 설명되는 요소와 보여주는 요소가 교차하면서 나타나지만 오히려 후자에서 시적 묘미는 더욱 숙성된 시적 묘미를 발휘하는 풍경화이다. 이는 그가 평생 시와 그림을 동일선상에서 취급한 예술적 감각을 나타내는 기법으로 보인다.

> 그렇게 뚫어지게 들여다보지 마십시오
> 온 몸이 이렇게 천한
> 이름 그대로 면허가 없는 접대부올시다
>
> 雪아
> 雪아 雪아 하얀 雪姬올시다
>
> ― <희녀 백설희>에서

6.25 전쟁은 모든 질서를 뒤바뀌어 놓은 처참한 시대를 연출했다. 하얀 이름의 설희가 더럽고 찌들어진 타락한 여인의 모습―역설적으로 포장한 이름이다. 여기서 인간의 본질에 대한 의구심이 작용한다. 비록 접대부일지라도 그의 운명은 스스로 선택된 이름이 아니라 거대한 사회변혁의 구조 속에서 어쩔 수없이 생존의 이름으로 대신할 수밖에 없는 일이라는 점이다. 여기서 개인의 비극은 사회의 변화 속에서 스스로 풀어 나가야 하는 숙제가 주어진다. 예의 조병화도 참혹한 비극의 시대에 오히려 담담한 자제력을 발휘하면서, 두 눈에 들어오는 비극을 비극이 아닌 것처럼 환치하는 여유를 보이는 점이 초기의 시적 특성이다.

4) 당신을 향한 손짓

조병화의 제5시집에 소재한 162편의 초기 시에서 당신이라는 대상은 광범위하게 변형되면서 하나의 출구를 갖고 출발한다. 다시 말해서 당신이란 시인의 이념적인 좌표를 설정하는 출구가 되기도 하고 또 배설의 정신적인 도피처로 작용하기도 한다. 이런 측면은 살아가는 도정에서 의식의 출구를 가져야 한다는 점에서는 정신의 균형을 유지할 수 있는 기회의 제공이기도 한다.

제5시집에서 집중적으로 나타나는 '당신'의 암시는 전쟁의 소용돌이를

벗어나 정신적으로 안정을 회복한 의미가 중첩된다. 시집 후기에서 조병화
는 이렇게 말하고 있다.

> 이 시집의 맥은 하나의 맑은 사랑의 흐름이다. 이것은 숙명적인 생명
> 을 여행하는 하나의 기도인지도 모른다. 나는 내 연대를 지나가기 위하
> 여 휴식이 있어야 했다. 휴식은 사랑. 사랑은 결코 행복한 사람들의 것은
> 아니었다. 그렇지 않는 사람들의 유일한 재산이었다. …… 중략 …… 이
> 시집 속엔 한 여인이 있다고 해도 좋다. 두 여인이 있다고 해도 좋다. 혹
> 은 많은 여인들이 잠시 머물다 돌아간 초라한 하나의 여인숙이라 해도
> 좋다[6].

사랑이라는 대상을 향한 엘레지가 시작되는 시집이다. 이런 형태가 당신
이라는 추상적인 이름으로 구체화되면서 데포르마시용의 길 찾기를 시작하
면서 의식이 새로운 장면으로 전환한다. 이런 일은 여인이라는 대상이거나
아니면 추상적인 사물의 이름이라도 상관없다. 사랑이라는 공간에 스스럼
없이 들어왔다가 나가도 좋고 또한 머물러도 상관이 없는 자세를 갖고 대상
을 포용하는 시기로 접어들었음을 뜻한다. 이런 총체적인 상징이 사랑이라
는 이름으로 대체되고 있을 뿐이다. <가랑잎 내리는>에서는 안기고 싶은
대상으로, <물 떼와 같이 밀리는> 인간고도의 외로움을, <한 떨기 요란스
러운>은 모란으로, <당신이 없는 침실은> 당신이 별로 바뀌는 형태를 취
하면서 미지(未知)의 당신은 사랑의 이름으로 형태화된다.

> 당신과 나의 회화에 빛이 흐르는 동안
> 그늘진 지구 한 자리 나의 자리엔
> 살아 있는 의미와 시간이 있었습니다.
>
> 별들이 비치다 만. 밤들이 있었습니다

---

6) 제5시집 『 사랑이 가기 전에 』 후기.

해가 활활 타다 만 하늘들이 있었습니다
밤과 하늘들을 따라 우리들이 살아 있었습니다.

생명은 하나의 외로운 소리.

― <생명은 하나의 소리>에서

나와 너를 합하면 우리가 되는 문법이다. 생명이란 하나의 소리가 아니라 개체와 개체의 소리가 결합하여 비로소 또 다른 생명으로 분기하는 것처럼 사랑과 사랑이 만나면 비로소 사랑의 빛은 이루어진다. 여기서 "생명은 하나의 외로운 소리"의 울림으로 다가들게 된다. 개체와 개체의 만남은 의미를 만들면서 사랑이라는 신비의 자취로 변모되는 이치를 대입하면 '당신'의 의미는 창조를 위한 미지의 대상이 될 뿐만 아니라, 이런 깨달음의 시간을 획득하기 때문에 "밤과 하늘들"조차 살아 있는 의미로 생성하게 된다. 조병화의 당신은 대상과 대상을 하나로 묶기 위해 외로운 시간을 보내면서 접근하는 길 찾기를 모색하는 점에서 역동적이지만, 산만하지 않고 정리된 의미를 만들고 있다는 사실에서는 엄격하다.

당신에 대한 호소를 가정법으로 대화를 나누는 형태는 다양하다. <소리없이 밤이 내리면>에서는 무덤의 이미지가 돌출되고, <당신이 없는 침실은>엔 적막의 침묵을 불러들인다. 이런 가정은 현실이기보다는 오히려 처연함을 가장하는 외로움이라는 형태를 암시한다. 왜냐하면 조병화의 고독은 숙명적이고 또 선택적이라는 점에서 사치한 느낌도 있지만, 거의 생래적인 속성이 더 많은 함량을 가지고 있기 때문이다.

소리없이 유리창에 밤이 내리면
당신이 없는 이 침실은 그대로 무덤.

인색한 애정에 상한 비둘기처럼
마음의 날개를 접고

나 돌아가는 길
영원이라는 것이 있다면 당신을 만나서 헤어지는 것.

공기와 같이 냉기와 같이 사라지는 자리
소리없이 유리창에 밤이 내리면
당신이 없는 내 가슴은 빈 당신의 무덤.

> ― <소리없이 밤이 내리면>에서

  30대 중반에 당신과 사랑의 의미는 삶에 대해 천착할 수 있는 철학 확립
의 시기가 될 수 있을 것이다. 다시 말해서 존재의 깊이를 찾아 방황하는
나이에 이르러 미지의 대상을 시화(詩化)한다는 것은 당연한 일 일 뿐만 아
니라, 생의 꿈이 여기에 초점을 맞추는 일 또한 정당한 흐름일 것이라면 조
병화의 밤은 대상과 마주앉아 삶의 깊이를 찾아 헤매는 느낌을 풍기는 점이
다. 이런 방황은 부재(不在)에 대한 공허를 상상하면서 또 찾아가는 길이 고
독의 이름으로 나타난다. "자신이 고독하다고 생각하는 독자는 그보다 더
고독하게 살다간 한 사람이 있다는 것을 기억해야 한다. 그가 바로 베토벤
이다"[7]처럼 고독을 시인의 덕목으로 생각하고 이를 찾아간 시인이 조병화
라는 점이다. 그렇다고 칙칙하거나 절절한 고독의 모습이 아니고 고담(枯淡)
하고 순수한 표정의 꾸밈없는 모습의 고독한 풍경이라는 점이다. 사랑도 이
와 같은 맥락을 유지하고 있다.

  독자에게 꿈과 희망을 주고, 용기와 위로를 주고, 따뜻한 마음을 갖게
해 주고, 삶의 의지를 북돋워 주는 것. 이건 시인의 큰 사명이야. 극단적
인 염세주의, 방탕과 나태, 저주와 원망, 인간성을 무시한 이데올로기.
…… 이런 것으로 독자를 파멸로 이끄는 건 죄악이지. 그러기에 시인은
항상 자신이 쓴 시가 독자에게 미칠 영향을 생각해야 해. 사실 나는 슬픈

---

7) 상게서, 『나의 생애』, p.200.

시 눈물을 주는 시를 더러 썼어. 그러나 그 슬픔, 그 눈물은 독자들이나 내가 공유하고 있는 삶의 비애였고, 또 비애를 뛰어 넘고자 하는 의지의 표출이었어. 말하자면 "보이지 않는 곳이 있기에 슬픔을 마시고 산다"와 같은 구절처럼 슬픔을 딛고, 또는 참고 견디며 꿈을 향해 살아가자는 '행복에의 소망'을 깔고 있었지[8].

시의 효용을 말하는 대목이고 또 시가 독자에게 어떤 임무를 수행해야 하는 가를 말하고 있다. 이런 시론은 물론 누구나 가지고 있는 이론이다. 그러나 실천에서는 예외의 경우가 허다하다는 점에서 평범이 곧 평범이 아닌 경우 — 일관되게 이런 자세를 유지하면서 시와 사랑의 관계를 설정하고 있는 셈이다.

한 편의 시에서 희망과 꿈을 찾을 수 있을 때, 시인의 사명은 시작된다. 조병화 역시 슬픈 시, 또는 눈물을 주는 시를 썼지만 이는 슬픔을 뛰어넘기 위한 빌미로의 기능이라는 점을 주장하고 있다. 이런 이론은 시가 슬픔을 견디면서 행복과 사랑을 달성하자는 본질로의 길 찾는 방법이라는 점에서, 시를 통해 칼칼한 목청을 돋구는 것과는 다른 순수주의자의 태도가 설정된다. 즉 시를 통해서 꿈과 행복을 달성하기 위한 수단화로 생각하는 시관(詩觀)이 젊은 날부터 생성된 시인이라는 점이다.

5) 6.25가 없었다면?

어둠에서는 창조가 시작되고 빛에서는 창조가 해체된다. 이런 명제는 지극히 평범한 말이지만 예외를 갖지 않는 형상으로 다가든다. 가령 빛에서는 감추는 일이 시작되지만 어둠에서는 편하게 창조의 일이 진행된다. 빛은 해체를 위한 눈빛이 반짝거리고 어둠에서는 종합의 상상력이 발동된다는 뜻이다. 역시 예술의 창조도 고통의 미로(迷路)에서는 위대한 업적을 낳지만 행복한 날들에서는 미력한 일로 마무리된다. 이런 이치는 큰 매듭의 소용돌

---

8) 상계서, <비극과 절망을>, p.205

이에서는 인생의 업적을 추가하게 된다는 말과 상통해진다.

만약 6.25가 없었다면 조병화의 시는 어떻게 진행되었을까? 아마도 지극히 평범한 리듬을 유지했거나 아니면 지극히 관념의 함정에서 빠져 나올 줄 모르는 결과라는데 이의가 없을 것이다. 인간에게 역경은 진보를 재촉하는 요소가 된다는 것은 많은 예술가들에게서 얻어진 결론이다. 그렇다면 미증유의 역사적인 비극은 어떻게 시인의 감정을 변형시켰을까? 결국 시인은 시로써 언어를 대신하게 된다는 해답 앞에 서게 된다.

> 목련화를 가꾸다
> 따발총에 쫓겨간 소녀는 소식도 없이
> 보얀 군화 끝에 나비가 앉는다
>
> — <목련화>에서

따발총과 목련화의 대조는 비극의 층을 높이는 기능을 한다. 꽃을 가꾸는 여인의 마음에 군화와 나비의 대조는 바로 민족사가 당면한 처참한 비극이었다면, 이를 체험으로 용해한 시인의 가슴속엔 형언할 길 없는 넓이의 정서가 길을 잃었다. 평화와 향기와 봄의 화신인 나비의 모습에서는 꿈과 희망이 교차하지만 보얀 군화의 상징은 죽음으로 떠나버린 젊음의 모습이 크로스 업 되기 때문이다.

> 하얀 패각 속에서 수업을 한다
> 산머루처럼 익어 가던
> 생도들의 까만 눈알들이
> 전쟁에 혼 떼어
> 파란 해협의 魚卵처럼 맑다
>
> — <임해교실>에서

대조된 비유가 선명하다. 전쟁의 참화가 할퀴고 간 임해교실에 맑은 눈을

가진 학생들이 있고 전쟁이 할퀴고 간 자국을 보이지 않는 인간의 순수와의
대비에서 전쟁은 결국 인간의 희망을 짓밟을 수 없다는 암시를 부가한다.
이는 "까만 눈알들"의 순수와 "파란 해협"의 상징이 모든 비극을 용해해 버
린다는 점에서 조병화의 시 의식에는 절망의 처참한 풍경이 제거된다. 다시
말해서 희망과 사랑을 전경(前景)에 놓고 후경(後景)에 그 반대의 장면을 겹
치게 함으로써 전쟁의 욕망이 희망의 깃발을 압도할 수 없다는 암시를 강화
하는 기법으로 시를 쓴다.

　다음의 시는 전쟁의 정경을 보여주는 방법으로 시를 조립하고 있다.

　　　먼 이역에서
　　　편지를 기다리는 여인들의 애인들이
　　　오늘도 탱크를 굴리고
　　　북으로 간다.

　　　구름에 얹힌 분수령에
　　　하얀 눈이 내린다

　　　　　　　　　　　　　　　　　　　— <군인부락>에서

　이 시도 하얀 눈으로 전쟁의 참화를 가리는 순수의 마음을 볼 수 있다.
전쟁에 참가한 이역의 애인에게 소식을 전하면서, 탱크를 굴리고 북으로 향
하는 장면을 전면에 배치하고 후면에 시인의 욕망 — 하얀 눈의 이미지로
비극의 촉수를 전하는 한편 백색의 이미지를 순수로 채색하는 공감각의 기
교를 누리게 한다.

　　　모두들 돌아들 간다

　　　가난살이들에
　　　물싸움하다가

물이 그리워
물이 그리운 사람들이 돌아들 간다

싸우다 보니 너도나도 외로와 진다
싸우다 보니 우리 서로들 그리워진다

— <還都>에서

아비규환도 그것이 끝나면 외로워지고 다시 그리워진다는 이치는 경험에서 빚어진 말일 것이다. 생존을 위해 헐떡였던 장면을 접고 다시 귀환을 서두른다면 희망과 설렘에서 증오는 다시 그리움으로 돌아온다는 뜻을 새긴다. 전쟁은 그런 인간의 정을 깨우치는 역할뿐만 아니라 인간의 존재를 새삼스럽게 부각하게 된다. 이것이 전쟁의 아픔이고 또 전쟁 때문에 인간의 고귀함을 터득하게 하는 요소가 된다.

그리움이란 인간이 인간과 더불어 사는 데서 나오는 따스한 정이기 때문이다. 그렇다면. 6.25가 없었다면? 이라는 가정은 두 가지의 대답을 듣게 한다. 하나는 비극을 겪음으로 인해 정서의 폭을 넓히는 역할을 했고 또 하나는 비극의 중심을 헤어 나옴으로써 삶의 진지한 면을 획득하는 — 사상의 폭을 확대하는 점에서 이득을 보았을 것이다.

인간의 고통은 불행이라는 말을 쓰지만 어찌 보면 불행이 아니라 성숙의 이름을 대신하게 하는 것 같다. 조병화의 시에도 이런 흔적은 도처에서 얼굴을 보이고 있는 것도, 전쟁의 참화가 불행만을 가져오는 것이 아닐 뿐만 아니라 희망과 사랑을 더욱 강화시키는 역할을 수행했다는 결론에 이른다. 물론 개인적으로 전쟁의 비극을 스스로 취하는 경우는 없겠지만 적어도 운명적인 현상을 어떻게 받아들이는가의 여부에 따라 개인의 아픔은 오히려 키를 높이는 기능을 작용한다는 예를 접하게 된다.

3. 본론 ─ 길에 선 나그네

문학의 특성이 역설의 미학이라는 뜻을 가장 명확하게 증명할 수 있는 것은 전쟁을 겪고 난 뒤에 어떻게 표현미를 보였는가를 확인하게 된다. 2000년에 50권의 시집을 상재하는 원동력은 6.25의 곤궁과 참혹한 시대의 언덕을 넘어오면서 정서의 확충을 마련하는 계기가 되었다. 곧 조병화의 시는 전쟁의 비극과 곤궁한 삶의 와중(渦中)을 지나면서 성숙한 체험의 용해를 만나게 된다. 이는 사랑이라는 휴머니즘의 싹을 키웠고, 고독의 소리에 귀를 세우면서 시의 깊이를 찾아가는 길을 확보하는 계기를 획득하게 되었으며, 절망에서 희망의 불빛으로 향하는 방도를 터득했고, 사랑을 얻기 위해서는 시가 무엇이어야 하는가의 방법을 알아차리는 한편 시에 대해 신념과 확신의 불을 켜 들고 미래를 향하는 계기를 마련하게 되었다.

비극의 50년대는 조병화 시의 길이 어디로 향할 것인가를 가늠하는 방향타의 암시를 느낄 수 있다. 그것은 그의 시가 사랑과 고독의 행보로 이어지는 구체적인 단초를 제공했다는 사실과 경험과 상상력이 만나는 접점의 역할을 갖게 되는 전환의 분기점이었다. *

로맨티시트의 고독과 가을 의식

— 黃命의 유고시를 중심으로

1. 들어가면서

  1955년 「동아일보」에 분수로 등단한 이후 두 권의 시집[1]을 상재(上梓)한 소득으로 보면 황명의 시작(詩作)은 과작이라는 편이 어울리는 말일 것이다. 왜냐하면 등단 43여 년의 시간은 긴 시간이고 이 사이 문학과 떨어져서 살아온 적이 없는 처지로 미루어보면 두 권의 시집을 남기고 1998년 10월 추석을 앞두고 세상을 떠나간 흔적은 아무리 해석해도 풍성한 것만은 아니다. 물론 많은 시집을 남기는 것이 당연하다는 논리로 성립될 수 없는 일이지만 — 유고작은 도합 211여 편에 이른다. 습작기의 작품을 위시해서 유명을 달리하기 얼마 전에 탈고한 듯한 <나목> 연작시나 <대포리> 연작시 등을 위시해서 두 권의 시집에서 제외된 작품들까지를 포함할 때, 황명의 정신적인 흔적을 접하는 계기가 될 것 같다. 왜냐하면 두 권의 시집은 시인이 독자에게 의도적으로 보여주고 싶은 것들이었다면 이번 유작집은 보여주고 싶지 않는 작품들이 대부분일 것이기 때문이다. 이런 점에서 오히려 황명의 진면목을 접하는 기회가 될 것 같다.

2. 黃永雲 — 출발의 길에서

  그의 본명이 복동이라는 사실을 익히 알려진 일이다. 그러나 대학시절 습

---

1) 첫 번째 시집은 『날아라 아침의 새들이여』(예전사, 1981)에는 68편의 시가 들어 있고, 두 번째 시집인 『눈은 언제나 숨쉬는 별빛』(마을, 1993.12)에 77편에 미발표 유고작 211편으로 도합 356편이 황명이 쓴 평생의 작업임. 첫 시집 『날아라 아침의 새들이여』를 바탕으로 <窓意識과 噴水神話>를 拙著 『한국현대시인연구』(대한, 1992)에 발표한 바 있음.

작기까지는 주로 黃永雲이라는 이름으로 (동대신문 등) 발표했고 — <途中>과 <까마귀처럼>, <기다림>(53년춘)과 <낙화>, <新綠愁> 등이고 <분수>가 「동아일보(1955년)」에 당선된 이후엔 黃命이라는 이름을 사용하게 된다.

어쩔 수 없는
계절의 흐느낌이다

아무렇지도 않게
예사 죽어 가는 인생에 비기면…….

오늘 여기서
내가 울어야 하는 것처럼

너 또한
눈물을 흘려야 하는 것은

노을 바람에 나부끼는
치마자락의 꽃무늬 마냥

정녕
화려한 낭만은 아니라도 좋은 것

어쩔 수 없는
젊은 사색의 쪼각이 휘날리고 있다.

— 황영운, <落花>

위의 작품은 원고 말미에 1955년 5월 10일로 부기되었다. 주지하는 바 50년대는 동족상잔의 비극을 건너온 참담한 삶의 흔적이 젊은 시인의 가슴을 두드리고 있다. 단 3년 동안에 290여만 명이 죽은 전쟁의 참화는 이범선의

<오발탄>이나 박영준의 <빨치산>, 하근찬의 <수난이대> 등 전쟁에서
상처 입은 인생의 허망감과 무의미성을 고발 혹은 절규하는 작품들이었다.
시 쪽에서는 더욱 왕성한 느낌 — 유치환의 <보병과 더불어>를 위시해서
이윤수의 <전선시첩>이나 박거영의 <악의 노래>, 또는 문총구국대의 <
전선시첩> 등 많은 시가 당시의 비극을 깨우치는 노래가 생산되었다. 이처
럼 참담한 사회분위기에서 한 사람 시인의 존재에서 무슨 의미를 발견할 수
있을 것인가는 허무의 대답이 전부였을 것이다. 다시 말해서 50년대의 참담
한 풍경화는 '어쩔 수 없는' 절망의 깊이를 방문하는 일이었고 이런 분위기
에서 꿈을 생각한다는 것은 드문 일이었을 것이다. '계절의 흐느낌'은 시대
의 눈물이었고, 죽음의 산을 넘어온 인생의 무게는 한없이 가볍다고 느끼는
절망이기에 '오늘 여기서 울어야 하는 것처럼' 달리 방법이 없을 때 나만의
눈물이 아니라 '너 또한 / 눈물을 흘려야 하는 것은'의 절박한 처지였을 것
이다. 이런 시대에 젊은 사람의 희망은 바람에 나부끼는 슬픈 깃발이었을
것이고 낙화는 꽃들이 바람을 부르는 것이 아닌 비참한 나락(奈落)과 같았
을 것이다. 전쟁은 철학을 낳고 철학은 인간의 문제를 운위(云謂)하게 된다.
50년대에 데.칸.쇼를 찾았던거나 실존주의의 작품들이 문학의 땅에 왕성한
언어를 창조했던 것들은 전쟁을 겪은 당시의 젊은 사람들에서 흔하게 발견
되는 통곡의 깃발이었다. 예의 황영운 — 黃命도 그런 절박한 풍토에서 좌초
하지 않고 희망을 노래하는 시인으로의 소망과 꿈을 키우기 위해 열망으로
지새웠다는 것은 그의 시적인 미래를 조감하는 증거가 되었던 것이다.
　다음 작품은 황명의 정서가 얼마나 투명을 지향하는가를 가늠하는 작품
일 것이다.

　　그날 네가 떠나던 날도
　　바로 이같은 푸르름에 싸여
　　나는 아직 꿈많은 여유를 지니고 있었다

지금 우주는
맹목적인 몸부림으로
한결 파아란 하늘빛을 닮아가고 있다

그리고 갸날픈 인간들은 아무런 생각조차 없이
마구 태양을 저주하며
그늘을 찾고 있다

— <新綠愁>에서

떠나는 것은 아픔을 수반하는 특성을 지닌다. 그리고 다시 돌아올 수 없는 시대적인 소산 앞에서는 절망이 키를 높이는 것은 당연한 일이라면 황명의 정서는 방황을 넘어 확고한 미래의 언덕을 생각하는 일 때문에 50년대 폐허의 언덕에서 솟구쳐 오르는 생명력의 약동을 <분수>로 표현할 수 있었던 원인이 될 것 같다. '한결 파아란 하늘을 닮아가고 있다'라는 확신의 언덕을 향해 노래를 부를 수 있다는 것은 시인의 임무가 인도자 혹은 예언자의 태도라면 황명은 그런 일에 시인의 소임을 다하려는 생각으로 하늘과 닮아지기를 열망하는 일이다. 그러나 절망과 소외의 공간에서 살아가는 변두리 인간 marginal man을 뜻하는 '갸날픈 인간들은'에서 푸른 하늘과 반대의 입장에 강한 경계의 발언을 하는 걸로 보면 그의 시대관은 희망과 푸른 기대감의 역사관을 가진 ― 기다림을 위한 20대 초반 시인의 건강한 사고로 보인다.

3. 길과 문

황명의 유작시에서 가장 많은 빈도를 차지하는 부분은 어딘가로 길을 떠나는 행인의식이다. 다시 말해서 나그네의 행로를 터벅이는 모습이 많다는 것은 나이에서 오는 느낌일 수도 있고 또 인생의 황혼에서 받아야하는 숙명적인 현상일지도 모른다. 그러나 행인의식이 많다는 것은 결국 황명의 삶에

간직된 결정된 언어라는 점을 부인할 수는 없을 것이다. 왜냐하면 시적인
언어는 위장된 언어가 아니라 마음속에서 결정된 언어가 시어로 돌출되기
때문이다.

> 돌아온 길은 언제나
> 돌아가고 있었다
> 배신의 윤리처럼 천천히
> 계단을 내려가고 있었다
>
> 돌아갈 길은 언제나
> 돌아오고 있었다
> 믿음의 기도처럼 흔연히
> 계단을 올라오고 있었다
>
> 해는 뜨고
> 해는 지고
> 밤은 가고
> 아침은 오고
>
> —〈길〉

  길을 설정하고 '돌아오고 있었다'와 '돌아가고 있었다'의 교차를 이루면
서 '믿음'과 '배신'이 섞바뀌면서 역시 '올라오고' '내려가고'의 교차를 반복
한다. 그리고 자연의 원리를 대입하면서 해가 '뜨고' '지고'와 '오고' '가고'
의 반복으로 시의 구조를 채우고 있다. 이런 반복성은 삶의 원리와 교묘한
대립을 이루면서 시의 행과 행을 하나로 엮어주는 인잼먼트Enjambement의
연결된 의미를 생산하고 있다. 이런 기교는 하나의 이미지로 연결된 의미망
이 단순하더라도 의미의 깊이를 발굴하는 점에서는 좋은 효과를 기대할 수
있게 된다. 황명의 시는 이처럼 연결된 의미를 위해 정서를 하나로 통합하
는 진지성을 특성으로 한다.

　길을 벗어날 수 있는 인간은 없다. 모두 숙명으로 결정된 길에서 자기를 찾는 사람도 있고 또 자기를 방기(放棄)하고 헤매는 사람도 있다. 어떻든 인간은 길 위에서 어떤 형태를 취하는가의 여부가 당사자의 특성으로 이미지를 형성하게 된다면 황명의 길은 어려움이 많은 첩첩함도 아니고 그렇다고 용맹한 전사의 길 찾기도 아닌 다소 귀족적인 그리고 어머니를 찾는 귀향의 모습으로 다가온다. 이는 그가 살아온 삶에의 인자 — 어려서부터 그리고 성장하여 일생을 마칠 때까지의 삶의 요소들과 어울리는 특성이라는 편이 좋을 것 같다.

　　정녕 그 문은 내가 들어와서
　　다시 내가 나갈 문입니다

　　어쩌면 내가 천년토록
　　오래 오래 믿고 살 문입니다

　　이윽고 여명같은 그 어느 날이 오면
　　화안히 밝을 문살을 생각하며…….
　　또 하나 새파아란 하늘을 우러러
　　이렇게 내 마음을 믿어도 좋습니다

　　　　　　　　　　　　　　　　　　　— <문>에서

　황명의 시적인 호흡은 그렇게 길게 연결되지 않지만 <문>은 비교적 호흡이 긴 4연 중 2연의 작품이다. 길과 문은 상관이 있을 것이다. 문을 나와서 길에 서야하고 또 문으로 들어가는 것을 본질로 한다. 문과 길은 분리된 것이 아니라 하나로 통합된 양면의 상징을 갖는다. 황명의 문은 길과 같이 미래로 난 길이 있고 미래로 통하는 문을 갖고 그의 문학적 출발을 가졌고 또 평생을 그런 긍정의 여유를 발견하는 것도 그의 삶이 핍진하지 않았다는 상관을 연상하게 한다. 미상불 출구의식의 느낌은 희망을 위한 신념과 어울리는 좌표를 설정하고 길을 떠나는 나그네라는 점에서는 의식이 일치된다.

4. 나그네 혹은 행인의식

상징이 주는 여유는 항상 하나의 의미가 아닐 때 나타나는 애매성에 대한 매력일 것이다. 다시 말해서 시의 특성이 애매성ambiguity에서 시의 큰 몸집이 자리하게 된다면 행인이나 나그네의 연상은 피곤하고 지친 이미지의 전달보다는 더 많은 함축성을 가져야 한다. 그렇다면 황명의 시에 나그네는 결국 무엇으로 귀착될 것인가를 눈여겨야 한다. 인간은 궁극적으로 나그네의 운명을 벗어나는 방도가 어디에도 없다는 사실을 대입하면 보편적이고 숙명적인 의미로 좁아진다.

> 다리를 지날 적마다 저미는 가슴으로 기관사의 마음과 손을 믿어야 한다

> 1950년 6월 이후 비로소 깨달은 하나의 공동연대위에서 비둘기는 떠는 버릇을 기르고…….

> 오늘도 나는 기차를 타고 어쩌면 끝내 이를 데 없는 먼 여정을 달리는 외로운 나그네.
>
> —<기차를 타고>에서

1950년의 상흔은 황명의 기억에 깊은 상처를 남겼고 이런 상처는 결국 그의 시 의식을 형성하는 내면인자로 작용하는 것 같다. 기차라는 공동연대의 공간에서 믿음을 보내는 기관사에 대한 신뢰는 삶을 긍정으로 보는가 아니면 부정의 시야를 확보하는가의 여부와 상관이 있다. 끝내 이를 데 없는 길을 가는 나그네의 여로가 불안하거나 고통의 몸짓이 들어있지 않고 낙관적인 이유는 아무래도 시인의 성품으로 돌아갈 몫인 것 같다. 무사히 다리(세

월)를 건너야 하는 초조와 불안은 고통 속에서 견뎌야하는 보편적인 심리일 것이다. 이런 와중에서 기차를 끌고 다리를 건너는 기관사(운명의 주제자)에 대한 믿음으로부터 먼 여정을 향하려는 작심일 때, 혼란과 고통과 불안이 사라지고 여정은 오히려 담담한 나그네의 표표함이라는 데서 황명의 시적 인상은 굴곡이 없이 평탄하게 귀결된다.

계절이 머물다 간 빈자리에
너는 남고
우리는 또다시 어디론가 기약도 없이
떠나야 할 차림으로
매무새를 고쳐야 하나,
나무가 흔들리는 것은 바람의 탓이 아니라
스스로가 떠는 연습을 하고
강물이 흐르는 것을
역사의 순리를 가르치려 함이다
일찍 푸르고도 흰빛을
누가 가른 것인가
끝없는 시간 속에서 파닥이는
한 마리 날짐승을 데리고
우리는 살다 가는 것,
허지만, 배는 물을 따르고
풀과 나무들은 한 때 쳐들었던 머리를
이제 조용히 숙여야 할 때
우리는 기도의 몸짓으로 떠나야 한다.

— <離秋>

별리(別離)를 생각하는 것은 인간에게 피할 길 없는 숙명의 그림자라면 이는 계절의 감각과 미묘한 照應속에 인간의 이야기가 대입되어야 한다. 봄은 싹을 틔우고 여름은 꽃을 피우는 이미지가 자연의 순리라면 가을은 흔히 이별이라는 등식을 연결하여 조락(凋落)의 개념을 결부시킨다. 떠나는 이미지를 가을과 결부함으로써 황명의 의식은 이별이라는 다소 낭만적인 분위기를 결부하여 쓸쓸함을 유추하고 있다. 이런 의식은 아마도 나이의 깊이와 비례하는 의식의 변화일 수밖에 없을 것이다. 이추라는 제목이 가을을 떠나는 의미로 작정한 것도 황명의 의식에 깃든 나이 — '풀과 나무들은 한 때 쳐들었던 머리를'에서 젊은 날의 철없던 객기를 잠재우기 위한 의도를 간파할 수 있기 때문이다. 그러나 중요한 것은 순리라거나 자연의 이법을 따르려는 마음의 행로가 황명의 시에 본질을 담고 있다는 점이다. 물론 자연 현상에서 떠나지 않는 것은 없다. 시간의 완급조차도 자연의 질서일 뿐 인간이 선택할 수 있는 일은 아무 것도 없다. 이를 어떻게 알 수 있는가의 여부에 현명함 — 황명은 이런 이치에 빠른 이해를 보이는 시인 — 그만큼 삶의 원리에 다가간 사람이다. 그렇다면 기도하는 마음으로 떠나는 사람의 행선지는 어딜까?

하지만, 지금은 조용히 떠나야 하네
처음부터 가졌던 것은 없지만,
모든 것 다 두고 조용히 떠나야 하네,
이 언덕을 내려가야 하네

소슬한 바람이야 불 테지만
하얗게 눈 내리는 겨울이 오기 전에
이 언덕을 내려가야 하네

— <상황.3>에서

가는 길을 재촉하는 시인의 마음은 이미 작심된 여로가 있는 것처럼 보인다. 그러나 정작 어딘가로 가야 하는가는 암연한 의미를 남기면서 '떠나는 길'을 재촉하고 있다. 물론 가는 방향의 의미는 조상들이 밟았던 행로라는 점에서 별리의 상징은 더욱 구체적인 암시로 다가온다. '이젠 제법 조상님의 제상도 차릴 줄 알고 / 웃어른 앞에서 적당히 옷깃도 여밀 줄도 / 알게 되었네'의 발성으로 보아 세상을 하직하려는 작별을 준비하는 나그네의 의미로 압축되기 때문이다. 눈 내리기 전에 삶의 언덕을 내려가야 하는 재촉의 의미가 시인 앞에 다가온 운명적인 이름과 상통하는 상징으로 길을 설정하고 있는 느낌을 주는 것도 삶의 마지막 줄기를 예감한 민감한 촉수로 생각된다. 시인은 그런 민감한 자기운명의 궤도를 알고 있기 때문이다.

> 들국화 흐느끼는 가을에는
> 우리 모두
> 떠나야지
>
> — <後行>에서

　　가을에 떠나려는 마음이 「우리」라는 집단을 끌어들이고 있다. 이는 인간의 동행이기보다는 자연현상 — 가을의 이미지를 동원하여 떠나는 이미지와 함께 하려는 발상으로 생각된다. 그러나 들국화가 '흐느끼는'의 심정에서 황명의 여린 마음이 보이는 것은 그가 강골의 인간이기보다는 감수성이 여린 시인일 수밖에 없다는 사실이다. 사실 그는 한국문인협회 이사장을 재임하면서 조직적이거나 관리자의 치밀한 행정인도 아니었고 조직을 관리하는 정치(精緻)한 사람이기보다는 다감하고 여린 그리고 풍류를 즐기는 낭만적인 성품의 시인이었다는 점이다. 황명의 시에 사회의식의 결여(缺如)도 앞에서 거론한 사실과 일치하는 점일 것이다.

> 다 떠났구나 지금은
> 단 한 사람도 남지 않고
> 저 산모롱이 느티나무처럼
> 한 잎 남기지 않고 떠나버린
> 가을 바람의 단층
>
> — <지금은 不在中>에서

황명의 떠남은 가을을 연상하는 시들이 대부분을 점한다. 실제로 그는 가을이 무르익은 날에 영원의 길을 떠났다는 사실을 대입하면 그의 시는 예감을 넘어 실행의 증거를 마련했다. 이런 감수성은 시인의 정서에서 예감의 촉수를 실현시킬 수 있는 보이지 않는 능력을 발견하는 일과 같다. 다시 말해서 시인의 예감이 현실에서 이루어질 때 예언자적인 느낌을 남기게 되면서 그의 시는 독자의 마음을 흔들게 된다.

<後行>에서의 가을 그리고 <지금은 부재중>에서의 가을이미지가 모두 떠나버린 쓸쓸함을 연상하면서 가을 바람의 뒷자락을 보는 것 같은 담담함을 서글프게 남기고 있다. 표표하게 떠나버린 낙엽들의 서걱임과 그 길을 떠나는 나그네의 코트자락이 바람의 행로를 더욱 스산하게 분위기를 서럽게 만든다.

황명이 가을에 떠난 것은 그의 탄생이 11월임을 대입하면 그가 운명을 달리한 10월과 유사함을 갖는다. 가령 이유식으로 먹었던 음식이 평생 싫지 않다는 이론이나 고향의 풍토와 탄생의 계절이 일생의 嗜好와 취미에 혹은 정신 형성에 밀접한 상관이 있을 것이라는 유추는 전혀 어긋난 상상력은 아닐 것이다. 예의 황시인의 경우도 가을에서 가을로 마감하려는 생각을 생전에 가졌던 것 같다.

떠나는 길의 목적지는 정할 수가 없을 것이다. 황시인도 목적지의 지표를 세우지 않고 운명에 따른 자세를 보이고 있다. '지표를 따지우지 않는다 / 다만 꼭 어디로 간다는 것이다'<도중.1>나 '아무래도 나는 도중에서 끝날 것 같다 // 그처럼 무한하고도 영원한 그 길 / 내가 지표도 없이 간다는 것이다'<도중.2>와 같이 가는 길의 막연함이 있지만 그 길의 좌표나 지표를 설정하고 가는 길이 삶의 마지막이 아닐 것이라는 점에 이르면 황명이 가는 나그네길 — 가을의 쓸쓸한 뒷모습에서 망연한 인간의 모습이 크로즈업된다.

5. 가을의식과 추위

황명의 시에는 의외에도 겨울의식 — 추위를 타고 있음을 발견하게 된다. 두 권의 시집에서 드러나지 않는 이런 의식이 유고시에 번다한 이유는 그가 살아온 삶의 이력과 상관이 있을 것으로 유추된다. 물론 외형적으로 바라본 인간의 표정과 내면으로 들어가서 바라본 인간의 표정은 각기 다를 수가 있을 것이다. 외적으로 행복한 것 같아도 내적으로 고민 많은 삶의 언덕은 누구나 있기 마련이기 때문이다. 그러나 춥다는 의식은 아무래도 그가 인생의 길을 마지막으로 떠날 무렵에 집중적으로 쓴 나목(裸木)을 분석함으로써 가능해질 것 같다. <나목>과 연작시 18편 중에 13번이 없는 이유는 아무래도 시인이 아마도 나목의 첫 작품을 완성하고 이어지는 이미지를 연작으로 쓴 다음에 망각했거나 아니면 번호를 잘못 매긴 것으로 생각되는 부분이다.

아무튼 나목은 말년의 황명 자신의 모습 — 비록 벌거벗은 나무일지라도 추하거나 앙상한 것이 아니라 언덕 — 높은 언덕이 결코 아닌 — 야트막한 둔덕에 친근하게 서있는 한 그루의 나무와 같은 인상을 남긴다. 그가 18편이라는 비교적 많은 작품을 禿木이라는 형태로 창작한 의도는 그의 나이와 문협이사장을 그만 둔 인생의 쓸쓸함과 추위의식은 밀접한 상관이 있는 것 같다. 왜냐하면 함께 어울리기를 좋아했고 또 좌중의 중심이기를 원했던 황명으로서는 일정한 직장을 마쳤고 아울러 그가 관심을 가졌던 문인협회의 시분과회장 그리고 부이사장 또 마지막으로 이사장으로 재직하다 물러난 이후 황명에게 다가온 인생의 의미는 쓸쓸하고 외로운 풍경일 수밖에 없다는 유추가 가능해진다. 이런 심정이 나목의 원인을 제공했다면 아마도 자신의 처지를 그리고 인생의 의미를 새롭게 천착하는 발성으로 생각하는 새로운 해석이 될 것 같다.

다 버리고 나면 우리도 언젠가는
저렇게 앙상한 모습으로 남을까

오랜 시간 해와 달 그리고
바람과 물에 씻긴 바위의
잔잔한 물결 같은 주름살들이 얼마나
아름다운 모습으로 다가설 것인가
다 버리고 나면 또 나는
떠나버린 새들을 위하여 무슨
기도를 올려야 할까.

— <裸木>

버리는 것을 위해 시인은 기도를 올리는 모습이다, 기도라는 말이 출몰하는 것을 보면 인생의 한계를 느끼는 쓸쓸함이고 또 그런 심정에 고인 외로움이 만년을 장악하는 분위기를 감지하게 된다. 인간은 언젠가 저렇게 '앙상한 모습'을 깨닫는다는 것은 일정한 거리 distance를 떠난 뒤에 느끼는 심정일 것이다. '바람'과 '물'과 '바위'가 '주름살'로 바뀌는 것은 세월을 지나온 이력이고, 이 같은 세월을 '아름다운 모습으로 다가설 것인가'를 예상하는 황시인의 마음엔 인생에 대한 심각한 초조보다는 아름다움으로 마칠 날을 생각하는 로맨티스트의 고독이 자리하고 있는 느낌이다.

모두 버릴 수 있다는 것은 아름다움을 깨달았다는 점이다. 여기서 모두를 버리고 서있는 앙상한 나목과 시인과는 동일항이고 또 새 또한 황시인의 분신으로 따스하고 아늑한 미지의 공간으로 자신을 옮겨줄 메신저 혹은 이동의 구체적인 이미지를 뜻한다. 아울러 가을과 별의 이미지는 황명의 의식을 묶어주는 투명한 염원의 변형으로 보인다. 이 같은 이미지의 연결들은 모두 페르조나의 이면을 묶어서 상징으로 처리된 「한묶음」의 정서로 변형되고 있다. 가을과 별과 낙엽과 가을 정서들의 복합이 아름다움을 위해 기도를 올리는 작별의 자세 — 이는 인간의 한계 — 젊음이 지나고 인생을 회고 혹은 정리하는 마음을 뜻하는 점이다. 그러나 황명은 추위를 느끼면서 고독한 행보를 계속하려는 생각이다.

　　　창 앞에 두어 그루 목련 후박이
　　　그 푸르른 윤기를 잃더니 오늘은
　　　아무런 부끄러움도 없이
　　　후루룩 옷을 벗고
　　　한발자국 뒤로 저만큼 나를 물러선다
　　　이럴 때는 눈 하아얀 함박눈이라도
　　　펄펄 내렸으면, 눈이 와서 저 알몸을
　　　포근히 덮어 주었으면……
　　　바람이 일렁이는
　　　겨울 아침에.

— <나목.3>

'푸르른 윤기'는 나무나 시인에서 전성기이고 '잃어버린' 것은 이미 지나온 사실을 뜻한다. 물론 '아무런 부끄러움도 없이'라는 데서 살아온 도정(道程)이 깨끗했고 또 투명했다는 암시를 갖게 된다. 그러나 현실의 시간이 시의 후반을 장식한다. 이는 냉엄한 현실 즉 이미 지나온 과거를 반추하면서 오늘을 돌아볼 때 추위를 느끼는데서 포근한 눈이 '덮어주었으면……'을 소망하지만 실제로는 그런 기대감은 다만 염원의 시 구절에 응축될 뿐이다. 이런 정서를 내면의 미학으로 토로하는 것이 예술의 특성이다.

예술은 갈증의 미학이라면 현실에서 좌절이라는 아픔은 오히려 예술을 만들 수 있는 창조의 빌미가 될 수 있기 때문에 현실에 아무런 직책이나 소속이 없는 허전함 —「없음의 존재」는 오히려 시를 만나는 계기가 되었다는 점이다. 왜냐하면 황명이 어떤 직책이나 변화를 위해 살아온 도중에 시를 창작한 것보다 오히려「없음의 존재」속에서 과거보다 비교적 많은 시를 창작할 수 있었기 때문이다. 즉 <대포리>나 <나목> 연작시 등은 그가 43여 년 동안에 써 온 양보다 오히려 많다는 비교적 계산에서 그렇다.

또 이런 시기를 추위의 시기로 설정했기에 이를 녹여줄 원형적인 찾음을 계속하는 것이 어머니의 그리움이다. '어머니, 당신의 그 따스한 / 손길이 내

볼기짝에 와 닿던 그 시절 / 나도 분명히 저랬을 것입니다 / 그런데 오늘은 너무 춥습니다. ……중략…… / 어머니, 오늘은 내가 / 텅 빈 겨울 한복판에 와 서있습니다'<나목.1> 와 같이 추위를 느끼는 이유를 달리 설명할 방도가 묘연하다.

어머니는 마지막으로 돌아가야 할 고향이라면 황명은 결국 모든 일이 끝났다는 자각에서 어머니를 부르는 어린애로 돌아간다. 이런 점에서 <나목>은 만년에 그의 감정을 가장 꾸밈이 없이 혹은 위장함이 없이 솔직하게 표출된 가장 인간미를 나타낸 작품이다. 물론 모든 예술은 위장한다 혹은 낯설게 한다라는 명제에서 심리적인 방도로 분석한다면 시 또한 예외가 아닐 것이다. 여기서 허전하다고 느끼는 나이 — 딸 셋을 출가시켰고 아내와 단 둘이 사는 삶에서 어떤 직책도 없다고 느끼는 순간, — 더불어 함께 속을 드러내놓고 표현할 수 있는 대상도 없다는 쓸쓸함을 깨달을 때 — 그는 자존심이 강한 것 같다. — 어느 날 아침에 호소의 방향은 자연스레 어머니의 따순 정으로 향하는 그리움으로 대상화 될 수밖에 없을 것이다.

황명의 자의식은 흔들리고 있다. 이는 고독이라는 함정에서 벗어나올 수 있다는 암시가 없기 때문에 추위라는 상징으로 처리된다. 삶의 광장이 파노라마적인 세상이 대상화가 될 수밖에 없을지라도 벗어날 수 있는 구체적인 방도가 없다고 느낄 때 고독의 함정은 깊고 커지게 된다. 사람이 관심을 가지고 살 수 있는 범위는 지극히 한정적으로 협소하고 일정한 범주를 벗어나는 것이 아니기 때문이다.

> 버림으로 하여 되살아나는
> 증오의 의지
> 바람이 분다
> 부는 바람에 물결일 듯
> 다시금 흔들리는 자의식(自意識)
>
> — <裸木.6>에서

　버리는 일에 증오를 갖는다는 것은 애착이 있다는 뜻이고 애착은 다시 인간의 마음을 붙잡고 놓아줄 줄 모르는 집착으로 바뀌어지기 때문에 욕망을 앞세우게 된다. 그렇다면 새삼 버리는 일이 되살아나는 일이라는 발성은 황명에게서는 허무를 감지한 뒤에 느끼는 마음의 위안이 아닐까라는 생각이 앞서지만 흔들리는 마음의 파문을 쉽게 가라앉히지 못하는 것을 '다시금'에서 느끼게 된다. 이런 갈등의 마음은 시종 <裸木>을 장악하고 있는 이미지들로써, 별과 가을과 기도와 앙상한 나무들의 쓸쓸함은 연작시를 구성하고 있는 고독한 풍경화이기 때문이다. 이는 황명의 삶이 정리로 다가가는 허전을 채색하는 그림이면서 스스로의 고독과 아픔을 위무하려는 발성이기도 할 때 ― 지난 일들을 회고하는 일들은 결국 허무를 느끼게 되고 인생에 대한 고독과 쓸쓸함(추위)을 견디기 위한 방편으로 시 쓰는 일에 탈출구를 마련하게 되었다. <나목>은 홀로된 것 같은 만년의 자화상이면서 정신적인 갈등과 인간의 본질을 명상적으로 나타낸 풍경화라는 편이 타당한 것 같다.

　　　인제 비로소 알 것도 같은
　　　휴식의 기쁜 여로

　　　돌아오는 모든 것을 위하여
　　　기도를 준비하자

　　　입었다 벗는 것은 우리 모두의
　　　냄새나는 가짜
　　　입혔다 벗기우는 것은 우리 모두의
　　　훌륭한 깨달음

　　　쏟아지는 햇살에
　　　알몸을 맡기자

　　　　　　　　　　　　　　　― <나목.10>에서

고독한 현실로부터 일정한 거리를 유지하면서 앞에 있었던 과거를 바라보는 회고의 뜻이 담겨진 작품이다. '이제는 알 것도 같은'의 추측은 휴식이라는 공간에서 깨달은 터득이고 여기서 황명은 과거가 아닌 미래를 위해 기도를 올리고 싶은 뜻을 키운다. 그러나 '입었다 벗는 것이 가짜'였다 라는 「냄새로부터」 벗어난 깨달음에서 얻어진 결론이 햇살에서 스스로를 투명하게 건사하기 위한 상징으로 현재를 다짐하는 결의가 되는 셈이다. 그렇다면 황명은 '입었다'는 뜻이 과거에 무언가를 「했다」는 의미로 인식되면서 이는 냄새나는 가짜로 자책하게 되었고 '벗었다' 암시는 '훌륭한 깨달음'으로 햇살의 밝음을 나타낸다면, 그가 살았던 과거는 냄새나는 그물망에 걸리게 된다. 왜 이런 자책의 상징에 스스로를 맡겨야 했을까? 이는 나목이라는 비유에 삶의 진실을 담으려는 시의 순수성 그리고 밝음으로 지향하는 인간미의 복합으로 귀결되어야 할 것 같다.

<나목.4>에서의 독목(禿木)의식 그리고 안으로 고독을 다스리려는 처절한 인종의 목소리 <나목.5>와 단아한 몸가짐으로 믿음을 지키려는 <나목.7>, 체념의 깨달음을 위한 <나목.8>과 무심의 풍경화와 선(禪)적인 모더니티를 담고 있는 <나목.9>, 추위속에서 따스한 공간으로 이동을 꿈꾸는 메신저 ― 새를 기다리는 <나목.11>, 투명한 외로움을 담은 <나목.12>, 용서와 화해의 눈으로 세상을 바라보는 처연한 표정의 <나목14>, 아울러 여전히 세상의 미련을 보이는 <나목.15>, 로버트 푸르스트의 <눈내리는 저녁숲가에서>와 같은 기교적인 풍경을 담은 <나목.16>, 앙상한 가을 나무가 시인 자신으로 선명하게 부각되는 명상적인 <나목.17>과 허무의 옷을 입고있어 이별을 노래한 <나목18> 등의 풍경은 황명 자신의 이미지를 형상화하기 위해 비교적 짧은 호흡으로 노년의 쓸쓸함이 고담(枯淡)하고 투명한 이미지로 나타내고 있다. 다음의 작품으로 <나목>의 의미는 더욱 증폭되는 자화상을 그리게 된다.

그대 떠나고 남은 것은

별과 바람 뿐
가을이 가면 겨울이라고
단정짓지 말자
나무는 지금 손을 이마에 얹고
무엇인가 골똘히 생각에 잠긴다
그리고 손을 부빈다
차갑게 느끼면서 참는다

— <나목.17>에서

 황명의 삶을 총체적으로 「그대」라는 이름으로 묶으면 이는 이미 전성기의 하늘을 떠나버린 공허가 남을 때, 스스로가 가을 궁창(穹蒼)을 지키는 앙상한 나목으로 형상화된다. 가을의 밤이 오고 나무의 쓸쓸한 체온에 별과 바람은 더욱 스산함을 부추기지만 슬픔이거나 참담한 비극의 느낌보다는 오히려 담담하고 투명하면서도 단아한 인상을 전달하는 것은 황명의 인품을 나타내는 감수성으로써 추위를 피하지 못하는 처연함도 예외는 아닐 것 같다. 아마도 그가 스스로의 시를 '추상성이 강한 모더니즘적인 수법으로 관조한 대상을 온건하게 표현한다'[2] 는 말에 접근하는 것도 나목의 가을풍경을 그리는데서 예언적인 말로 생각된다.

 황명의 <나목> 연작시는 R.M 릴케의 가을이 연상되고 단아한 비유는 그의 깔끔한 품성을 유감없이 나타내었다는 점에서 분수(噴水)로 시작해서 나목(裸木)으로 마침표를 찍은 대표적인 황명의 자화상을 그리고있는 작품들이다.

---

2) 이는 『한국시대사전』(을지출판공사, 1988)나 『한국문예사전』(어문각, 1991)에 스스로의 시를 말한 부분이다. 그러나 두 번째 시집에서는 "그의 시세계는 끈끈한 인간애를 바탕으로 한 서정적 세계로 인간존재의 내면에 깊은 관심을 쏟고 있다"로 적고 있다. 첫 시집과 둘째 시집의 작품 수록은 일정한 시기 구분보다는 43년 동안 쓴 작품들 골라서 시인의 의도에 의해 대체로 편집한 것 같다.

6. 어머니를 그리면서

황명의 나이에서 고향을 느낀다면 수구초심(首邱初心)의 발상이고 또 어머니를 찾는다면 이는 필시 유아시절의 정신적인 흔적을 찾아가려는 고독한 생각일 것이다. <어떤 희한한 실험>이나 <4월의 마지막>·<백자.여운>·<완충지대>·<귀뚜라미 우는 밤에> 등에는 어머니가 등장하고 이와 유사한 이미지의 귀향으로는 <5월 나뭇잎>·<만월>·<꿈 이야기>·<중추절>·<化心>에서 어린날들의 추억과 고향의 인자가 귀향으로 전환하고 있다.

> 너무도 오랜 시간이 흘러서
> 그 낱말을 잊어버린 것은 아닐까 하고 오늘은
> 불러보는 이름이여,
> 어머니,
> 어머니,
> 어머니,
> 아직은 그래도 잊어먹지 않았구나
> 이렇게 소리도 나고 눈물도 나는 것을 보면.
>
> — <어떤 희한한 실험>

'너무도'라는 긴 시간을 경과한 이유 때문에 희한한 실험을 하는 시인의 행위에서 하필이면 어머니를 3번 반복해서 부르는 이유는 무얼까? 물론 「오늘도」라는 공간과 과거의 어머니를 자주 불렀던 공간과는 어린애와 노년의 차이에서 「희한」이라는 돌출의 시어가 출몰하게 된다. 언어를 운용하면서 살고있는 황시인에게 어머니의 그리움이 다가오는 이유는 가을과 추위를 보호해주는 대상 즉 어머니의 자애로운 사랑에 의지하기 위한 실험인 듯하다. 소리와 '눈물'이 나는 것은 순수로 돌아온 시심의 원인일 뿐만 아니라 인생의 마지막을 예감하고 정리하려는 발상의 근거가 되는 인상도 준다.

돌아가는 길에서는 추억과 어머니의 이름이 한층 다정해서일까. 다음 시는 그런 인상을 확인하기에 충분하다.

> 어머니, 이제는 돌아가고 싶습니다. 돌아가서 그 지리하고 어두웠던 시간을 펼쳐 놓고 이야기 하고 싶습니다. 바람이 물살을 타듯 그렇게 스쳐 온 나날들.
> 한 번 크게 소리내어 울어보지도 못하고 자란 계모슬하의 아이처럼 우리는 언제까지 이렇게 살아야 합니까. 어머니.
>
> — <완충지대>에서

어머니는 모든 것을 감싸주는 포근함과 따스함을 갖고 부드러움으로 사랑을 포괄한다. 황명은 지금까지 살아온 인생의 아픔과 고통의 일들을 어머니의 무릎에 앉아 대화를 나누고싶은 소망을 가지고 있다. 마치 먼 여행에서 돌아와 신기하고 이상한 경험들을 어머니께 말씀드리는 꿈을 갖고 싶어하는 것이다. 이리하여 '어머니, 이제는 돌아가고 싶습니다'의 간절하고 절실한 마음이 표출된다. 이는 '지리하고 어두웠던'이라는 경험의 이야기를 어머니께 자랑삼아 말하고 싶지만 부재의 공허를 만나는 애달픔이 추위를 느끼는 또다른 이유가 되었고 여기서 '울어보지도 못하는' 처지에 이르렀음을 자각하고 탄식하는 무기력에 빠지게 된다. 이는 여리고 약한 귀공자의 모습을 노년에 이르러 만나게 된다.

고향과 어머니는 분리되는 것 보다 하나의 이미지로 통합되어 나타난다.

> 가면 갈사록
> 마음 간절한
> 고향과 어머니
> 네거리를 건넌
> 사나이는
> 그날부터 숨이 찼었고…….
>
> — <化心>에서

'가면 갈사록'을 나이가 깊을수록 이라는 의미와 통하는 일이라면 황시인의 허전이나 공허는 나이와 비례하여 고향과 어머니의 체취를 그리워하는 정서를 발동하게 된다. 이는 황시인의 심성 깊이에 간직된 부드러움과 단정함의 근본을 찾아가려는 고독의 위안이고 삶의 고달픔을 위무하는 공간이라는 점에서 단순한 도피로의 이미지가 아니라 안주하고 싶은 공간 즉 삶의 위로를 자청하는 기능을 뜻하는 것 같다.

노년의 나이에서 어머니를 그리워하는 마음은 유년시절에 귀여움을 독차지하면서 사랑을 받았던 특별한 정감을 뜻하는 애절한 이유가 될 것이고 그런 마음을 지니고 평생을 살아온 인자가 표면으로 나온 원인을 만나는 것이 어머니를 그리워하는 마음을 시로 나타낸 것이다.

7) 감각적인 시

시인 스스로가 자기의 시를 말한다는 것은 정확한 말은 아니다. 그러나 그런 지향을 갖는다는 것은 시인의 의지에 조응하는 함량을 가질 수는 있을 것이다. '추상성이 강한 모더니즘적 수법'이란 말의 근거는 시인자신이 출판사의 요청에 의해 자기 시를 표현한 말이다(이는 을지출판공사에서 『한국시대사전』을 편찬할 때 시인에게 보낸 편찬자의 요청문에 대한 응답이었다). 그렇다면 왜 추상성이란 말과 모더니즘이라는 말을 사용했는가이다. 물론 시는 앰비큐어티라는 말로 특성을 삼는다. 이는 시적 허용(poetic lisence)의 특성에 한할 수도 있는 일이지만 시는 항상 여분이 많은 해석을 필요로 하는 점에서 언어의 응축과는 달리 의미의 팽창을 요망하게 된다. 여기서 추상성을 결국 시의 특징을 뜻하는 해석으로 돌아간다면, 시인이 자기 시를 평한 모더니즘은 궁극적으로 고전주의의 특성인 이성 혹은 과학정신의 고급성을 뜻하는 바 — 현대시의 감성을 이지적으로 포괄하는 이미지와 상징을 뜻하게 된다. 물론 둘째 시집에서는 시적인 기교보다는 인간관계 쪽에 더 많은 관심을 가졌다.

누구에게나 약을 올리는 듯
혀를 조금 내미는 저
붉은 입술 좀 봐
못된 것 같으니
한 번 혼을 내 줄 가보다
조심해야지

3월이 옷을 입기 시작하는
어느 아침에

— <동백꽃 3월>

　감각적인 에스프리와 객관적 정황의 시 혹은 한층 높은 차원을 향하여 의미를 감추면서 이미지만을 동원하는 내숭의 시 다시 말해서 감춤의 미학으로 표현하는 냉엄한 비유에서 황명의 시는 일단 모더니티의 특성을 내장하고 있다. 그러나 현대를 살아가는 현란한 기교의 도시적인 현상이기보다는 오히려 전원으로 귀향을 꿈꾸는 낭만주의자의 구미가 승한 것도 사실이다. 이는 다소 환상적이고 따스한 사랑을 갈구하는 갈증의 시라는 점과 목마르게 인간을 그리워하는 점에서 증거를 갖는다. 봄날 아침 동백꽃의 압축적인 형상화는 환상적인 묘미를 준다. 아울러 생생하고 신선하고 아름다움을 나타내는 것은 이미지를 능동적으로 살아나게 하는 감각성은 시인의 현란한 재치와 기교로 돌릴 부분이다. 황명 시의 의미 장치는 생동감의 이미지에 자극을 주는 대상화의 신선감에 있다.

나뭇잎은 저마다 누워서
파아란 하늘을 주무르며 무료한데
나그네 뒷굼치에 머무는 너의 눈매
바람은 이제 굴러 다니는
계절의 부수럭지를 모아 쥐고
여름날의 그 무성한 바닷가로 향해

귀뚜라미 꼬리로 긴 편지를 쓴다

— <코스모스 편지>에서

시각화는 모더니즘의 주요한 수단일 것이다. 시의 특성이 멜로포에이아나 로고포에이아 또는 파노포에이아의 균형된 결합으로 한 편의 세계를 창조한다는 이론에서 볼 때 황명의 이미지 구사는 절제와 깔끔을 일차적인 관건으로 하고 여기서 의미를 위해 상상력과 경험을 부가하는 데서 다양한 의미군을 거느리게 된다. '나뭇잎이 저마다 누워서 / 파아란 하늘을 주무르며 무료한데'라는 비유는 낙엽과 하늘의 결합으로 가을의 풍광이 찬란하게 독자의 의식을 점령한다. 아울러 가을의 중심에 있는 '귀뚜라미가 꼬리로 긴 편지를 쓴다'는 감각성은 황명 시의 인상을 견고하게 만드는 작용을 한다. 이 같은 신선한 비유는 그가 추구하려는 시의 지향에 대답이 될 뿐만 아니라 시의 넓이와 깊이를 풍윤하게 만드는 원인이 되는 것 같다. 더불어 자기 약속을 지켰다는 점에서 생명이 다하는 날까지 자기임무를 완수한 시인이라는 명칭에 다가간다.

8. 나가면서

한 사람의 시인에게는 운명이 있고 또 세계가 들어있다. 전자는 자기의 삶에 대한 처신과 행동이 평생을 지배하는 원인으로 작용하고 사후에도 이런 평가의 기준은 여기서부터 비롯된다. 후자에서는 살아온 삶의 총합적인 표정이 어떻게 하나의 독립된 혹은 독특한 세계 — 개성으로의 세계를 구축했는가의 의미가 나열되어야 한다. 이 둘은 분리되는 것이 아니라 하나로 종합되면서 시인의 평가에 이르게된다.

황명은 50년대의 폐허와 절망의 혼란 속에서도 희망과 인간애의 정열을 분수의 솟구침으로 상징했다면, 죽음에 임박해서는 현실의 중심에서 물러난 세상과의 거리를 안타까움으로 바라보면서 거리조정에 허무를 느끼고 스스로를 나목에 비유하면서 또다른 세상으로 날아가려는 발상으로 새를 등장했지만 정작 이를 구체적으로 실현하려는 의지는 보이지 않았다. 또한 추위를 느끼는 그의 체감은 고독한 내면으로 젖어 들었고 이를 소화하기 위한 나무의 상징은 황명의 의지를 표상하는 것이 아니라 가을의 궁창(穹蒼)에서 홀로된 외로움을 나타내는 형상을 뜻한다. 어머니의 찾음도 그런 원초적인 고독에서 추위를 감싸주기를 바라는 이름이 된다. 그러나 황명의 가을 의식은 품위가 있고 정중하면서도 투명하고 깨끗한 풍경화로 가을을 푸르게 채색하는 인상을 남긴다. 노드럽 프라이의 비유를 빌리자면 가을의 시인이지만 마음 여린 귀공자의 단정한 풍모를 지닌 다감한 로맨티스트요 풍류를 지닌 댄디였다. *

정서의 특질과 시적 함수
— 김해성의 자선시집 『침묵의 발산』

1. 창조의 빌미로부터

인간 생명의 주체는 무엇인가? 라는 물음에 에드워드 윌슨[1]은 유전자에 있다고 말한다. 이 말은 시의 경우에도 시사하는 바가 많다. 왜냐하면 시의 창조적인 근원 — 즉 시의 특성이 무엇인가를 규명하는 일은 곧 인간의 특성과 전혀 무관한 것이 아니라 동일 항목에서 출발하는 가정이 성립되기 때문이다. 그렇다면 시와 시인의 상관은 후천적이기보다는 선천적인 유전자에 의해 창조되는 가설이 가능할지도 모른다. 만약 시가 단순한 언어의 유희에 국한하는 일이라면 몰라도 의미로 생산하는 시의 골격이 곧 한 시인의 삶에 총체적인 결과물이라는 생각을 버릴 수가 없기 때문이다.

흔히 시의 특성을 말할 때, 언어 상징과 비유라는 도구를 사용하는 응축의 예술이지만 정작 이런 도구로 만들어 내는 감동의 결과물은 인간의 오감을 자극하는 요소가 의미라는 추출물에 의해 독자를 움직이는 결과 — 시의 유전자는 곧 시인의 유전자와 상통하는 논리를 앞세울 수 있을 것 같다. 시는 곧 시인의 성격을 표현하는 예술이고 — 설사 낯설게하기라는 위장의 방법을 동원한다 하더라도 본질적으로 시인의 정신을 온통 드러내는 고백의 항해를 벗어나는 것이 아니다. 이점은 소설이나 시의 경우에도 작가의 고백적인 한계 — 이는 곧 유전적인 특성을 나타내는 요인일 수밖에 없을 것이다.

---

1) 1926년 미국 앨라바마주 버밍햄에서 출생. 현재 하바드대학 펠레그리노 석좌교수로 『사회생물학』(1975)의 저자. 인간 본성 해명의 열쇠를 유전자에 있다고 보고 "닭은 달걀(유전자)이 더 많은 달걀을 만들기 위해 한시적으로 만들어 낸 매체에 불과하다."고 설명한다.

문학 표현에 창작자의 사상을 거론 할 때, 유전자에 내포된 본능과 후천적인 지식을 가미하면서 한 편의 창작은 마련된다. 가령 선천적인 성품은 쉽게 겉을 꾸미지 않을지라도 후천적인 것을 보완하고 포괄하면서 마지막 결과물을 장식하게 된다. 즉 선천적인 유전자는 자유로운 발산을 나타내려 하지만 후천적인 이성의 견제를 받음으로써 — 둘의 원만한 조화는 한 인간의 업적을 생산하게 된다. 히틀러의 포악한 성격과 예술을 사랑하는 이중성 그리고 톨스토이의 휴머니즘적인 것과 그의 생활의 갭이나 장쟈크 루소의 생활에 반영된 이중성 등은 이런 사실을 뜻하는 예가 될 것이다. 결국 한 편의 작품은 시인의 정신적인 본질과 동일한 점으로 귀착된다는 논리는 길을 잃지 않게 되는 답안을 유도하게 된다.

김해성의 자선시집 『침묵의 발산』(한국시사, 1997)을 거론하는 모두(冒頭)에서 시와 유전적인 특성을 말하는 이유는 김해성의 정신적인 특질이 시로 응축되어 표출되었다는 근거를 세우기 위함이다. 우선 그의 시에 나타난 정서의 흔적을 분석함으로써 근거를 제시하는 방법을 사용한다.

2. 정서의 표정

시인의 정서는 유선적인 성질을 토내로 생활의 체험이 용해될 때, 일정한 성격을 구비하는 절차를 갖는다. 어느 것이 앞서는가는 로고스와 파토스의 조화점에서 각기 방향을 다르게 설정할 수 있다. 그러나 본질적인 함량에서 둘의 관계는 크게 빗나가는 것이 아니라는 점에서 시의 특성을 추적하는 일에 심리학적인 도움을 필요로 한다.

김해성의 시적 정서는 다이내믹함보다는 오히려 스태틱한 특성을 엿보게 된다. 이는 생래적인 성질과 그가 태어난 환경 그리고 삶의 체험적인 복합이 어디로 지향하는가의 여부와 상관이 있는 것 같다.

나는 어느 날, 어느 순간에 잃어버렸던 나를 찾았다. 그것도 깊은 산길

에서 칡덩쿨 찔레순이 마구 얽힌 소삽한 산기슭의 노을 타는 석양길에
서 다시 찾은 나였다.

　또 어느 해 가을 노랗게 물든 단풍든 정경이 고운 고향 강변에서, 하
늘과 맞닿는 남쪽 바닷가에서, 오랫동안 잃어버렸던 나를 대자연 앞에서
다시 찾는 나였다.
―자선시집 <시작품 창작 40여년>의 머리 글에서

본래의 나를 원형으로의 개체라 한다면 이 원형은 살아가는 도정에서 무
수한 도전에 탈색되거나 변질될 수 있지만 궁극적인 원형은 유지된다. 그러
나 가끔 새로운 형태에 변용 되면서 삶의 가파른 일상을 영위하노라면 이
원형에 접근되는 시간은 망각의 이름을 대신하게 된다. 이런 김해성의 고백
은 '나를 찾았다'라는 제자리를 발견(?)하는 놀램 앞에 회고의 노래를 준비
할 때, '석양 길'이라는 암시에서 그가 처한 시간적인 흐름과 공간의 일치가
상징으로 자리잡게 된다. 이런 정서는 필연적으로 그가 세상에서 처음 바라
본 원형의 공간인 고향을 발견하게 되었고 또 그 곳으로 지향하는 마음의
줄기를 연결함으로써 지금까지 살아온 도정(道程)을 잇대이는 노력을 감행
하는 수순을 밟게 된다. 젊은 날 고향을 떠나 생활의 고통과 조우하면서 살
아온 시간을 새삼 깨우치는 촉매는―고향 그리고 어매 혹은 누님의 정서
를 발견하는데서 돌아갈 길을 찾아 나서면서 과거로 가는 길을 만들게 된
다. 그 최초의 조짐부터 점검한다.

1) 정적(靜的) 정서

자선시집이라는 특징은 일단 시인의 정서적인 추구가 어디로 지향하는가
를 일목요연하게 정리해 주었다는 점에서 독자의 수고로움을 덜어 주는 바,
<山房>이나 <박꽃>. 혹은 <연꽃>·<솔밭에서>·<신라금관> 등은 요
란스럽지 않고 조용한 느낌의 시로써 시인의 정서를 쉽게 접하게 된다. 산
이라는 이미지의 조용함과 달빛에 박꽃 그리고 신라 천년의 아슬한 제목의

이미지에서 느끼는 반응은 정적인 성품으로 인상 지울 수 있는 요인이면서
시인의 생래적인 정신 因子형성과 밀접할 수밖에 없을 것이라는 추론이 앞
선다.

> 山房에 겨울이 가고
> 촛불이 봉오리 피워 오면
> 봄 밤을 새우고 온
> 앳된 女僧의 설레는 마음 …….
> …… 중략 ……
> 이른 새벽 山길
> 길길이 자란 山草랑
> 칡넝쿨 찔레순 이슬에 젖어
> 뻗는 숨소리 산골문까지 닿아라.
>
> 깊은 山속을 노루처럼 내가 서성대면
> 저 산너머 절간의 목탁소리
> 山,山,山
> 山이 울었다.
>
> — <山房>에서

　공간적인 배경은 여승이 사는 산방이다. 그리고 시간적인 암시는 봄밤의
촛불이 너울거리는 조용한 산사를 연상하게 된다. 이런 세팅을 접하면 우선
동양적인 정서 혹은 한적하고 고즈넉한 — 번잡한 도시의 소음이 판치는 곳
이 아니라 바람소리와 물소리가 조화를 이루는 공간을 연상하게 된다. 이런
분위기는 인간의 심사를 침잠 시키거나 아니면 자아의 본래 모습을 발견하
는 명상적인 시간 속으로 여행을 준비하는 길을 확보하는 셈이다. '도토리
구르는 소리'와 염불 소리만 '조으는 듯'한 이른 '새벽 산길'의 무드가 '산골
문'에 이를 때, 시적인 자아는 비로소 '노루처럼' 서성이는 조용한 이미지의
「내」가 시의 전면으로 나타나게 되기 때문에, 이런 분위기를 즐기는 것은

곧 김해성의 정서가 지향하는 본질이고 또 그런 조용한 성품에서 삶의 의미를 터득하는 「지금까지」의 정서가 시의 원류를 형성하는 본질로 이해된다. 이를 뒷받침하는 색채는 <박꽃> 그리고 <바다>, <밭>, <나비와 화분>에서 흰색이 주조를 이루었음도 증거를 보강하는 의미가 될 것 같다.

2) 변용의 정서 — 바람 그리고 돌과 꽃

시인의 시에는 일정한 이미지의 전달 수단이 마련된다. 바람일 수도 있고 물이거나 구름 등의 이미지에서 정서를 이동하는 역할을 수행할 때, 일정한 기능을 가질 수 있다면 김해성의 시는 바람이 주요한 기능을 담당하고 있는 것 같다. 바람은 자유의 표상이면서 벽을 모르는 타임머신의 역할을 감당한다. 현재의 공간을 넘어 미래와 과거를 방문할 수 있는 효용은 시인의 시적 의도를 수행하는 구체적인 절차를 무난하게 처리할 수 있다는 뜻이다.

바람은, 바람은, 바람은 —
어떤 의미를 알면서부터
닫힌 石門을 허물고 있음이여.

바람은, 바람은, 바람은 —
神과 인간의 거리를 알면서부터
바다와 육지를 마구 허물로 있음이여.

바람은, 바람은, 바람은 —
자기 내부의 소리를 알면서부터
바다와 육지를 마구 허물고 있음이여.

바람은, 바람은, 바람은 —
불길이 훨훨 타고 있는 것을 알면서부터
그때사 목숨의 회열을 느끼고 있음이여.

— <바람>

　　김해성의 시에 바람은 인도자의 기능을 갖는다. 이는 '석문을 허물고 있음이여'에서 무언가 구체적인 기능을 수행 — 그 목적은 인간을 위한 수고와 그에 따르는 고통을 감당하는 느낌을 준다. 이는 삶의 「의미」를 알고부터 그 가치를 행동으로 옮긴 구체적인 암시를 갖고 있다는 뜻이 2연에 이어지면서 신과 인간의 거리를 조절하는 조정자의 임무를 완수하고 있다. 이런 절차는 '바다와 육지를 허물고'에서 인간의 땅에 이르러 신과 인간의 상관을 유기적으로 맺어 주는 역할을 강조하려 한다. 김해성의 바람 이미지는 의도적으로 조종하는 것이 아니라 '마구 허물고'의 다소 거칠은 — 시인의 성품에 잠재된 강한 추진력의 일단을 뜻하는 정서로 보인다. 아울러 이런 정서가 3연에 이르면 '스스로를' '찾아 나서는' 모습에 도달하면서 '불길이 타는' 형상의 열정을 배가함으로써 삶의 깊이 — '그때사 목숨의 희열을 느끼고 있음이여'라는 마무리로 연결된다.

　　바람 이미지 개입은 변용의 모습을 결과로 남기기 때문에 시적인 의미를 다양성으로 채울 수 있는 계기를 가지면서 보편적이고 함축적인 의미를 나타내는 차별성을 갖는다.

　　　　누가 전하는 맑은 소식인가
　　　　누가 뿌리는 고운 꽃잎인가

　　　　산자락 넘어오는 눈발
　　　　사랑스런 이야기사
　　　　기억에의 향수로 하여
　　　　山門에 부서지는 바람소린데

　　　　할매의 물레소리
　　　　하내의 새끼 꼬는 소리
　　　　질화로 위의 된장찌개 끓는 소리

　　　　　　　　　　　　　　　　　— <雪原情恨>에서

눈(雪)이라는 대상은 정지되어 있을 뿐, 스스로 이동하는 심상을 남기는 것은 아니다. 바람의 이미지에 의해 산을 넘고 강을 건너는 절차를 가질 때, 비로소 눈은 춥고 희고 아름답다는 의미를 나타낼 수 있는 요소가 상징에 의존하게 된다. 이런 이차적인 암시는 눈이라는 표면적인 껍질을 벗겨 냄으로써 바람의 구체적인 행보와 보조를 맞추게 된다. '맑은 소식'이나 '고운 꽃잎'의 상태는 오로지 바람이라는 이동의 심상에 의해 취해진 이름이고 이는 다시 인간의 공간을 점하는 것들을 깨우치는 역할을 아울러 수행하게 된다. 할머니의 물래「소리」에서부터 새끼 꼬는「소리」, 또는 된장찌개 끓는「소리」로의 변환 등은 필연적으로 바람의 임무를 빼면 성립되지 않는 셈이다. 이처럼 김해성의 시에 바람은 역사성을 뛰어넘은 이미지로부터 일상생활의 삶의 모습을 투영하는 것에 이르기까지 다양한 변화의 영역을 왕래하고 있는 셈이다.

돌(石)은 변함이 없다는 맹세를 나타내고 또 역사의 유장함을 나타내는 침묵의 언어로 대변될 때 역사적인 깊이를 방문한다. 주로 육친의 의미를 나타내는 점에서 다감성을 대표하는 것 같다.

> 돌은, 돌은, 돌은—
> 침묵의 어머니처럼
> 소리를 내지 않아 좋았다
>
> 돌은, 돌은, 돌은—
> 의지의 아버지같이
> 깨어져도 울지 않아 좋았다
>
> 돌은, 돌은. 돌은—
> 웃음 짓는 누님처럼
> 표정이 변하지 않아 좋았다.

돌은, 돌은, 돌은—
흙의 할머니같이
연륜을 오래 잊지 않아 좋았다.

— <돌>

　돌의 변용은 1연에서 어머니의 깊은 사랑과 조용한 모습을 나타내면서 2연의 의지와 신념의 아버지로 나타나고, 3연에 이르면 변함없는 사랑의 징표로 상징되는 누님의 미소와 같은 깊은 정감을 부추기고, 4연에 이르면 할머니의 지혜가 뭉쳐진 오랜 풍상의 세월에 믿음을 나타내는 상징으로 다가온다.

　시의 견고함은 의미를 어떻게 신선함 또는 생동감으로 채울 수 있는가의 여부가 비유로 살아나야 한다면 김해성의 시적인 묘미는 둔중하면서도 암시적인 기교를 무리없이 사용하는 진솔함에 있다. 다시 말해서 그의 시는 요란하지 않으면서도 담백하고 복합적이면서도 투명한 면에서 자리를 점하고 있다. 돌과 같은 비유로 쓴 <꽃>도 반복법을 동원하여 인간의 생로병사의 도정을 암시하고 있다.

꽃은, 꽃은, 꽃은
잎이 피는 것을 알면서
사랑을 배우기 시작하였네.

꽃은, 꽃은, 꽃은—
너와 나의 거리를 알면서
슬픔을 기억하기 시작하였네.

꽃은, 꽃은, 꽃은—
이승 저승의 관계를 알면서
영원의 문을 열기 시작하였네.

꽃은, 꽃은, 꽃은—
어떤 엄청난 의미를 알면서
시나브로 곱게 지기 시작하였네

—〈꽃〉

잎이 피는 것을 인간이 태어나는 것으로 바꾸면—인간은 사랑이라는 함정에서 지혜와 슬픔을 배우는 절차를 갖는다. 이런 고통의 과정을 겪으면서 성장하고 지혜를 넓히는 길에 너와 나의 거리—인간의 관계를 설정하는 삶의 파노라마를 전개하면서 생의 언덕을 넘어야만 한다. 이런 길이 얼마쯤에 이르면 죽음과 삶이라는 구분을 두려움으로 바라보는 시선을 가지게 된다. 여기를 노년기의 비애라 칭하면 이 또한 어쩔 수 없이 다가오는 그림자를 피할 수 있는 인간은 없을 것이다. 여기서부터 영원의 문은 높고 험한 생의 길과 대등함으로 연결되면서 떠나는 준비를 피할 수 없게 된다. 인간의 삶이 수유(須臾) 천 년의 역사로 보면 찰나의 순간이지만 생로병사의 구분은 항상 준엄하게 자리하면서 눈을 부라리고 있기 때문에 삶은 때로 근엄하고 복잡하고 다난한 실타래로 상징된다. 이런 의미를 터득하면서 '시나브로 곱게 지기 시작하였네'의 길은 아름다움이기보다는 인간에게 숙명의 이름으로 불릴 수밖에 달리 도리가 없는 일이다.

김해성 시에 나타난 꽃은 바로 인간의 일생을 나타내는 일이면서 꽃의 향기를 어떻게 발산할 수 있는 가는 삶의 의미로 연결된다는 점에서 「곱게 지기 시작」하는 꽃과 같은 비유가 된다.

3) 역사를 보는 눈과 유장성의 정서

역사란 인간의 생활을 모아 놓은 풍경에 다름이 아닐 것이다. 물론 서양이나 동양의 삶은 그 특성이 반대의 입구로 들어와 서로 다른 모양새로 변천해 왔다. 빛의 문화, 논리, 과학 만능이 서양의 특성이라면 동양의 역사는 서양과는 다른 발상으로 출발한다. 어둠, 추상, 종합 등의 철학으로의 문화적인 발상이 동양의 문화를 낳았다면 의당 동양의 문화 속에는 동양 사람의 정서와 정신이 응고되었기 마련이다. 김해성은 동양의 정서를 나타내는 토속적인 된장 냄새가 나는 시인이다.

> 옥양목 바랜 마음씨 엮어, 바래다 지친 모시적삼, 등뒤에 쩔어 있는 물동이 그늘 ─. 오늘 돌아나온 촌마을 길에 플라스틱 물동이 열을 지어, 어매의 꿈, 틀은, 장광에 앉아있는 역사의 證人 ─. 가끔은 간장내음 ,된장내음 맡아 심상치 않은 세월이 간다. 물동이, 흙으로 빚은 물동이 속으로 ─.
>
> ─ <물동이 思戀>에서

민족이 살아온 삶의 애환이 스며 있는 사연을 보는 것 같다. 물론 한 여인의 물동이 모습은 우리 민족의 생활에 따른 연륜과 사연이 농익어 있고 슬픔과 기쁨의 그림자가 연면히 따라붙어 있기 때문에 하나의 풍경화로 민족의 풍경을 환치하기는 어려운 것이 아니다. 여기서 김해성의 역사 의식은 버터 냄새나는 이방성이 아니라 자기 것을 고수하는 정서로의 일체감을 갖는다. <바다>에서는 역사의 연면성을 <강물>은 모태 회귀의 발상을 <물동이 思戀>에서는 자연과 어머니와 고향의 정서를 육화하여 전통 정서의 흔적을 찾으려는 발심으로 나타낸다. 또 <가야금>이나 <연꽃> 등에 젖어 있는 동양적인 정서는 유장한 리듬을 뒷받침으로 한 많은 민족의 심상을 발견하는 줄기가 들어 있다.

'옥양목'이나 '모시 적삼' '물동이' '간장내음' 혹은 '된장내음' 등의 시어는 우리가 외면할 수 없는 우리 것의 대명사요 민족이 살아오면서 연결된 정서 물들이기에 눈물 젖은 이름과 떨어질 수 없는 애환의 그물에 걸릴 수밖에 도리가 없는 이미지들이다. 이는 역사의식을 구체화한 암시이면서 살아온 줄기를 찾아 오늘에 이어 보려는 시인의 의도와 연결되는 정서들로써 김해성의 시는 한국적인 울타리 안에서 「밖」을 향하는 건강한 시선을 확보하고 있는 시인이다. 이런 조짐은 그가 살아온 태생적인 고향 정서를 찾으려는 또다른 의미도 들어 있다는 점이다.

　시인은 대상을 새롭게 해석하는 안목을 소유했기에 역사를 포괄하고 우주의 숨소리를 내면으로 재해석하는, 빛나는 영감의 소유자일 수밖에 없다. 하찮은 돌 앞에서 거대한 자연의 소리를 듣기도하고 미묘한 인간의 대화를 복원하는 능력을 나타내기도 한다. 시인의 촉수는 항상 열려 있고 또 귀를 열어 놓아 자연의 호흡에 보조를 맞추는 사람이기도 한다.

> 情이 서려, 서려서
> 여기 착하게 앉았노라
> 恨이 맺혀, 맺혀서
> 여기 외롭게 섰노라
> …… 중략 ……
> 천년을, 또 천년을
> 돌로만 섰을거나
> 바위로만 앉았을거나
> 숨쉬는 님이여,님이여
>
> — <石佛바위 앞에서>중

　김해성은 돌에서 역사의 깊고 아득한 숨소리를 발견하려는 안목을 보인다. 왜냐하면 돌에서는 인간이 셀 수 없는 길고 긴 생명력이 들어 있기 때문이다. 이는 무생물에서 생명의 호흡소리를 감지했고, 외면하는 대상에서 대화의 소리를 감지하는 예민한 촉수와 감수성을 갖고 있기 때문이다. 바위는 곧 시인 자신이 발견한 대상이지만 여기서 대화를 나누는 것은 역사의 한과정을 발견하는 점에서 민족사의 줄기를 어떻게 해석하는가의 방법론을 이해하게 된다. 이는 2연에 '푸른 꿈의 숨결인데'의 처리로 볼 때, 바위는 단순한 대상을 넘어 역사의 침묵을 대화의 공간으로 끌어내는 김해성만의 안목인 셈이다.

<침묵의 발산>에 '천년의 사금파리'나 '팔 백년 살아온 은행나무' 등의 이미지에서 무한의 숨소리를 침묵으로 이해하는 그만의 귀를 열어 놓은 터득(攄得)에서 오랜 인간의 숨결을 오늘의 역사와 접목하는 본질에 헌신하는 것이 김해성의 역사 인식의 방법으로 느껴진다. 가령 '몸, 몸부림이다. 몸부림이다. 몸부림은……. 할아버지와 할머니 몸부림이다. 천 년전 수 없이 죽어 간 선조들, 울음의 여운인가, 아니면 웃음의 여운인가. 그것. 가을 낙엽지는 소리도 같고, 아득한 벌판에 비가 내리는 소리도 같고, 스무 살도 채 못된 아내의 마지막 숨결 거두는 소리도 같고. 요것은 「우륵」선생의 핏줄과 한과 마음의 고향인가도 모른다'<가야금>와 같이 유장한 역사 인식을 어떻게 변용하면서 신선감으로 장악할 수 있는가를 투명한 해석의 눈으로 이해하는데서 김해성의 인식은 안온하고 담백한 뉴앙스를 전달하게 된다. 이는 전통과 리듬이 우리 것만으로 이루어진 정서의 복합에서 나오는 시적인 묘미라는 뜻과 같을 것이다.

4) 백색의 정서

색채는 마음을 나타낸다는 점에서 심리적이다. 김해성의 시는 주로 백색의 정서로 구성된 시가 많은 편이다. <솔밭에서>의 흰나비, <박꽃>의 흰나비 <바다>의 백연화, <강강수월래>의 흰빛, <나비와 화분>에 흰나비와 초생달, <연꽃>에서의 연꽃 이미지 등은 흰 색감을 나타내는 시들이다. 물론 색채는 민족마다 다른 상징을 갖고 있지만 대체로 백색의 암시는 정결하고 순수함을 나타내면서 ― 우리는 죽음의 의미를, 서양은 화이트하우스가 권력을 뜻하는 차이를 갖고 있다. 전통적으로 자주색은 天子之色의 권력을 뜻했고, 백색은 서민의 색을 암시했던 게 고대의 색채 상징이었다. 삼국시대에도 엄격하게 신분에 따라 색채로 구분했던 데서 백의민족이라는 상징이 나왔지만 이는 백색이 서민에 한정해서 입었던 색채의 의미를 갖기도 했다. 아무튼 멜빌의 『백경』이나 『킬리만자로의 눈』은 백색의 공포가 문학 속에서 다양한 효과로 변용된 경우를 접한다.

> 흰나비는 언젠가 헤아릴 수 없는 道程을 嶺넘어 모밀밭이며 뒤안 꽃밭
> 마다 날던 무수한 나비. 날음에 지쳐 되돌아올 줄 모르고, 어느 陽地바른
> 언덕에서 죽어 간 호접군을 천도하고 있는 흰나비 한 마리 조으는 화분.
>
> — <나비와 화분>에서

'흰나비'의 암시는 민족의 모습을 닮았다는 인상이다. '헤아릴 수 없는 도정'은 깊고 험한 그리고 고통으로 점철된 역사의 줄기를 뜻하고, 영넘어와 모밀밭은 그 길을 걸어온 애환의 공간으로 바꾸면 무수한 나비는 곧 피로하고 지친 발걸음을 쉬고 있는 인간의 모습 — 그런 화사한 자태의 상징 — 객관적으로 바라보는 안목은 그렇게 아름답게 투영된다. 더불어 꽃과 나비의 조화는 삶의 이름을 빛나는 것으로 환치하는 이미지이면서 순수하고 순결한 모습을 접하게 된다.

> 박꽃은 목화밭에 날던 흰나비
>
> — <박꽃>에서

백색 정서가 김해성의 마음을 반영하는 이름이고 또 그런 정서가 민족의 전통적인 정서를 표출하는 도구로 이해하면서 민족이 살아온 오솔길을 산책하는 시인의 유유자적하는 모양이 다정한 미감을 자극하고 있다. 다시 말해서 백색은 곧 김해성의 정신을 반영하는 또다른 거울로 상징되는 것이 흰나비의 날음이기도 한다.

3. 나가면서

한 시인의 언어는 정신의 깊이를 방문하는 구체적인 문이라면 김해성의 시에는 역사의 유장한 산보와 침묵으로 점철된 의미를 만나는 걸로 충분하다. 다시 말해서 시인의 정서를 바람으로 이동의 촉매를 삼아 — 타임머신의 방도로 과거와 미래 혹은 현재를 왕래하는 방도를 취하면서 그의 시의

영토를 확보한다. 이런 발상은 우리 역사의 확고한 인식 위에서 호흡의 기저를 준비하기 때문에 토속적이고 유장한 가락 — 시조의 전통성과 자유시의 특색을 접맥하는 것이 자연스럽다는 이유도 여기에 있다. 시의 도입부에 반복법을 사용하는 것은 정신의 천진스러움을 童詩적인 기교로 나타내는 심리적인 효과의 일단이면서, 전체적인 시적 무드가 동적이기보다 정적인 정서를 이루는 요인들 — 어매, 누님, 고향 등 모태 회귀의 이미지들이 백색의 이미지와 닿고 있는 것도 시인의 성품을 나타내는 심리적인 방도를 확인하는 근거가 될 것 같다.

나이브하고 섬세하면서도 끈질긴 향토적인 시의 묘미는 곧 김해성만의 영지를 확보한 것이며 이는 동양적인 것에서 한국 시의 출구를 마련하려는 건강한 진단으로 해석되는 부분이기도 하다. *

표정의 단순성과 정신 문법
— 성기조의 시

들어가면서

만약 시의 얼굴을 화가가 그림으로 표현 할 수 있다면, 그 모습은 참으로 다양한 형태로 나타날 것이다. 왜냐하면 시는 살아 있는 표정을 그리는 것이고 또 살아 있는 사람과 상관을 유지하면서 나타나야 하기 때문이다. 다시 말해서 살아 있는 자의 모습은 항상 예측할 수 없는 방향으로 반응할 것이고 또 감정과 이성의 결합 또한 행위에 이어지는 형태가 변화무쌍할 것이다. 그렇다면 시의 모습은 살아 있는 인간을 객관적인 시점으로 파악하여 판단을 내리는 작업이고 또 그런 일을 주요 관심사로 표출하는 의식의 한 형태이기 때문에 일정한 범주의 논리로 가둘 수 없고 또 그런 일은 결코 가능한 일이 아닐 것이다. 즉 시는 언제나 단순에서 복합화의 형태를 지향하다가 다시 복합에서 단순의 이름을 달고 독자 쪽에 전달될 때 감동의 일차적인 관건이 형성된다.

그렇다면 시가 감동을 주는 이유는 일정한 도식을 유지하는 것은 아닐지라도 일정한 水路를 형성하면서 흐름을 가질 때, 비로소 시적인 특성을 만들게 될 것이다. 다시 말해서 인간이 무표정 그리고 무개성을 가졌다 하더라도 거기에는 일정한 기준자(尺)를 갖고 있는 중심 인자(因子)를 형성하여 일정한 표현의 형태를 나타내게 된다. 이런 가정하에서 시를 바라보는 태도는 단순히 꾸밈의 형태가 아니라 그 속에 내포된 중심 인자를 발굴하는 태도가 더욱 필요하게 된다. 여기서 독자 미학이 길을 시작하게 된다면, 단순히 관조자의 입장이 아닌 시인과 독자가 「하나의」 광장을 마련하는 본질에서 시를 대하는 태도가 결정되어야 한다는 점이다.

시인의 의미있는 요청에 따라 두 편의 작품집을 대상으로 접근한다.『달동네 사람』(1989.신원)과『사는 법』(1998.신원)을 통해 살아가는 인간의 모습이 어떻게 변용을 이룩하는 가의 행로를 추적하게 된다.

두 작품집이 공히「어떻게」사는가에 대해 스케치적인 나열로 접근하고 있고 또 삶의 깊이를 천착하려는 의도를 만나기 때문이다. 이에 대한 접근을 위해서는 표현된 작품의 특성을 포착하여 — 귀납적인 현상으로 환치하여 다시 원형을 복원하는 걸로 한계를 삼는다. 평론은 확대 재생산된 의미를 다시 독자에 돌려주는 임무가 굳이 논리적인 전달에 국한되어서도 안되기 때문이다.

1. 가난하게 사는 일

인간의 삶에서 가난이라는 말은 기피 대상의 일차적인 목표이자 추방해야 할 관건이 될 것이다. 가난이라는 의미는 인간에게 끝없이 다가오는 고통을 수반하는 이름이기 때문에 사전에서 없어야 할 이름으로 대상화된다. 그러나 가난은 인간의 운명을 역설적으로 변환시키는 교사의 노릇을 감당한다는 사실을 깨달으면 굳이 버려야 할 용어가 아닐지 모른다. 진정하고 위대한 삶의 가치와 인산 존재의 녕분은 확실히 가난의 장벽을 어떻게 돌파하는가의 여부에 따라 남긴 업적을 달리했기 때문이다. 여기에는 개인차를 가질 수 있지만 본질적으로 가난이라는 바탕에 어떤 그림을 그렸는가는 모든 예술가들이 직면한 고통점이라는 사실을 제외하고 설명할 수 없기 때문이다.

두 권의 작품집에 관류하는 시인의 생각은 가난에서 어떤 형태로 의식이 변용하는 가의 문제가 집중되어 있다. 물론 스케치적인 면에 지나치게 의식을 고착하고 있다는 점과 가난의 참담한 체험의 고백이 없다는 점 등은 보는 자의 요망에 불과하다는 점으로 위안을 삼으면서 논지의 중심으로 접근한다.

1) 가난의 스케치 그리고 표현 기법

　성기조의 시에 들어 있는 가난은 심각한 아픔을 전달해 주는 것은 아니다. 파노라마적으로 진열된 가난의 이름들은 저마다 별개의 개성으로 이름을 형성하면서 이들이 제각기 결합하여 하나의 공통점을 이룬다. 다시 말해서 가난이라는 이름에서 체온을 나누는 경우는 약하지만 체온을 함께 나누는 보통 사람들의 표정을 감지하게 된다는 사실이다. 심각하고 절망적이고 원통한 가난의 풍속도가 아니라는 점은 시인이 살아온 삶의 도정과 밀접성을 갖는다는 유추가 가능할지 모른다.

> 장마비가 개고
> 별이 총총히 박힌 밤
> 열 두시 넘어
> 다락리 뒷산에서 혼자 우는 소쩍새
>
> 눈물이 난다
> 소쩍새
> 목구멍이 메인다
> 소쩍새
> 내 가슴을 져며낸다
> 소쩍새

— <소쩍새.1>에서

　1연에는 풍경 즉 배경이 소쩍새를 도입하는 절차라면, 2연에서는 소쩍새의 울음으로 인해 '눈물' '목구멍' 그리고 '내 가슴' 이 소쩍새라는 대상으로 '난다'와 '메인다'와 '져며 낸다'의 결과로 이어진다. 소쩍새의 울음이 시인에게 어떤 자극과 이유로 인해 결과를 낳았는가를 유추할 수 있는 단서는 어디에도 없다. 물론 이런 파노라마식의 전개가 시를 훼손하는 어떤 이유도 발견되는 것은 아니다. 다만 특수 지명인 '다락리' — 아마도 시인의 생활과

밀접한 공간적인 배경이 시인에게 특별한 무드를 제공하는 암시를 접하면
이 시의 모티브는 자연스럽게 자연을 바라보는 — 시인의 마음을 바라보는
절차가 수행된다.

> 호우주의보가 내리고
> 물난리가 나서
> 피해액이 70억이라는데
> 비가 그치자 한밤중에 피울음 운다
>
> — <소쩍새.2>에서

위 시에는 1989년 7월25일이라는 날짜에서 소쩍새가 우는 이유를 터득하
게 조언한다. 결국 소쩍새의 울음은 일정한 날짜에서 파생된 모두의 슬픔을
소쩍새가 대신 울어 주는 공명(共鳴)의 절차로 환치할 때 성기조의 시적 장
치에서 무엇을 노리는가를 깨닫게 된다는 점이다. 이런 점은 아마도 성기조
시에 관류하는 특성이면서 또 그의 시가 쉽게 접근되는 이유의 일단이 될
것 같다.

성기조가 시를 이루는 기법은 단언적인 시어를 구사한다는 특성이다. 이
는 주로 시적인 어미를 어떻게 사용하는가에서 느끼는 인상과 다름이 없을
것이다. 예를 들어 이해를 돕는다.

> 새는 보이지 않고
> 낭랑한 소리만 들려 와
> 가슴을 잡아당긴다
>
> — <새소리>에서

> 새로운 이별을 준비해서
> 가슴에 구멍 뚫린다
>
> — <비오는 날에>중

> 소망의 등불을 켜들고
> 우암산 꽃을 닮아간다
>
> 　　　　　　　— <우암산에서>중

위의 시에 인용은 모두 「다」 서술형 종결어미로 끝난다. 다시 말해서 여백의 공간을 남기는 것보다는 완전히 여백을 차단한 「다」로 논리적인 형태를 취하기 때문에 독자가 참여할 수 있는 여지는 없다. 이는 학문적인 태도 —과학적인 태도를 시에 접합하려는 발상에서 빚게 되는 특성으로 보면 이해가 될 수 있다. 어떻든 성기조의 시적 장치는 전개와 확신을 부추기는 종결어미에서 성기조의 정신 지향을 느끼는 단서가 된다. 한가지 부언할 것은 1인칭 「나」의 전면 배치도 「다」의 쓰임과 다름이 없다는 사실이다.

2) 정감

시는 시인의 정감을 비유라는 장치 — 상징과 비유를 통해 이미지를 織造하는 절차로 출발한다. 다시 말해서 상징의 절차를 취하여 독자에 낯설게 하는 인상을 부추긴다 해도 본질적으로 시는 시인의 체온을 나타낸다는 점에서 정감의 일치 — 즉 아이덴티티라는 형태를 취해야 한다. 성기조의 시에는 서민들의 체온이 주류를 이루면서 다양한 이름을 획득한다. 달동네의 사람들 — 고향을 떠나온 애절함도 있고, 사랑에 실패한 군상이나, 많은 식구들 틈새에서 눈치 없는 애들이 있고, 탐욕에 멍든 사람의 가증스런 모습 등 많은 얼굴들이 저마다의 표정으로 연출된다. 그러나 이런 많은 얼굴들의 공통적인 특성은 정을 가지고 살아가는 사람들이라는 일체화로 귀결된다.

> 달동네에 살면
> 멋 부릴 것은 손톱에 봉숭아 물 들이는 것
> 손바닥만한 땅에 봉숭아꽃을 심고
> 여름 내내 멋쟁이 꿈만 꾼다
>
> 　　　　　　　— <달동네 사랑.6>에서

작금에 위와 같은 풍경을 접하기란 至難한 일이다. 물론 과거 회상의 구조를 취하면서 '달동네'의 모습이 꿈과 작은 사랑이 어우러진 이름들로 — 존재하는 풍경화를 만나면 아련한 그리움의 이름을 떠올리는 것은 정이 있기 때문이다. 성기조 의식 속에 간직된 풍경화는 작지만 따스하다는 점에서 淚腺을 전달한다.

> 언제나 낫브게(sic) 먹고
> 한 번도 배불러 본 적 없다
> 한 집에 세 집 식구, 세들어 살아도
> 악다구니 쓰며 싸우지 않았다
>
>   — <달동네 사랑.8>

가난의 이름은 아프고 처참할지라도 정감이 넘치는 이유로 살 맛나는 이름을 간직하게 된다. '언제나 나쁘게 먹고'의 가난의 멍에는 벗어나야 할 이름이지만 성시인의 경우는 증오로 옷을 입지 않고 오히려 친근미를 유발하는 구수한 맛을 남긴다. 이런 이유로 한집에서 무려 3가구가 복잡하게 살아 불편할지는 모르지만 고통의 악머구리라는 생각은 없다.

> 반나절 일하고 돌아와 네 얼굴 그리워
> 빈둥대다 해 져도 오지 않는 너
> 내일부터 파출부 그만두자
> 굶기야 하겠는가
> 우리 함께 살자
> 네가 없는 세상은 풍진 세상
>
>   — <달동네 사랑.25>에서

아마도 파출부 생활의 고달픔에 못 이겨 어딘 가로 떠나버린 '너'에 대한 애달픔이 스며있다. 가난과 아픔에서 「우리 함께」 체온을 나눌 수 있다는 것은 행복의 진원이 될 수 있고 삶의 의미를 더할 수 있어 자잘한 생활이 그리워지는 감수성을 응축하여 나타낸다.

달동네의 정경은 검고 퇴락하고 때로 황량한 이름 속에 내포된 가난의 땅일지라도 참혹한 지옥도와는 달리 밝고 정다운 표정들이 흐르고 있어 안도감을 준다.

성기조의 가난은 이와 같이 절박하거나 풍진 세상의 한이 스며있지 않다는 것은 그의 가슴이 따스하다는 동질성을 만나는 이유로 돌릴 수 있는 이유가 될 것 같다. 다음 시를 인용하는 것은 성기조의 마음을 가장 적절하게 표현한 의미가 들어 있기 때문이다.

'사랑을 하면 항상 넉넉한 마음이 되어 / 내 마음을 끈끈하게 만든다'<달동네 사랑.15>의 마지막 경지가 달동네에서 얻고자 하는 본질 일 것이기 때문이다.

3) 가난의 풍경화

가난의 풍경화는 언제나 유동적이고 변화 많은 형태로 진행형이 된다. 이는 살아 있는 사람들의 이름을 얻었기에 가능한 일이라면, 가난의 풍경화는 언제나 생동감을 남기는 이름일 것이다. 살아 있다는 것은 아름다움을 뜻하고 존재하는 자의 여러 형태 ─ 영등포 을구선거 풍경이 보이기도 하고, 가난한 풍경화 혹은 사랑에 아픔을 삭이는 서민들의 애환이 뒤섞여 있을 때 삶의 이름은 정다움을 생생하게 담을 수 있게 된다. 성기조의 시에는 그런 체취가 깃들어 있다.

> 침침한 눈을 비비며 춘향전을 읽던 할매가
> 고향이 그립다고 눈물을 찔끔댄다
> ─ 시상에 내 죽어 묻힐 곳이 어딘고
> 한숨이 연방 뒤따라도
> 누구 하나 귀담아 듣는 이 없다
>
> ─ <달동네 사랑.4>에서

사람이 사는 일의 목표를 분석하면 행복이라는 이름에 가깝게 가기를 소망한다. 행복의 의미가 잘사는 일이라 말하지만 잘산다는 것은 의미 있는 생의 의미와는 다를 것이다. 의미란 고통을 지불하고 얻어진 것이기에 소중하고 가치 있는 이름이.된다. <달동네 사랑.4>는 이 땅에 흔한 풍경으로써 고향을 그리워하는 늙은 할머니의 애잔한 모습을 투영하는 여운이 전통적인 정경을 떠올린다. '귀담아 듣는 이 없다'라는 포인트에서 가난한 사람들의 바쁜 일상을 암시하기 때문에 할머니를 제외하는 의미와는 다른 개념을 유발하기 때문이다. 요컨대 칙칙하고 답답한 달동네가 아니라 선명하고 가벼운 이름의 풍경을 다음 작품으로 설명된다.

> 그런데, 참으로 이상한 일
> 냉수 한 사발 마시고
> 하늘을 쳐다보았더니
> 달도
> 별도
> 구름도
> 몽땅 하늘 안에 들어 있었다
>
> — <달동네 사랑.5>에서

어둠에서 빛을 추구하는 것은 한스 카롯사의 정신 문법이자 자연 질서의 원리에 해당된다. 다시 말해서 어둠에서 빛을 추구하는 것을 순리라는 이름으로 정리하면서 이런 절차를 따라가는 길을 정상적인 절차로 삼는다.

'가난'을 어둠으로 본다면 — 이런 처지에서 하늘을 바라보면 '별'과 '달' 그리고 '구름'도 하늘에서는 모두 하나의 의미로 집약된다. 다시 말해서 하늘이라는 공통의 공간에서 빛을 발하는 의미로 정리되기 때문에 가난은 악머구리의 이름을 남기는 지옥도가 아니라 선한 사람들이 모여 사는 「하늘 속」에 따뜻한 희망의 의미가 남게 된다. 정서의 밝음은 시선의 확보에서 가능하다. 이는 본성을 나타내는 심리적인 성향과 다름이 없다는 일이면서 시

인의 정서가 밝음 쪽으로 나아가는 길을 확보하는 것과 같을 것이기 때문이
다. 이런 일은 의식의 동일성 — 아이덴티티를 이루는 더불어 의식을 형성
한다.

> 먹을 것이 없어 낫브게 먹어도
> 마음은 언제나 푼푼하다
> 옥수수 한 자루
> 감자 한 개를 갈라 먹어도
> 네 몫은 소중하구나
> 지지리 못나 손가락질 받아도
> 나는 네가 있어야 사람이 된다.
>
> — <달동네 사랑.40>

 '사람이 된다'의 조건을 합당하게 이루기 위해서는 '지지리 못나 손가락
질 받아도'를 형성하기 위해서 '감자 한 개' 그리고 '옥수수 한 자루' '조악
한 음식을 먹어도'의 조건을 완수하기 위해서는 「네가 있어야」라는 전제가
충족되어야 한다. 이런 일은 너와 내가 동일화를 이루는 일이면서 이런 일
들이 합치되는 지점에서 '네 몫'의 소중함으로 변하여 나에게로 다가오게
된다. 너와 나의 합치는 조건의 일치를 이루는 내면의 이름이면서 이를 성
취하기 위해 더불어 체온을 나누는 서로의 의견이 합치일 때, 비로소 가능
성의 경지에 도달하게 된다. 성기조의 시는 상징의 고도성이나 비유의 껍질
을 벗기는 수고로움이 없이 단숨에 도달되는 평이성으로, 시적인 목적을 성
취하는 단순성의 또다른 특성을 공유하고 있다.

4) 유아적인 이미지의 변환

 소리는 보이지 않는 속성으로 미지의 세계를 찾아가는 신비로움을 간직
하고 있어 인간에게 경이로움을 준다. 이런 현상은 갑자기 다가오는 전달의

묘미로 해석되겠지만 형상이 없는데서 구체적인 형태로 인식되는 감성의 일종이 되는 점이다. 인용으로부터 도움을 받는다.

> 갈대밭의 서걱이는 소리가
> 철새를 쫓는 밤이면
> 달빛은 하늘에서 쏟아져 내려
> 수면을 비추다가 비수같이 물 속을 찌른다
> 하늘에 떠있는 달을 보고
> 물속에 빠진 달을 보고
> 가슴 아파하지 않는 것은
> 고향을 잃었기 때문이다
>
> — <고향>에서

　이미지는 인간의 감각을 자극하면서 상상력을 극대화하는 절차를 취할 때, 구체적인 인식을 형상화하게 된다. 성기조의 시에 이미지의 형태는 상당히 다양환 모습으로 변용하는 점을 주시하면서 바라보아야 그 깊은 의미를 감지하게 된다. 가령 '갈대밭의 서걱이는 소리'의 청각 효과가 '달빛은 하늘에서 쏟아져 내려'의 시각을 보조적인 형태로 삽입하여 풍경을 전환할 때, 다시 '물 속을 찌른다'의 청각석인 개입으로 삽상한 인식이 넓은 하늘과 물 속의 '달을 보고'에 이르면서 시의 분위기는 청각에서 시각 그리고 다시 청각으로 교차하면서 액티브한 정경을 만들게 된다. 즉 장면의 전환이 빠르다는 것은 현대인의 심정을 붙잡을 수 있는 좋은 요인일 것이다. 靜的인 것보다는 동적이고 깊고 오묘한 것보다는 현실적이고 단순성을 좋아하는 현대인의 정서는 변화를 추구하는 속성을 갖고 있기 때문이다.

　고향을 소리로 전환하면서 다시 시각적인 환상미를 자아낼 때 관념의 깊이는 애절함으로 인식을 심게 되는 절차를 갖는다는 뜻이다. 이런 묘미는 다시 반복된다.

> 겨울의 긴 잠을 깨는
> 저승의 종소리가
> 개나리꽃이 되어
> 노오랗게 이승에 피었다
>
>   ― <개나리꽃>

개나리꽃이라는 형상이 '종소리'로 전환하여 아름다움과 앙증스러움을 연상하고 다시 이승에 '피었다'로 바뀌어질 때, 개나리의 이미지는 귀엽고 아름다움을 형태적으로 느끼게 된다.

성기조의 시는 동시적인 형태가 단순성으로 처리된다. 즉 철학적이고 명상적인 격식보다 오히려 수월한 자극을 주는 요소로 느끼는 것은 순수와 천진성을 공유 한데서 나오는 이유로 보인다. 이는 감각의 변화 즉 공감각적인 형태로 변화의 속도가 빠르고 유아적인 색채를 많이 동원하는 <개나리>, <춘분>, <쓰르라미>, <바다>, <귀뚜라미>, <폭포>, <목련꽃1.2>, <가을> 등에서 이질적인 감각이 결합하는 자유스런 출몰을 경험하게 된다.

> 파아란 하늘이 시샘해서
> 구름이 밀려온다
>
> 노오란 빛깔로 익은 벼이삭이
> 파삭파삭 부서지는 오후
>
> 제비는 쏜살같이
> 남쪽으로 날아갔다
>
>   ― <가을>

구름과 벼이삭의 노오란 시각과 파삭파삭의 청각이 서로 교차하면서 정적인 무드를 형성하여 가을의 풍요를 인식하는 감각의 다양성 ― 이런 가을의 풍경화는 다시 전화하는 절차 ― 제비의 날렵한 느낌이 '쏜살같이' 남쪽으로 날아가는 변화를 줄 때, 다이내믹한 느낌을 주면서 경쾌한 인상을 남기게 된다. 이런 일들이 행동의 변화가 느린 어른들의 감각이기보다 변화에 민첩한 어린이적인 감수성을 특성으로 한다는 점이다.

5) 고향과 어머니의 심상

고향과 어머니는 동일한 줄기에서 나오는 원형의 줄기라 말한다. 둘의 이미지는 항상 정적이고 느린 듯 다가오지만 떠날 줄 모르는 감수성으로 자극을 남기면서 애상적인 정감을 남기게 된다. 성기조의 고향은 떨어져 있는 애절함이나 긴절함으로 절박성을 남기는 것은 아니지만 상당한 빈도로 출몰하고 있다. 더불어 육친의 정감 — 어머니나 누이 등이 많이 등장하는 것은 그의 훈훈한 인간미를 표출하는 단서가 될 것 같다.

> 오늘을 사는 우리는 한 그루 나무
>
> 나무는 씨앗에서
> 씨앗은 열매에서
> 열매는 나무에서
> 나무는 뿌리가 없으면 살 수 없듯
> 나는 아버지와 어머니가 계시다
>
> — <뿌리 찾기>에서

뿌리는 원형의 줄기를 뜻한다. 뿌리에서 나무가 존재하고 다시 나무에서 열매로 다시 열매는 씨앗이라는 원초적인 근원이 오늘의 나와 대비할 때 곧 어머니 아버지 그리고 할아버지 등의 줄기를 존재의 근원으로 생각하면서 「나」라는 존재가 전통과 연결된 형태로 연면한 이름을 지속하게 된다. 연쇄법의 끝은 결국 「나」라는 증명에 이르지만 그 비유는 고향이나 어머니에서도 다를 바 없이 여일한 족적을 남기게 된다.

어린 목숨
감싸시고 기르시기
한평생
부드러운 말씀
자애로운 손길
사랑으로 활짝 핀
한 송이 꽃

처음에는
한 몸이었다

— <어머니>에서

어머니에서도 창조의 이름이 연쇄적인 형태로 그 종점은 「나」에 도달하게 된다. 그러나 어머니의 특성은 추상적인 이름이 아니라 항상 구체적인 흔적을 남기는 — 자애의 '손길'이나 부드러운 '말씀'을 재료로 하여, 한 송이 꽃을 활짝 '핀' 아름다움의 향기를 간직한 꽃이 「나」에 결합할 때, 그 위대한 어머니의 기능이 애절함으로 그리워지는 요소가 된다. 성기조의 시는 이런 점에서 갈증을 나타내는 점을 지적하게 된다. 인간관계의 갈증은 어버이나 누이 등 육친의 정에 대한 간절함과 많은 지기들에 기념의 시를 남기는 것도 고향의 정감을 못 잊는 성향과 유사한 이유가 되기 때문이다.

그렇다면 성기조가 그리워하는 고향은 어떤가? 물론 절박하거나 궁핍한 언어로 짜내는 고향의 이미지가 아니라 한가하게 사고하면서 찾아가는 고향이라는 점에서 분단의 고향과는 성질을 달리한다.

날마다 만나는 너의 얼굴
나는 항상 네 가슴속에 들어앉아
눈부신 햇살과 어두운 그림자가
내 마음에 엇갈리고
너를 만나면 내 마음은 평화

　　　너를 떠나면 내 마음은 슬픈 폭포가 된다

　　　　　　　　　　　　　　　　　　　— <고향.1>

　　상상을 동원할 때 단절이라는 말은 성립되지 않는다. '날마다 만나는'것
은 현상이 아니라 상상과 결부될 때 출몰하는 이름 — 고향의 원형이다. 또
'항상 네 가슴속에' 들어앉아 안온한 추억 속에서 삶의 자락을 펴고 오늘을
지탱할 수 있는 원인을 제공하는 힘을 부가하게 된다. 이런 이유는 고향을
만나면 '평화'를 꿈꾸지만 너를 떠나면 '슬픈 폭포'의 비감을 토하는 요인이
어머니의 자애와 사랑을 대입하면 고향과 어머니는 동일한 줄기에서 나오
는 연쇄의 뿌리에 이르게 된다. 이런 점은 전통성을 강조하는 본질이자 의
식의 명료성을 추구하는 시인의 정신과 유관한 점으로 생각된다.

6) 허무라는 이름의 의복

　　사는 자는 필연적으로 허무라는 의복을 입어야 한다. 왜냐하면 산다는 일
의 의미는 결국 무의미를 깨닫는 순간에 이미 허무의 허방에 갇히운 운명이
되기 때문이다. 이는 예수도 석가도 또는 공자도 같은 궤적을 만들었다.
Vinity를 연발한 예수나 흐르는 물에서 비감을 토로한 川上의 嘆이나 인생
苦海를 탄식한 석가 등 한결같이 삶의 의미에 입힌 옷은 모두 헐렁한 허무
의 이름이었다. 하물며 범인에 이르면 더할 말이 없는 처지가 될 것이다.

　　　비어 있는 곳에 이름을 붙이자
　　　하늘이라고
　　　그 속에 구름이 살다 가면서
　　　가슴을 친다
　　　하늘은 아무것도 없는데
　　　이름만 덩그마니 남았다
　　　하늘이라고 …….

　　　　　　　　　　　　　　　　　　　— <하늘.1>

하늘은 비어 있을까? 반야심경에 이르면 비어 있다는 것은 채워 있음이고 또 채워 있다는 것은 이미 비어 있음에 이르는 경지 ― 이를 굳이 비었다 채 웠다는 인식은 철학적인 안목이 아닐 지 모른다. 「하늘」이라는 공간은 있음 과 없음으로 구별할 수 없는 무한의 공간일 뿐 ― 있다고 생각하면 확실히 있음이 자리잡고, 없다고 생각하면 없다는 공허를 만나는 일이 모두일 뿐이 다. 그러나 성기조가 탄식하는 것은,

> 하늘에는 아무 것도 없이 텅 비었구나
> 땅에도 아무 것도 없구나
>
> ― <하늘.2>에서

땅과 하늘에 부재한 것은 다만 인간이 정한 이름뿐 모든 개념이 잠재되어 있다. 이점에서 성기조의 허무는 없음에서 오는 허무요 동양적인 깊이의 허 무는 아니라는 생각이다. 다시 말해서 서구적인 발상의 인식은 어둠에서는 없음이라 증명하고, 햇빛에서는 있음이라는 증명을 과학이라 말하지만 동 양에서는 어둠에서 빛을 추구하는 무한의 존재를 마음의 눈으로 바라보려 하기 때문이다. 이런 차이는 곧 인식의 구분이 주는 차이일 뿐 우주의 본질 과는 다른 인식을 심게 된다. 성기조의 허무는 이 점에서 서구적인 경향이 두드러진 것 같다. 즉 칙칙하거나 절망적인 허무와는 다르다는 말로 변명할 수 있다.

3. 나가는 이름으로

성기조의 시는 단순성을 투명하게 직조하는 기교가 남다르다. 다시 말해 서 상징의 묘미가 주는 질박성과 비유가 남기는 精緻함을 언어 기교로 확보 하고 사물을 바라보는 기저는 여기서 시작된다. 가난을 바라보는 선한 눈과

가락의 유장함은 정신의 공황에서 오는 문명적인 감수성을 표출하고자 하는 의도가 된다. 그의 시에 소쩍새와 달동네의 결합은 이점에서 구분되는 것이 아니라 하나의 줄기를 뜻한다. 아울러 고향의 줄기는 육친의 사랑과 하나가 되려는 뜻을 함축하고 있으면서 축하 시를 많이 쓰는 것도 이런 인간미를 반영하는 뜻이 된다.

성기조의 정서는 바라보는 것에 대한 노래이면서 동시적인 투명성을 아름다움으로 변환하려는 미감의 포장이 된다. 아울러 이미지의 다양한 변형은 앞에서 말한 시인의 심리적인 근저를 확보하는 근거가 되고 있다.

무의식의 길 찾기 혹은 미로에 갇히기
— 소한진 시의 특성

1. 의식의 함정

인간은 햇살을 그리워하면서 살지만 정작 이와 반대로 어둠을 향하여 의식을 잠재우는 특성을 갖고 있다. 어둠을 지나야 빛을 볼 수 있고 또 어둠은 상상력과 지혜의 창고가 마련되어있기 때문이다. 의식이란 이성과 지혜라는 이름으로 포장하지만 정작 겉으로 드러난 의식의 몰골은 빈약하고 초라함을 벗어날 길이 없을 것이다. 인간에게 의식이란 정확하지도 또 신뢰할 수 있는 근거도 없다는 점에서 함정에서 헤어 나오지 못하는 경우와 다름이 없다. 그렇더라도 인간은 의식을 신뢰하는 모순 속에서 헤어 나오지 못하면서 지선(至善)과 지고(至高)의 가치를 부여하지만 실상은 허상을 쫓아가는 일에 다름이 없다. 산다는 일의 모두는 허상이고 또 실체를 발견하지도 못하면서 미망을 헤매는 일이 인간사이기 때문이다. 그렇다면 무의식이란 인간에게 의식을 떠받치는 받침대일 뿐만 아니라 무의식의 창고로부터 지원을 받아 의식세계를 꾸려나가는 이치가 성립된다. 왜냐하면 인간이 의식으로 바라보는 범주는 고작 10여%라는 사실 — 겉으로 드러난 얼음보다 수면 아래 얼음의 비중 또한 무의식의 비중과 비슷하다는 이치를 대입하면 무의식이란 무한의 에너지가 저장된 신비의 암시가 될 것이고 또 의식의 존재는 결국 무의식의 도움을 받아서 일차적인 기능을 수행하는 암묵적인 행위가 나열되는 것이 아닐까?

인간의 행위는 보이지 않는 조종에 의해 보이는 행위를 전개하는 점에서 어둠은 절대의 지배력을 발휘한다. 그렇다면 의식 혹은 빛이란 의미는 어둠을 뒷받침으로 했을 때, 존재의 근거를 생성하게 될 수 있다는 논리가 정립

될 것 같다. 이런 이치가 노자(老子)에 이르면 간단하게 처리된다. 다시 말해서 무의식을 어둠 혹은 비어있음이라 칭하면 비어있음은 곧 인간에게 유용의 의미를 제공하는 일이 되기 때문이다.

埏埴以爲器, 當其無, 有器之用. 鑿戶牖以爲室, 當其無, 有室之用. 故有之以爲利, 無之以爲用

찰흙을 이겨서 그릇을 만들되 바로 거기가 비어 있어서 그릇은 쓸 수가 있다. 문을 내고 창을 뚫어 방을 만들되 바로 거기가 비어 있어서 방을 쓸 수가 있다. 그러므로 있음은 이로움의 바탕이 되고 없음은 쓸모의 바탕이 된다.

노자의 비어있음은 결국 쓸모의 소용으로 돌아가는 길을 제시하고 있는 말이다. 만약 방이 채워져 있다면 그 방은 아무런 쓸모가 없지만 비어있기 때문에 방으로의 소임을 다할 수 있고 또 다른 기능을 수행할 수 있다는 뜻이다. 형태가 있는 것은 利로운 재료가 되고 형태가 없는 것은 모든 쓸모의 바탕이 된다는 뜻을 함축한다. 찰흙으로 빚은 그릇이나 방은 저마다의 그 모양새가 다르지만 — 다양성일지라도 공을 지니고있기 때문에 쓸모를 가지고 있다. 무의식이라는 말도 따지고 보면 이런 이치와 다름이 없다는 말이다. 의식을 有라는 말로 바꾸면 무의식은 空이라는 대체의미로 전환하면서 자연스레 노자의 공과 유의 설명은 이해를 돕게 한다.

밤새 태운 매연을 방면하느라
겨울 창문을 열어 젖히면
벗겨진 이마에 부서지는
이 無常함
정신의 五線紙 위에 꽹과리 소리 뒤덮여 온다.
— <빛의 무덤 속에서>중

소한진의 어둠은 항상 이동하는 유동성을 특성으로 하고 있다. 다시 말해서 어둠에서 빛으로 추구하는 길을 추적거리기 때문에 생동감을 부가할 수 있을 뿐만 아니라 살아 있음을 주지시키면서 길을 찾아 나서는 의미가 들어 있게 된다. '밤새 태운'의 대상이 무언가를 숙고하는 일은 어리석은 일이다. 왜냐하면 우주의 질서나 무의식은 이유나 논리를 대동하고 나타나는 것이 아니다. 어둠 즉 겨울의 시적 암시를 거두고 나면 무상함이 보이고 또 오선지위에 펼쳐지는 무한의 소리가 방안을 가득 채울 수 있기 때문이다. 이런 심안(心眼)을 가진 시인의 사고는 곧 현실—무채색의 공간에 유채색의 캔버스를 채우는 일을 시작하게 된다. 그러나 인간은 찬란한 색깔에 취해 비틀거리면서 노자의 五色令人目盲으로 떨어지는 것을 방지하려는 예지를 발동하게 된다. 이는 시적인 감동일 것이다. 그러나 소한진의 시에 감동의 근거를 찾는다는 건 도로(徒勞)에 그치게 된다. 그만큼 원형에 이르는 길 찾기라는 의미가 될 수 있기 때문이다.

그렇다면 시인이란 무엇을 포착하려는 사람인가? A. M. Schmidt의 말을 빌리면 '시라는 것이 인간 정신의 깊고 어두운 곳에서 형성되며 또 거기서 출현하는 사실을 안다. 우주 창조와 시적 창조의 사이에는 照應, 즉 일치의 관계가 있지 않을까? 시적 창조를 시도하는 사람은 가끔 우주에서의 미지(未知)의 신과 대결하려는 마음을 갖게 되지 않을까?'를 들어보면 노자의 설명과 멀리 떨어진 인용이 아닐 것 같다. 또 우주의 창조라는 말도 이른바 빅뱅의 경우를 비교하면 창조의 근거는 어둠이고 비어있는 공간을 바꾸는 일이 되는 것 같다.

과학이라는 대상은 언제나 수평면상에 나타나 있는 대상을 주요 관심으로 처리하는 것은 비극이다. 왜냐하면 대상은 이미 수면 아래서 수면을 조종하고 있기 때문이다. 소한진의 일차적인 시의 출발은 어둠 또는 무의식의 아득한 공간에서 빛을 찾아 유랑하는 무형체의 이름으로 형체를 빚어내는 길을 추적하는 이름에 그의 시적 입지가 있다.

십 여년 전부터 나의 心臟 속에서는 검은 山이 물위로 떠오르고 있었
다

　　　　　　　　　　　— <輓章이 징을 치고……>에서

　시적 화자 「나」는 존재라 말한다. 그러나 나를 의식하는 것의 본류는 결
국 내가 아니라 나 아닌 또다른 아득함의 공간이 있다. 이를 불러오는 것은
결국 「나」이지만 이는 설명되는 것이 아니다. 존재하고 있는 '나의 심장 속
에서는' 「검은 산」이 물위로 떠오르고 있었다는 객관적인 발성으로 지하세
계에서 지상으로 나오는 어떤 이름이 검은 산으로 인식된다. 여기서 굳이
'어떤'의 미지를 분해한다는 것은 아무런 가치가 없을 것이다. 이는 S.말라
르메가 말한 空無(neant) — 현실의 백지화에 이르게 된다. 물론 말라르메의
사물부재설은 C.보오들레르의 자연관에 근거를 찾을 수 있지만 사물은 본
래의 형태를 갖지 않고 다만 떠도는 어둠으로 유랑하면서, 어떤 계기의 자
극에 이르면 새로운 변형으로 나타나는 일에 불과하다. 「나」라는 우주의 공
간을 분석할 수 없는 이유도 — 분석하거나 얼굴을 대면할 수 없는 무의식
으로 이유를 돌릴 수 있을 것 같다면 소한진이 10 여년 전부터라는 것은 길
을 찾아 나서는 시간을 뜻하고 검은 산의 의미는 새로운 화학적인 변화의
근거를 예비하는 창조주의 「어떤 일」에 해당되는 것 같다. 시 쓰기는 결국
시인의 「어떤 일」에 다름이 아니라면, 소한진의 시는 「어떤 일」의 시작이자
마침표일 것 같다.

검은 상여의 나라에 검은 비가 나립니다
이데올로기와 혁명, 미친 총 소리가
지나간, 검은 땅에 나리는 비는
검은 무당의
춤사위

　　　　　　　　　　　— <검은 상여의 나라>에서

색깔은 빛이 있기 때문에 나타난다. 빛이 없다면 모두 검은 이름으로 돌아간다. 가령 모든 물감을 한데 섞어 버리면 까만 색이 된다는 사실 — 허상을 진실이라는 이름으로 계산하는 산술적인 양식의 한계는 인간이 살아가는데 우상의 이름일 뿐이다.

빛이란 허망한 자취일 뿐 어떤 의미를 부여하는 데 주저하게 된다. 그러나 인간사에 부정한 이름으로 가치를 설정하면 이데올로기와 혁명의 몰가치 혹은 미친 총성의 방향은 죽음을 불러오고 비극의 옷을 인간에게 입히게 된다. 결국 빛은 빛이 아니고 다만 사라지는 혹은 錯視현상의 허무라는 의미 외에 달리 이름이 없게 된다. 여기서 소한진의 시는 단순한 시가 아니라 철학이고 명상을 재촉하는 화두라는 데 이르게 된다.

2. 자기 찾기 혹은 시간의 의미

시간이란 무엇인가를 물으면 이미 시간은 없다. 다만 인간만이 시간이라는 멍에에 이끌려 가는 비참한 존재일 것이다. 의식세계는 시간의 세계이고 무의식의 공간은 시간이라는 구분이 없는 세계라는 점에서 이분적인 암시는 아무런 필요를 느끼지 못하는 일이라면 인간에게는 지대한 관심사로 인식한다. 영원을 나타내는 시간의 부호는 원 이외에 다른 방도가 없을 것이고 이를 가장 명징(明澄)하게 증명하는 것은 불교의 원(圓)관념이다. 이는 인간의 존재가 어떤 것도 남기지 않는 원형으로 귀환하는 의미를 뜻하기 때문이다. 그렇다면 시간 속에서 인간을 찾는다는 것은 모호의 城에 갇히는 운명을 소유하게 된다. 물론 이런 사실을 잘 알고 있는 인간의 지혜일지라도 이런 함정에는 거침없이 빠지는 것이 인간사의 대부분이다. 결국 또다시 나오려는 문을 열성으로 찾으면서도……

천년을 기다려도 회리바람이 불지 않아
鳳凰이 되지 못한 사람들이

'존재의 집'을 드나들며
빨간 대머리 山에서
　神性을 꿈꾸다 낮잠이나 자고…………

지금 이 시간에도 떠나고 있다
낯선 바닷가의 모래알처럼
日常의 파도에 씻기고
바람에 날리어
　흔적도 없이 사라져 가고 있다

그러나 存在는 존재를 바라보며
'고향 상실'을 애기하고
'신성의 본질적 장소'를 논하는데
神을 지닌 채
神의 이름을 부르지 못한
수많은 靈魂들
여보게, 불은 왜 지피는가

　　　　　　　　　　　　　— <시간 속의 나>에서

　사링 '꿈'이라는 의비는 살아있는 인간의 시간 — '흔적도 없이 사라져 가고 있다'는 의미는 꿈을 상실한 無에로 돌아가는 길이라면, 꿈과 無의 사이에는 엄청난 괴리가 존재하고 있다. 즉 살아있는 것과 죽어버린 것과의 경계를 무엇으로 인식할 것인가? 인간에게서 이런 구분의 필요를 찾는다는 것은 무의미한 일이다 왜냐하면 인간의 일은 의식세계의 그림을 필요로 하지 무의식이나 죽음의 세계에는 무관심하기 때문이다. 아울러 무의식이 삶에 에너지를 공급한다는 증거를 제시한다면 인간의 표정은 금시 달라진다.

　소한진의 시에서의 인용은 전문을 인용할 필요는 없다. 토막 토막의 단편적인 시어는 곧 전부를 대신하는 명징한 부분으로 작용하기 때문이다. 지성만능주의자들인 인간은 모든 것을 보여주기를 원하지만 모든 것은 결국 미세한 부분인 것을 모르는 사실을 호도(糊塗)하는 것이 지성만능주의자들의 정신적인 오류일 것이다. '불'이나 '존재' 혹은 '고향' 등의 의미와 대칭을 이루는 것들은 '바람' 앞에서 어떤 의미도 만들지 못한다. 결국 시간 속에 나의 존재는 시간을 떠난 존재라는 순환의 이론이 될 때 원이고, 또 아무 것도 없는 이름 앞에 서있는 인간의 처연한 모습으로 크로즈 업되는 것을 말하는 것이 소한진의 의식이다. 여기서 카오스(chaos)의 의미를 접하게 된다. 물론 카오스란 혼란이나 혼돈의 개념이 아니라 새로운 변화를 모색하기 위한 혹은 그런 접점을 의미하는 변형의 장소가 될 것이다. 가령 어머니의 뱃속에서 수태로부터 잉태되기까지의 여정은 규정할 수 없는 질서 속에 혼돈 혹은 순수한 변화를 뜻하게 된다. 그렇다면 카오스의 道程에서 질서를 찾아나가는 길은 카오스라는 미지의 길을 거쳐서만 코스모스의 형태로 나타나게 될 것이다. 결국 자기 찾기라는 것은 자기를 버리는 일이고 무질서와 질서 혹은 부정과 긍정 또는 비자아와 자아라는 구분의 모호성을 넘어가는 또 다른 공간이 카오스의 의미가 된다면 시간이란 것도 자기를 의식하는 데서 오는 허접한 의복이라는 점에서 달리 변명이 없어지게 된다.

3. 물의 이미지

어둠과 물의 이미지는 다름이 아니라 하나의 성질에서 이름을 달리하는 구분만 있을 뿐이다. 어둠의 속성이 빛과 대칭이라면 물은 증발되는 과정을 거쳐 승천하는 과정을 남기게 된다. 다시 말해서 물은 실체를 보이지만 잡을 수는 없다. 그러나 증발되었을 때, 물의 의미는 아무 것도 바라볼 수 없는 점에서는 없음이지만 실상은 구름이 되어 다시 땅을 방문할 때, 물의 의미는 있게 된다. 이런 고답(高踏)한 의미에서 물과 어둠은 소한진의 시에 중요한 모티브를 제공하고 있다. <이 몽환의 바다에서>·<이 허상의 바다에서>·<이 몽환의 바다에 떠다니는 나의 언어> 등은 예가 된다.

바람만 차고, 달고, 매운
이 빈들을 거닐면서
이 지상의 파도에 밀리고
갈가마귀 떼와 함께 꿈을 꾸는
나는 누구인가

— <이 몽환의 바다에서>중

소한진이 의식의 전면으로 나온 표정에서 고통과 아픔 그리고 슬픔의 형상이 그려지고 있다. 차가운 바람을 감지하고 또 달고 쓴 오미(五味)의 맛을 느낀다는 것은 세상사와 맞설 때 느껴지는 고통의 언어라면 소한진의 세상여행은 누구나 느끼는 허허벌판에서 만나는 인간사의 통증으로 귀결된다. '이 지상의 파도'라는 물살에 밀리면서도 꿈을 꾸어야하는 삶의 좌표는 결국 「나는 누구인가?」를 묻고있는 참담한 자기 찾기의 여정이 해답을 기다리고 있다. 그러나 그 해답은 결국 도로(徒勞)에서 허망을 만나는 것 이외에 다른 의미는 없다. 그런 자각을 일깨울 때 소한진의 의식은 또 다른 방랑의 이름을 새기게 된다.

미래가 복사되지 않는
미로실습장에서
설득력을 잃은
이성
日常의 허물을 벗어버린
나의 얼굴에 나는 침을 뱉는다

— <이 허위의 바다에서>중

인간에 일상은 가면 무도회의 연출이라면 허위의 이름에 들어맞는다. 이성이라는 산술적인 정확성도 결국은 미로에 포로가 되는 예에서 벗어나는 것이 아니지만 논리라는 이름으로 포장하면 매우 설득력을 갖는 걸로 착각한다. 그러나 논리나 과학이라는 이름 속에는 결국 허위의 길이 넓게 열려 있는 가면무도회의 또 다른 이름일 뿐이다. 소한진은 이런 일상의 허물에서 자기의 참모습을 바라볼 때 스스로 '침을 뱉는다'라는 확신의 대답을 제시하면서 '무소속은 얼마나 아름다운가'라는 상황에서 무의식과 의식의 경계로 잠입하려는 생각을 갖는다. 여기서 소한진의 시적 고민은 남고 있다. 어둠으로 완전히 잠수하느냐 아니면 빛의 현실에서 부대낄 것인가의 명확한 선택이 요구될 때 두 공간을 배회하는 이름으로 남게된다는 뜻이다. 무소속이란 의식세계에서는 책임의 유기(遺棄)이고 무의식의 세계에서는 국외자의 존재로 남게되기 때문이다. 이런 파스텔톤의 현상이 아름다움으로 인식되는데서 소한진의 정서에는 갈등과 고민이 현실로 돌아오는 길을 확보하는 점이다.

소금물에 절여진 幽魂은 계속 말을 하고…….
여보게나, 저승에서도 말이 말로 통하던가?
　　　　　—<몽환의 바다에 떠다니는 나의 언어>에서

소한진의 시에 물은 이동의 이미지일 뿐 실제의 액체를 의미하는 것은 아니다. 물은 의식과 무의식을 왕래하는 메신저의 기능 — 빛에서 어둠 혹은 어둠에서 빛으로 시인의 의지를 옮겨주는 역할을 수행한다는 점에서 '몽상의 통로를 따라 꿈은 현실로 피어나고'와 같은 왕래의 수로를 만들면서 시적 의지를 수행하게 된다.

'저승(어둠)에서도 말이 말로 통하던가?'에 이르면 소한진의 의식은 의문에 머무는 문제를 발견하게 된다. 즉 어둠은 모든 것을 용해하는 점에서 '내 묵언의 바다에'서와 같이 말의 의미가 소멸되는 공간이다. 말은 질서이고 질서란 보이는 것 그리고 보여주는 의미에 이르면 말은 결국 허망을 말하는 점에서 현실「속」으로 들어오는 의미를 생산하게 된다.

언어의 해체 혹은 언어를 압살하면서 어둠을 보여주는 새로운 시의 경지에 이르기 위해서는 언어를 버리고 언어를 감금하는 장치가 마련되어야 현실을 벗어나는 자유를 얻게 되기 때문이다. 한국 초현실주의 시의 현주소는 서양 것을 답습하는 절차에 익숙할 뿐이라는 생각이 든다. 이점에서 어둠의 골짜기에 홀로 서있는 노자의 현(玄)의 철학에 도달하기까지는 아직이라는 부사가 더 필요할 것 같다. *

물의 이미지와 변신

— 박명용의 시집 『뒤돌아 보기.江』을 중심으로

1. 프롤로그

물의 상징은 생명으로 이어지고 생명을 다시 물로 돌아가는 순환의 길을 잃지 않을 때, 자연의 질서는 원활한 계속을 진행하게 된다. 한 개체의 생명이란 단절된 것이 아니라 연속적이기 때문에 어떠한 경우에도 계속성을 가지면서 순환하게 된다. 그러나 개체로서의 생명은 단속적인 듯이 생각하기 때문에 자기 한계를 벗어나지 못하는 슬픔과 괴로움의 나열에 골몰하는 일생을 살다 죽음을 맞게 된다. 그렇더라도 개체의 생명은 결코 떨어지는 것이 아니라 하나의 줄기에서 다음으로 진행형의 형태를 취하게 된다. 이런 발상은 과학이 아니라 철학이라는 점에서 동양적 자연관에 더욱 가까울 것이다.

물은 소리와 흐름의 외형적인 특성을 갖는다. 소리가 존재를 의미한다면 흐름은 생명의 순환 질서를 갖고 있기 때문에 소리와 흐름은 항상 살아 있음을 형태적으로 증명하는 점이 물이 갖는 주된 속성이다. 물론 변형된 피의 경우 인체에서 흐름으로 생명을 연장해 주고 또 흐름에는 언제나 소리를 수반하면서 존재의 구체성을 소유한다. 결국 물의 이미지는 언제나 생명의 이름을 연상하기 위해 살아 있는 흐름과 소리를 생성하면서 번갈아 상징을 띄우는 것이다.

박명용의 시는 유동성의 물이 채워진 시를 직조한다는 점에서 먼 길을 떠나는 혹은 진행하고 있는 시인이다. 이제 그런 궤적을 찾아 길을 떠난다. <뒤돌아보기.강>은 박명용의 8시집으로써, 1998년 한국 문학상을 수상한 시집을 논지의 대본으로 한다.

2. 물에 비추이는 상들

1) 생명의 시원

인간의 신체 구조는 8할이 물로 구성되었고 지구의 구조도 이런 이치에 결합되고 있다 .이와 같은 현상은 상당히 암시적인 인상을 남기게 한다. 왜냐하면 인간은 자연의 조건에 합치 내지 적응하지 못하면 결국 도태되는 질서를 따라야하기 때문이다. 가령 인간의 생명 박자가 3박자라면 자연 질서의 리듬도 3박자라야 인간은 존재할 수 있기 때문이다. 이런 동일성은 모든 존재의 법칙을 이루는 구성 조건이란 가설을 어떻게 발견할 수 있는가는 존재의 형태를 살피는데서 가능하게 될 것이다.

생명의 본질이란 무엇일까를 현대 과학은 끝없이 물어 왔다. 인간의 생명이 머리일까 아니면 심장일까를 구분하는데도 수많은 실험을 거쳐왔기 때문이다. 물론 살아 있다는 증거는 머리가 아니라 심장이라는 단서에 접근하는 것은 현대 의학으로는 어려운 일이 아니었다. 그렇다면 심장을 살아 있게 하는 것은 공기가 아니라 바로 피돌림의 작용에서 비롯된다는 피의 흐름이다. 피의 흐름이 없다면 인간의 생명은 단절될 수밖에 없다. 여기서 피 즉 물이라는 요소는 존재의 본질로 향하는 바, 흐름이라는 결론에 도달한다. 박명용의 정신 지점은 여기서 물이 시로 변용하는 절차를 수행하게 된다. 물이 용해와 화해의 경지로 간다는 점에서 박명용의 나이에서 오는 유추라는 가정은 다음 인용으로 충당할 수 있을 것이다.

> 요즘 들어서는 도시보다는 강과 산으로, 혼자보다는 여러 사람에게,
> 비판보다는 정의 눈으로 마음이 다소나마 돌아서는 것 같아 다행스럽다
> 는 생각까지 든다. 어쨌든 새로운 마음의 변화를 스스로 기대하고 있다.
> — <머리말>에서

도시는 과학이 넘치는 공간일 것이다. 빌딩과 아파트와 기계와 컴퓨터 등

이 정치(精緻)하게 맞물려 돌아가는 ― 일호의 차착도 용납하지 않는 공간이다. 물론 도시는 확실히 편리를 주는 또는 안락함을 주는 공간임에 틀림없을 것이다. 그러나 인간의 정신은 과학적이고 이성적인 상황에서 탈출을 꿈꾸는 복잡보다는 단순화를 지향하는 속성을 가지고 있다. 여기서 박명용은 '강과 산'으로 '혼자 보다는 여러 사람'으로 '비판보다는 정'으로 변하는 용해와 화해의 시기에 접어들게 되었다, 이런 단서는 아마도 나이의 높이에서 오는 의식의 변화라는 편이 옳을 것이고 여기서 그의 시적인 현상이 물의 이미지 쪽에 집중되는 정신 형상인 것 같다.

> 강물은 피다
> 핏물은 하얀 물살이다
> 아득히 먼 곳에서 흘러와
> 완벽하게 몸에 스며들어
> 마침내 핏줄을 세우고
> 살을 붙이고
> 뼈를 만들고
> 너를 사랑할 수 있고
> 내가 고독할 수 있다는 생각까지
> 생생하게 만들어 내는
> 온순한 인간의 역사다
> 강물은 피다
> 핏물은 몸이다
>
> ― <강의 피>

강은 「이다」의 단언적인 어사를 구사하면서 논리적인 단안으로 구성된 작품이다. 이는 강물을 정의하는 확신의 절차를 마련하기 위해 서술형 어미는 시인의 의식과 일체화를 갖기 위해 마련된 장치 ― 강물은 인간의 생명을 이루는 피요 ― 이 피는 '완벽하게 몸에 스며들어' 살과 뼈를 이루어 개체로의 인간을 뜻하면서 새로운 변화를 마련한다. 다시 말해서 대상을 사랑할 수 있고, 또 고독할 수 있는 개체의 정서를 형성하게 된다. 사랑과 고독은 대상과 개체의 형성이고 이런 경우는 곧 인간의 역사를 이루는 동력을 피로부터 마련하려는 박명용의 시적 발상을 뜻한다. 마지막 시어 — '강물은 피다'를 「인간은 피로 구성되었고」, '핏물은 몸이다'를 「피로 구성된 인간이다」라 말하면 모든 의미는 통과된다는 뜻으로 보면, 생명의 시원을 상징하게 된다.

2) 속성과 용해

물은 아래로만 흐르는 것 때문에 老子는 물에서 인간이 살아가는 진리를 추구하려 했다. '상선은 물과 같다, 물은 만물을 이롭게 하며 다투지 않으며, 뭇사람이 싫어하는 곳에 처한다. 그러므로 도에 가깝다'라는 말은 인간이 살아가는 길을 제시해 주는 암시를 갖는다. 물론 성인의 무위자연의 모습을 물에 비유하여, 물처럼 낮은 곳에서 남과 다투지 않는 가장 훌륭한 처세를 이름한다. 이런 삶을 살아가기란 범인(凡人)으로서는 어려운 일이다. 박명용의 의식은 낮추는 곳에서 자기를 발견하는 삶의 좌표를 설정하고 있다. 다음 시는 그런 의미를 확실하게 정리하고 있다.

> 몸을 잔뜩 낮추고
> 아래로만 흐른다 강은
> 언제나 일어서지 않고
> 위로 흐르지 않는다 강은
> 가볍게 몸을 내리고
> 아래만 내려다보는 강은
> 언제나 넉넉하게
> 물로만 흐르다가
> 안개를 피워 올려
> 산자락까지 사랑한다
> 그렇게 굽히다가 마지막엔
> 높낮이 없는 바다에 이르러

드디어 썩지 않는 생살로
영원을 산다

— <속성>

  시의 구조는 매우 간편하다. '몸을 낮추고' 아래로 흐르는 길을 선택, 스스로를 낮추면서 길을 진행한다. 이런 자세에 따라오는 삶의 의미는 모두를 사랑하는 상징을 대동하게 되고 또 '산자락까지 사랑한다'라는 점에서 대상이 확대된다. 이같은 겸손의 자세는 급기야 평등이 자리잡은 공간으로 이동하면서 바다라는 거대한 공간에서 너도 없고 나도 구분 할 수 없는 자유의 땅에 도달하는 — 가장 고귀한 이념의 공간을 확보하게 된다. 바다라는 평등의 땅에서 '썩지 않는' 혹은 '생살'의 영원성에 이르게 될 때, 구분할 필요도 그럴 수도 없는 무위의 땅에 도달하게 된다.

  물방울이 강으로 모아 들고 강은 다시 바다에 이르는 경우 — 譬道之在天下,猶川谷之於江海(노자 32장)를 말했던 노자의 입장은 물을 비유로 하여 다투지 않는 또다른 비유를 말하고 있다. 江海所以能爲百谷王者,以其善下之(노자 66장)로 '강과 바다가 능히 백곡의 왕이 되는 것은 그것이 아래로 있기를 잘함이기 때문이다'에서 인간이 영원을 살게 되는 이유는 아래로부터 모아진 덕이 큰 이름으로 나가는 바다의 이치와 같다는 점에서 일정한 분류나 구분의 필요성은 이해를 낳을 뿐이라는 태도를 암시한다. 박명용의 <속성>은 그 자신의 인생 의도를 집약한 작품으로 유추된다.

산의 자산은
아랫도리에 있다
…… 중략 ……
안개 내리는 날이며
아랫도리만 벗는
그 산에 가고 싶다

— <안개산>에서

위와 아래라는 개념은 자연의 뜻이 아니라 인간이 편의상 혹은 이해관계로 구분하는 암시일 뿐이다. 산의 진실은 위의 모습이 아니라 아래로부터 시작된다는 것은 의식의 높이에서 터득되는 개념처럼 보인다. 물론 '아랫도리'의 의미가 하부를 암시하는 것만은 아닐 것이다. 그러나 하부를 감추는 인간의 심리로 볼 때는 가장 솔직한 심성을 나타내는 것으로 생각된다. 진실하다는 것은 꾸밈없는 아름다움을 느끼게 한다. 순수와 투명한 상태를 나타내기 위해서 시인은 그 공간으로 가는 길을 염원하고 있다. 이 또한 낮음에서 편안함을 추구하는 박명용의 정신 상태를 상징하는 시로 보인다.

물은 땅과 같다. 그리고 땅은 어머니와 이어진다. 설사 독극물이 땅에 떨어졌다 하더라도 땅은 거부의 몸짓을 보여주는 것이 아니라 모두 받아들인다. 이런 이치는 물과 땅 그리고 어머니도 다름이 없다. 가령 어머니는 자식들의 온갖 투정과 아픔조차도 아무런 말도 없이 받아들이는 용해를 할뿐만 아니라, 아이를 낳고 병이 들었더라도 다시 아이를 가지면 전에 가지고 있던 병조차 자연스레 치유되는 원리도 자연의 원리와 다름이 없다. 이처럼 물과 어머니 그리고 땅은 무서운 복원력을 가지고 있을 뿐만 아니라 모든 것을 받아들여 새로움으로 환치하는 힘을 가지고 있다.

> 강물 위에 떨어지는
> 알몸의 빗방울
> 눈송이 떨어지듯
> 떨어져 하나로 용해되는
> 헌신
> 떨어짐으로 오히려 아름다운
> 빗방울은 참으로
> 영리한 사랑이다
>
> — <빗방울.江>

땅으로 내려오는 빗방울은 자연법칙을 나타낼 뿐이지만 땅으로 떨어지는 결과에 의해 '떨어져 하나로 용해되는 / 헌신'의 경지를 만들게 된다. 문제는 용해라는 상징이다. 빗방울은 모든 것을 풀어 새로운 결과로 진행하기 때문에 생명의 활력을 줄 수 있을 뿐만 아니라 생명의 변화와 성장을 재촉하는 기능을 감당하게 된다. 빗방울이 땅에 떨어지면 이 빗방울은 소기의 소임 —농작물을 키우기도 하고 인간에게 필요한 농사 그리고 작물을 키우는 역할과 인간의 신체를 유지하는 역할을 다할 뿐만 아니라 이질적인 것을 하나의 성분으로 정화하는 임무를 다하면, 하늘로 증발하여 구름으로 이루어진 상태에서 다시 빗방울로 땅에 도달하면서 앞에서 했던 일과 똑같은 반복을 계속하게 된다. 현대 물리학에서 질량 불변의 법칙이 만들어지면서 빗방울은 조금도 변화를 갖지 않고 끊임없이 임무를 수행하면서 인간의 생명에 일조하게 된다. 여기서 빗방울은 '떨어짐으로 오히려 아름다운'이라는 상징의 반복으로 가능한 이름이 될 것 같다. 용해와 사랑의 임무는 인간이 추구하고자 하는 이상적인 좌표이기에 땅을 적시는 빗방울은 사랑을 탄생하는 이름에 걸맞게 된다는 뜻이다

3) 변용의 얼굴

시를 빚는 관건은 대상을 포착하여 새로운 얼굴을 만드는 변용의 절차에 시인의 임무는 주어진다. 다시 말해서 돌이 꽃이 될 수도 있고 또 삶의 의지를 나타내는 개념으로 나타날 수도 있다. 이러한 일들은 모두 변용이라는 디포메이션의 형태로 나타날 때, 의미의 이름을 획득하게 된다. 박명용의 물의 이미지는 이런 특성을 가장 두드러지게 간직하고 있다. 이는 부활이자 창조의 신선한 빌미를 아우르는 시적 장치가 튼튼하다는 뜻으로도 이해된다. 그 최초의 조짐을 시인은 강물이 사랑을 한다는 의인적인 절차로 들어간다.

강물도 밤이면
사랑을 한다

허튼 소리
물러간 후
저희끼리 나누는
밀어를
숨소리 내리고
듣고 있자면
부질없는 생각에
내 마음도 탄다

— <사랑한다.江>

강은 흐름으로써 소리와 시각적인 인식을 남기지만 박명용은 밤이 되면 강물이 사랑을 한다는 또다른 사건을 포착한다. 이런 일은 우주의 모든 물상이 저마다 일정한 소임을 수행하면서, 인간만이 아닌 또다른 세계를 발견하려는 시인의 예각적인 눈을 두리번거리게 된다. 평범한 사람들은 사랑이란 동물과 식물 혹은 인간만이 사랑을 하는 줄 이해한다. 그러나 달과 별 혹은 구름과 강 또는 바위와 강물 등 무생물에서 사랑의 조화를 발견하는 시인의 눈이 있다. '강물도 사랑을 한다'라는 단언적인 시어를 앞세워 이를 증명하는 시인의 마음을 시의 후반부로 놓고 '밀어를 / 숨소리 내리고 듣고 있자면' 그 사랑의 밀도에 조바심을 갖는 시인의 자세는 '탄다'라는 기대감으로 일관된다. 대상과 대상이 결합을 주선하는 月下老人의 임무가 사랑을 묶기 위해 온갖 노력을 경주하는 이치와 같이 '탄다'는 진정한 결합을 위한 헌신과 같은 마음으로 인식된다. 이런 전 단계의 절차를 지나면 사랑의 결실을 위한 결합이라는 순서가 기다린다. 그리고 또다른 창조—자식을 낳게 된다.

바람은
속살을 내보이며
투명한 노래로 흐르는

강물을 쓰다듬고 있었다
아니 쓰다듬는 것이 아니라
몸을 부비고 있었다
몸을 섞고 있었다
우주를 잉태하고 있었다

— <바람.江>

강물이 곤곤하게 흐르고 여기에 바람이 변화를 만드는 촉매의 역할을 감당하고 있는 변화 — 바람이 강물을 쓰다듬는 적극적인 형태로 바람과 강물이 '몸을 부비고'라는 전희(前戱)에 의해 변화를 위한 일이 시작된다. 이런 절차가 완숙한 경지에 이르러 '몸을 섞고'에 도달하면 바람과 강물을 「하나」의 통일된 몸통으로 변모하여 '우주를 잉태하고 있었다'의 새로운 이름을 얻기 위한 일이 전개된다. 바람은 적극적인 에너지 제공의 역할이 주어지고, 강은 수용이라는 소극성의 여성적인 이미지를 나타내면서 바람 — 우리말에 바람끼라는 말을 덧붙이면 바람은 섭렵을 즐기는 남성을 연상하게 된다. 그렇더라도 칙칙하거나 저속한 연상을 배제하는 것은 상상력을 왕성하게 펼치지만 시적 언어의 응축으로 무르녹은 연상을 잡스럽지 않게 이끌고 있는 인상은 박명용의 시적 기교로 돌릴 수 있을 것 같다.

이제 물의 이미지가 어떻게 조화의 세계를 만들 수 있는가의 예를 들어야 할 차례이다

여울물은
반짝이는 언어다
마디마디 빛나는
언어는 이슬이다
정겨운 물소리는
시인의 말이다
자유로운 소리의
안색은 희다

> 여울물은
> 그대의 마음이다
>
> — <물의 마음>

'여울물'이라는 이미지가 능동적으로 움직이면서 어떤 변화를 위한 결합을 보임으로써 찬란한 이름을 잉태하게 된다. 이는 새로운 우주를 보여주는 Showing 결과가 '언어'·'이슬'·'시인의 말'·'희다'의 네 가지 요소들이 결합하여 여울물은 '그대의 마음이다'라는 동화의 경지로 진입한다. 다시 말해서 여울물은 시인과 「하나」이고자 염원하는 대상이라면 언어와 이슬 그리고 시인의 정제된 언어와 순백한 색채는 사랑을 호소하는 수식사의 역할로 그대의 마음을 붙잡기 위한 호화 장치를 마련하면서 꾸밈없는 산뜻함을 나타내는 분위기가 된다.

박명용의 물은 용해를 바탕으로 수용과 변화의 빌미를 만들어 가는 창조의 또다른 의미라는 점에서 정신 영역을 확대한 시적 소산으로 남을 수 있을 것이다. 그만큼 상상력을 촉발하는 한계가 무한한 이유를 더하면 더욱 창조적이기 때문이다.

3. 에필로그

시인의 길은 시작과 끝을 갖지 않는다. 다만 영원한 시작만이 시인 앞에 다가오는 운명일 뿐이라는 사실을 깨달으면 전율(戰慄)하는 소름이 있을 뿐이다. 끝없는 긴장과 마주하는 시간이 시인의 운명을 옥죄이기 때문이다. 그렇더라도 시인은 신기루같은 시의 이미지를 뒤쫓아 나그네의 행로를 마다하지 않을 때, 언젠가 다가오는 시의 얼굴을 대면할 수 있다는 신념의 이름이어야 한다.

박명용의 시 — 그는 동양적인 정신에 한국어의 맛을 가미하여 새로운 이름을 부여하는 헌신에 땀을 흘리는 시인이다. 그의 8시집에 중심을 이루는 물에 대한 이미지의 변용은 깊이에서 호화롭고 넓이에서 찬란하다. 이런 찬

사는 그의 시가 원숙으로 향하는 길을 확보하고 있다는 진단에 아무런 거리
낌도 없기 때문이다. *

세월에 용해된 시의 품위
— 송동균의 시

1. 시의 얼굴대면하기

시의 얼굴을 대면하기 위해 시인은 시적으로 살아야 한다는 평범한 의미를 깨닫기까지는 시의 숲에서 방황한 사람만이 터득될 수 있을 것이다. 그렇다면 시의 숲이란 선택적인 것이고 또 입장하려는 의지를 갖는 사람만이 들어가는 공간일 것이다. 물론 그곳에 입장한다해서 세속적인 의미의 옷을 입으려는 경우 하등에 도움이 될 수 없고 또 명예라는 이름과도 멀리 떨어진 — 오히려 고행의 의미를 터득해야 할뿐만 아니라 수행의 고달픔을 감내해야만 한다. 이런 가정이 옳은 것이라면 무엇 때문에 시인이라는 옷을 입고 살아가는 길을 선택함에 후회가 없는가? 이에 대한 대답은 아마도 창조주인 하느님에게 물어도 대답은 시인의 대꾸와 같을 것이다. 모순과 불합리 그리고 악머구리의 세상을 하느님이 내려다본다면 그 또한 후회 — 시인도 자기가 창작한 시의 초라한 모습을 바라보고 후회하지 않을 시인은 없을 것이다. 그러나 이 둘의 예에서 공통되는 점은 공히 관심을 가지고 **화해와 용서**의 바탕 위에서 사랑의 마음을 갖기 때문일 것이다.

대상을 사랑한다는 것은 좋아하는 본질에서 비롯된다. 좋아함이 없다면 사랑이라는 마음은 발동되지 않을 뿐만 아니라 지속적인 사랑의 마음을 어어 갈 수 없게 된다. 이런 심리적인 이유는 시인이 시를 쓸 수 있는 인자(困子)와 하느님이 인간을 용서하고 사랑하는 일과는 일치점을 갖고 공히 창조라는 이름을 패용할 수 있는 조건이 합치된다.

송동균의 시를 대면하면서 일차적으로 갖는 의문에 대한 대답 — 고래희(古來稀)라는 나이에 이르러 시를 써야하는 이유와 시를 쓰는 마음을 파악하기 위해 시를 창조하는 일이 무엇인가라는 문제를 되짚어 볼 필요가 있다. 이를 위해 송동균이 어떤 생각의 숲을 방황하는가에 대한 상징의 숲으로 들어가 귀를 열어볼 일이다.

2. 대숲은 바람을 기다린다.

소나무 아래 있으면 소나무 바람을 만날 수 있고 대나무 아래 있으면 대나무바람을 만날 수 있다. 이런 말은 감추거나 위장한다 해서 솔바람이 대나무 바람으로 바뀌지 않는다는 이치 ─ 송동균의 시에서 나이라는 깊이를 대면하는 것이 자연스럽다는 말을 하기 위함이다. 다시 말해서 젊은 날의 언덕을 넘어 지나온 날들을 바라보는 회고의 마음이 일렁이고, 바람에 흔들리는 나뭇잎조차 새로운 의미를 앞세우는 것과 세상의 볕을 바라보는 시선까지도 달라지는 것은 송동균의 나이에서 만나는 애설픔일 것이다. 이런 마음에 시의 촉수를 대면한다면 자연 나이브하고 물기 젖은 톤의 시가 생산될 것이다.

겨울 숲 내흔드는 강풍으로
보금자리 잃은 겨울새
훌러 훌러
얼어붙은 강물 위에서
타다 남은 꿈 한쪽 가로채 낚고 있다

들판은 텅빈채로
추수 이시락 뒤척이며
기다려 있지만
어느새 눈이 망가진 겨울새
앉을 자릴 잃고
눈 실린 하늘 맥없이 날다가
여기 살얼음판 강물 위에서

> 꿈 한쪽 낚고 있다
>
> — <겨울새>

허무의 풍경화를 대면하는, 그리고 자화상을 나타내는 점에서 의식의 현재성을 나타내는 시로 인식된다. 깊어지는 나이에서 건져 올린 심리적인 현상을 새라는 이미지로 환치했고 초라해지는 인생의 의미를 겨울이라는 삭막한 현상과 결부하면 마지막 꿈을 낚으려는 새와 시인의 상관은 어쩔 수 없이 일치점을 갖게 된다. 더구나 추수 끝난 '들판은 텅빈채로'와 겨울이 삭막하고 처연한 풍경을 황혼에서 맞게되는 심사 — 아픔의 인식을 앞세우는 점에서 마지막 꿈과 인생의 황혼이 아름답게 채색된 파스텔화를 연상하게 된다. 여기서 바람을 기다리는 대숲은 꿈을 엮기 위함이라면 마지막 바람을 기대하는 시인의 꿈은 어쩔 길 없이 허무라는 의복을 입게 된다.

<상심 지우려고>와 <고독을 씹으며>·<철이 안든 나>, 그리고 <입동>과 <겨울 새>는 시인의 현재성을 상징과 비유로 휘갑하는 작품들이다 전체적인 비율로 볼 때. 많은 것은 물론 이런 감성의 시가 전체적인 맥락을 유지하고 있다. <세월과 바람>, <낙엽>, <죽지 부러진 새>, <황혼>, <홍시와 할미>, <친구를 보내며>, <우정의 진실> 등엔 세월의 등성이에서 허무를 느끼는 형태의 작품이 많은 것도 시인의 나이에서 오는 현상으로 보인다.

> 사람은 얼마나 나일 먹어야
> 어른이 되는 것인가
> 난 예순이 훨씬 넘은 나이도
> 어른이 되지 못하고 있다
> 그저 나이테만 굴리며
> 어른인 듯 하지만
> 철이 통여 들지 않은 다만 늙은이 일 뿐이다

　　난 얼마나 더 많은 나이텔 굴려야
　　가을 석류알처럼 철이 꽉 찬 어른이 되는 것인가
　　어쩌면 죽음에 이르러서야
　　비로소 난
　　철이 든 어른이 되는지도 모른다

　　진실로 공수래 공수거의 깊은 의미 깨달을 때
　　난 비로소
　　철이 든 어른이 되는지도 모른다
— <철이 안 든 나>

　사리를 분별할 줄 아는 사람을 철이 들었다할 때 — 사리란 지혜일 수도 있고 또 이성이 얼마만큼 정확하게 감정을 통어할 수 있는가의 여부로 말한다면 나이와 철이라는 말은 항상 함량미달의 경우가 될 지 모른다. 왜냐하면 인간에게 규격화된 행동이란 불가능한 속성이 있기 때문이다. 60을 넘은 나이에도 철이 없다는 자각을 앞세운다면, 철이란 말은 완전을 지향하는 뜻과 상통하는 일이 되기 때문이다. ‘죽음이 이르러서야’라는 발성은 곧 완전을 이루는 일이 될 지 모르지만 죽음은 완전과 불완전을 구분할 수 없는 상태가 된다. 그러나 공수래 공수거의 허무를 알았다는 것 자체가 삶의 진수에 이르러서 깨달은 발성이 된다.

　예수도 허무를 말했고 공자도 川上의 嘆 — 흐르는 물에서 허무라는 말을 사용했기 때문이다. 허무란 벗어 던질 수 없는 인간의 운명인지 모른다. 이 또한 살아있는 자만이 허무를 깨닫게 되기 때문에 오히려 자각된 인간의 면모로 변신하는 정신의 추이 일수도 있다. 왜냐하면 허무를 아는 나이는 대개 삶의 원숙한 경지에서 나오는 깨달음이기 때문이다.

3. 세월의 바람 속에는 인간의 서러움이 깃든다

　세월이란 인간만이 설정한 시간의 의미를 뜻한다. 시간은 애당초 우주공

간엔 없지만 인간만이 시간을 만들어 문화를 구분하는 득의로운 구분의 개
념이다. 시간이 가면 죽는다는 것을 깨달은 것도 인간만이 가진 이성일 것
이라면 결국 시간을 나누는 인간의 비극은 여기서 잉태했고 또 시간을 극복
하려는 발상도 여기서 비롯된다 송동균은 시간에 매달리는 추한 모습보다
는 오히려 담담하게 순리를 따르는 자세를 보인다. 그러나 세월의 켜(層)가
높아지는 것과 비례하여 슬픔이 더 많은 소리를 내게된다.

> 세월아 바람아
> 이제 내 흰 눈섭 지워 놓고
> 곱디고운 이 가을
> 잠시 내 뜰에 쉬어간들 어떻겠느뇨
>
> 가슴 열어 미친 듯 언덕에 올라
> 나뭇가지 위 한 바가지 햇살 붙잡아 놓는다
> 그리고 난 가는 세월의 끝의
> 시원한 바람 한 점 맛본다

— <세월과 바람>에서

시는 시인의 징신직이 그림을 그리는 행위라면 송동균의 징신도(精神圖)
는 순리와 더불어 삶의 궤도를 맞추는 형태를 취하면서 인생의 보폭을 맞추
고 있다. 이런 현상은 그의 성품이자 시의 특성으로 요약된다. 가을의 스산
한 무드에서 가을의 정취를 감상하면서 천천히 가고싶은 마음이기에 급할
것도 없고 또 조급함을 앞세울 필요를 느끼지 못하면서 — 인생을 담담히
관조하는 자세를 읽을 수 있기 때문이다. '내 뜰에 쉬어간들 어떻겠느뇨'의
부탁의 말을 가을이 이해할 리도 없지만 시인의 염원을 담는 소망이라는 점
에서 자기와 가을이 동화되는 느낌을 갖게 한다. 요컨대 송동균의 세월은
초조하거나 불안한 기색이 없이 순명(順命)의 자세를 견지하면서 아름다움
에 젖어지는 인상을 갖게 한다. 다시 말해서 나이를 의식하면서도 조급하지

않는 자세에서 시적 감수성을 고담(枯淡)하게 느낄 수 있다.

> 겨울 눈밭에
> 죽지 부러진 새
> 비틀거리며 간다
>
> 눈발 일으키는 바람일 때마다
> 신음하는 몸짓 정지하며
> 재활을 위해 새는
> 한 가닥 꺼져가는 사색을 굴리운다
>
> — <죽지 부러진 새>에서

　현재를 체감하고 알리는 조짐이 비극적이다. 왜냐하면 죽지 부러진 새의 의미가 비극적인 현상을 뜻하고 또 겨울이라는 공간적인 현상이 결부될 때 추위의 상징과 노년의 이미지가 오버랩 하면서 — 이 공간을 방황하는 불구의 새가 꺼져가는 '사색'을 굴린다는 형태다 이런 비극적인 현상은 시인의 내면에 간직된 심리적인 현상이면서 슬픔을 잉태하는 현재성이다. 누구나 이런 현상은 지혜의 나이쯤에서는 나타나는 현상이다. 왜냐하면 살아있는 시간보다는 앞으로의 시간이 더 짧다는 의식을 갖기 때문에 모든 사물을 새롭게 조명하고 또 통찰하는 정감을 갖게 된다. 이런 의식은 시간을 더 소중하게 느끼는 마음이 발동 될 뿐만 아니라 애정으로 주변사를 정리하는 마음의 폭이 넓어진다. 아울러 떠난 사람의 추억과 가까워지려는 노력이 있게 되고 가슴을 열어 사물을 포용하려는 생각 때문에, 친근미를 갖는 현실을 불만없이 받아들이는 송동균의 정서는 순명에 가까워지려는 생각으로 남은 시간을 관조하는 인상이다.

4. 회고와 인정에 깃든 시심

돌아보는 나이에는 원초의 공간으로 이동하려는 마음을 갖는다. 다시 말해서 떠났던 고향을 그리워하고 돌아가신 어머니의 정을 잊지 못하는 마음으로 생활을 정리하려 한다. 나이가 많아짐에도 어머니를 그리워하는 것은 누구나 갖고 있는 상정(常情)일 터이지만 송동균에는 과거로 돌아가는 길이 비교적 넓은 인상을 준다. 이런 심리적인 원형은 고향과 어머니는 동일 선상에서 따스함으로의 귀환을 염원하는 공통성이 있다.

우리 어머닌 새벽이면
동녘 하늘 떠오른 별을 보고
제발 가난 물리고
아들 딸 잘 살게 해달라고
두 손 모아 빌으셨다
…… 중략 ……
요즘 내 또한 새벽 산에 오르며
어머니 해말간 눈빛 그린
동녘 하늘 큰 별을 보고
내 여생이 부끄럽지 않게 해달라고
기도를 멈추지 않는다

— <소망과 별>에서

어머니의 마음과 송동균의 마음이 기도하는 일치점을 갖는다. 어머니는 자식을 위한 희생의 마음이 우선이고 시인은 여생이 '부끄럽지 않게'라는 점에서 자기적이다. 이런 차이는 물론 어머니의 사랑을 그리워하는 애달픔에서 나온 비유이겠지만 이런 마음을 갖게되는 이유가 '내 여생'이라는 한계를 의식하는 저변(底邊)을 생각하게 한다. 또 한 편의 작품으로 송시인의 정신추이를 확인한다.

하지만
어머니 돌아가시고 내 고향 훌훌히 떠나
서울 도시 살림 차린 뒤론
冬至날
내 이런 찹쌀 새알심이 든 팥죽맛을
잃은 지 오래이다

어머니 손때 묻은 새알심 팥죽이
오늘따라 먹고 싶다
어머니 기뻐하신 얼굴보고 싶어진다
　　　　　　　　　　　— <동지(冬至) 팥죽>에서

　나이가 들어갈수록 어머니를 그리워하는 일은 유아기의 사랑을 못 잊어
하는 그리움이면서 나약해지는 마음을 위로 받고 싶어하는 정신적인 현상
이다. 이런 현상이 강하면 강할수록 그의 삶의 이력은 고달픔과 상관이 깊
어진다. 다시 말해서 고향을 떠나 신산(辛酸)한 고생이나 삶의 고달픈 여정
을 겪으면서 살아온 과거를 반추할 때, 더욱 어머니나 고향의 추억을 새삼
스럽게 회고하는 정감이 발동된다. '서울 살림 차린 뒤론'의 송시인의 경우
동지팥죽과 어머니의 은유가 이방성을 띄지만 사랑의 기억으로 묶어지는
병치은유(diaphor)의 경지를 더욱 공고하게 만든다. 이런 현상은 절실한 감정
을 수반하면서 떠나지 못하는 그리움으로 작용한다.

강가에 서면
수면에 햇볕이 반사되는
銀光에서 불현듯
따사로운 엄마 품이 그리워지고
허황되게 흘러가는 세월을 나는 본다
　　　　　　　　　　　— <세월은 강물을 타고>에서

송동균의 시에 주어(主語) 나의 출몰은 매우 빈번하다. 이런 징후는 나를 전면에 내세우는 정신문법의 특성이면서 그의 시에 화자의 중심을 세우려는 강한 집착으로 보인다. 이런 징후와 어머니의 관계는 두드러지는 관계에 대한 회고이자, 만족을 채울 수 없는 현실공간에서 의탁하려는 대상으로도 생각되는 부분이다. 어떻든 어머니의 추억을 되짚어가려는 시인은 유아기의 용어인 「엄마」를 대상으로 그리워지는 마음과 세월의 속도에서 안타까움을 대비하게 된다. 이런 과거지향의 정신은 자칫 나이브함을 유발하는 단서가 될 수도 있고, 냉혹한 현실에서 어머니에게서 위안을 받으려는 유아적인 정서를 뜻하기도 한다. 이런 전제를 확인하기 위해서는 증거를 확보해야 한다.

> 가난한 사람들
> 남루한 보따리 보따리 속엔
> 상처투성이 꿈들이 숨가쁘게
> 꿈틀거리고 몸부림치면서
> 정말 박속보다 말갛게 닦인
> 순정들이 새하얀 눈을 뜨고 있다.
>
> ― <삼등 열차>에서

같은 부류는 항상 같은 모임으로 정리된다. 다시 말해서 같은 등급은 같은 종류끼리 모이면서 높이로 지향하는 특성을 갖는다. 송동균은 평범한 사람의 정감을 그리워하는 피가 흐르고 있다. 고급취향의 정신상태가 아니라 체온을 함께 나누는 평범한 사람들의 애환에 더 깊은 애정을 갖고 있다는 뜻이다. 삼등열차에 승객과 높은 등급의 승객의 차이는 아무래도 있기 마련이다. 높은 등급의 승객에게서는 위선과 꾸미는 면이 있을 지 모른다. 그러나 3등 열차의 승객들에는 진솔하고 질박한 정감이 흐르고 있기 때문에 소란스럽더라도 인간미를 발견하기는 쉬울 것이다. 송시인은 이런 정감을 그리워하면서 떠나버린 친구의 정을 잊지 못하는 것 같다.

여보게 賢杓
자넨 차 속 나무관 속에 침묵인 채 누워 있고
난 창 밖을 맥없이 눈으로 스치며
어데론가 기분 나쁜 여행을 떠나고 있군

이제 그만 잠에서 깨어나 올라오게나
벌써 마흔 다섯해 전
자네 육사생 때 내와의 우정 가꾸려고
주일마다 을지로 4가 주교동 내 자취하는 집
이층 계단 밟아 올라올 때
천리 뚫은 자네 초롱한 그 눈빛
지금도 선하게 떠오르고 있네

— <친구를 보내며>에서

나이의 높이와 함께 떠나는 친구의 장례를 치를 때면 언제나 인생의 공허와 허무가 자리잡는다. 말없이 누워있는 관속의 친구와 함께 장의차에서 생각의 주마등이 섞바뀌는 것은 인생의 허무와 삶의 덧없음에 가슴 졸이는 안타까움일 것이다. 산 자와 죽은 자의 명암이 명백한 길에서 과거로 돌아보는 송시인의 정감은 '소주 한 잔 들자꾸나'의 청유로 끝맺을 수밖에 없는 한계는 생명의 유한에 대한 아픔이다. 이런 현상은 인간 누구나에게 해당되는 삶의 방식이고 맞아야 할 필연의 법칙이다. 이런 냉엄한 법칙 속에서 우정을 생각하는 것은 당연한 일이다. 그러나 시인에게 다가오는 각별한 정감은 젊은 날을 대입함으로써 더욱 깊은 상심으로 '지금도 선하게 떠오르네'의 회상의 길이 넓어진다. 이는 송동균의 성품이 안온하고 정깊은 일단을 보여주는 시심인 점이다. <추억의 돈암동 종점>이나 <팔각정 청소하는 노인>과 <큰 누님>에서는 더욱 깊은 정감을 표출하고 있다. 이런 정감은 그가 살아오면서 쌓아진 인간미의 표출이라는 점에서 구수한 맛을 풍기는 부분이다.

5. 자연동화 혹은 산업사회의 모순

많은 빈도는 아닐지라도 송동균의 시에 자연과 친화하려는 발상은 <우후산행>으로 나타난다. 이는 복잡한 도시의 삶에 대한 생각보다는 오히려 자연으로 회귀하려는 발상에서 동화하려는 의도를 만나는 셈이다.

> 봄비로 몸을 씻은 산새가
> 청순한 목소리로 노래하며
> 신록 연한 입술에 입맞춤을 한다
> …… 중략 ……
> 멀리 가까이서 지친 삶을 떨구고
> 숨가삐 찾아온 사람들 가슴 넓히며
> 모처럼 영롱한 눈을 뜨고
> 雨後 자연 (산)을 닮아
> 숲속 말간 마음 자아내고 있다
>
> ─ <우후산행>에서

자연의 인간의 고향이라는 점에서 송시인의 정서는 고향을 찾는 이미지와 연결된다. 자연으로 와서 다시 자연으로 돌아가는 길이 정상적인 삶일지라도 인간은 과학메커니즘에서 빠져 나올 줄 모른다. 이는 현대문명이 낳은 정신의 황폐와 이런 갈등이 오늘의 살벌한 풍토를 일구는 본질이라면 자연은 오히려 인간을 위안하고 위무함으로써 안식을 주는 공간이다. 비가 내린 후 맑고 상쾌한 기운에 동화된 시인은 말간 정신으로 시심의 숲을 소요하는 자적한 모습을 보게 된다.

> 세상살이 하도 역겨워
> 바다도 구토하는가

온통 썩은 내음
향기의 몸매 푸르름 잃고
그여 바다 새도 떠나버린
아득히 붉은 띠 춤을 추는 물거품
바다는 몸부림으로 통렬하게 울음 운다
— <오염의 바다>에서

자연에 친화하려는 발상 때문에 그 반대의 오염된 바다가 보인다. 산업사회의 모순 — 인간의 생명을 위태롭게 하는 것이 과학 만능이라면 편리는 할지 몰라도 행복과는 상관이 없는 것이 과학이다. 물론 과학을 떠나 원시인으로 살 수는 없지만 자연을 자연상태로 두려는 마음이 인간에게는 불편하더라도 결국 인간을 위함이라는 등식을 가질 때, 오염의 붉은 띠는 제거될 것이다 이런 사고를 확충하는 송동균의 정서는 맑은 바람과 푸른 산맥을 바라보면서 꿈꾸기를 소망하는 다감한 시인의 풍모를 바라보게 된다.

6. 나가면서

송동균의 시적 감성은 매우 다정한 이미지로 펼쳐진다. 다시 말해서 부드러우면서 따스한 느낌을 생성하는 것은 송시인의 인품이면서 이런 정서가 용해되어 시의 근간을 형성하는 요소가 되고 있다. 나이에 비례하여 시인의 표현하는 꿈도 달라진다면 송동균의 시심은 허무를 맞아들이는 마음이 담담하고 고담(枯淡)한 뉘앙스를 풍긴다. 더불어 세월의 언덕을 가파르게 올라가는 즈음에 회고의 풍경화를 그리는 것과 회고의 정서에 많은 함량을 보내는 것도 피할 수 없는 운명적인 궤도와 같은 느낌을 준다. 어머니나 누님의 회고와 세상을 떠난 친구에의 기억을 윤나게 닦으려는 발상은 송동균의 가슴에 간직된 정서가 섬세하고 따스하면서도 깊은 묘미를 주는 부분이다. 그는 순수하고 투명한 감수성으로 한국시의 의미 앞에 서성이는 시인이다. *

사랑을 위한 얼굴 만들기
— 조인자의 시

1. 입구에서 — 시와 의식의 표출

일상생활에서도 인간의 지혜는 내면에 들어 있는 의식을 있는 그대로 나타내는 것이 아니라 왜곡 혹은 변용하거나 감추면서 드러낸다. 물론 예술적인 표현에서도 이런 현상은 어김없이 낯설게하기라는 방도로 표현미를 나타낸다. 시적인 표현에서도 예외를 갖지 않을 뿐만 아니라 비유라는 도구를 이용하여 미감(美感)을 자극하는 심리적인 상태로 나타날 수 있다. 왜냐하면 소설이나 시의 경우 저마다의 특성을 나타내는 표출 방도가 다르지만 정신의 흔적(trauma)이 일정한 절차에 의해 나타낼 수밖에 없는 공통성을 지니고 있다. 상징이나 비유의 절차를 통해서 이미지를 직조(織造)하는 시의 경우는 특히 시인의 심리적인 현상을 예외로 할 수가 없다. 이는 고백적이라는 특성에서 빚어지는 형태미와 연관이 있기 때문이다.

조인지의 두 번째 시집의 특성은 겨울의 이미지와 물(바다)과 나무의 세 가지 특징적인 소재가 시를 이루는 근간을 형성하면서 데포르마시용의 절차를 갖는다. 물론 이런 형태의 요소들은 저마다의 개별적인 암시를 내포하기도 하고 또는 다른 사물과 접촉하여 용해되는 동화의 경우를 연출하기도 한다. 그리움과 사랑의 요소는 이런 형태에서 나온 시인의 심리적인 본질로 보인다.

N.Frye의 원형 비평에서는 겨울이 비극적인 느낌을 생성한다. 물론 겨울은 어둠의 이미지와 같지만 동양적인 사고에서는 창조의 근원을 나타내는 어둠 이전의 어둠을 뜻한다. 다시 말해서 조인자의 겨울은 종자의식 즉 씨앗으로의 생명 의식을 뜻하고, 물은 생명의 키움은 나타내는 태내 양수와

같은 이미지라면 나무는 구체적인 생명체가 이 세상의 벌판에서 어떻게 성
장하고 꽃을 피울 수 있을 것인가를 상징하는 대상이 된다. 정신의 기둥을
이루는 이 세 이미지는 그리움과 사랑이라는 지향점을 만들고 각기 다른 변
형의 형태로 조시인의 정신도(精神圖)를 형성한다. 이제 그런 절차의 구조가
어떻게 의미로 이루어지는가를 점검하는 수순으로 들어간다. 물론 이런 가
설의 전제는 인상으로 출발하면서 귀납적인 결론을 도출하게 될 것이다.

2.길 찾기 ― 변화의 묘미

1) 겨울 ― alazon의 벌판에서

시간이란 인간만이 가진 의미이지만 이를 통해서 인간은 득의로운 역사
를 구분하는 지혜를 축적했다. 다시 말해서 시간이란 오로지 인간만의 전유
물로서 이를 통해 여타 동물과는 다른 역사의 층을 높이고 있다. 이런 의미
를 세분하면 봄, 여름, 가을, 겨울이라는 구분 ― 봄에 의미는 겨울과는 다른
문화를 이룩했고 또 여름에서는 가을과 다른 특징을 이룩하는 적응의 문화
를 이루어 왔다. 물론 동물이 봄을 아는 것은 인간과는 달리 본능이라는 점
에서 암시가 다르다.

막강한 북풍의 군대와 싸워서 이긴
겨울 나무들에게는
칼도, 총도, 폭탄도 없었다.

오직 그 몸 속엔
푸르디푸른 꿈의 수액
몇천 볼트의 꿈의 전기가 흐르고 있었을 뿐.

하늘을 충직하게 섬기며
작은 벌레의 목숨 하나도

궁휼히 여기는 사랑으로
충만해 있을 뿐.

여름엔 서늘하고
겨울엔 따스한 나무들의 꿈.

　　　　　　　　　　　　　　　— <겨울 나무>

　겨울 나무 — 독목(禿木)은 그 자체로 볼 때는 화려함도 향기도 없는 비극적인 인식과 다름이 없다. 잎을 떨어뜨리고 홀로 서 있는 겨울나무의 형상은 그 자체로 인간의 고독이요 참담한 아픔의 형상이 먼저 떠오른다. 이런 모습을 인간은 비극이라는 이름으로 부르고 고독한 모습이라 부른다. 그러나 나무의 본질로 들어가면 이런 인간의 염려와는 하등 상관이 없다. 봄이 오면 잎을 틔우고 여름이면 열매를 익히고 가을이면 열매의 완성을 거두고, 겨울이면 그 자체의 생명을 유지하기 위한 방편으로 잎을 떨어트리는 것이다. 만약 잎을 떨어트리지 않는다면 생명에 위협을 느낄 것이기에 이런 현상을 감지하고 잎을 지우고 안으로 생명을 다독이게 된다. 이런 외양은 인간이 생각하는 것과는 다르다는 점이다. 나무는 그 자체로 생명을 유지하는 방법을 터득했을 뿐이지 인간의 개념으로 비극이라는 인식과는 전혀 다를 뿐이다.

　조인자의 겨울은 안으로 꿈을 만들기 위해 겨울 나무를 소재화했다. 물론 이런 현상은 그의 성품과 상관이 있을 것 같다. 즉 개방적이고 화려한 외양의 형태보다는 오히려 내면의 대화를 축적하기 위한 방도가 유력한 단서일 것 같다. 이런 현상은 1연에서 '북풍'의 막강한 힘에 이길 수 있는 비결이 들어 있는 셈이다. 강한 것은 쉬이 부러지지만 유연한 것은 오히려 힘을 이길 수 있는 이치가 있기 때문이다. 이런 유연미에서 '꿈의 수액'을 저장할 수 있고 또 3연에 '사랑'을 꽃으로 나타낼 수 있는 기다림의 시간을 완성할 수 있기 때문이다. 이런 시적 의장(意匠)은 조인자의 성품을 나타내는 구체

적인 증거로 보이기 때문에, 겨울과 나무의 일차적인 관건은 무리없이 이해
될 수 있게 된다. 그렇다면 왜, 겨울이라는 이미지의 시가 많은가? 연작시
<겨울 양수리1 - 5>까지의 겨울 이미지와 <설목을 보면>, <눈섬, 우리들
의 무인도>, <추억 속으로>, <가을간>, <가을비>, <가을 들길에 서서>
등의 시엔 겨울 이미지가 나타난다.

　서양은 빛의 문화요 동양은 어둠의 문화다. 과학은 빛이요 철학은 어둠이
다. 여기서 서양과 동양의 문화적인 차이는 극명하게 드러난다. 물론 겨울
은 어둠의 이미지 ─ 어둠은 부정이 아니라 생명의 원초적인 현상이 들어
있다는 뜻이다. 동양의 어둠은 모든 창조가 들어 있는 어둠이다. 불빛 한 줄
기가 오면 보이지 않았던 모든 생명이 살아나는 어둠이다. 잉태한 어머니의
경우 서양식으로는 한 사람이지만 동양식으로는 둘의 생명이다. 이는 생명
이전의 생명을 나타내는 말이다. 이런 어둠은 겨울(어둠)이라는 이미지에
해당된다. 창조가 숨쉬고 저장된 어둠이기에 겨울은 비극이 아니고 오히려
모성의 생명이 들어 있다는 뜻이다. 그렇다면 조인자의 어둠 의식인 겨울은
무엇으로 변용할 것인가? 다시 말해서 종자 혹은 씨앗의 발아는 무엇을 꿈
꾸는가? 우선 종자는 물의 성질을 받아들여야 한다면 <가을 비>는 그런
특성을 합치시켜 준다.

　　　이 차디찬 비 그치면
　　　떠나 보낼 것 다 떠나 보낸
　　　내 그리움의 빈자리에
　　　다시 십이월의 별들은 와서 익으리.
　　　붉게, 탐스럽게
　　　따스한 집처럼, 불나무처럼.

　　　　　　　　　　　　　　　　　─ <가을비>에서

　냉혹한 시련은 씨앗의 발아에 힘을 더해 준다면 겨울의 이미지는 그런 의
도에 합당해진다. 가을이 겨울로 가는 길을 내는 이유로 차갑다는 이미지가

발동되고 또 보낼 것을 모두 보내고 난 다음에 새로움을 맞아들이기 위해서
겨울의 어둠은 새로운 영지를 받아들이기 위한 고통의 의미가 된다. 조인자
의 겨울은 이런 이유를 합치시키면서 그리움의 빈자리에 「별」의 빛을 받아
들인다. 즉 따스하고 탐스럽고 붉은 이미지의 아늑한 사랑의 이름이 변용된
다. 더 깊어지는 증거를 확보하기 위해 <겨울 양수리 3>를 내세운다.

> 양수리 하얀 눈밭에서
> 우리들은 모두 빛덩어리가 되어
> 환희로 떨고 있다.
>
> 침묵하고 있어도 우리들은
> 새벽 종소리가 되어 울려 퍼진다
>
> 어떤 사랑이 우리를
> 이렇게 정결하게 하랴.
> …… 중략 ……
> 눈덮힌 벌판에서 우리는
> 어떤 책에게서도 읽지 못한
> 빛의 말들을 읽는다.
> 어떤 곳에서도 듣지 못한
> 하늘의 음악을 듣는다.
>
> — <겨울 양수리.3>에서

　　의미의 출발 공간은 '양수리 하얀 눈밭에서'를 기점에서 다른 형태로 변
용한다. 즉 2연에 '종소리'로 3연엔 '사랑'으로 4연엔 '발자국'의 흔적을 남
기면서 5연에서 '빛의 말'로 바뀌어진다. 이는 지상의 이미지에서 다시 천
상의 이미지로 변하는 것이고 빛은 따스함으로 전달되는 촉감을 느끼게 할
때, 안온함을 감지케 한다. 아울러 이런 변용의 결과는 '하늘의 음악'이라는
성스럽고 순수함으로 결정지어질 때 시적 긴장미는 한층 고조된다. 이런 정

신 문법은 조시인의 겨울의 이미지에 내포된 상징의 숲을 이루고 있을 뿐만 아니라 내면의 풍경화를 대면하는 절차가 된다. 이는 겨울의 어둠에서 키우는 종자의식이면서 이로부터 빛의 순수하고 투명한 세계에 이르고자 꿈으로 엮어질 때 고귀한 정서의 숲을 이루게 된다.

문학에서의 비극이란 주인공의 고립을 의미하지만 조인자의 경우는 고립보다는 오히려 더불어의식의 나무라는 점에서 독목이 아니라 숲을 이루는 다양한 의미역을 갖는다. <겨울 양수리.4. 5>도 같은 구조를 보이는 시들이다.

2) 나무

아마도 나무의 이미지는 조인자의 시적 특성을 나타내는 중요한 축의 하나일 것이다. 이는 시인의 정신적인 지주(支柱)의식을 나타내는 표상이 될 수 있고 또 정적(靜的)인 심성을 나타내는 뜻으로도 유추된다. 이런 암시는 조용하고 섬세함을 나타내는 인간미의 일단을 뜻할 수도 있을 것이다. 물론 나무는 뚜렷한 특성으로 점철된 암시가 아니라 지극히 일반적인 나무의 개념에 소속된다. 갈대나 선인장, 포인세티아, 석류, 장미, 싸리꽃에서 느티나무 등 몇 종류에 불과하다. 그러나 나무는 조시인의 의식의 중심을 세우려는 의지의 중심점을 이루려는 뜻을 갖는 것만은 분명하다.

> 이제 하늘 앞에서 실한 꽃나무로 서리
> 열매 가득한 과일 나무로 서리.
> 잎사귀 무성한 큰 나무로 당당하게 서리.
>
> — <모래밭>에서

나무에 대한 구체성은 없지만 나무의 의미는 적어도 당당하고, 실하고, 화려한 상징을 구유(具有)하고 있다. 즉 넓은 공간의 '하늘 앞에서'라는 무한의 크기로 확대 될 때, 나무의 의지는 새로운 영역으로 전이(轉移)된다. 이런

정서는 그의 삶에 대한 확신이거나 아니면 시를 앞세우려는 자신감의 우회
적인 표현일 수 있다. 어느 것이든 나무에서 느끼는 이미지는 나무의 곧고
정정함과 더불어 꽃의 의미가 향으로 전파되려는 내면의 소리에 해당된다
는 점을 이해하게 된다. 중심을 세우려는 조인자의 의식이 변환하는 의지를
여러 감각으로 변화를 나타낼 때 이미지의 숲은 무성한 인상을 남긴다.

> 암호같은 캄캄한 절망의 소리를
> 이겨내기 위하여
> 나무들은 모두 황홀한 악기가 되어
> 저마다의 절정의 소리를 울려 내고 있다
>
> — <가을날>에서

개개의 나무는 전체를 이루는 구성원이면서 푸름이라는 나무의 속성과
일체화가 될 때 숲의 아름다움이 존재한다. 다시 말해서 나무 하나 하나의
속성을 용해하여 전체의 조화를 이룰 때 하나 하나의 나무에 소리는 조화라
는 화음을 이루게 된다. 이런 발상은 조인자시인의 정신 속에 간직된 인간
미의 일단 일 뿐만 아니라 그가 살아가는 삶에의 발성과도 다름이 없다는
점이다. '황홀한 악기'라는 숲의 풍경회는 곧 아름다움이고 그 아름다움은
'저마다'라는 개개의 속성이 보조를 맞추는 융화를 외면할 수 없는—'소
리'는 아름다움을 부추기는 화음을 뜻하기 때문이다.

> 너와 내가 술이 되어 흐르는 가을 들판
> 빠알갛게, 노오랗게 물든 나무들이
> 술에 취해 있다
>
> — <가을 술>에서

가을을 이미지로 한 시는 <가을 강>, <가을날>, <가을 술>, <가을 산
에서>, <가을 들길에서> 등으로 상당한 빈도를 갖고 시화(詩化) 되어 있다.

이는 봄보다는 많은 숫자이고 겨울의 이미지보다는 작다. 이로 보면 가을과 겨울의 이미지가 전체적으로 많은 이유는 아마도 시인의 정서에 밀착된 감수성을 의미하는 것 같다. 다소 냉정한 그리고 정적인 고요 혹은 내면으로의 탐색 등의 유추는 고독에 포위된 것 같은 암시를 느낄 수 있을 것이기 때문이다.

어떻든 나무들이 가을날이 되어 시각적으로 노랗게 혹은 빨갛게 변화한 느낌은 술이라는 후각적인 암시로 결합된 이미지가 복합적으로 구성하고 있다. 이런 정경은 동양화의 정경을 느끼게 하는 기법이면서 시의 품위를 지고(至高)함으로 포장하는 역할을 하고 있다.

> 태풍이 몰아쳐도
> 느티나무 거목처럼 버티어 보리.
>
> 내 몸에서 나무 향기나는
> 인내의 징소리가 울릴 때까지.
>
> — <느티나무 아래서>중

조인자의 시는 찾아가는 품성보다는 기다리는 느낌이 있다. 다시 말해서 바장거리는 성품이기보다는 느긋하면서도 인내하는 정서를 앞세우면서 차근차근 매듭을 엮어 가는 차분함을 느끼게 한다. 이런 징후는 '내 몸'과 '나무 향기'가 일체화하려면 기다림이라는 시간을 인내하는 결과를 가져야 하기 때문이다. 결국 '인내의 징소리'라는 시간 속에서 자아를 찾아 나서는 은유를 접할 때, 시의 완성도는 긴축적인 아름다움으로 옷을 갈아입게 된다. 이런 인내 의식은 앞에서 살핀 <겨울 나무>에서도 접할 수 있는 상징이다.

3) 물의 용해

물의 상징은 우주의 근원을 상징할 뿐만 아니라 생명이 물을 떠나서는 존재할 수 없는 절대의 심상을 갖는다. 아울러 물은 젖거나 혹은 비나 피의 의미와 동등하게 작용하여 순환 혹은 생명의 유지를 뜻할 때, 불멸의 상징을 갖기도 한다. 인간의 신체를 이루는 3분지 2가 물로 구성되었고 또 지구의 구성비도 인간의 신체와 동등한 비중을 가질 때, 인간을 마이크로코스모스라는 개념을 획득하게 된다. 노자도 上善若水라는 말로 물에서 도덕적인 의미를 도출했고 교훈을 설파했다. 이로 보면 물은 탄생의 시작에서 재생의 의미 —세례의 암시에서 쉼이 없는 근면의 도덕적인 삶의 방식까지 이르게 된다. 조시인의 시에 물의 이미지는 가장 많은 빈도를 장악하고 있다. 이런 징조는 결국 시인과 정신적인 유대를 형성하여 시화했다는 점을 시사한다. <슬픔의 물>이나 <바다 앞에서> 혹은 <가을간>, <가을 비>, <봄이 오는 바다>, <파도리에서>, <너의 노래>, <물>, <물은 언제 웃는가>, <겨울 바다 앞에서>, <그 오월에> 등 상당한 양의 시가 물과 관련을 맺고 있다. 이런 현상은 시인의 정신과 시의 결합과는 밀접한 상관을 뜻한다.

때리고 부수고 비틀어도
더욱 눈부신 빛꽃으로 피어나는 하얀 피가,
투명한 아름다움이 죄인 물의 비애.
죽어도 죽지 않는 맑은 혼, 맑은 소리
너무 맑아서 보이시 않는
물의 슬픔이여.
물은 얼마나 큰 아픔으로 살아 있는 것일까?
살아 숨쉬는 것들의 목숨 속에
강과 바다, 저 푸른 하늘 속에.

— <물>에서

아마도 동방 프라자의 분수대에서 보고 느낀 물의 비애와 인간의 비애를 오버랩한 시로 보인다. 전체가 1연으로 구성되었지만 의미상으로 2연 —2연을 옮겼다. 그리고 물의 일반적인 관점을 살필 수 있는 느낌을 줄뿐만 아니라 아름답기 때문에 서러움을 느끼는 마음까지 투명하게 반사되는 의식을 접한다. 즉 '때리고 부수고 비틀어도'를 고통으로 바꾸면 물의 삶은 곧 인간의 삶과 등가(等價)를 이룰 뿐만 아니라 이런 등가에서 아름다움을 생성하는 원인을 발견하게 된다. 다시 말해서 '아름다움이 죄인 물의 비애'는 곧 그렇게 살아가는 원리가 삶의 정도(正道)로 인식되어야 하는 미적 상황을 뜻하는 점이다. 물의 비애와 물의 슬픔은 곧 투명하게 살아가는 삶의 비유와 손을 잡기 때문에 물은 곧 인간이 어떻게 존재해야 하는가의 이유 ─ 물은 생명의 전달 통로이면서 삶의 본질과 접맥된다. 강과 바다 혹은 하늘로 흐를 수 있는 자유는 곧 인간이 추구하려는 생명의 길과 같아질 때, 조인자의 정서는 한층 고양된 의식을 앞세우게 된다. 이는 단순히 물에서 느끼는 감각적인 것이 아니라 한 겹 깊숙이 들어가는 의미의 포장을 뜯었을 때 다가오는 느낌이라는 점이다. 이런 안도감은 조시인의 시에서 느끼는 보편성과도 뜻이 손을 잡는다.

> 파도가 물미역처럼 나에게 감기고 있었다.
> 새파랗게 질린 파도가 가지 말라고
> 나를 칭칭 감고 있었다.
>
> 내가 바다를 사랑한다 해도
> 어떻게 저 큰 바다를
> 다 안아 줄 수 있겠느냐
>
> 저 많은 물들이 모여서도 외롭다니
> 따스할 수가 없다니…….
>
> ─ <파도리에서>중

　모성애를 느낄 수 있다면 이 시는 '안아 줄 수'라는 시어로 이해될 수 있다. 그러나 겸손을 나타내는 '다 안아 줄 수 있겠느냐'의 한계를 내세우는 점에서 한발 물러난 인간성을 발견하게 된다. 물론 물과 친화적인 의미는

‘가지 말라고’ 붙잡고 ‘칭칭감고 있었다’에서 물의 단순한 비유는 생의 광장과 연결된다. 아울러 물이 외로움을 염려하는 마음이 ‘외롭다니’와 ‘따스할 수가 없다니 …….’의 여백에서 신념을 내보이는 점도 간과할 수 없는 점이다.

4) 그리움과 사랑

조인자 시 문법에 대답은 그리움과 사랑으로 귀속된다. 이는 변용의 절차를 지나면서 궁극적인 대답이 마련되는 답안이면서 시인의 정서가 지향하는 본질이 된다.

그리움은 누구에게나 있고 누구에게나 필요만큼 소유하고 있다. 그러나 그리움의 농도가 중요한 것이 아니라 그리움의 지향이 얼마나 순수하고 투명하고 아름다울 수 있는가의 여부에 있다. 그리움은 겉으로 드러나지 않는 내밀한 성격을 갖고 있다. 조인자의 그리움도 그런 비밀한 문이 있는 것 같다.

네가 지닌 그리움이
나의 길이 되고 열쇠가 될 때
나의 숨쉬는 바람이 될 때
너라는 통로를 지나 나는 간다.
…… 중략 ……
내게 고이는 소중한 그리움
함부로 버리지 않고
알곡처럼 차곡차곡 쌓아 두리라.

내 그리움이 등불이 되고
아늑한 집이 되고
이 세상의 닫힌 문을 모두 열 수 있는
마술의 열쇠가 될 때까지.

— <출구(出口)>에서

그리움이 나가는 출구를 확보했다면, 그리움은 확산되는 암시를 가질 수 있을 것이다. '네가'라는 미지칭이 시인에게 그리움을 촉발하는 발화점이 되었고, 이런 원인은 곧 시인에게 삶의 호흡을 열어 주는 계기를 제공했고, 또 문지기와 파수꾼으로의 절대 역할을 수행했기 때문에 ― 떠날 수 없는 통로를 갖기 위해 그리움이라는 요소를 파생하게 된다. 이런 소중함을 간직하기 위해 '함부로 버리지 않고'와 '차곡차곡 쌓아 두리라'는 마음의 창고를 가지려 한다. 이런 현상은 드러내는 것이 아니라 일정한 수로를 통해서 너를 찾아가는 길이라는 점에서 출구이자 입구의 의미를 모두 갖게 된다.

> 누군가 문밖에서 눈을 털고 있네.
> 문을 두드리고 있네
>
> 밖으로 나가 보면 아무도 없는데
> 능금꽃 향기의 눈만 날리는데…….
> …… 중략 ……
> 눈 오는 날
> 내 집을 찾아오는
> 희미한 옛사랑의 그림자.
>
> 아직 너는 하얀 눈 속에 살아 있는가?
> 진정 살아서
> 더 큰 그리움으로 나를 흔들고 있는가?
>
> ― <눈오는 날>에서

추억으로 가는 길이 넓다는 인상을 준다. 추억이 그리움과 연결될 때, 아득한 미지의 얼굴이 커져 오는 환상미에 잠길 수 있다면, 그런 느낌도 준다. '학교 운동장'과 '트럼펫 소리'라는 과거의 인자(因子)가 오늘의 그리움을 불러오는 요소 ― '희미한 옛사랑의 그림자'가 있기 때문이다.

시에서 맞춤표나 의문부호는 의미로 연결된다. 조인자의 시에 많은 마침

표의 소용 — 지나치게 많다. '살아 있는가?' 와 '흔들고 있는가?'의 필요는
절실성을 나타내는 마음의 향방을 나타내는 물음표인 것 같다. 그만큼 깊게
각인된 요소라는 뜻이다.

> 저 장미꽃 속에는
> 내 스무 살의 사랑이 들어있다
> …… 중략 ……
> 환하게 핀 장미 꽃밭에서
> 영원히 죽지 않는 사랑을 본다.
> 피고 또 피는 사랑은 본다.
>
> 너의 숨결처럼 떨면서 내게 오는
> 붉은 꽃잎의 말을 받아 적는다.
>
> 그 말들이 모두 피어 너의 얼굴이 되고
> 다시 부활하여 꽃피는
> 우리들의 사랑이 될 때까지.
>
> — <장미 꽃밭에서>중

　사랑은 비단 특정한 인간만의 사랑이란 이름은 아닐 것이다. 시엔 상상력
의 함량이 절대를 차지하기 때문이다. 추억이거나 그 추억 속에서 형성되었
던 인간의 통칭일 수도 있고 또 특정한 사람의 이미지일 수도 있다. 어떻든
시인은 과거로 가는 넓은 공간에서 어떤 대상을 그리워하는 길이 스무살 속
에 있다. 이는 아름다움의 요소로 다가오기 때문에 포장된 그리움이고 이런
그리움은 파스텔톤으로 다가들 때, 더욱 애조를 띠는 요인으로 다가든다.
장미와 사랑이 결부되고, '피고 또 피고'의 반복 속에서 재생되는 기억의 윤
나는 추억을 간직하기 위해 시인은 '열면서 내게 오는'의 지속성을 유지하
고 싶어한다. 이런 지속성은 커지는 얼굴이 되어 장미 — 시각적 아름다움
과 향기의 이미지가 복합되면서 숭고한 사랑으로 변환하기를 소망한다. 이

런 소중함은 상상력의 보조를 받아 아름다움으로 승화되기를 꿈꾸는 이름을 윤나게 닦고 싶어하지만 이미 떨어진 거리에서 그리움의 애절함은 더욱 깊어질 수밖에 없다. 이것이 시인의 상상력의 본질일 것이다. 꽃이 사랑으로 환치하는 병치 은유의 넓은 간격만큼 비유는 생동감으로 시를 꾸미는 것이 조인자의 꽃에 대한 비유로 여겨진다.

3. 기억의 숲을 위해

조인자의 시는 종자 의식을 어둠으로 포장하고 있다. 이 어둠은 겨울의 공간을 설정하고 여기에 빛과 순수로 의식을 이미지화하고 있어 선명한 인상을 남긴다. 다시 말해서 어둠 속에서 창조의 빌미를 마련하면서 시의 출발을 나무에 의탁하고, 이 나무는 다시 강과 물의 이미지로 변용하면서 흐름을 따라 사랑이라는 그리움의 언덕을 향하고 있는 형태가 조인자의 시적 패턴이다.

질서에서 전개되는 의식은 비극이 아니다. 다시 말해서 질서의 균형을 잃을 때, 비극이라면 조시인의 시에는 모태의식의 변용을 겨울 즉 어둠으로 포장했고 이는 동양적인 창조 문법과 같다.

물은 포용과 화해와 길을 만드는 이미지라면 조인자의 물은 그리움과 사랑을 찾아 나서는 구체성을 암시하고, 나무는 의지를 표상한다는 점에서 정적인 성품을 나타내는 손짓이다. 어둠에서 물로 그리고 꽃이나 나무로 성장하는 사랑의 길 찾기가 조인자 시의 문법이다.

정신의 안주처와 시적 장치

― 최종규의 시

1. 시를 위한 프롤로그

시는 인간에게 왜 필요한가? 혹은 시와 인간의 함수는 어떤 영향관계를 유지하는가? 이런 의문들에는 동양과 서양의 관점에 따라 다른 면을 갖는다. 도덕적인 함수와 지적쾌락 혹은 유희 등의 이론을 끌어들이면 외려 시의 표정을 정확하게 바라볼 수 있는 기회를 일탈하게 되기 때문이다. 이는 시에 반응하는 인간 개개의 특성과 품성에 따라 반응은 천차만별이기에 획일로 답안을 작성한다는 것은 어리석은 일이다. 그러나 명백한 시의 입지는 인간만을 위한 혹은 인간에게도 고급한 정서가 선량한 품성과 직결될 수 있다는 점이다. 왜냐하면 시를 몰라도 세상을 살아갈 수 있고 또 시를 안다해서 인간의 가치가 높아지는 것도 아니다. 다만 시는 인간을 아름답고 선한 표정을 연출하게 만드는 역할을 수행하고, 시를 향수(享受)함으로써 고급한 삶의 형태를 창출하는 에너지를 분출할 수 있을 때, 시와 인간의 관계는 유기적인 맥락을 형성하게 된다. 물론 시인이 창조하는 시의 경우는 자기고백이란 일정한 공간의 우주를 만듦으로써 일정한 범주의 성주(城主)가 되는 만족을 성취할 수도 있다. 그러나 시인은 자기 성(城)만의 만족을 위해 최종적인 땀을 흘리는 것은 아니다. 이럴 경우 창조라는 말은 확대된 공간을 위한 신의 다음 역할과 다름이 없다는 이유를 대입할 수 있을 것이다.

최종규의 제 7시집을 위한 자리에 시와 인간의 상관이 무슨 의미를 갖는가에 대한 검토는 그의 시에 관류하는 정서가 개인만을 위한 정서에 머무는 것이 아니라 확대된 의식을 펼치고 있다는 점을 유념하기 위함이다. 이제 그런 정서의 표정을 포착하는 절차로 들어간다. 이를 위해서는 일단 흔적을 찾아냄으로써 증거를 확보하게 될 것이다.

그의 시는 자연적인 현상을 노래하는 점과 현상적인 시선의 확보 그리고 인간관계의 관념적인 사실과 향토적인 노래를 연장하면서 — 제 7시집에서는 모태회귀의 사명을 달성하려는 조짐을 보이고 있다. 이런 현상은 그의 시력(詩歷)과 나이에서 오는 원형회귀의 심리적인 기제와 상관이 있을 것 같다.

2. 변화를 위한 모험

1) 어디로 가는가 — 보이는 곳의 정리

인간이 나그네라는 정의는 특별한 것도 또 별난 의미를 지니는 것이 아니다. 이는 시간 속에서 언젠가 사리지는 운명적인 이동체라는 점에서 결코 예외자가 없다는 뜻을 함축한다. 물론 시간을 극복한 인간은 없고 또 우주 공간에 시간이란 의미도 인간만의 개념일 뿐 동물이나 식물에게서 시간이란 없는 이름이다. 본능과 질서의 관계 속에서 독특하게 창조한 인간의 시간은 역시 독특한 운영의 체계 — 시간을 관리하는 시스템을 알고 이를 다스리는 지혜를 갖고 있다.

젊은 나이에는 고향을 떠나지만 수구초심(首邱初心)의 나이가 되면 고향으로 눈을 돌리고 귀환을 꿈꾸는 것이 인간의 상정(常情)이기 때문이다. 최종규도 그런 인간의 법칙에서 시를 창조하고 있다. 이는 그의 나이 1938년생을 대입하면 황혼과 같기 때문에 어딘 가로 떠나는 길을 모색하게 되고 또 현실을 정리하는 마음이 발동되는 것은 당연한 일이다.

　나는 엄뫼에서 좀 떨어진 지역에서 태어났으나 집 토방에만 내려가도 이 산이 보이는 곳에서 자랐다. 철이 들 무렵부터 엄뫼의 그 포근한 느낌 속에 심심하거나 답답하면 뜰에 내려 이를 자주 바라보곤 하였다. 그러다가 가까이서 보거나 오르기도 하며 이의 매력에 많이 반하기도 하였다. ……중략…… 엄뫼가 너무 방대한 데다가 골짜기 등성이마다 전설

등이 많아서 이를 모두 가려내어 쓰기가 쉽지 않을 것 같았고 또 직장 일에 쫓기다보니 이를 체계적으로 파악할 시간도 많지 않아 미루기만 했었다. 그러다가 80년대 중반부터 자료를 수집하고 또 이를 정리하면서 언젠가는 시적으로 접근할 채비를 꾸준히 해 오다가 최근에 시간적으로 자유로워지면서 이 시들을 마무리하였다.

— <제7시집 서문>에서

'집토방'에서 「보이는 곳」을 시화(詩化)하려는 발심(發心)을 오랫동안 갖고 살아오면서 이를 실천에 옮기려는 발상은 무엇일까? 이는 가시적인 범주의 자기주변에 대한 애착의 마음을 시로 포착하려는 발상은 곧 「자기」와 「보이는 곳」과의 지척지간이 시적 상관을 연결시켜준다. 즉 시인이 태어난 엄뫼 주변의 '향토정신과 얼에 초점을 맞추는' 시적 발상은 곧 삶의 깊이에 이르러서 해야할 일을 완수하려는 숙제의식과 같다는 점이다. 이는 최시인의 시가 주로 자연 혹은 주변사의 일과 여기서 파생하는 현실을 주로 다루었다면 이런 발상은 명백한 조짐을 갖게 된다. 이는 무려 20여 년 동안이나 숙성의 과정을 거치면서 마쳐야할 일을 마무리하는 점에서 이 숙제는 개인적인 의미를 확보하게 된다. 물론 개인적인 의미가 보편성을 띠고 모두에게 공감의 영역을 확보했다면 이 시는 명작의 반열에 들 수 있겠지만, 이런 일은 시간의 능선을 넘어가면서 논할 일이다. 아무튼 최시인이 해야할 일의 성격을 나타내는 엄뫼 전설의 시화(詩化)는 그가 해야할 일의 완수라는 점에서 회심의 작업을 이렇게 고백하고 있다.

나는 내가 태어난 이 고장에서 내가 할 일 가운데 중요한 일의 하나로 여겨온 엄뫼에 얽혀있는 지역의 얼을 시적으로 체계화했다는 데에 큰 자부와 긍지를 갖는다. 이 고을에서 태어나고 내 고장 땅에 돌아가야 할 나로서는 이렇게 라도 마무리 한 것으로 내 고장을 사랑하는 뜻을 작게나마 내 나름대로 펼치는 길이 아니겠는가 판단한다

역시 <서문>의 글로써 「엄뫼」에 대한 집착이 얼마나 커다란 생의 압력으로 작용했는가를 엿보는 글이다. 이는 모성으로의 회귀이고 또 이를 이루려는 발상은 곧 모성으로 돌아가는데 따른 정리의식이라는 점에서 최시인의 삶에 대한 숙제라는 점에 이른다. 이는 '내가 할 일 가운데 중요한 일의 하나로' 라는 점에서 절대의 명령을 수행하는 전사의 의지를 앞세우는 사명감 — 태어나고 또 잠들어야할 본질에 보답을 시의 노래로 전파하겠다는 의지를 접한다. 이는 '내 고장을 사랑한다'는 마음의 표백일 뿐만 아니라 자기 자신을 위한 회귀의식의 궤적(軌跡)인 셈이다.

엄뫼는 호남의 어머니
따뜻한 그 품안에
포근히 모두를 감싸 길러내며
…… 중략 ……
인자한 어머니가
어린아일 껴안고 있는
현모(賢母) 포자형격(抱子形格)의 자태.

호남에 바람 불고 눈 비 내려도
엄뫼는 울엄니 마음
흔들림 없이 모두를 감싸 안아준다

— <엄뫼의 품>에서

정서의 근거를 여기서 찾는 시인의 마음은 어머니와 엄뫼를 등가성으로 여기면서 정신의 기점을 삼고 있다. 물론 정신의 배치는 원근법을 구사하고 있지만 어머니라는 심상을 원천으로 삼고 여기서 삶의 인자를 발견하는 마음이 배치된다. 즉 '호남의 어머니'와 시인의 탄생의 본질과 같고 '모두를 감싸 길러내며'와 어머니의 정서는 같은 의미역에 든다. 이 같은 산이 풀과 나무, 토끼와 짐승 그리고 모든 생명체에 삶의 근거를 제공하고 또 인간에게 건강을 증진하는 역할까지 모든 것을 포용하는 산은 영락없이 어머니의 이름 속에 용해되어 있다. 물론 그 형상에서도 어머니가 아이를 껴안고 있는 형태라는 점에서 자식의 허물조차도 구별없이 안아주는 인자함에 도취된다. 이로 보면 최시인의 정서는 일단 자연으로 변용하든 아니면 역사로 환치하든 모두 엄뫼라는 공간으로부터 정신의 흐름을 눈 여길 수 있다. 더불어 '흔들림 없이 모두를 감싸 안아준다'에 이르러 어머니의 심상으로부터 최시인의 시는 생명력을 획득하게 된다. 더구나 최종규는 하늘이 가물어 비를 빌면 응함이 있다는 모악산 용지에서 출생한 걸로 보면, 모악산의 기상을 받아들이려는 발상이 시의 생래적인 원천이 될 수밖에 없다는 점이다. <엄뫼에 내리는 하늘>이나 <선녀폭포 사랑바위> 등은 엄뫼에 깃든 전설이 용해되어 시인의 정신질감을 이루는 원천으로 작용하는 것들이다.

2) 거리의 안타까움

사물과 인간에게는 항상 일정한 거리를 형성하면서 살아야 한다. 다시 말해서 대상을 어떻게 받아들이고 또 이를 수용하는가의 문제는 필연적인 거리를 만들게 된다. 물론 너무 먼 거리와 너무 가까운 거리가 있지만 — 이를 어떻게 조정하는 가의 문제는 삶의 귀결점이 된다.

> 나는 한 그루
> 넝쿨 장미가 되어
> 네 창가를 더듬으며 기어오르고 있다.
>
> 손에 잡힐 듯 잡혀질 듯 하면서도
> 끝끝내 손 끄트머리에
> 닿아지지 않는 네 그림자
>
> 검붉은 꽃 숭어리와
> 요염하게 내 뿜는 진한 향기,

덕지덕지 날카로운 가시 달고
누군가를 기웃대는 게 내 본성이다.
······ 중략 ······
꽃송이 드러내어 환히 웃으며
가지엔 수많은 가실 품고
네게로 너에게로 다가서는
나는 한 그루 넝쿨장미가 된다.

— <넝쿨장미>에서

시적 화자 「나」는 너를 향하는 일념으로 산다는 의미가 중심을 이루고 있다. 물론 한 걸음 한 걸음 목표를 향해 나아가지만 역시 부족함을 느끼는 비유에서 넝쿨장미의 앰비규어티는 시인 자신의 인생을 포괄하기도 하고, 세상 일반사를 느끼게 하기도 한다. 어느 것이든 시적 의장(意匠)을 갖추는 데는 목표를 향한 변함없는 걸음을 연상한다. 「너」라는 대상을 위해 화려한 꽃을 피워 유혹의 거리를 좁히기도 하고 꽃송이 드러내어 웃음 같은 유인의 방도를 쓰기도 한다. 그러나 '가지엔 수많은 가실 품고'에서 나는 너를 포획하려는 방도가 선명하게 드러난다. 그러나 본질적으로 최시인의 거리 좁히기는 '끝끝내 손 끄트머리에 / 닿아지지 않는 네 그림자'라는 데서 한계를 절감한다. 이런 원인은 문맥으로 드러나는 것이 아니라 시인의 인생을 관류하는 또 다른 형태를 열어보는 절차를 필요로 한다. 어떻든 최시인의 시는 식물성 정서로 정적(靜的)인 무드를 조성하면서 점진적으로 녹아 스며드는 거리조정의 시를 쓰는 것 같다.

나는 지금 설레는 마음으로
네 앞에서
머뭇거리고 있다.
······ 중략 ······
풀어야 한다는 당연함
그 절절한

    절박함 하나로,

    나는 시방
    두려움 반, 기대 반
    열어제치려 한다.

— <열쇠>에서

넝쿨 장미와 유사한 정신문법을 살필 수 있다. 그러나 열쇠는 목표에 도달하여 구체적인 행위를 나타내는 것이고, 장미는 향으로 다가드는 의미라는 점에서는 약간 다르다.

열쇠는 목표를 달성하여 새로운 세계를 맞기 위함의 본질이라면 이 상징은 행복의 달성이라는 신비한 어휘의 매력을 갖고 있다. 아울러 미지의 세계에로 나아가는 길을 확보했다는 점에서 열쇠는 지상의 개념에서 천상으로의 아름다움 혹은 행복의 달성과 같아진다. 나그네의 열쇠는 평안한 잠자리의 꿈이 이어지고 젊은 여인에게는 행복의 달성을 암시한다. 이런 열쇠는 시인에게 '두려움 반 기대 반'으로 열쇠의 비밀을 열어제치려 하는 작심이 미래적인 요소 ―「열어제치려」로 작용한다. 이런 점은 '도달하려'한다는 넝쿨장미의 속성과 유사한 점에서 거리(distance)의 안타까움과 손을 잡고있다.

3) 운명의 새

새는 천상과 지상을 연결하는 메신저의 역할을 수행하면서 소식을 전해주는 기능을 한다. 높이를 날을 수 있다는 점에서는 희망의 대상이며, 하늘에서 땅으로 내려오는 역할에서는 소식을 전해주는 능력을 발휘한다. 이런 새는 인간에게 도달해야하는 목표로 설정될 때, 땀과 인내를 요구하는 암시를 갖기도 한다.

최시인의 새는 자유로운 개념과는 달리 운명적인 존재 ― 새장 속에서 밖을 향하는 의미를 더 많이 첨가할 수 있을 것 같다.

나는 태어나면서부터
내 뜻과는 아무런 상관없이
보이지 않는 오랏줄에 묶여있다.
······ 중략 ······
어머니 뱃속에서
이어져 나온 탯줄
이전으로 이어진 인연의 끈.

제도며 관습 법규의 이름으로
코뚜레 되어 내 뒤에서
날 조정(調整)하고 통제하는 껍데기,

뵈지도 않으면서
보이는 것 이상으로 칭칭 감아
날 속박(束縛)하는 끄나풀의 굴레.

— <새>에서

아마도 새는 일반적인 의미와는 다른 의미를 소유하고 있다. 다시 말해서
새로운 천지를 향해 몸부림하거나 아니면 자유를 얻기 위해 피나는 노력을
경주하는 그런 개념과는 달리 '내 뜻과는 아무런 상관없이 / 보이지 않는 오
랏줄에 묶여있다'는 시어를 해체한다해도 묶여진 새는 시인의 운명적인 현
상과 결부될 뿐이다. 이는 어머니의 뱃속으로부터 이어져 나온 탯줄이라는
원형적인 현상을 벗어나는 것이 아니라 그 속박 속에 갇혀있는 체념의 요소
가 더 승한 느낌을 주기 때문이다.

허무는 나이의 깊음에서는 항상 검소한 의복처럼 벗어버릴 수 없는 이름
이다. 벗어 나려해도 결코 벗어날 수 없는 문패를 걸고 주인행세를 하기 때
문이다.

자취 없는 그림자로

왔다가 가는 사람이 있다.
…… 중략 ……
그림자처럼 자취 없이
이승엘 왔다가.

그림자 없는 바람으로
떠나는 이가 있다.

— <오고 감>에서

오는 것과 가는 것은 인식의 차이일 뿐, 오는 것도 가는 것도 모두 거기 있을 뿐이다. 그러나 인간은 항시 오는 것과 가는 것을 구분하면서 자기를 거기에 개입할 때, 비극적인 발견을 할 수 밖에 없다. 태어나는 것을 기쁨의 자리에 두고, 가는 길을 슬픔의 이름으로 전송하면서 거기 승차하지 않을 수 없는 운명적인 현상 때문이다. 최시인은 그림자로 왔다가 그림자로 떠나는 인간의 운명을 자기화하는 암시로 생의 일상을 담담히 바라보고 있다. 이런 태도는 체념이라는 뜻을 비켜나서 관조하는 지혜로 볼 수 있다. 이런 태도는 '본 것도 모르는 체 / 아니 본 것 눈감은 체 / 소경이듯 그토록 살아갈 여생(餘生)'<자다 깨다, 깨다 자다>의 경우처럼 무념 무상의 경지를 소요하기 위한 달관의 자세를 바라보게 된다. 물론 최시인의 삶의 모습은 악착하거나 피흘리는 전사의 태도이기보다는 오히려 순명(順命)에 길들여진 정적(靜的) 자세를 만나게될 때 친근미를 유발한다.

4) 오염과 정신

최시인의 정신에는 세상을 분노로 바라보는 핏발선 눈빛이 아니라 올곧음을 고집하는 정의감을 느끼게 한다. <훌라후프 돌리기>나 최근 쿠니 사격장의 문제를 다루는 것은 사회의 비리에 고발의 정신을 번뜩이는 점이다. 물론 이런 정신은 현실을 살고 또 살아있는 사람에 의한 발성이다. 왜냐하면 시인도 사회의 불합리와 모순에 발언할 권리가 있고 또 이를 고쳐야할 사명과 시를 쓰는 것과는 다름이 없기 때문이다.

　　사방 팔방
　　들러 봐도
　　구역질 오염 천지,

　　모나면 돌지 못할 한 평생
　　차라리 훌라후프나 되어
　　미친 듯 신명나게 돌아나 보자
　　　　　　　　　　　— <훌라후프 돌리기>에서

　농경사회를 벗어나 산업사회의 특징은 인간사가 스피드 해졌고 또 오염과 과학의 지배에서는 오는 모순의 극대화를 어떻게 소화할 수 없는 지경에 이르렀다. 더구나 정보의 홍수를 이루는 세상에서는 문명파괴의 현상은 더욱 자심하다. 이를 바라보는 시인의 눈은 비판적이고 비관적이다. 이는 달리 해법이 없다는 것을 시인자신도 알고있기 때문이다.

　경기도 화성군에 매화리는 쿠니 사격장이란 이름으로 잘 알려져 있다. 이는 외세의 영향이 우리 땅에서 여전히 작용하고 있다는 시인의 느낌이다. 새벽부터 밤까지 49년간 포격장으로 변하여 주민이 살 수 없는 공간으로 변했다는 것은 곧 민족의 자존심이 슬픔으로 투영하게 된다.

　　매화리엔 아.
　　금년 봄에도 매화꽃 향기 대신
　　저공 비행 흙먼지와 굉음 폭약냄새만
　　안개 되어 자욱히 밀리고 있다.
　　파도치며 밀물 되어 밀려오고 있다
　　　　　　　　　　　— <매화라 별곡>에서

　우리의 땅에 우리의 주권이 소외는 현상을 고발하는 시인의 가슴에는 아품이 젖어있다. 이는 민족의 자존을 우선하는 사상이면서 「우리」를 바르게 세우려는 의미를 내포한다. 우리를 잃었을 때 민족사는 항상 비극의 함정에서 헤어나올 수 없었다면 이는 비단 사격장의 문제가 아니라 민족 전체의 자존에 걸려있는 팻말인 고발이다. <주권 독립>이나 <임정구지>, <애국자가 많은 나라> 등에 들어있는 시인의 생각은 사회정의와 시의 길이 같은 것이라는 가치를 발견하게 된다. 시는 곧 정신이기 때문에 민족의 아픔을 붙잡고 신음하고 통곡하는 것이야말로 당연한 시인의 임무일 수밖에 없다면 최종규의 시정신은 곧고 바르고 건강하다.

3. 에필로그

시가 정신의 배설이라면 우선 타인의 정신을 시원하게 배설할 수 있을 때, 아름다움과 상통할 것이다. 물론 시를 아름다움으로만 바라보는 것보다 인간사의 제반문제를 깊이로 끌고 갈 때, 의미의 폭이 넓어질 수 있다면 최종규의 시적 관심은 그렇다.

모성회귀의 소망을 엄뫼라는 고향산에 의탁했지만 실상은 정신의 안주처를 지향하는 나이와 상관이 있고 이는 마치 숙제를 마치려는 발상과 일치한다. 이런 안도감은 새로운 경지를 찾아 나서는 계기를 마련하는 빌미가 될 수 있고 여기서 최시인은 새로운 전환의 시를 불러오려는 것 같다.

허무와 무념무상의 징조는 그런 조짐이라면 인생을 아름다움으로 채색하려는 황혼의식과 맥락을 같이하는 느낌이고, 대사회적 관심은 내부로 치열하지만 겉으로는 자제력을 발휘하는 지혜의 시를 쓰고있는 순박한 시인이다. *

들꽃향기와 시의 개성

— 성지월시전집 『피맛골로 가련다』를 중심으로

1. 시를 위한 프롤로그

시는 시인의 삶이 응축되었다는 점에서 자기 고백의 성(城)을 뛰어 넘지 못하는 한계를 갖는다. 다시 말해서 시의 속성이 시인의 성품을 아무리 위장하여 낯설게 포장하는 기교를 보인다하더라도 결국은 시인자신으로 돌아가는 길을 추적거릴 뿐이라는 사실이다. 여기서 비유 — 상징이나 은유라는 도구는 결국 시를 생생하게 혹은 탄력있게 만드는 재료에 불과할 뿐 시의 내면적인 속성까지에는 거리를 갖게 된다.

이런 단서는 한 사람의 시인에 대한 전반적인 작품을 통독할 때 나타나는 시인의 이력에 대한 지도를 완전하게 그릴 수 있기 때문이다. 이 같은 정신 지리는 결국 시인이 살아온 삶의 흔적이고 생의 과거와 미래를 일별(一瞥)할 수 있다는 점에서 정신의 흐름을 파악하게 된다.

성지월 — 그가 고희(古稀)를 기념해서 출간한 시전집 『피맛골로 가련다』[1](백림, 2000.10)에 들어있는 시들을 검토 — 대체로 삶에 대한 이력을 조감할 수 있고 또 삶에서 느낀 감수성을 현실적인 근거 위에서 정서의 숲을 펼치고 있다.

---

1) 첫 시집 『석상』(1967)과 『파계』(1979), 『사막 길』(1984), 『길의 소묘』(1987), 『이색지대』(1990), 『마음의 이끼를 푸른 강물에 씻고』(1994), 『고향의 연가』(편저, 1996), 『인간의 미로』(1999)의 시를 제1부 번데기의 행각기와 2부엔 사막 길 3부는 인간의 미로 4부는 고향의 개구리 5부엔 길의 소묘로 연작시를 포함하고 있다.

2. 열심히 사는 사람의 발성

1) 성실한 자의 노래

시를 특별한 의미로 생각하면 매우 고답적인 노래가 될 것이고, 또 지나치게 땅으로 내려온 노래로 보면 일상의 잡문과 다름이 없을 것이다. 적어도 시에는 시적 장치가 내장되어야하고 거기에 철학적인 사색과 어우러진 의미의 미감(美感)이 들어있어야 시의 기능을 수행할 수 있다. 어떻든 시에는 함축으로 전달하는 팽창력과 긴장감을 예외로 치부할 수는 없다. 열성으로 살았다는 조건이 결코 시인의 덕목일 수는 없지만 그런 사람에게서 인간의 향기를 느끼게 된다면 성지월의 시는 투박한 인간의 향기가 있다. 그 최초의 전달은 삶의 진지성이고 성실성일 것이다.

한 편의 시를 인용하면서 삶의 열쇠를 찾아 나선다

졸업 졸업 졸업

졸업불가
졸업불가

입대 제대
입사 퇴사

입퇴사 입퇴사 입퇴사

발광+발광+발광 = 자식,자식,자식.

재산목록 —
一.「뻰찌」「드라이버」「몽키」「권척(卷尺)」
一.만년필, 원고지
一.공허, 공허, 공허.

— <이력서>

한 인간이 삶을 영위하는데는 입학으로 시작해서 졸업이라는 과정을 거쳐야하는 사회생활의 규범이 있다. 이런 기준자에서 벗어나지 않기 위해 필사적으로 공부하고 노력하는 도정(道程)이 살아가는 일의 전부라면 간명하게 쓴 <이력서>는 시인이 어떤 사람인가를 나타내는 일도 되고 또 모든 사람에게 통용되는 도표가 될 것이다. 마치 몇 과정의 졸업을 거치면 일정한 기준에 합당한 대우를 받는 삶을 인정받게되고 또 졸업불가라는 딱지가 붙으면 실패의 늪을 헤치기 위해 남다른 노력을 배가해야 한다. 아울러 입사 그리고 퇴사라는 반복을 거치면 어느새 성숙한 삶의 이력은 자식을 낳아 기르는 일을 치르느라 허리가 휘어지고 고생의 의복을 벗기 위해 발광하고 발광하는 일을 번민으로 일삼다 보면, 세월의 나이테에 휘감겨 고통과 아픔을 삭이느라 슬픔의 언덕을 넘는 애환의 나날이 엮어진다. 이런 되풀이를 지나는 과정에 남는 재산목록의 이름들은 그가 살아온 역사의 도구들 ― 뻰찌와 드라이버 그리고 몽키라는 공구가 있고 또 줄자를 미루어 짐작하면 성지월이 ― 식솔(食率)을 거느리면서 오늘에 이른 직업의 일단이 뻰찌와 드라이버 그리고 줄자라는 데서 엔지니어라는 이름으로 떠오른다.[2] 이런 삶의 길을 지나 노년에 해당하는 만년필과 원고지의 상징에 이르면 오늘의 성지월의 모습은 시인이라는 현재를 나타내는 일이 된다.

그렇다면 시의 마지막에 '공허'를 세 번이나 반복하는 일은 무엇일까? 그의 자식들은 솔가(率家)를 이루어 그 나름의 자리를 점하면서 살고있는 다복한 처지에서 공허를 연발하는 일은 아마도 70여 년을 살아온 생의 반추에서 나타난 허무를 뜻하는 일 ― 이런 허무야 성인이라는 공자나 예수에 이르기까지 열성으로 살아온 모든 사람들이 내뱉는 한결같은 함축어라는 점이다. 명리(名利)와 허화(虛華)의 숲이 아무리 찬란하다 하더라도 궁극적으로는 한 줌 허무라는 말 이외에는 달리 표현할 말이 없다는 점이 생의 대답

---

2) 성지월의 이력엔 1956년 금성방직 안양공장 전기부 입사로부터 1992년까지 36여년 동안 해외취업을 위시해서 여러 회사에 전기기사로 봉직했다고 기록되었다.

이다. 성실과 근면과 순수로 생의 지도를 그렸지만 돌아보는 길에서 나타난 한 마디는 결국 인간의 자리가 무엇인가를 나타내는 발성으로 마무리된다. 이처럼 성지월의 시는 현실과 밀착된 발상으로 시의 이름을 빌리고 있다는 점이다.

> 내가 걸어온 발자국엔
> 걸레같은 인생의 흔적
> 찢어진 삶의 조각들
> 응집할 수 없는 망상들이
> 분주히 오고가는 허황된 시공이다
>
> 뒤돌아 살펴보아도
> 영상(影像) 조차 사라져가고
> 간 것은 찾을 길 없어
> 잠시 멈추고 방황할 새
> 차가운 공기 냉엄한 시간만이
> 옷깃 속에 기어들뿐이다
>
> 허허로운 공간을 향해
> 옮겨놓은 발자국마다
> 아무런 생각도 의미도 없이
> 심신은 앞으로 전진하고
> 지금도 무심히 전진을 한다
>
> — <삶의 뒤안길>

1연과 2연은 일생을 성실히 살아온 사람의 일반적인 발성이 들어있다. '망상들이'와 '허황된 시공이다'에서 삶의 쓰디쓴 맛을 음미한 철학이고, 2연에 오면 이런 쓴맛은 허무로 돌아간다. 간 것들의 무의미와 '차가운 공기가 옷깃 속에 기어들뿐이다'라는 아픔은 생의 벌판을 눈물과 땀으로 — 오로지 성실로 지내온 답신으로 전달되기 때문에 허무라는 표현에 암담함을 갖게 된다. 이런 허무의 심연을 지나는 것도 3연에 이르면 무심히 전진하는 일상의 반복때문에 삶의 길은 뒤꼍으로 벗어나게 된다. 이런 일은 인간 누구도 예외가 아니다. 젊은 날은 찬란하게 인생의 중심에 서있는 것 같지만 어느 사이에 중심에서 벗어나 쓸쓸하게 아웃사이더가 될 수 밖에 없기 때문이다.

인생은 사는 자 그리고 살아가는 자의 몫이라면 누구나 주인이 될 것이고 또 주인이어야 한다. 그러나 때로 이런 이치가 짓밟히는 경우는 흔하다. 왜냐하면 살아가는 일은 법칙이 지배하는 것이 아니라 질서와 무질서가 교차하면서 일상을 이루기 때문이다.

> 홍정이 잘되면 출세하고
> 타협이 잘못되면 벼랑으로 추락하는
> 참혹한 오늘의 삶을 직시하며
> 정의롭게 살 수 있는 길을 찾아 헤맨다
> —<진리와 섭리의 물결>에서

'홍정'이라는 말은 무질서를 뜻한다. 왜냐하면 거기엔 원칙을 벗어난 잣대가 있기 때문이다. 늘어나는 것도 안되고 줄어드는 것도 용납되지 않아야 할 원칙이 무너진 사회는 때로 아첨하는 자가 정의와 순리를 앞세우는 사람보다 항상 앞서가는 영화를 누리고 있다. 그러나 이런 불합리는 인간의 바른 기준의 원칙에서는 그늘로 숨어야 한다. 가치의 기준은 정의와 순리가 빛나는 요소가 될 뿐만 아니라, 인간은 이런 기준 앞에 고개를 숙이게되기 때문이다. 성시인도 냉엄한 이성을 발휘하면서 삶의 길을 합리와 정의에 헌신하는 고독을 견지하려한다. 살아가는 자 — 의지로 삶을 일구는 사람은 하루가 짧다. 이런 명제는 시간이 인간의 곁을 떠나는 것이 아니라 인간이 시간의 곁을 지나는 의미가 될 것이다.

고리짝속에 감금된 <나>
운전사에게 담보한 생명
덜걱이는 노상(路上), 흔들리는 몸짓
먼 빛 하늘이 맑다.

풍선같은 이상
꿈자리 뒤적이며
오늘은 여기 내일은 저기.
가도 가도 끝없는 길.

앵무새 노래 속에
환경만이 달라진다.

실의(失意)와 희망의 교차로
착잡한 여정(旅情)
자신을 운전하기엔
너무도 시간이 짧다.

— <번데기 행각기>

　가령 운전사에 의해 실려가는 존재를 <나>라 한다면 이 운명의 존재자
는 운명의 흐름에서 갇혀진 존재가 된다. 마치 비트겐슈타트의 <파리잡는
항아리>에 들어있는 파리는 결코 밖으로 나올 길이 없다는 점에서 숙명이
다. 이를 세계 내(內) 존재라는 말로 처리하지만, 항아리안에서 밖을 응시하
는 걸로 위안을 삼아야하고 밖으로 꿈을 보내야 하지만 결코 벗어날 길이
없다. 이런 숙명은 생명이 다하는 날까지 동그라미 안에서 밖으로 지향하는
꿈을 키우면서 터벅여야 하는 고독한 존재로 마감할 때까지 반복의 일상을
회전해야 한다. 마치 오늘과 내일이라는 예약을 확인하는 것처럼 행동하지
만 실제로는 '앵무새'와 같이 반복을 노래하는 일상과 나이의 차이에 따라

주변의 '환경만이 달라지는 것'이외에 아무 것도 없다. 이런 존재자에게 자신을 알아가면서 운명을 운전하는 일은 '너무도 해가 짧다'라는 성시인의 말처럼 땀흘리는 자의 시간은 결코 멀리 있는 것이 아니라 자기 스스로가 시간을 운전하는 일 때문에 시간의 의미가 짧게 느껴지는 것이다. 허여된 운명과 한정된 범주 속에서 꿈과 희망을 노래하는 시인의 시간은 그만큼 의미의 층을 높이는 상징이 된다.

2) 향수의 여정(旅情)

집을 떠나거나 먼 미지의 공간으로 여행을 떠나는 것은 새롭다는 장면을 맞이하게 된다는 점에서 신선한 감성을 나타낸다. 그러나 자칫 사물의 나열 혹은 풍물의 나열에 그친다면 아무런 의미를 창출하지 못한다. 표면에 보이는 특성을 관통하는 날카로운 감각과 통찰의 시선을 통해 마음의 눈으로 되새김하는 절차를 가질 때 여행은 의미를 창조하게 되기 때문이다.

성지월은 그의 시에 들어있는 지명만으로도 많은 여행을 시화했음을 알게된다. 폼페이의 유적과 나폴리 만년설의 여정 혹은 로마에서의 감회 몽마르트, 쿠바와 헤밍웨이 나이아가라. 마야 유적지 중국의 곳곳이나 집안의 고구려의 유적에서 광개토대왕의 회상이나 중동에서 전기기사로 취업전선에서 느낀 이국적인 소회(所懷)와 서귀포를 위시해서 김포, 관악산, 과천의 문원리 북평항구 등 이름만으로도 많은 지명들이 등장한다.

아름답고 기름진 땅 코리아
화목한 가족
사람이 넘치는 민족
그들을 위해
나는
지금 사막의 열풍과
삶의 전쟁을 한다

> 민족의 젊은이
> 나라의 발전을 기구(祈求)하면서
>
> 절박한 환경이
> 내 일손을 재촉하는데
> 망향의 넋에 사로잡혀
> 시간을 잃고 있다
>
> — <눈빛>에서

아마도 중동 열사의 사막에서 기사로 일하면서 쓴 시로 보인다. 자기를 알기 위해서는 자기를 객관화할 수 있는 방법이 곧 여행에서의 느낌일 것이라면, 코리아를 '아름답다'라고 느낌을 수 있는 감회는 나라밖이기 때문에 가능하다. 아울러 가족의 그리움과 화목의 열망이 있고, 사막의 열풍과 낯설음을 견딜 수 있는 인자(因子)가 곧 사랑의 마음을 일깨우는데서 가능해진다. 이는 가까이서 바라보는 느낌이 아니라 멀리 떨어진데서 발생하는 감성이다. 역경과 고달픔에서 나라를 생각하는 마음과 가족의 사랑을 집념으로 키우는 애국심이야말로 공간을 떠난 애정이 아닐 수 없다.

아름다움은 비단 이방에서 느끼는 것만은 아닐지라도 아름다움을 깨우치는 감수성은 시적인 이미지에서 성지월의 정서를 일깨우는 역할을 한 것은 곧 외국에서의 느낌이 여행에서의 소득일 뿐만 아니라 민족의 오늘을 일깨우는 또 다른 중심의식을 중국에서는 다르게 획득하고 있다.

> 우리의 조상들이 살던 북간도
> 그 옛날 고구려의 땅
> 호태왕비(好太王碑)와 장군총
> 그 유적이 사실을 증명하고
> 지금 살고 있는 사람들의 언어가
> 우리 것임을 증명하고 있는데
> 현재는 남의 나라 땅

>   너와 나의 애절한 이별이
>   너와 나를 남남으로 만들고
>   슬픈 냉가슴을
>   말없이 앓고 있을 뿐이다
>
>   ― <집안 압록강에서>중

　지금은 남의 땅이지만 우리의 땅이었던 비극의 흔적을 발견한 시인은 가슴에 고이는 아픔을 느껴워하는 시이다. 역사는 흥망성쇠 한다지만 선조들이 일구어놓은 우리 땅을 남의 땅으로 내 준 원인을 아직도 호도하고 있는 우리의 실상이 부끄럽다. 과거와 현재사이에 가로놓인 비극의 현실를 극복할 수 없는 아픔을 시로 삭이는 시인의 가슴에는 ― 회한의 역사에 실리워 가는 민족의 아픔에 비문의 흔적을 그리움으로 채색하는 여정이 남다르다. 이는 외세지향의 역사관이 아니라 우리 것으로 중심사상을 잡고 살아가려는 의도가 두드러진다는 뜻도 된다. 성지월의 여행은 단순히 보고 듣는 눈으로의 여행이 아니라 가슴으로 역사를 새김질하는 뜻을 함축했다는 점에서 유다른 애정을 볼 수 있다.

3) 역사의 눈

　인간의 역사란 변화 속에서 어떻게 살았는가를 가늠하는 절차일 것이다. 다시 말해서 역사의 부침 속에서 어떻게 삶의 궤도를 설정했고 현실과 미래를 개척했는가를 이해하는 절차를 가져야 한다. 남의 눈으로 내 삶을 바라보는가 아니면 어렵고 힘겹더라도 내 것으로 삭여서 삶을 일구어 가는가는 차이가 있다. 역사적으로 지식인은 외세 지향적이었던 전통은 신라로부터 발원했다. 이런 원인은 나·당연합군에 의해 신라의 역사를 지탱한 원인 ― 집권자는 당에 유학을 했고 또 그들의 자손은 유학 ― 이런 절차를 밟으면서 전통적으로 집권자 = 지식인은 외세지향의 삶과 그런 민족의 역사를 써왔다. 나라의 위기에서 구한 사람들은 지식인이나 집권층이 아니라 모두 가난하고 힘겨운 삶을 살아가는 백성들이었다는 것은 을사5적중에 4명이

문·무과에 합격한 사람들이었다는 것이 이를 증명한다. 그러나 15살 짜리 어린 유관순은 죽음으로 일제에 항거한 일이나 동학의 전봉준은 누구인가를 따질 필요도 없다. 역사의 발전논리를 어디에 맞추는가는 중요한 사관일 것이다. 그러나 민족의 중심을 지식인에 놓고 볼 때 보다, 백성에 놓고 볼 때 부정보다는 긍정적인 현상을 발견하게 된다. 이런 현상은 지배계층과 피지배계층의 분리라는 점에서 애국의 의미조차 애매해진다. 우리의 역사를 이끌어온 계층은 확실히 기층민중이라는 점에서 다시 돌아보아야 할 민족가치의 문제가 대두된다.

성지월의 역사관은 우리 것의 추적에서 출발한다. 그것이 혹여 모순이거나 불분명하다 하더라도 우리 것에 대한 가치를 제고하는 일에 귀를 기우려야 한다는 의미를 담고있다.

> 내 것을 외면하고
> 사찰, 교회, 향교에는
> 남의 신으로 채워지고
> 기도와 예불과 제례로
> 마음을 다해 정성을 드리면
> 극락왕생 천국 간다는데
> 내 것이 아니기에
> 미덥지 않는 믿음의 세월
> 환인 환웅 단군 때부터
> 닭돌임(天地人) 삼위일체는 함께 있어
> 조상대대로 믿어온 우리 신(神)
> 뒷전에서 머뭇거리며
> 자손 만대의 번영을 염원합니다.
>
> — <인간의 미로(迷路)>에서

문화는 자기 것만으로는 완성되지 않는다. 다시 말해서 이질적인 것과 이질적인 것이 합해져서 또 다른 하나의 형태로 형성되면서 독특성을 갖게 된다. 불교도 우리 나라에 들어와서는 우리 식으로 변모했듯이 모든 문화는 변화로 본질을 유지해 가는 것이다. 환인과 환웅의 이야기를 정작 어디까지로 설정할 것인가는 누구도 자신 있게 증명할 수 있는 자료가 부족한 것도 사실이지만 정작 서양 2000년의 역사보다 훨씬 오래된 우리의 역사를 거부할 수는 없다. 그러나 우리는 여전히 서양의 기준에 의해 우리의 역사를 편입하는 모순 속에서 벗어나지 못하는 원인을 찾을 필요가 있다. 과학이라는 대상이 정신의 우위로 작용해서는 안된다는 면도 있지만 중심을 잃어버린 문화현상을 첫번째 목록으로 설정해야 할 것이다. 논리적인 배경을 떠나 성시인이 주장하는 바는 진위(眞僞)의 문제가 아니라 우리 것을 앞에 놓으려는 주체적인 발상에서는 높은 의미를 두어야 한다는 뜻이다.

성시인의 역사의식에서 또 다른 특성은 나라를 지키려는 꾸밈없는 발상이다.

> 조국을
> 전우를
> 연인을
> 피를 흘릴 때까지
> 사랑했다는 말은
> 너와 함께 묻어두자
>
> — <초토(焦土)에 묻힌 병사에게>중

성시인의 많은 시에는 나라를 지키려는 발상의 시가 많은 편이다. 이는 시인의 조국관을 나타내는 소박한 발상이고 또 생의 진솔함을 나타내는 질박(質朴)한 백성의 심사를 드러내는 부분이다. 조국과 인간을 사랑했다는 병사의 말없는 죽음은 애국의 상징이기에 감동을 전달하는 덕목이면서 '피눈물나는 영혼의 울음 앞에 / 언제나 머리를 숙인다'라는 행위가 크게 다가온다. <녹슨 철모>나 <전선의 바람> 등은 시인이 조국에 바치는 티없는 순수라는 점에서 그의 정신의 깊이를 알 수 있는 작품들이다.

4) 고향 혹은 귀향

고향은 어머니의 심상이기에 설혹 떠났다 해도 언젠가는 수구초심(首邱初心)으로 돌아가기를 염원하는 것은 비단 여우만의 뜻이 아니다. 이는 안식을 찾을 수 있고 마음의 평화를 누릴 수 있다는 믿음 때문에 고향은 항상 인간의 마음에서 벗어날 수 없는 공간일 것이다.

> 시름을 뜯고
> 더듬는 추억
> 포근히 자란 잔디밭
> 옛 자리를 찾아갑니다
>
> 정서와 전설을 실은 잎, 잎
> 푸른 잔디가 그리워
> 힘껏 뜯어보며
> 옛 자리에 몸을 눕혀봅니다
>
> ― <은하 물결치는 잔디밭>에서

추억은 어린 날에 기억을 살찌우던 공간이기에 돌아가기를 염원 ― 이런 갈망이 커질수록 고향의 메아리는 더욱 크게 울려오게 된다. 푸른 잔디가 그립고 그 옛 자리에 몸을 눕히고싶은 소망은 안식과 그리움이 교차하면서 삶의 정서를 풍윤(豊潤)하게 살찌우는 기능을 다하게 된다. '어머니 젖무덤에 / 내 얼굴 묻고 / 어리광 부리던 시절 / 그 때가 행복했습니다'<모정>처럼 유아의 어리광으로 돌아가고 싶은 소망은 누구에게나 간직된 마음이지만 어른이 된 뒷날도 떠나지 못하는 그림자로 따라오게 된다.

> 서재라고 할 것 없는 방에서
> 서쪽 창을 향해 내다보면
> 두 개의 십자탑 너머로

  설봉산은 나의 창가를 기웃거린다
                    ― <설봉산과의 대화>에서

  시인은 고향으로 돌아온 마음과 대화를 나누는 상징적인 이미지를 설봉
산이라는 대상을 함축적으로 선택하여 애정을 보이는 부분이다. 이는 고향
의 정서를 나타내는 뜻이고 또 45년만에 돌아온 고향에 안기는 심사를 뜻한
다. 나이가 들었어도 고향과 어머니는 항상 안온하고 따스한 느낌을 가질
수 있기 때문이다.

        떠나는 사연이 어떠하든
        이향(異鄕)에서 한결같이
        그리워하는 마음의 고향
        45년만에 돌아오니
        포근하고 인정이 훈훈한 곳

        옛길은 간 곳 없고
        몇 번이고 변한 골목길
        실개천은 복개되어
        홍청대는 난전거리로
        장사꾼이 북적대고

                    ― <고향 품에>서

  인간사는 변하는 것이 자연의 법칙이고, 고향 또한 변하는 일이 당연한
일이지만 변화를 원하지 않는 것은 어린 날에 가졌던 순수함을 간직하고 싶
은 뜻이 우선한다. 또한 어린 날에 간직했던 고향의 정경이 변함없이 그대
로 남아있어 주기를 원하는 것과 자기의 의식이 고정되기를 바라는 「같음
의 키」 이상을 원하지 않는 마음의 틀을 유지하려는 생각으로 고향을 불변
의 상(像)이 될 수밖에 없다. 이런 마음 때문에 약간의 변화가 있게 되면 서
운함을 품게되는 것도 같음의 키를 유지하려는 마음에서이다.

어머니의 사랑도 그런 갈증을 항상 유지해주는 것 때문이지만 고향은 늘상 변하는 데서 차이를 갖는다. 옛길이나 실개천의 변화는 곧 시인의 마음에 간직된 상이 애착을 갖고 있던 데서 받아들이는 서운함이지만 이도 고향을 사랑하는 마음에서 나오는 발상에서는 같은 이치일 것이다.

5) 길과 시선

성지월은 엔지니어로 살았지만 용접공·석수·도목수·석공·용접공 혹은 케이블공 등 산업사회의 역군들의 애환을 사랑으로 받아들이는 마음을 갖고 있다. 또한 그의 시선은 위가 아니라 아래로 향하는 애정을 갖고 있다. 달리 말하면 서민적이고 투박하다는 점에서 흙에 대한 예찬을 갖고 있다.

> 싸늘한 새벽바람
> 붉게 타는 동쪽 하늘
> 전동차가 오고 갈 때마다
> 분주한 사람의 물결
> 고된 삶의 체취를 풍기며
> 자기들의 길을 가고 있었다
>
> 그 인파 속에
> 넥타이를 맨 사람보다
> 더 많은 잠바차림의 노동자들
> 데모 파업 투쟁을 모르는
> 먹고살기 힘겨운 날품팔이 인생들
>
> — <길의 소묘.61>에서

시선(視線)이 아래로 향하면서 더불어 애환을 나누는 사람들에 애정을 보내는 마음이다. 넥타이를 맨 사람들의 시선이 아니라 점퍼차림의 노동자들에 시선을 집중하는 것은 성시인의 삶에 깊은 연관이 있겠지만 그의 시에 관류(貫流)하는 정서의 공감을 눈여기게 하는 요인이 된다. 날품팔이나 노동

자의 사람에는 위선이라거나 감추는 행태가 아니라 꾸밈없이 자기 삶을 가
꾸고 자기 가족에 헌신을 보내는 중추의식을 알고 있기 때문일 것이다. 연
작 100편의 다양한 편린은 모두 그런 생활을 살아가는 사람들의 체온에 애
정을 보내는 것이 성지월의 마음이다. 연작시 <쟁이의 유산>이나 <흙과
땅의 연정> 등은 인간 삶의 진실이 땀과 노력 그리고 솔직함에 있다는 발
언을 노래화한 것들이다. 이는 곧 성지월의 인간상은 나타내는 증거가 될
것이다.

> 반죽이 잘 된 황토흙
> 여물과 함께 엉겨 차질게 되듯
> 벽돌틀과 넣어 내 인생을
> 힘껏 다져 만든 흙벽돌
>
> 산모퉁이 몇 평 안되는 땅
> 단칸 셋방살이 면하려고
> 흙벽돌 삼 칸 집을 짓는다
>
> 고통을 참고 지내온 아내의 삶의 몫과
> 처자와 사회 사이에서
> 찌들며 살아 온 나의 몫을 한데 모아
> 쌓아올린 벽돌 한 장, 한장
> 방 하나 부엌에 퇴를 단 삼 칸 집
> 대들보를 얹고 지붕을 만들 때
> 북어 한 마리 막걸리 한잔으로
> 상량식(上梁式)은 족하다
>
> 흙내가 가시지도 않은 방
> 호롱불 밑에 모여 앉아
> 풋고추에 보리밥상을 받으면
> 상감의 수라상보다

푸짐하고 넉넉한 것을

온 집안식구 모여 앉아
웃음꽃 피우며
입이 찢어지도록
배추쌈밥 먹는 정경(情景)
이 지상에 둘도 없는
낙원의 풍경이라

<흙과 땅의 연정 - 흙벽돌.15>

성지월의 시는 자기 고백의 흔적들이 많은 편이다. 이는 상상력의 함량과 밀접한 상관이 있는 문제이지만 비교적 사실성에 바탕을 둔 사물과 이미지를 시로 변환하는 생활의 시들이 주조를 이루고 있다. 이는 생활의 순수와 투명 그리고 명예와 허영의 삶을 추구하는 것이 아닌 자기 힘으로 해결하는 자족적인 서민이라는 의식을 느끼게 하는 것도 생활에 충실하려는 생각 때문이다. 땅은 거짓이 없는 농부의 상징이라면 이는 곧 성지월의 인생과 궤도를 함께 설정할 수 있는 상징물이 된다. 즉 땅은 투기의 대상도 아니고 오로지 인간생명을 연장하는 도구로서의 대상일 뿐이기 때문에 생명의 근원의식을 연상하는 시인의 마음은 욕심없는 무념의 정신을 나타낸다. 아울러 가난할지라도 화목한 가정의 풍경을 나타낸 마음을 접하게 된다. 이런 마음은 생의 참된 의미를 알아차린 사람 — 진솔하고 투명한 정신에서 발원하는 맑은 물과 같은 이름이다.

3. 에필로그

한 사람의 시인에게서는 향기가 있다. 인공의 짙은 향기가 있는가하면 스미듯 다가오는 자연의 향기가 있다. 그러나 들판에서 비바람을 맞고 피어난 들국에게는 인공 향이 범접하지 못할 깊은 향이 사람을 휘어잡는다. 시 역

시 이런 비유와 같이 저마다의 특성이 시인의 개성에 따라 다르게 접근한다
면, 성시인은 들판에서 저 홀로 향을 피우는 시인이다. 이는 화려하고 근사
한 꽃향기가 아니라 풍상을 견디면서 때로 꼬질고 외틀어진 — 더러는 작고
볼품없는 꽃일지라도 거기에는 독특한 향이 자라잡고 있어 사람을 끌어당
기는 힘이 있다면 성지월의 시는 그렇다. 이것이 우리 앞에 친근미로 다가
오는 이유가 될 것이다. *

제 3 부

정서들의 손짓

심성의 거울과 정서의 얼굴
— 석가정 시조시집 『이 지상에 산다는 것은』

1. 들어가면서

자유시가 형식을 넘어 의미를 창조하는 일이라면, 시조는 형식에서 미감(美感)을 포용하는 방향 때문에 서로 다른 길로 출발하지만 감동을 만들어야 하는 절차에서는 공히 지난(至難)한 출구를 가질 수밖에 없을 것이다.

시조의 형식은 민족의 삶이 결정화된 일정한 그릇으로부터 내용을 수용한다는 점에서 형식미가 내용미와 일체화를 이루면서 문학으로의 소임을 완수하게 된다. 민족마다 그 민족에 알맞는 그릇으로의 시적 표현이 있다는 것은 삶에서 만들어진 완성체의 뜻을 갖게 된다. 이 완성체 속에는 민족의 정서에 적당한 리듬의 호흡과 의미의 창출이 섞여 있기 때문에 친근미를 가질 수 있고 또 생명력을 소유하게 된다.

700여 년의 시조의 나이는 곧 우리 민족이 살아온 정신과 역사의 숨결이 응고된 다난(多難)한 굴곡이 담겨 있다는 증거로 돌릴 수 있다. 그렇다면 긴 생명으로 지녀 온 시조의 가치는 현대라는 언덕에서 무슨 의미로 남아 있는가? 이런 대답은 결국 오늘의 시조가 답보라는 말로 지칭될 때 문제의 일단 — 가락 위주의 창(唱)에서 자유시처럼 의미를 앞세우는데서 오늘의 시조는 문제의 늪에서 허적이는 형상을 감내하고 있다. 가령 팝송의 경우 — 가사라는 의미의 요소를 갖고 있지만 정작 리듬 위주로 선호를 구분하는 경우가 이런 현상을 반영하는 답안이 된다. 영어 가사나 외국어 가사를 몰라도 단지 리듬만으로 좋아하는 노래가 되는 경우는 오늘도 예외가 아니기 때문이다. 시절가조의 시조는 이런 원인으로 옛 영화의 그늘에서 서성이는 모습 — 그렇더라도 시조는 민족의 정서를 가장 친근하게 담을 수 있는 긴장미와 의미의 응축을 수용하는 민족 문학의 성주(城主)가 되고 있다.

石佳亭 — 韓昇培의 시조를 접한 것은 진도의 수필가 조영남 — 투박하고 진솔하고 마디 굵은 사람으로부터 전해 오는 이름은 곧 그의 정감에 젖어진 느낌과 동일할 수 있다는 전염의 원리가 해답을 마련하는 절차로 이 논지는 시작된다.

농부 — 시와 농부는 다름이 아니라 하나라는 동일성의 이유 — 땀과 노력과 애정을 쏟았을 때 비로소 일정한 소득이라는 동질성으로 다가오게 된다. 인간의 생명을 위해 한 줌의 흙에 씨앗을 뿌린 농부와 시를 빚는 시인은 진솔하고 열정적이고 진지하고 근엄할 때, 사랑으로 생명의 싹을 틔우는 일이 시의 창조와 일치한다. 머리로 시를 불러들이는 가화(假花)의 요즘의 요술 시에서 벗어나 가슴 깊은 곳에서 울려오는 소리 — 작은 소리일지라도 친근미와 만족을 줄 수 있을 거라는 기대로 길을 재촉한다.

2. 견자의 고향

인간은 그가 태어난 고향을 벗어나면 다가가기를 염원하고 또 일정한 거리만큼 떨어지면 다시 거리를 좁히기 위해 마음을 태운다. 이런 이치의 원인은 생명의 본실에서 나오는 因子와 분리할 수 없는 상관에서 보편적인 현상을 뜻한다. 귀소 혹은 귀향의 이름에는 항상 설명할 길 없는 행동이 잠겨 있기 때문이다. 그러나 고향을 지키면서 사랑하는 일로 마음을 바치는 일은 체념에서가 아니라 승화된 사랑의 또 다른 이름일 것이다. 석가정의 시는 그런 자리에 있고 그가 살고 있는 진도는 곧 시와 일체화를 만들고 있다는 점에서 단순한 노래가 아니라 가슴 깊은 가락이고 근원에서 들려 오는 사랑의 탄식일 수밖에 없다. 이름 석자에 빛을 씌우기 위해 사술이나 거짓의 행렬이나 허화(虛華)의 바람결에서 키를 세우지 않는 진실을 차라리 슬프기 때문이다. 석가정의 시조는 그런 인상을 남기는 것도 고향의 정서를 입술로의 이름이 아닌 근원으로 생각하기 때문이다.

금빛 성채의 문명
뜨락의 눈 빛 부셔도
내 작은 둥우리 강심 근처에 세우고
푸르른
어느 선을 긋고
고향 길을 갈리라

주접살의 속울음 엉겅퀴 뿌리 캐며
인연의 피 맑히는
친근한 목소리
내 울안
씨알들이 촉트는
흐느낌을 들으리.

—<흙을 부비며>에서

도시의 빛은 금빛과 화려한 성채의 우람한 모습을 연상 — '빛 부셔도'라는 일정한 한정사를 앞세우고 '내 작은 둥우리'의 곁에 '어느 선을 긋고 / 고향 길을 갈리라'의 작심은 곧 석가정의 마음에서 돌아온 신념의 외로움 — 남들이 좇아가는 빛을 외면하는 일의 외로움 — 고독의 이름이 문패를 달게 되는 이유가 된다. 그러나 그런 외로움에서 듣게 되는 작은 소리의 가치는 고귀함으로 다가온다. '씨알들이 촉트는 / 흐느낌을 들으리'의 청음에 대한 문제는 석가정이 삶의 모든 것이 들어 있는 고독과 슬픔과 아픔들이 교접하면서 엮어 내는 소리 — 이런 소리를 들으면서 인생과 진리와 무한의 소중한 가치를 발견하는 존재자의 발성을 뜻한다. 크고 화려함만이 앞서는 세상의 이치를 벗어나 자신으로 돌아가는 길을 사유하는 석가정의 정신 문법은 흐느낌의 체념이 아니라 대자연의 호흡을 알아차리는데서 오는 안분 지족이고 달관한 자의 마음에서 나오는 각성의 이름이기에 흐느낌은 스스로의 내면이 아닌 밖으로 향하는 견자(見子)로서의 눈빛을 암시한다.

농부는 절망에서 삶을 건지는 사람이다. 다시 말해서 인간의 생은 언제나 절망과 비탄의 숲에서 희망의 이름을 발견하는 사람이기에 그가 사는 일상은 언제나 아픔과 시련의 언덕을 넘어가는 길일 뿐이다. 이런 절망에 늪을 헤어 나오지 못해도 그 절망 앞에서 꺾임이 없이 다시 일어나는 아틀라스의 힘겨움은 결코 절망이 아니라는 데서 존재자로서의 이름일 뿐이다.

맨살에 감발을 하고
분무하는 대부상환(貸付償還)

— <농약을 뿌리며>에서

농사는 결코 수지타산으로의 이름이 아니라 생존의 방편일지라도 헌신의 이름에 값하는 인간의 계산을 배반하지는 않아야 하겠지만 그 결말은 언제나 반대쪽에서 히죽거리는 양상으로 접근한다. 이런 아픔에서도 또다시 반복의 변화를 만드는 역사가 농부의 삶이요 길이라는 점에서 숙업의 길을 가는 사람일 것이다.

갈가마귀 울음소리
천식(喘息)하는 포기서리

망연한 눈자위에
버짐이 피었는가

아린 눈 비벼도
눈물 한 점 아니 난다

— <배추밭에서>중

시인은 시의 말미에 <생산지의 김장 배추 시세는 항상 폭락이었다>는 말로 한숨을 포함하고 있다. 이런 일을 인간사는 모순이라는 말로 처리하지만 — '갈가마귀'의 울음이나 포기서리가 천식 소리로 귓가를 울리는 아픔은 비단 배추가 아니라 농부의 가슴에서 울려오는 탄식이자 고통의 신음이라는 원인 때문에 '망연한 눈자위 버짐'의 슬픈 낙인(烙印)을 연상하게 된다. 그러나 농부의 신념은 낙인을 두려워하지 않는다. 이는 속세의 이름일 뿐한 알의 씨앗을 뿌리면 자연의 보상은 무한의 이름으로 생명을 건네주는 이유조차 인간사의 손익으로 따지면 불경의 나락에 이르게 된다. 자연은 결코 대가로 바라보는 것이 아니라 무상의 대상이라는 점으로 보면 석가정의 시조에 깊이는 이런 면을 간과하는 표피적인 현상도 예외라 말할 수는 없지만 체험에서 얻어진 토로에는 아픔의 물살이 곤곤하게 흐르고 있다. 이는 머리로의 시가 아니라 가슴으로 느끼는 점에서 다를 뿐이다.

3. 마음의 풍경화

시는 마음의 풍경화를 그리는 일에서 벗어나는 일이 아니다. 파노포에이아의 그림은 항상 연상 작용을 수반하는 추상으로의 넓은 길을 확보하게 된다. 이런 추상성의 허용치가 많을수록 시의 감동은 다양한 물살을 일렁이게 할 수 있다. 시가 앰비규어티라는 특성을 말하는 것도 결국 다의적인 자유의 속성으로 여행을 준비하는 시적 현상이 있게 된다.

밋밋한 산마루에 빈 바람만 골을 타고
새 한 마리 날지 않는 하늘색이 종요롭다.

산자락
보듬어 안고
고옥(古屋) 한 채 빠꼼하다.

버무린 영롱한 빛 지붕 위에 사태진다.

산을 캐어 심은 뿌리 외풍(外風)을 막아섰고,

망세월(忘歲月)
오롯한 정이
삭정이를 지핀다

「아가, 애 아범 재너머 오는 갑다」
손주를 추스르며 다둑이는 불씨의 정.

고샅길
비질하는 새댁
소심(素心) 하냥 맑아라.

— <겨울 山家>

눈바람이 멎었거나 또는 오려는 기색의 겨울 정취가 보인다. 바람이 소리치는 산골에 하늘색을 종요로운 정경을 일구고 산자락에 낡은 고옥 —사람이 살고 있다는 — 연기가 오르는 풍경에서 작은 오두막을 보호하려는 빛으로 시인의 마음을 삼으면 그 방안의 풍광이야 초라하고 보잘 것 없다 하더라도, 따스한 인정이 그득한 정경의 이야기가 있고 기나림을 심는 그리움이 있어 인간의 마음이 표백되는 감수성을 느끼게 한다. 겉으로 드러난 초라한 고옥의 모습에서 연민을 느낀다 하더라도 그 안에 가득한 인간의 체취는 바로 석가정이 노리는 그리고 궁극적으로 추구하는 따스한 인간미의 갈증을 뜻하는 풍경화를 접하는 시가 <겨울 산가>로 형상화되었다.

홀로 혹은 혼자 산다는 일은 모든 생물에게는 있을 수 없는 일이다. 나무조차도 자기끼리 뭉쳐서 존재를 지키기 위해 피나는 싸움을 하는 산야의 모습이나 인간의 경우에도 끼리라는 의식을 떠나서 살아갈 수는 없는 형편이기 때문이다. 다시 말해서 조화라는 이름으로 살아가는 일이 인간사의 경우라면 석가정에게서도 이런 조짐은 예외가 아니다.

풀꽃 곁에 누워 있는
애오라지 풀목숨이

청태 낀 옷을 입고
바위 서리 살고 싶다

하늘 땅
닐니리 쿵덕쿵
어우러진 풀꽃이여.

— <풀꽃에게>중

'풀목숨'이라는 시적 화자의 소망은 '바위 서리' 살고 싶은 일로 소망을 피력하면서도 풀꽃들과 체온을 나누는 정에 젖고 싶어하는 일이 시인의 마음으로 나타난다. 이런 정서는 직접적인 형태이기보다는 이미지를 앞세우는 비유의 기교에 의해 시인의 의도를 의탁하고 있다. 물론 석가정의 정서는 직접적이기보다는 간접적이고 동적이기보다는 정적이고 은근함으로 스미듯이 다가오는 것 같은 느낌을 생성한다. 이는 식물성 정서가 시의 풍경을 만들면서 — 시인의 내성적 내면의 성품과 밀접한 느낌도 사실이다.

4. 정신 문법

모든 시는 시인의 정신을 나타내는 절차로 시행된다. 이는 사유(思惟)의 출구가 일정한 형태미를 갖고 있다는 말도 되지만 대체로 일정한 언어 혹은 일정한 리듬 혹은 일정한 톤을 유지하면서 시인의 정신 상태를 표출하는 의미를 갖는다. 이는 살아온 경험의 특성이나 사고의 형태가 경험과 육화된 뒤에 습관적인 형태로 반복되거나 일정한 언어로 포장되어 나타난다는 점이다.

화로를 다둑이던 할아버지 무덤 위에
잉걸인 불씨를 솔개가 쪼고 있다.

저승의
초가삼간 섬돌 아래
나막신이 놓여 있다.

눈물 고인 이승에는 어두움이 털리고
달리는 비늘마다 별이 되어 살아나고…….

하나 둘
모이는 행렬 속에
나의 별이 떨고 있다.

— <해질녘>

  '나의 별이 떨고 있다'라는 표현으로 시인은 현실 세계에서 추위라는 상황에 처해 있음을 확인한다. 물론 모든 문학의 경우 낯설게 만드는 특성이 있다. 소설은 구조의 방도로 이를 실현하고 시는 비유나 상징의 기교로 독자에 신선감을 주는 처방으로 사용하지만 본질적으로 숨길 수 없는 일이 고백의 형태로 드러난다. 모든 예술은 결국 심리적인 상관을 벗어나는 것이 아니라는 점을 대입하면 추위는 곧 현실이라는 공간에서 잘 적응되지 못한 상태를 시적인 표현미로 고백하는 양상이다. 이는 석시인의 생존 공간에 대한 부적절성 혹은 삶이라는 높이의 벽에 신음하는 모습 등의 유추가 가능하지만 정신 풍경을 보여주는 단서인 것만은 사실이다.

  인간의 모든 도덕 가치는 빛으로 향한다. 어둠보다는 빛을 혹은 부정보다는 긍정을 불행보다는 행복을 지향하는 속성에 발을 맞추는 것이 예술의 속성이다. 설사 아픔을 표현한다 하더라도 이는 행복을 말하기 위한 파라독스의 기교일 때 — '어둠이 털리고 별이 되어 살아나고'라는 표현을 주목할 일이다. 이는 석가정의 삶에 가치요 정신의 문법이라는 점이다.

  어둠을 부정 혹은 현실 또는 아픔 등의 이미지라면 '별이 되어 살아나고'
의 전환은 꿈이고 미래를 지향하는 건강성을 암시한다. 이는 자기만의 경우
라면 협소한 의미 속에 갇히지만 타인을 지향하는 마음일 때, 아가페라는
헌신의 자세로 드러나는 점이다, 결국 어둠에서 빛으로의 이동 이미지를 구
사하면서 추위를 참는 현실 속에서 — 삶의 지표를 세우는 일은 신념의 푯
대가 있어야 한다. 물론 억세거나 강인하거나 우람한 이미지보다는 약한 듯
하고 흔들리는 것 같은 — 그런 이미지들을 접하게 된다.

      황막한 겨울 바다 갯풀을 뜯고 있다.
      차웁고 비릿함을 한 번 쯤 맛보는 일.

      그 참 맛
      알 때 쯤이면
      사는 법을 배우리라.

                              — <겨울 바다에서>중

  산다는 일이 법칙이나 원리라는 말은 적용될 수 없는 의미다. 그러나 개
성에 따라 사는 방도는 여러 갈래를 갖는다. 거창하게 울리면서 군림하며
사는 방법이나 外華의 바람에 펄럭이면서 사는 삶이거나는 모두 개성이라
면 석가정의 경우는 감추면서 살아가는 정감의 생애같은 이미지를 남긴다.
다시 말해서 직접적인 의미파악보다는 살아가면서 터득되는 삶의 길이 체
험으로 용해된다는 의미에 가깝다. 이는 아우성치고 떠들면서 내보이는 것
보다 스미면서 다가드는 은근함의 요소가 고독의 중심을 이루는 상태라는
뜻이다.

5. 정감으로 나가는 문

인간사에는 두 개의 문이 있다. 들어가는 것 보다 나가는 것을 중요한 것으로 생각해야 하지만 정작 들어가는 것이 중심을 둘 때 불행해진다. 들어가는 것과 나가는 것의 균형은 영혼을 평안하게 할 수 있기 때문이다. 이런 평형은 삶의 경우도 적절한 비유에 이를 것이다. 욕망이라는 말보다 달관 혹은 무욕의 자세는 마음을 평온으로 나가는 문을 넓히는 일이다. 이는 여백을 가진 마음이고 부족함을 남겨 두는 여유라면 그런 시를 만나는 일은 곧 시인의 정감을 대면하는 일이다.

까치 뵙던 추억마저 흐물흐물 헐린 거리.

대처에 살다보면
환한 길도 잊음인가 …….

그대를
헤일 길 없어
붓방아만 찧느니.

— <친구에게>

까치밥과 친구의 생각이 시화된 작품이다. 물론 까치를 통한 여유의 마음과 또 까치조차 쫓아낸 도심의 삭막한 풍경이나 소식이 돈절된 사념을 대비하는 마음에서 시인의 마음은 공허에 가깝지만 그 생각의 무변은 감동을 남긴다.

작은 것은 아름답다. 큰 것의 의미에 지질리는 것이 아니라 작은 것에서 따스함이 다가오는 일은 행복이기 때문이다. 석시인의 시는 그런 작은 것에서 느끼는 다감성이 있어 향기를 남기는 것 같다. 아내를 생각하는 <아내에게>나 <꽃그늘 아래서>의 여린 마음은 정감의 편린을 나타내는 흔적들이다.

> 헌화가 한 곡조로
> 아씨여 불러 보면
>
> 꽃보라로 다가와서
> 센머리칼 셈을 한다.
>
> 내 마음
> 때 모르고 붉어라
> 꽃잎처럼 붉어라.

— <꽃그늘 아래서>중

아마도 추상(追想)의 먼길을 회고하는 느낌을 남기지만 시인의 감정에 순수와 투명성을 나타내는 것 같다. 아씨라는 이름의 뉘앙스의 환한 이미지의 정돈과 그 길을 호젓하게 거닐면서 느끼게 되는 낭만적인 회고에 얼굴을 붉히는 현재의 접점에서 시인의 부끄러움이 센머리라는 현재를 덮어 버리는 기능을 느끼게 한다. 이런 감정은 파스텔톤의 정감을 남기는 여백에서 더욱 순수의 의복을 걸치는 것 같은 느낌을 남긴다. 이는 센머리의 현재를 넘어 「아직도」라는 정감으로 붉음과 연결된 길을 만들고 있다. 이는 화려함이 아니라 깨끗하고 또 순수를 지향하려는 소년의 마음에 젖어 있는 감정의 한 부분을 느끼게 하는 점이기도 한다.

6. 접으면서

시는 물처럼 흐르는 감정의 표현이라는 점에서 자연에 접근해야 한다. 아울러 시인의 일상이 시와 함께 한다는 말은 시적인 표현이 증명할 일이다. 결국 시인의 감수성은 경험의 전부를 심리적인 방도로 표출해야 하는 카타

르시스적인 면을 부정 할 수는 없기 때문이다. 농사를 지으면서 시를 쓴다
는 것은 가장 시적인 경험의 표출일 것이다. 풀 한 포기를 키우는 의미와
시를 창조하는 의미는 다름이 아니기 때문이다. 이런 논지에서 볼 때, 석가
정의 시는 한국 시조가 미처 경험하지 못한 정서를 시화했다는 점에서 또다
른 자리에 있는 것과 같다. 다시 말해서 머리로 쓰는 시가 아니라 가슴으로
쓰는 시가 석시인의 시이기 때문이다. 그러나 석가정의 시는 다소 굳어진
시어의 표현도 없지 않지만 대상을 순수로 포장하는 마음은 투명하고 담백
한 풍경화를 만드는데서 인상적이다. 아울러 명료한 이미지의 배열이나 마
침표조차 시의 의미의 일부라는 것과 현학적인 시어의 빈도가 이미지를 훼
손하지 않는 기교를 요망하는 말을 부언하면서 정감있고 다사한 시의 숲을
나간다. *

귀향의 풍경화 혹은 그런 정서들의 손짓
— 박주오의 시

1

시의 특성은 시를 쓴 시인의 정신적인 특성과 같다. 이 같은 가설은 시와 인간의 함수가 분리되는 것이 아니라 하나로 통합되는 「거울」의식의 발상을 암시하는 말일 것이다. 가령 시인이 전통이나 자연에 관심이 있다면 그런 일상의 생활과 밀접성을 연관 지울 수 있고 또 정신적인 어떤 인자(因子)들과 유기적인 상관을 작품 속에서 추적할 수 있다면 시인의 심리적인 것과 일치될 수 있는 절차를 갖게 된다. 물론 시는 시인의 삶을 언어로 반영하는 점에서 거울이라는 뜻과 같아진다.

박주오의 시는 곧 박시인이 살아온 도정(道程)에서 벗어난 것이 아니라 시와 일체화를 이룬다는 가설에서 그만의 정신 영역을 도출하게 된다. 대부분의 시가 고향이나 귀향을 모티브로 이루고 있으며, 또 나이의 깊이에서 오는 허무적인 상태가 시의 저변에 깔려있고, 또 고독한 그림자가 시인의 의식을 뒤따르고 있음을 발견하게 된다. 더불어 신라와 상관된 전통적인 관심이 중심을 이루고있는 것들도 모두 박주오의 시적 정서를 이루는 요소들이다.

2

산다는 것은 자의적이든 타의적이든 시간선상에서 벗어나는 것이 아니라 시간의 궤도를 일정하게 순환하는 — 별들의 일생과 다름이 없을 것이다. 시간은 우주와 인간의 합치로 이루어지는 본질적인 개념이자 인간이 우주를 감득(感得)하는데서 나타나는 또다른 세계를 뜻한다. 다시 말해서 시간이

란 인간만이 소유했고 우주라는 공간에는 시간의 개념이 들어있지 않다는
점이다. 인간만이 시간을 소유하면서 관리하는 독특한 존재라는 점에서 시
간은 인간의 특성을 나타내는 공간에서 영장(靈長)의 지위를 누리게 된다.
여기서 산다는 문제에서 철학의 부피를 늘이면서 생존의 시간을 펼치는 인
간의 독특한 문화를 만나게 된다.

　　　　사람이면 누구나
　　　　한 번은 건너야 하는 세월의 강
　　　　흐르는 세월 탓한들 무엇하느뇨
　　　　다시 돌아올 수 없는 길인 것을
　　　　모든 것 주어진 운명에 맡기고
　　　　순풍에 돛단배로 흘러 가세나

　　　　　　　　　　　　　　　　　　　　　　— <세월의 강>에서

　인간의 나이와 사고의 폭과는 밀접성을 유지하면서 변화하게 된다. 가령
젊은 날의 사고와 행동의 문제는 과격하고 사려 깊지 못한 대신 추진력의
에너지가 있을 수 있다. 반면에 나이가 들었을 경우 사려가 깊을 수는 있지
만 추진하는 박력에는 뒤지게 된다. 물론 어느 것이 우선인가의 판정은 불
필요한 일이다. 왜냐하면 인간의 행동에는 정답이 있는 게 아니라 살아가는
삶의 진행자체에 얼마나 의미를 부여할 수 있는 행동인가에 가치를 둘 수
있기 때문이다. 나이가 들어서 사고의 폭이 넓다는 것은 그만큼 인생의 진
행을 많이 보아왔고 또 경험의 누적이 화려하다는 점으로 보면 박주오의 시
적 발상은 경험의 농축을 뜻하게 된다.
　인간이 세월의 강을 벗어날 수 있는 기회란 없다. 다만 그 강의 줄기를
따라 어떻게 하면 편안하고 행복하게 흘러갈 수 있는가의 여부를 따지고 염
원하게 된다. 이점에서 박주오가 생각하고 있는 강은 어떤 '탓'이 들어있지
않고, 또 다시 돌아 갈 수 있는 길이 아니고, 오로지 '모든 것 주어진 운명에
맡기고'를 강조하면서 순풍에 돛단배와 같은 흐름을 따라 「가세나」의 청유

로 맺게 된다. 이와 같은 발상은 시인이 살아오면서 체득된 사상이면서 삶의 원리로 작용하는 정서들이라는 점에서 순명(順命)에 적응하는 태도를 느끼게 한다.

　인간의 일생을 돌아보면 일정한 매듭으로 열거된다. 물론 그 하나의 매듭에는 열성과 진지한 땀이 베어있고 또 진실한 흔적들이 엮어지게 된다. 다음 시는 그런 느낌을 구체적으로 현상화하고 있다.

　　땀으로 범벅이 된 이마
　　어느 새 깊이 파인 골이 되어
　　세월의 물결이 출렁이고
　　꿈많은 초록빛 흔적없이
　　얼굴은 구김살로 변했구려

— <세월>에서

　세월과 주름살은 인간이 살아가는 과정에 필연으로 맞아야하는 현상이다. 물결이 출렁이는 파문에 실리워서 꿈 많은 초록빛은 어느 새 허무로 날아갈 것이고 또 그 허무의 자리에 낯선 이방의 슬픔이 물기를 더할 때, 과거를 돌아보는 세월과 현실은 더없이 초라한 모습을 대면하게 된다. 인간이 세월과 맞설 수 없는 처절한 순간이 다가오는 소리에 귀를 열어야하는 이유가 여기에 있게 된다. 이는 누구도 거역할 길 없는 필연의 순서이기 때문이다.

　그렇다면 박주오 시인이 생각하는 인생의 길 — 그 여행의 모습은 어떤가? 다음 시가 그 대답의 언저리를 말하고 있음을 확인하게 된다.

　　행불행은 마음에 있는 것
　　없고 있음은 생각의 차이
　　역마살에 가진 건 없어도
　　팔도 山河를 내 집 삼고

어제도 오늘도 내일도
머물 수 없는
뜬 구름 人生으로 흘러가리라

— <뜬 구름>에서

인생을 旅路라 말한다. 이는 누구나 나그네의 운명이 필연적이라는 점에서 예외를 인정할 수가 없다. 여로를 터벅이다 보면 행복에 넘치는 시간도 있을 수 있고, 또는 고해(苦海)의 바다를 헤엄하면서 눈물겨운 날들을 회한의 이름으로 대신하는 때도 있게된다. 어떤 운명이든 행복과 불행의 무늬가 교차하면서 혹은 부유하거나 가난하거나의 문제를 넘어 나그네의 발길에서 부평초의 운명 — 삶의 본질로 대신하게 된다. 마치 커다란 의미의 城이 있는 것처럼 생각하는 사람에겐 절망의 이름이 따라 붙는다면 체념의 길을 운명으로 받아들인 사람에겐 세상이 내 집이라는 낙관의 거주자가 될 수 있다. '뜬구름 인생으로 흘러가리라'의 박주오는 우주라는 커다란 집에 주인으로 생각하는 발상에서 그의 삶은 달관의 이름에 어울리고 있지만 그 마지막 발성은 허무라는 옷을 입게된다. 허무는 인간이 마지막으로 입어야하는 가장 헐렁한 의복이다.

공수래 공수거인
인간은 자연 속에
잠시 쉬어가는 나그네일 뿐

— <인간은>에서

공수래 공수거의 정의는 새삼스러운 일은 아니다. 다만 이를 확실하게 알아차리는 것은 달관의 깊이를 방문한 인생이라면 — 이 단순한 이치를 터득한다는 것은 삶의 원숙한 경지를 방문한 사람의 입에서 나오는 어휘이기에 산다는 일은 경험의 높이를 귀중하게 생각하는 것과 일치된다. '인간은 자연 속에 / 잠시 쉬어가는 나그네일 뿐'이라는 단언적인 시어는 곧 박주오가

삶의 깊이를 체득한 발성이기에 평범하지만 폐부를 자극하는 힘을 갖게 된
다. 그렇다면 나그네와 허무는 서로 疏遠한 관계가 아니라 떨어질 수 없는
앞뒤라는 생각으로 바꾸면 삶의 이치는 훨씬 의미심장한 길을 확보하게 된
다. 물론 그 본질이라는 이름은 허무이외에 건질 것이 없는 — 빈 낚싯대라
는 행위의 반복 그런 이름은 다음 장면으로 옮긴다.

3

　허무란 삶의 귀결에서 나오는 슬픈 정리일 것이다. 왜냐하면 삶이란 허무
요 또 그런 범주에서 일호의 차착도 용납하지 않는 종점의 용어이기 때문이
다. 이리하여 인간이 살아가는 일에 대해 모든 성인들은 허무 혹은 무상이
라는 말로 대신 했고 凡人들을 그 말의 진의를 파악하기 위해 삶의 길을 걸
어볼 뿐이다.

　　　노을빛 사랑마저
　　　저무는 들녘에 휘파람 소리로
　　　멀어져 가고
　　　꿈은
　　　긴 그림자에 뒤채이며
　　　바람에 무너지네

　　　세월의 末尾에
　　　연(鳶)처럼 걸려있는
　　　나의 설움

　　　　　　　　　　　　　　　— <가을>에서

　가을 이미지는 조락(凋落)에 물든 이별이 떠오르고 시들어버린 꿈들의 잔
해가 가슴을 적시는 이름을 남기면서 삶의 허무를 재촉하게 된다. 박주오도
가을의 시편에서 고단한 일생의 파노라마를 회고의 관념으로 유추하고 있

다. 이런 정서는 자칫 나른한 넋두리에 빠질 염려가 다분하지만 절제의 지성을 동원하면서 꿈이 사라지는 안타까움을 이별의 이름으로 묶어놓고 있다. '저무는 들녘'과 '멀어져 가고'의 정서 그리고 '긴 그림자'의 허전함 등이 얽어지면서 '세월의 말미'에서 무너지는 '나의 설움'이 슬프게 걸려있는 '연처럼'에서 하늘을 나는 연(鳶)과 시인의 처지가 오버랩 되면서 슬픔을 자아내는 이름을 남기게 된다. 이런 처연한 슬픔의 풍경화는 인간의 본질이자 살아가는 일이 최종점이라는 이유에서 나의 설움은 박시인만의 경우가 아니라 인간 모두에 해당되는 점으로 공감의 영역을 넓히고 있다. 그렇다면 허무의 종점을 알면서도 인간은 숨가쁘게 어딘가의 길을 재촉하는 이유는 뭘까?

돌개바람에
휩싸여 돌아간다.
먼 무덤을 향한 몸
숨이 가쁘다.

— <晩秋>에서

길이 없는 길에서 길을 묻는 사람의 길은 언제나 막힌 곳에서조차 막힌 것을 모르고 헤아림의 방랑을 계속하게 된다. 그러나 살아가는 일정한 길이 없음에도 길을 만들려는 노력은 헛된 徒勞가 아니라 인간의 운명을 개척하는 수단이라는 점에서 여타 동물과는 다른 태도를 보이게 된다. 온다는 말보다 간다는 말이 더욱 많은 빈도로 쓰이고 가야할 곳도 없지만 정작 걸음을 재촉하는 일이 다반사인 세상의 벌판에서 '숨이 가쁘다'라는 이유는 '먼 무덤을 향한 몸'일지라도 맹목의 길을 재촉하는 일이 숙명으로 선택된 이름이다. 박시인은 이처럼 터득된 삶을 잇기 위해 꾸미거나 우회하는 길이 아니라 직선으로 가는 길을 선택한 솔직함을 눈여기게 하는 절망의 허무가 인상적이다.

4

고향이란 원초적인 인간의 정서가 깃든 곳이고 정서의 마지막 의지처라는 점에서 어머니의 이름에 닿고, 또 떠나면 다시 돌아가기를 염원하는 정 깊은 공간이다. 아마도 가장 친근미로 점철된 이름이고 首邱初心의 발심이 머무는 점에서 동물조차도 고향에는 고개를 숙이는 곳이다.

고향은 그리움이고 친근한 이름을 낳기 때문에 부드럽고 끈질긴 이미지를 연장하기 위해 가슴 깊은 바닥에서 숨쉬는 구체적인 이름으로 남는 기억이 풍부한 공간이다. 이곳을 찾기 위해 인간은 먼길을 멀다고 느끼지 않으면서 애탐을 키우는 곳이다. 박주오의 고향은 명확하지는 않지만 많은 이름들이 시의 도처에 출몰하고 있다.

> 아지랑이 춤추는 봄이면
> 산새 소리 정겨웁고
> 다람쥐 꼬리 세워 달리는 뒷동산
> 곱게 핀 진달래 꽃잎 따다
> 술 빚어 놓고
> 다정한 친구들과 情談 나누던
> 고향으로 돌아 가리라
>
> — <돌아 가리라>에서

귀향의 노래는 추억의 명사들이 앞다투어 다가오고 자연의 소리조차 타관의 소리와 다름이 없을지라도 가슴을 적시는 요소들이 넘치게 된다. 이런 인자들이 모여있는 고향의 정감은 따뜻하고 아늑하고 또 포근한 감수성을 자극하게 된다. 박주오의 고향은 ' 산새'와 '다람쥐' 그리고 '뒷동산'의 추억들이 교차하면서 '술 빚어'의 행위가 정신의 흐름을 이루면서 다정한 친구들과 어울리는 정감이 애정의 이름으로 나타난다. 고향의 정서는 항상 의지하고 또 안주하고 싶은 여유를 전달하면서 끝없이 붙잡는 애정의 손길을 보내기 때문에 거리를 단축하면서 마음속에서 작용하는 이미지를 생성하는 특질을 갖는다. 박주오의 고향은 이처럼 정감을 남기는 안주처로 전설의 인식을 심고 있다.

> 종달새 높이 울고
> 누렁 밀이삭 물결치던
> 내 어린 시절 환상의 들녘
> 지금도 눈 감으면 다가 오나니
>
> — <고향의 봄향기>에서

　박주오의 고향은 무겁지 않고 그렇다고 경박스럽게 팔랑이는 개념도 아닌, 따스하고 훈훈한 추억을 일렁이게 하는 점에서 밝고 환하다. 이는 그의 정서에 남겨진 고향의 각인(刻印)이 안온함을 주는 이미지들로 채워져 있다는 것과 같다. 종달새의 청각적인 소리와 밀이삭의 시각적인 결합은 어린시절의 환상을 자극하고 이런 인상들이 「지금도」라는 시간을 뛰어넘은 현실에서도 과거로 돌아가는 즐거움을 나눌 수 있는 구체성으로 인상을 돋구기 때문이다. <고향초 푸른 향기>나 신라의 지명 그리고 그 주변의 구룡포 등이 등장하는 걸로 보면 박주오의 고향은 신라의 땅 — 경주 쪽으로 인식을 남기고 있다. <신라의 숨결> 그리고 <고향의 봄향기>, <향수>, <내고향 옛터>, <마음은 언제나 고향>, <불국사 초승달> 등은 앞의 유추를 확인하는 시들이다.

> 불국사 인경소리에
> 형산강은 목매어 흐르고
> 초목들 잠 못 이루는 밤
> 황룡사의 목탁소리
> 반월성 옛춤을 키운다
>
> — <新羅의 숨결>에서

불국사라는 이름에 따라붙는 정서는 목매어 흐르는 역사의 아픔과 잠못 이루는 시인의 슬픔 그리고 목탁소리에 옛꿈의 아픔들이 시인의 정서를 자극한다. 아울러 현실의 슬픔이 어려있는 비유를 느끼게 한다. 이런 주변을 배경으로 펼쳐지는 분위기는 '버들피리 소리 정겨웁던 / 고향 길 봄 언덕 / 어느 草童의 구성진 가락인가 / 꽃 향기에 부푼 가슴 설레이게 하네'<鄕愁>를 노래하는 시인의 마음이 추억에 취해서 애절함으로 비틀거리지만, 회상의 길을 넓히는 정서가 박주오의 나이에서 오는 서글픔만은 아닌 것 같다. 고향은 언제나 오솔길을 걸어가는 길—그 길에는 새소리와 햇살 반짝이는 풀잎들의 찬란한 어우러짐이 향연을 이루면서 현란한 풍경화를 대면하는 친근미가 아름답기 때문이다.

5

시는 마음이 빚어놓은 그림이라면 거기엔 찬란한 유채색과 무채색의 혼합에서 깊은 인상을 만들게 된다. 시가 언어로 제조되는 精神圖인 이유가 비단 아름다움만을 위한 것이 아니라 독자에게 깊은 인상으로 교훈을 각인하는 수단이 감동으로 이어진다. 이를 위해 박주오의 시는 포근하고 따스한 언어의 질감을 이용하면서 의식의 풍경화를 그리는 담백한 화가이면서 노래하는 방랑의 시인이지만 귀향을 염원하는 또다른 손짓이 남고 있는 것도 사실이다. *

고독을 별에 심으려는 슬픔
― 조유금의 시

1. 프롤로그 ― 시의 창작 문법

시는 정신의 응축을 통해 인간사를 보여주는 예술이다. 이런 발상은 순수한 것 그리고 깨끗한 것을 추구하는 시인의 정신적인 에센스를 언어로 포착하여 일정한 의식의 건축물을 만들 수 있다는 점에서 창조라는 의미를 부여한다.

물론 시인마다 다른 의식의 구조물을 갖고 살아가는 견해의 차이는 누구에게나 있기 마련이지만 독특한 자기만의 성을 구축한다는 것은 시인이 살아가는 삶의 양태와 유사 내지 동일성을 구현하고자 한다. 다시 말해서 이육사는 이육사만의 정신을 그리고 김소월은 김소월만의 삶을 나타내는 정신의 모두라는 점에서 독특한 의식의 표출이 될 수 있다. 이런 단서는 시의 표현미와 시인의 성품이 하나로 융합하는 점을 시사한다.

시인의 개성은 시의 개성으로 이어지기 때문에 시와 시인의 상관은 항상 동일성을 구현하는 표현에 집착하게 된다. 이는 곧 시를 나타내는 창조의 일정한 문법을 형성하면서 삶을 총체적으로 나타내는 기교에서 미적 감수성을 독자에 건네주게 된다.

조유금의 시는 앞에서 언급한 사람과 시가 하나로 통합된 미감을 연출하는 그만의 개성을 점검하게 된다.

> 내 슬픔의 시작은
> 부락산 기슭 가을빛으로 젖어 내린다
> 젊음을 앗아가는 소리, 소리
> 다시

돌아 올 수 없는
푸르던 날의 약속을 추억하며
잊지 못하던 그대
계절을 따라
보내고 돌아 선 세월처럼
기억조차도 가진 적 없는 고엽이 되어
쌓이고 쌓인 그리움의 발자욱 소리 멀어질 때
찬란한 허상 속으로
모닥불 붉게 타들어 간다

— <슬픔이 타는 축제>

　연소(燃燒)의 미학은 아름답다. 왜냐하면 타 들어가는 순간에 모든 것은 소멸하지만 소멸에서 남기는 잔상(殘像)은 아름다움을 전달하는 애달픔과 슬픔이 교차하기 때문이다. 시인은 이런 상상을 촉발하면서 슬픔과 불이 타는 감수성을 교차하는 이미지로 시상을 전개하고 있다. '내 슬픔'의 진원이 부락산 기슭에 흘러내리는 '가을 빛'과 잊지 못하는 '그대'라는 미지의 대상에 대한 열망이 결국 허무로 돌아가는 '고엽'과 같은 운명을 감지하면서 — 그리움과 애달픔이 '모닥불보다 붉게 타 들어간다'의 결미로 처리된다. 시의 분위기는 가을의 쓸쓸한 무드와 부재(不在)한 그대에 대한 감성이 처연함으로 다가들기 때문에 붉은 이미지에서 느끼는 슬픔의 농도는 더욱 깊은 아픔을 전달하는 색채 감각에 있다. 이로 보면 조유금의 시에는 그의 인생을 투시하는 정감의 바닥에 슬픔과 쓸쓸한 분위기로 채색된 이미지들이 교차하면서 이를 극복하려는 의지의 흔적들이 전개된다. 다시 말해서 '찬란한 허상'과 가을의 색감에서 전달되는 붉은 기미의 색깔이 슬픔의 요소를 낳기 때문에 시인의 정서는 감염된 슬픔의 감성으로 시의 전체를 인상 지우게 된다는 점이다. 물론 이런 정서가 독자의 감성을 자극할 수 있을 것인가는 전적으로 시인의 재능에 귀속될 것이다.

2. 잃어버린 것들 찾기 — 실명의 도시에서

인간이 살아간다는 것은 어둠을 헤매는 미로 찾기일 것이고 또는 헤매는 일상을 수반하면서 너훌거리는 허무의 심연에서 벗어 나오지 못하는 존재일 것이다. 이런 일상을 허무하고 허무하도다라는 말로 대신한 예수나, 흐르는 물살에서 허무의 탄식을 읊었던 공자의 삶 또한 범인들의 삶과 다름이 없는 소회의 일단이었다. 세상을 살아가노라면 슬픔의 바다는 넓고 아득하기 때문에 가파른 높이에서 인간의 힘으로는 힘겨운 도전에 원망의 뜻을 하늘에 날릴 수밖에 달리 방도가 없다.

> 내 인생에서 가장 두려운 것은 무엇이었을까
> 겨울에서 봄으로 혹은, 낮과 밤
> 은둔과 고뇌의 혼란 속에서 우울로 가는 막차를 탄다
> 그때마다, 금식을 하며 문을 닫아걸었던
> 그 많은 자신과의 싸움들
> 승리도 패배도 없는 홀로된 시간
> 자신을 내 맡길 때마다 견딜 수 없는 날들은
> 어떤 결과도 기대하지 않는다면서도
> 스스로 안주하는 시간의 흐름만 이어지고 있있다
>
> — <실명의 도시.1>

세상은 홀로 가는 길이고 이 길은 언제나 누구와 함께 걸어가기를 소망하지만 결국 고독을 입고 가는 길은 넓고 아득하기 끝이 없다. '우울로 가는 막차'의 이미지가 주는 암시는 구체적인 해석을 가할 단서도 없지만, 시인이 살고 있는 공간에 엄습한 어둠의 그림자를 느낄 수는 있다. 이는 자신과의 싸움이 치열했던 전장(戰場)의 잔해를 접하는 것 같은 상징의 그림자가 길다고 느끼기 때문이다.'영혼을 갉아먹으며 얼마나 더 비참해질 수 있는가를 / 나는 증명하고 싶지 않았다. 그 후로도 오랫동안.'이라는 고백에서 조유

금이 살아가는 현실의 아픔이 투명하게 밝혀 있다는 점이다. 이런 무드는 그의 시 모두에 들어 있는 감성이고 표현의 전부로 생각된다.

인간은 고통 속에서 성장한다고 한다. 이런 결론은 자신으로 돌아오는 해답이면서 스스로 풀어야 하는 문제요 답안일지라도 그 답안은 미지로 향하는 기도와 같을 것이다.

> 먼길을 돌아서 흘러온 물줄기가
> 목발을 짚고
> 은초록 빛을 흔든다
> …… 중략 ……
> 머언 대지
> 가까운 하늘
> 소리치는 강 저편
> 낯익은 물새를 부른다
>
> ― <소리치는 강 저편>에서

'저편'이라는 미지의 공간은 인간이 염원하는 소망의 공간일지도 모른다. 이 소망의 땅에 이르기 위해서는 '먼 길'이 가로누워 있고 또 '목발을 짚고' 터벅이는 인종(忍從)의 시간을 넘어가야 한다. 고달픈 인간의 길에서 바라보는 먼 세계는 따스한 사랑의 이름이 있으리라는 공간 ― 물새는 이 공간으로 옮겨주기를 바라는 구체적인 매개체라는 점에서 시인의 소망을 담은 대상으로 보인다. '소리치는 강 저편'의 거리(距離)를 단축하기 위해 걸음을 옮기는 길이 시인이 살아가는 일상 ― 고독의 일상이고 생애의 표정이다.

인간은 고독이라는 의복을 입었기 때문에 자기를 알게 되고 자기를 알게 되면 따스하게 체온을 나누는 진실한 인간의 체온을 염원하는 마음으로 돌아가기를 바란다면, 조유금은 들판에서 비바람을 이겨내면서 자기의 땅을 지키는 전사의 모습 같다는 인상이 그의 시에서 다가오는 느낌이다.

3. 어둠에서 빛으로 — 별과 그리움

인간의 의식은 변하는 속성을 갖고 있고 때로는 지속적인 신념을 유지하기 위해 의지를 공고하게 하는 특성을 갖고 있다. 다시 말해서 자기 신념의 의지를 내세우는가 하면 때로 두 개의 가치를 혼재하는 경우도 있다. 이런 일은 어둠이 불합리라 가정하고 빛을 합리 혹은 인간 가치의 옳은 면이라 상정하면 대부분의 인간 가치는 어둠에서 빛으로 지향하려는 특징을 나타낸다. 이런 도덕적인 가치는 진리라는 이름으로 포장되어 존귀한 이념으로 인간을 구속하게 된다.

> 그대의 삶 깊이로
> 고통의 본질을 알고
> 이겨내므로
> 연륜을 더함에 따라
> 더 큰 나무 그늘을 만들 듯
> 아직도 사랑할 수 있는 당신은
> 선한 발걸음마다
> 은유의 빛으로
> 가득
> 새 날과 기대가
> 눈부시게 출렁거립니다
>
> — <순결의 새벽빛으로>에서

'삶의 깊이'에서 맛보는 고통과 어둠의 상징은 시인에게 경험으로 축적된 삶의 흔적이면서 괴로운 날들의 또다른 이름이라는 점이다. 이런 고통에 침몰되거나 아니면 좌절의 함정에서 헤어 나오지 못할 때 인간의 비극이 함께 하지만, 시인은 이런 체험의 언저리를 벗어나는 일이 누구의 도움도 아닌 오직 스스로의 터득된 힘에 의해 '사랑할 수 있는' 에너지를 발견하고 또 '새날과 기대'라는 빛으로의 길을 찾아 나서는 절차를 갖는다. 다시 말해서 어둠 혹은 배반과 고통의 은유에서 희망과 빛을 찾아가는 정신 문법이 조유금의 시적 형태이면서 두드러진 특징을 함유한다. 이런 형태의 시는 <서릿발>이나 <고독의 강> 또는 <겨울나무> 등이 어둠에서 빛으로 찾아가는 유동의 형태를 나타낸다.

> 얼어붙은 날들이
> 서서히 강물이 되어
> 흘러 움직이고
> 그 맑은 햇살이
> 온 누리에 빛살 칠 때를 기다려
> 삶의 바다로 가 본다
>
> ― <고독의 강>에서

<고독의 강>은 어둠이 빛으로 이동하는 특성을 만날 수 있는 작품이다. '얼어붙은 날들'이라는 이미지가 고통과 아픔을 수반하는 느낌이라면 강물이 되어 서서히 움직임으로써 봄의 이미지를 부추기고, 이런 움직임은 '맑은 햇살'의 따스함을 동반하는 생각이 온 세상에 빛으로 빛날 때, 시인은 삶의 바다로 가보고 싶다는 소망을 나타내는 의도에서 ― 결국 고통과 아픔을 벗어나려는 생각을 <겨울 나무>나 <제1의 벽1.2.3.>이나 <실명의 도시> 등의 상황을 현재로 나타내고 있기 때문이다. 조유금의 시는 정지 상태에서 이동 즉 유동함으로써 새로운 영지를 찾아 나서는 적극성이 곧 삶의 방편이면서 그의 인간성을 발견하는 또다른 측면이 될 것 같다. 시는 항상 시인 자신의 생각을 상징과 비유라는 도구를 이용하여 이미지화하는 데서 고백적인 소망을 담는 그릇이기 때문이다.

조유금의 정신에는 하늘의 별로 향하는 소망이 있고 또 그리움을 나타내는 막연한 공간이 설정되었다. 이는 쉽게 그리고 빨리 드러내지 않는 자태라는 점에서 상징의 두께를 가지고 있지만 고독한 현실에서 또다른 소망의 대화라는 의미도 되는 것 같다.

> 싸리꽃
> 풀썩이는 향기 산허리 흔들며
> 핏기 잃은 가슴 하얗게 적시는 봄날이면
> 받는 이도 없는 편지를 쓴다
> 퍼내고 퍼내어도
> 줄지 않는 우물속
> 그리움의 두레박을 건져 올리며
> 젖은 눈썹을 세척하고 있다
>
> — <이별의 미학>에서

그리움이란 시어는 어느 시인에게나 따라 다니는 추상어이지만 그 갈래는 다기한 모습으로 나타난다. 이는 인간을 사랑하는 미학이면서 위안을 받고 싶어하는 사랑의 공간 혹은 도달하고 싶어하는 유토피아라는 인식을 남기면서 길을 떠나는 어감이다.

조유금은 갈증에 살고 있다. 이는 그리움이라는 시어를 동원하여 '퍼내도 퍼내어도' 줄어들지 않는 — 이런 갈증을 갖고 있기 때문에 — 이를 해소하는 방편으로 또다른 그리움의 이름을 허공에 띄우면서 먼길을 추적거릴 수 있는 인자를 소유하게 된다. 퍼 올리고 또 퍼 올리는 두레박의 염원은 쉬이 달성될 것이 아닌 아득함에서 시인의 그리움은 시를 잉태하는 또다른 이름과 같다.

4. 존재의 고독 혹은 길 찾기

허무라는 그림자는 때로 허방을 만들어 집어삼키는가 하면 무한의 공간을 제공하면서 인간이 들어오기를 바라는 모양으로 조용한 모습을 남긴다. 그러나 인간은 결코 그곳을 방문하려는 기색은 같지 않더라도 어느 날엔가는 무시로 문을 두드리고 찾아가는 방문객이 될 수밖에 없다.

인간은 생명이 있는 한 허무라는 그림자를 벗어나지 못하는 운명적인 존재라는 점에서 예외가 아니기 때문이다. 존재한 자만이 길을 만들고 또 살아 있는 사람의 표정이 그려질 때 허무의 그림자는 항상 인간을 삼키게 된다는 점이다.

길은 많은 발자국과 끊임없는 연속성이 이어질 때라야 길의 의미는 시작된다. 물론 길은 미답(未踏)에서 새로운 의미를 만든다는 점에서 현재와 미래를 연결하는 존재의 이름으로 대신하게 된다. 조유금의 시에는 살아가면서 겪는 아픔이 그리움으로 용해되고 또 벽 앞에 헤어 나오지 못하는 운명적인 고뇌를 비유의 숲으로 채우고 있다. 그 형편은 고독하고 난파된 아픔을 시화하고 있는 그림처럼 보인다. '그 자리에 / 목발도 휠체어도 없이 / 침묵만으로도 자신을 지탱하는 일입니다'<제1의 벽>와 같이 불구적인 존재의 그림자가 따라붙는데서 통곡하는 연상을 남기는 것도 이런 현상을 뜻한다.

한 점
노을 속으로
혀끝을 적시는 초장처럼
얼큰하게 바다로 간 사람들
찢겨진 살점
몰골을 드러내며
갯벌에 누운 신발짝 하나
썰물에도 미쳐 떠나지 못한 채
굴껍데기만
소금꽃을 피우고 있다

— <그대 노을 속으로.1>에서

노을이라는 서글픈 배경을 놓고 존재의 허무가 자리잡는 풍경을 눈 여기게 된다. 치열하게 살면서 존재를 이끌었던 농부의 구두로 삶의 진한 감동을 고호의 「농부의 구두」로 표현했다면 이는 존재의 결과에서 얻어진 아픔의 흔적이었고 삶에 결말로 나타난 초라한 형상이었다. 조유금도 이런 현상을 신발짝 하나의 형태에서 슬픔의 진원을 클로즈업하고 있다.

썰물과 더불어 함께 떠나지 못한—그러니 지각한 혹은 능력이 미치지 못한 인간의 형편을 신발짝 하나의 모습에서 진한 감동을 잉태한다. 인간은 그가 뛰어난 업적을 누렸건 아니면 평범하게 살았건을 막론하고 궁극적으로는 홀로의 존재를 견지하는 버려진 신발짝 한 짝의 운명과 다름이 없다고 느낄 때 숙연해질 수밖에 없을 것이다.

이런 발상은 또다른 목소리로 전달된다

> 내 고향의
> 바다
> 주인 잃은 목선만
> 모래톱에 주저앉아
> 먼데를 본다.
>
> —〈먼바다로 가서〉에서

앞에서 언급한 신발 한 짝의 운명적인 모습과 주저앉은 목선—아마도 버림받은 운명의 목선이 아닐까라는 유추가 가능해진다. 더구나 '치매증으로 쓰러져 버린'이라는 상황을 대입할 때, 고향의 상실과 함께 모래톱에 주저앉아 있는 처연한 모습의 목선은 곧 시인 자신과 동가(同價)를 이루는 정신적인 느낌을 함께 한다. 〈먼바다로 가서〉에서의 쓸쓸함과 〈빙원의 낚시〉에서의 고독한 자화상, 그리고 〈설원에 서서〉의 새(鳥)로 형상화된 모습은 시인의 삶에서 나오는 고독과 아픔이 교차하는 느낌을 접하게 된다는 뜻이다.

조유금의 시에는 자유를 향한 바램이 있지만 이를 어떻게 실현할 것인가의 여부를 가늠할 수는 없다. 이는 현실에 묶이운 프로메테우스의 고통을 벗어나는 방편으로의 자유 추구라는 편이 옳을 것 같은 인상이다.

> 창살 넘어
> 사선으로 출렁이는 신음소리만
> 긴 통로를 흔들며
> 탈출을 꿈꾸는 것일까
> 허둥대는 하늘 속으로
> 자유롭게 날아가는
> 작은 새

— <제7 병동>에서

시 제목에 병동이라는 관념과 여기서 얽혀 있는 고통을 벗어나는 방도가 탈출을 꿈꾸는 방편으로 '하늘 속으로 / 자유롭게 날아가는 / 작은 새'로 압축된다. 붙잡고 있는 악착한 현상을 벗어나기 위해 작은 새로 변하여 자유를 얻고자 하는 소망을 읽게 된다. '섬 사이를 오가며 / 먼 빛으로도 / 영혼을 적시는 바람이고 싶다'<물너울>과 같이 자유의 염원은 마음속에서 강한 발동을 일으키지만 정작 「싶다」의 원망(願望)이라는 점에서 떠날 수 없는 이유 — 다만 시인의 내면에 간직된 현실 탈출의 의미일 수밖에 없다는 점에서 한계를 갖는다. 이는 조유금의 일상에서 안타까운 일들과 얽혀 있는 현실을 암시하는 것 같다. 왜냐하면 시는 시인의 정신 상태를 미적으로 고백하는 상징의 방편이기 때문이다.

5. 에필로그

조유금의 시는 현실에서 받아들인 체험을 육화하여 시적인 무드로 전환하는 감성이 매우 민감하고 정적(靜的)인 느낌을 생성한다. 더불어 절망과 아픔을 포장하는 의식이 감각적인 묘미를 갖고 있어 때로 나이브하지만 강인함을 감추고 있는 것 같으나 실제로는 섬세하고 따스함을 갈구하는 인상

을 남긴다. 별을 향하는 호소와 그리움은 그런 의식을 반영하는 시어들이기 때문이다

존재를 인식하는 발상이 처연하고 허무적이지만 이를 극복하기 위해 고독의 함정에서 스스로 침잠(沈潛)하는 느낌도 준다.

자유의 표상을 앞세우는 새의 이미지에서 오늘을 넘어 미래로 길을 찾아가는 소망의 시인이라는 점에서 조유금의 시는 아름답게 다가온다. *

천의무봉과 시적 에스프리
― 홍원기의 시

1. 프롤로그 ― 깊이와 넓이

　시는 인간의 경험을 바탕으로 정확하고 치밀한 시어를 운용하면서 함축된 사상을 의미로 창조할 때, 시의 생동감은 독자의 정서를 자극하는 힘을 얻게 될 것이다. 이런 전제를 위해서는 삶의 눈이 밝고 지혜로워야 하고 사고의 확충이 보다 긴밀한 상관을 갖추고 있어야 한다. 시는 의식의 그림을 그려 나가는 점과 다름이 없고 또 이런 바탕 위에서 인간의 생각을 깊이와 넓이로 채우는 풍경화일 수밖에 없다. 화려한 그림이 가치를 갖는 경우도 있고 또 담백하고 조촐한 표현미를 가진 작품에서 미감을 느낄 수도 있다. 이런 개별 가치의 문제는 항상 시인의 표현에서 독자를 감동시키는 어떤 힘을 가질 때, 비로소 시의 상징력은 위력을 발휘하게 될 것이다. 물론 시의 힘은 일정한 형태로 나타나는 것은 아니다. 다만 시인의 개성에 따라 호소력과 친화력을 갖고 개성화 한다는 점에서 모든 의미는 시인 자신으로 귀착하게 된다. 다시 말해서 한 편의 시는 시인의 사고와 경험이 복합된 총체적 의식의 집약으로 표현된다는 점이다.

　어떤 형태로 시인의 마음을 나타내든 궁극적으로는 시인의 마음을 그려 내는 자화상을 대면하는 일에 국한하게 된다. 다만 시의 특성인 이미지와 비유 혹은 상징의 의복을 벗겨 내면 화려한 나상을 만나는 ― 상상의 나라를 찾아가는 것과 상통된다는 일이 시 읽기의 즐거움일 것이다.

　홍원기의 시는 변화를 시도하고 있다. 이는 첫 번째 시집에서 느꼈던 가족적인 이미지나 고향 등의 정서가 줄어든 대신 ― 이는 자신의 고백적인 형태에서 보다 넓이로 향하는 시적 변화의 일단으로 보인다. 시 쓰기의 최초 단계는 자기 고백에서 점차 명상적이고 철학적인 깊이를 천착하는 수순을 밟을 뿐만 아니라 객관의 광장으로 나가는 속성을 갖고 있다. 이런 준거에서 볼 때, 홍원기의 시적 변화는 주변사의 소재에서 점차 삶의 본질 혹은 근본을 찾아가는 길 찾기에 열중하는 인상을 주는 것도 그런 변화의 증거일 것이다. 이는 원숙함으로 들어가는 시의 입구를 발견했다는 표현이면서 그런 일이 곧 한국 시의 층을 두텁게 하는 일과 다름이 없는 비유가 될 것 같다.

시인은 변화를 두려워해서는 안된다. 이는 시의 영역을 확충하는 방도이면서 자기 존재를 확대하는 소식일 수 있기 때문이다. 이제 홍원기의 시는 형이상학으로 길을 내는 한 편 어려운 대상을 평이한 비유로 감싸는 상징의 넓이에서 달관된 조짐을 보이고 있다. 이는 홍원기의 시에서 들려 오는 소리이면서 때로는 향기와 같은 그윽함의 맛을 내포하는 변화의 얼굴일 것이다.

2. 산과 삶의 비유

자연과 시의 상관은 언제나 비유로 맺어지면서 일상사와 결부할 때, 긍정의 요소를 나타내야 한다. 다시 말해서 시는 인간의 일을 나타내기 위해 자연현상을 객관적 대상으로 육화하여 인간을 결합하는 절차로 수용된다. 이런 자연은 있는 그대로의 자연이 아니라 다시 태어나는 자연으로써 시인과 분리되는 것이 아니라 하나로 통합되는 의미를 갖게 된다. 인간은 자연과 분리에서는 비극을 잉태하지만 자연과 합일되는 점에서 시의 진로는 인간의 생명적인 현상으로 전환하게 된다.

홍원기의 두 번째 시집에서는 산이라는 묵중한 의미가 삶의 요소들과 상징을 교감하는 특성이 눈에 뜨인다. 인생의 배움터이자 생명의 시작과 끝을 나타내는 장소일지라도 소멸하는 공간이 아니라 다시 시작되는 윤회의 공간을 뜻하고 있다는 점이다.

올라야 할 산이 있다
산을 오르면
산으로 채워지는 산이 있다
스스로 높이를 정하고
오르려는 자에겐
한없이 너그러운 산이 있다
오를수록 맑아지며
세상 모두를 맞아들이는 산,
영원을 꿈꾸면 두려움을 주고
두려워하는 자에겐
한없이 무서운 산이 있다
그 산이 사람에게 힘을 준다
그 산에선 승자가 없다
패자도 없다 오르는 과정이 아름다울 뿐
정상도 없다.

— <산.3>

산이라는 공간을 삶의 비유로 바꾸면 <산.3>은 곧 삶의 원리를 가르치는 교훈의 공간이 된다. "올라야 할 산이 있다"를 살아야 할 인간이 숙명이 있다라는 말로 환치(換置)하면 산은 곧 인간이 좌표로 설정하고 살아가는 대상화의 공간으로 이해된다.

스스로를 알고 겸손으로 살아가는 혹은 성실하게 목표를 정하고 꾸준히 욕심없이 살아가는 사람에게 산의 높이는 높이가 아니라 다만 존재의 한 좌표이지만, 욕심과 욕망에 포로가 되어 높이만을 고집하는 사람은 조난의 운명을 불러들이는 비극의 공간이 될 수 있다는 뜻 ― '너그러운 산'은 선량한 사람에게 베풀어주는 호감이라면 '영원을 꿈꾸면'의 욕망에 휘감겨 있는 사람에게는 '한없이 무서운 산'으로 돌아선다는 해석이다.

물론 산은 누구에게나 똑같은 그리고 변함없는 모습으로 존재하지만 이를 받아들이는 인간에 따라 결과는 판이한 양상으로 차별화 된다는 이치 —
여기서 시인은 삶과 산을 비유로 설정한 교훈이 의미를 생산하고 있다. 또
한 산에서는 승자가 없다 하더라도 패자는 있기 마련이다. 겸손에서는 너그
럽지만 야망의 포로에게는 무서운 재앙을 전달해 주기 때문이다. '오르는
과정이 아름다울 뿐'이라는 시인의 결론은 곧 살아가는 이치를 평범 속에서
건져 올리는 달관의 모습과 같은 생각을 산에 의탁한 점이다.

> 강한 사람도 산에서는 약해진다
> 약한 사람도 산에서는 강해진다
> 강한 사람과 약한 사람이 만나는 자리
> 바로 그 자리에 정상이 있고
> 인생이 있다
>
> — <산.1>

　　매우 평범한 소품의 시이다. 그러나 평범 속에 간직된 의미는 쉽게 인간
을 위해 다가오지 않는 말이다. 왜냐하면 행동해야 하는 일은 생각하는 것
과 일정한 거리를 두고 있기 때문이다. 오만한 자는 산에서 패배하게 되고
겸손한 자에게는 위대한 교훈을 얻을 수 있는 삶 — 살아가면서 정답을 마
련하는 것이라는 점이다. 물론 얻는 것과 잃는 것은 인간 스스로의 내부에
서 나오는 문제이지 산 자체가 주는 것은 아니다. 아울러 정상을 향해 오르
는 도정(道程)에서 의미가 있을 뿐이지 정상이 목적의 모두가 되는 것은 아
니기 때문이다.
　　여기서 인생의 암시와 산의 문제는 분리되는 것이 아닌 하나의 의미 속에
서 인간의 문제로 귀속된다. 홍원기는 이런 발상으로 자연과 인간을 하나의
문제로 바라보는 관점에서 동양적인 사상을 축조하는 인상을 준다.
　　산을 높이로만 바라보는 것은 속된 의미일 것이다. 산은 높이가 아니라
다만 인간이 높이로 생각하는 관념의 유희에 불과하기 때문이다. 산에서는

모든 것이 용해되고 또 모든 것이 살고 있는 공간이면서도 거부의 몸짓이
없는 공평의 장소이지만, 인간의 관념에서는 여러 의미로 나누는 습관이 있
을 뿐이다. 다만 산은 산으로 있을지라도 산을 바라보는 인간의 눈은 항상
왜곡의 상을 만들기 때문에 비극적인 이름을 만들게 된다. 그러나 홍원기의
시에서는 이런 관념의 왜곡 현상을 만들지 않는 그만의 투시가 있다.

> 조용히 들어보라
> 몸과 몸을 털어 버리고
> 사람을 맞이하는 노래
> 비바람을 재워 주고
> 넓고 넓은 고요를 베풀어주는 노래
> 긴 그림자로 세상을 어루만지며
> 하늘을 바라보는 두 눈의 노래
> 신비스러운 노래는 다 산 속에 있다
>
> — <산.2>에서

　산과 시인이 육화된 대화가 <산.2>의 의미를 담고 있다. 이는 '조용히 들
어보라'라는 권유에 의해 ― '사람을 맞이하는 노래'가 있고, '비바람을 재워
주고' '고요를 베풀어주는 노래'의 가락이 들려 오는 수로(水路)를 제시하고
있기 때문이다. 더불어 산에서 신비를 깨우치는 원인 ― 시인에게서 마음의
문이 열려 있는 상태이기 때문에 무덤덤하게 서 있는 산이 아니라 온갖 노
래와 말을 들려주는 소리와 의미를 깨우치고 있기 때문이다. 이처럼 산은
시인에게 삶의 지표와 철학이 담겨진 그릇으로의 소용이 있다. 물론 그 원
인은 채워져 있는 것이 아니라 「비어 있음」의 산이라는 점에서 홍원기의 통
찰은 예민한 촉수로 포착된 의미일 것이다.

　비울 줄 아는 것은 채우는 일보다 고귀한 일이다. 이런 자세는 곧 달관의
삶을 말하는 일이고 살아갈 줄 아는 인간의 근엄한 모습을 연상하게 한다.

　이런 연상은 산을 일상적인 대상으로 생각하는 것이 아니라, 산을 안으로

끌어들여 「하나가 된」 자연이기 때문에 홍시인의 시를 깊이로 채우는 또다른 표현미로 생각된다.

3. 물과 산의 상관

산은 흔히 높이라 뜻하고 강은 아래로 흐르는 개념을 옳은 것으로 치부한다. 그러나 홍원기의 시에서는 높이와 깊이라는 개념은 별로 깊은 의미를 갖지 못하는 것 같다. 동등의 암시를 공유하고 있기 때문이다.

> 산은 높은 것이 싫었다
> 높은 건 하늘이면 된다고
> 자신은 늘 낮은 자세로 앉아 있었다
> 어둠이 깊은 밤에는
> 좀 더 낮아지려고 뒤척였다
>
> — <산.5>에서

노자(老子)는 물에서 인간을 깨우치는 말로 표현했다. 가장 착한 것은 아래로 아래로 스스로를 낮추기 때문에 물은 곧 인간의 귀감이 될 수 있고 또 인간의 생에 좌표의 역할을 감당할 수 있게 되었다. 홍시인의 산은 높이로 향하는 자세가 아닌 '늘 낮은 자세'라는 의미를 실천하기 위해, 그리고 그런 확인을 위해 물에서 자신을 찾아보려는 생각을 확인하려 할 때, 개성있는 삶의 토대를 쌓게 된다. 이는 어떻게 살아야 하는가의 문제와 연결이 되는 자세다.

> 애야, 흐르는 물을 보아라
> 저들이 차마 가려는 곳은
> 바다가 아니란다
> 그리운 형제들을 만나
> 살과 살을 나눌 수 있는 잔잔한

가슴속이란다
그래서 애야, 그 부드러운 몸으로
우리의 삶을 적셔 주고 있단다
스스로 순례자가 되어
이 땅의 강을 거느리고 있단다

— <물>에서

물은 산과 다른 본질을 가지고 있다. 산은 높이로 향하는 지향이 있지만 물은 아래로 흐르는 속성뿐만 아니라 산이 정적(靜的)이라면, 물은 활동에서 다이내믹한 특성이 있다. 즉 물은 공간과 공간을 연결해주는 이동성이라면, 산은 항상 정지되었기 때문에 활동성을 갖지 않았다. 아울러 서로를 혼합하여도 거부가 없이 섞이는 '살과 살의 결합'은 물이 갖는 미덕이면서 인간에게는 화해와 사랑을 나누는 공존의 암시가 될 것이다.

거부가 없이 서로를 적셔 주는 속성이야말로 인간이 지향하는 궁극의 목표요 성자가 도달했던 좌표였다. 아울러 미래로 길을 연결해 주는 흐름을 멈추지 않을 때, 생명을 연장시켜 주는 위대한 에너지를 보급하게 된다.

내 스스로를 낮게 하니 마음이 편하네요
그대의 입장에선
내 옳음이 틀릴 수 있다는 걸 알으니
더더욱 편안하네요
산다는 건 이렇게 낮아지며 흐르는 거
흐르며 하나가 되는 거

— <강>

비교적 짧은 형태의 시이지만 낮춤의 미덕을 볼 수 있다. 높이를 향하는 오만의 비참보다는 낮게 처함으로써 편안해지는 이치를 알아차린 시인의 처신은 — 어찌 보면 지나치게 낮아지는 것 같은 이미지가 다가오지만 이는 시인의 상상력에 저장된 인간 성품이라는 생각에서 더욱 친근미를 준다. '흐르며 하나가 되는 거'라는 것처럼 살아가면서 동화(同化)를 꿈꾸는 시인의 마음엔 안분지족의 전통 쪽으로 다가가는 의식을 접하는 것 같은 이유도 들어 있다.

홍원기의 정신 속에는 물과 산을 깊이와 높이로 생각하기보다는 통합된 하나의 공간으로 바라보는 「눈」을 갖고 인간의 삶을 해석하는 의식이 선명하다. 다시 말해서 산에서는 겸손을 설명하고 강에서는 온화한 지혜를 말하는 것 같지만 두 가지는 인간에게 필연적인 덕목이기 때문에 분리할 필요가 없다. 어떻게 살아야 하는가는 인간의 궁극적인 문제이지만 물과 산이라는 대상에서 얻어야 하는 지혜는 누구나 얻어질 수 있는 것은 아니다. 다만 어떻게 수용하여 행동에 옮길 것인 가에서는 높이가 있고 깊이가 있을 뿐이다.

4. 공존 의식과 잡초 의식

인간은 살아가면서 스스로를 합리로 무장하는 유일한 동물이다. 이는 정신을 분석하고 깨달음을 터득할 줄 알기 때문에 미래를 설계하면서 오늘의 땅을 밟을 수 있는 생활이 있다는 뜻이다.

인간이 살아가는데는 개인 가치와 공동 가치가 있다. 공동의 선을 위해 개인의 가치는 흡수되는 면을 당연하게 생각한다. 이런 기준은 인간만의 가치일 뿐만 아니라 옳은 삶을 살아가는 본질로 생각한다. 여기서 나보다는 우리를 우선하고 이러한 공동의 선을 추구하기 위해 제반 장치를 마련한다. 다시 말해서 공동의 선을 위해 개인의 개성은 때로 희생을 당연함으로 생각하게 된다. 이런 형편에서 예술의 토대는 언제나 공동선을 위한 가치를 우선한다.

홍원기의 시는 인간의 체취를 간직하는 「모두 의식」의 이미지로 직조(織造)된다. 다시 말해서 인간의 땅에서 인간의 꿈을 만들려는 시심을 가지고

아름다움을 만드는 발상이다. 이는 고답한 형이상학이 아니라 공존의 의식
을 강조하면서 시의 문을 열어 가는 발상이라는 뜻이다.

>   사람 속에 있다
>   분노와 절망이
>   사랑과 그리움이 사람 속에 있다
>   믿음과 소망이
>   의지와 아우성이 있다
>   우리가 얻으려는 삶이나
>   신비스러운 미래도
>   모두가 사람 속에 있다
>   사람이 물음이고 사람이 답이다
>   사람도 사람 속에 있고
>   사람이 땅이며 사람이 하늘이다.
>
>   — <사람>

　시의 결미는 마치 인내천의 사상을 닮고 있고 또 동양관의 가치를 암시하
고 있다. 또 불교적인 의식이 바탕을 이루고 있지만 인간을 위한 몫에 헌신
하는 생각이 홍시인의 시적 감수성으로 보일 뿐이다.

　절망과 슬픔 그리고 희망과 사랑도 모두 인간에 의해 이루어진다는 발상
이야말로 헌신적인 자세일 것이다. 모든 것은 사람으로부터요 사람을 떠나
서는 어떤 가치도 성립할 수 없기 때문에 인간의 문제에 최대의 진리를 부
여하고 있는 것은 예술의 임무일 것이다. 홍시인의 시는 여기에 중심을 형
성하고 있다.

　현재도 미래도 그리고 사람이 생각하는 모든 가치의 질문과 대답도 인간
「속」을 떠나서는 성립되지 않는다. 이런 생각은 공존의 가치를 앞세우는 것
은 시인의 사상이고 시의 가치를 부여하려는 발상이다. '사람도 사람 속에
있고 / 사람이 땅이며 사람이 하늘이다'라는 생각은 사람으로부터 하늘과

땅 사이에 가치 부여를 시도하는 발상 — 공존의 의미를 발견하게 된다.

　　　조그마한 등불이 하나
　　　생각납니다

　　　길을 밝히려는 게 아니고
　　　당신의 뜨락이나
　　　영혼을 위해서가 아닙니다

　　　어두운 구석이나
　　　세상을 나직히 비추려는
　　　고운 뜻도 아닙니다

　　　그냥 그저 그렇게
　　　등불이 하나 그리울 뿐입니다.

　　　　　　　　　　　　　　　　— <오늘은>

　홍원기는 크고 넓고 화려한 목적만을 위해 시를 쓰는 시인이 아니라는 이유를 설명해 주는 작품이다. 이는 '그냥 그저 그렇게'라는 시어에서 평범과 단순과 질박한 암시를 만날 수 있기 때문이다. 거창한 이유를 앞세우거나 화려한 명분으로 포장하는 것 보다 '그냥 그저 그렇게'에서 만족되는 소시민의 깊은 뜻이 내포되었기에 친근미와 다감성을 느끼게 된다. 그런 소망은 '등불이 하나 그리울 뿐'이라는 소박한 이유로 하여 상상의 고귀함을 얻을 수 있게 된다. 즉 길을 밝히기 위해, 혹은 거창한 명분을 충족하기 위해서, 또는 한 편의 시가 인류 구원의 명분을 부여하는 것도 아닌 — 빛에 대한 갈증은 「그냥 그저」에서 깊은 상징을 시작하게 된다. 이는 시인의 정신을 나타내는 단순성이고 소박미를 간직할 수 있는 담담함이고 또 부담없고 친근함과 만나는 공존의 이유가 될 것 같다. 이는 버리는 것은 버리는 것이 아니라 얻는 것이라는 이치를 터득하는 선(禪)적 화두일지 모른다.

> 나를 버린다
> ······ 중략 ······
> 버리는 것이 사랑이 된다
> 버리는 것이 자비가 된다
> 내가 아닌 아름다운 생명
> 말은 없고
> 귓속의 귀만 가진 새로운 생명이
> 돋을 수 있도록
> 오늘 나를 버려
> 마음의 적인 내 몸을 버려 송광사
> 뒷뜰에 쓰레기가 된다
>
> —<송광사에서> 중

버리는 것으로 시작되는 시는 버림으로써 채우는 자연의 이치를 아는 일로 돌아온다. 이는 「빈 상태」를 유지하기 위함이요, 비어 있다는 것은 곧 채움의 미학을 잉태할 수 있기 때문이다. 이는 공즉색이요 색즉공이라는 불가의 말을 대비할 필요도 없다. 버린다는 것은 곧 자기 희생의 단계를 뛰어넘는 숭고한 실현이기 때문이다. 버리는 것은 아름다운 생명을 태어나게 하는 일이고 이는 자기를 '쓰레기'처럼 버림으로써 새로운 생명의 발아(發芽)를 위한 헌신의 의미를 중첩하고 있어 아름다울 수 있을 것이다.

살아간다는 것은 끈질긴 생명력을 필요로 할 때가 많을 것이다. 그것도 화려한 명성으로 포장된 허화(虛華)의 생이 아닌 다음에야 어떻게 살아가는가는 매우 중요한 물음이자 덕목일 것이다. 홍시인의 시에는 삶을 해석하는 시들이 상당한 빈도를 유지하고 있다. 물론 그 내용은 소박한 그리고 자기로 돌아가는 길 찾기의 방도를 나타내는 점에서 소시민의 생활을 대변하는 표정이 나타난다. 말을 하는 것 같으면서도 침묵의 깊이에 앉아 있는 미륵의 모습을 발견하는 것은 다음의 시를 읽을 때 느껴진다.

짓밟히고 무시를 당해도
덤덤합니다
한 번 더 짓밟히고
한 번 더 미움을 받아도
그저 덤덤합니다
우리가 무엇이 되던지
어디로 뽑혀 가던지
슬픔이나 눈물
적개심이나 반항심은 없습니다
어눌해서가 아니고
선량을 위장한 것도 아닙니다
초록을 키우다 보면 그 뿐,
더러는 그렇고 그런 것들이
의미가 없기 때문입니다

— <잡초>

흔히 잡초는 끈질긴 생명력을 말하는 비유로 쓰인다. 가령 설정식의 <잡초>와 김수영의 <풀>의 비교에서는 김수영의 <풀>엔 '풀뿌리가 눕는다'에서 실패로 몰아갔지만, 연구자들은 한결같이 대표작이라는 함정 빠지기의 오류를 범하고 있다. 그러나 설정식의 <잡초>는 김수영의 작품과 비교할 때 훨씬 논리적인 의미망에 철저하다. 물론 설정식이나 김수영이 모두 미국의 국민시인 W.휘트먼의 영향을 받았고 영문학을 전공한 공통점 등, 풀과 잡초로 이름 없는 백성의 위대성을 나타낸 이미지에서는 합치한다. 그러나 김수영은 오도된 평가를 명성으로 누리고 있는 점은 한국 시문학사에 난센스가 지속되고 있다.

홍원기의 <잡초>는 위의 두 시인들의 발상과는 사뭇 다르다. '초록을 키우다 보면 그 뿐.'이라는 단순성과 명료성과 투명성이다. 이 단순성과 명료성은 언어의 무게를 가지고 있고 잡다한 의도가 없기 때문에 오히려 감동을 준다. 즉 거창한 목적이나 의도가 있는 게 아니라 다만 푸름을 위한 생명의 순수성과 경외와 순리를 느낄 수 있기 때문이다.

목적을 위해 칼칼하게 목청을 높이는 것 보다 부드럽고 유연함에서 강한 호소력을 가질 수 있는 이유가 들어 있고, 이점이 홍원기의 시어에서 갖는 힘이고 호소력일 것이다.

5. 에필로그

홍원기의 시는 형식에서 간명하고 단순하면서도 명상적인 깊이를 담고있는 변화를 느낄 수 있다. 이는 <산> 연작시에서 삶을 생각하는 자세가 보다 진지하고 숙고하는 자세 — 평이한 이미지를 구사하면서도 의미를 감동으로 전환하는 진지함을 느끼게 된다. 또한 자연과 인간의 합일을 본질로 생각하면서 — 물론 목소리를 높이는 것이 아니라 소박하고 투명하면서도 질박한 언어로 순수함을 나타내는데 진경을 보이고 있다.

홍원기의 시에는 철학적인 명상에서 무게가 있고 자연을 육화하여 하나의 공간으로 설정한 광장은 인간의 다감한 호흡이 머물 수 있는 친근미를 주고 있다. 아울러 그의 시는 고급의 옷을 걸치려는 귀족적인 이미지보다는 인간의 땀냄새가 배어 있는 소시민의 그리움을 찾아 나서는 느낌을 준다. 그의 시는 만드는 시가 아니라 보여주는 표정의 자연스러움에서 한국 시의 지평을 확장하는 몫에 헌신하는 자리가 있을 것이다. *

의식의 지향성과 이미지 기교
— 박선자의 시

1. 이미지와 시의 얼굴

시의 숲에는 향기만 담겨진 것은 아니다. 인생의 희로애락을 미감으로 표출하는 시인의 가슴은 다양한 경험의 분출을 필요로 하면서 이상적인 공간을 향하는 출구를 만들기 위해 고심에 찬 노력을 언어로 응축하는 사람이다. 시인의 첫째 조건은 언어를 아는 일 — 일상의 언어와 시어가 다르다는 사실을 알아야 시의 특성을 포착할 수 있게 된다. 가령 자동차를 움직이는 기술은 기계를 조작하는 기술만으로는 안된다. 기계 메커니즘과 운전자와 동화될 때, 마음먹은 대로 방향을 향할 수 있는 것처럼 언어와 시인의 관계는 항상 조화와 밀착된 일체화에 있다. 시의 특징인 상징과 비유를 통해 고도의 기교적인 이미지를 직조(織造)하는 경지에 이를 때 시의 경지는 원숙한 이름을 득할 수 있게 된다는 의미와 같아진다.

박신자의 작품에서는 언어의 운용에 생경함도 있지만 살고 닦는 설자를 숙고한다면 보다 좋은 단계를 확보할 수 있다는 가능을 점검하는 길을 재촉한다.

전화가 왔다

불이 났단다
큰일 났다
가슴이 쿵쾅거린 다야.

누가 성냥불을 그어

하늘에 던졌나.

저
무한한 신비의
꽃 덤불

— <불꽃놀이1>

하늘을 장식하는 불꽃놀이는 화려한 잔치를 의미하고 기대감으로 일렁이면서 즐거움을 수반하는 이미지가 따른다. '전화가 왔다 // 불이 났단다'라는 의외의 도입은 매우 신선한 감수성을 독자에게 전달한다. 마치 소설에서 낯설게하기라는 기법과 상통하면서 호기심을 자극하기 때문에 다음 장면을 기대하는 심리적인 긴장미를 나타낸다. 산문이나 시의 경우에도 도입부의 신선함은 반쯤 성공을 거둔 것과 같다면, 박선자의 이런 기교는 매우 좋은 출발이지만 '가슴이 쿵쾅거린 다야.'에서 「야.」의 경우는 사족과 같은 느낌을 준다. 그냥 「다」로 끝마치는 편이 훨씬 군더더기를 없애는 시의 특성과 가까울 것이기 때문이다. 그리고 맞춤법의 남발도 눈에 거슬리는 점이다. 그러나 <불꽃놀이>의 전체적인 느낌은 매우 시원한 그리고 산뜻한 느낌을 남긴다. 동화적인 기억을 회상하게 하는 점과 적당하게 응축된 과장 — '불이 났다'와 '큰 일 났다'와 '가슴이 쿵쾅거린다'의 시어는 불꽃에서 느끼는 감동을 적절하게 표현했기 때문이다. 아울러 시의 마무리에 '무한한 신비의 / 꽃덤불'의 화사함이 안도감으로 마무리되었기 때문이다.

박선자의 시에 이미지는 때로 놀랄 만큼 신선함을 전달하는 효과를 느낄 수도 있다. 물론 신선한 이미지의 구조물을 완벽한 시의 건물로 만드는데는 얼마간의 숙련을 필요로 하지만, 선명한 느낌으로 다가오는 감수성의 묘미를 접하게 되는 것만은 분명하다.

고향집에선 밤마다
별 씻는 소리 들리고

그리움은 끝이 없다.

— <옥잠화>에서

옥잠화라는 꽃에서 건져 올린 '별씻는 소리 들리고'의 이미지에는 매우 풋풋한 내음이 나는 시적인 묘미를 느끼게 된다. 이런 언어의 운용은 시인의 시적인 재능을 암시한다는 점에서 감정의 우회적인 맛을 느끼게 하는 부분이다. 고향의 옥잠화와 그리움을 별이라는 높이와 빛의 이미지로 감쌀 때 고귀함을 연상하는 경지에 이르게 하는 점에서 시어의 세련미를 부추기게 된다는 점이다.

2. 풍경과 삶

인간이 살아가는 도정에서 자기를 찾고 산다는 것은 매우 지난(至難)한 일일 것이다. 다시 말해서 중심을 잡고 일관된 길을 확보하면서 산다는 것은 자기 사상 혹은 자기를 확실하게 곧추세우는 일로 시작된 삶의 중심을 뜻하는 일이기 때문이다. 박선자의 시에는 이런 함량의 시는 비교적 많은 편은 아니지만 생의 언저리를 배회하는 느낌을 주는 <중심 잡기>가 인상적이다.

> 내 몫의 무게가 무거운 오늘
> 흔들리지 않기 위해 손잡이를 꼭 잡아 보지만
> 상하 좌우가 모두 헷갈리는 것을 보면
> 휘청이는게 분명하다

— <중심 잡기>에서

지하철을 타면서 흔들림의 경험을 시로 포착한 작품이다. 이런 경험을 삶의 문제로 확대하는 대상의 처리 — 산다는 일은 중심을 어떻게 잡는가의 여부에 따라 비난과 명예의 엇갈린 이름을 만들게 된다면 흔들림을 바로잡으려는 자기 노력은 곧 삶의 특성으로 요약될 것이다. 휘청이는 것이 당연한 생의 길이고 이로부터 자기를 어떻게 이끌고 가는가의 여부는 이성의 도움을 받아야 하는 문제일지라도 자기 중심을 확보한 사람에게는 명망의 이름이 따라오게 된다. 급정거에도 쏠리지 않고 자기 위치를 확보하는 것은 누구의 도움이 아니라 오로지 자기라는 점에서 삶의 중심을 해석하는 박선자의 인생 길은 흔들림을 버티면서 살아가는 보편적인 사람들의 이야기에서 진리를 함축하는 것과 같다.

<투계>에서의 삶의 투쟁 현장을 산행에서는 삶의 길이 비유로 떠오르는 기법을 사용한 ― 네거티브의 기법은 인상적이다.

소양호 떠있는
말없음표 건져 올려
가슴에 얹고 나니
어떻게 살아야 하는지
그 길이 조금씩 보였다

― <산행.2>에서

어떻게 살아야 하는가는 인류의 명제요 철학의 시작이었다. 철학은 「어떻게」라는 방법을 해결하기 위해 목숨을 걸지만 「아직도」 그 해답은 요원하게 멀리서 인간을 비웃고 있을 뿐이다. 그러나 박선자는 산행의 도중에 소양호의 물 속에 비친 인간의 모습이거나 하늘의 구름을 건져 올려서 자기 사람의 문제를 해결하는 지혜로 시의 입구를 장식하고 있다. '어떻게 살아야 하는지'의 그 길이 조금씩 보였다 라는 깨달음의 경지는 곧 시의 이름으로 탄생되는 감수성이라는 점에서 아름다움과 연결되는 절차일 것 같다.

시의 이미지는 한 편의 그림을 만드는 거울이라는 점에서 시인의 기교적인 감수성을 요한다. 마음으로 그리는 그림을 연상한다는 것은 설명이 아니라 보여주는(showing) 점에서 순수를 향한 마음의 발단이라야 한다.

> 3월 바람
> 배시시 다가 와서는
> 문 밖에서 얼무대더니
> 창 밖 가득
> 봄기운 펼쳐 놓는구나.
>
> 고 눈웃음
> 아무래도 심상찮더니
> 드디어 앞 산이
> 정분 나는구나

— <개화>

봄이라는 시간에서 꽃이 피는 공간에는 바람이 주요한 역할을 감당하고 있다. 바람이 '얼무대더니'의 의태어를 동원하여 분주한 것도 아니고 또 한가한 것도 아닌 부지런한 풍광을 나타내면서 '정분 나는구나'의 확대된 이미지로 처리되는 암시가 인상적인 처리로 마감된다는 점이다. 첫 번째 연에서는 경치의 상징이고 후반부에는 인간과 결부된 자연의 아름다움을 결부함으로써 시의 분위기를 화려함으로 마감되는 절차가 인상적이다. 정분이란 어의는 호기심과 재미를 수반하는 상징의 숲에 가깝기 때문이다.

3. 허무의 태도

사는 일은 잡히는 의미를 건지기보단 오히려 허무를 만나는 점에서 절망과 조우하는 일이 다반사라 말한다. 인간은 누구나 허무를 극복하는 방도에서 서로 다른 반응을 보이지만 궁극적으로 절망의 깊이에서 헤어 나온 인간은 없다. 다만 절망에서 어떻게 자기를 확보하는가의 여부에 따라 삶의 질에 변형을 나타내게 된다. 이는 서로 어울려 살아가는 일이 인간의 본질이기 때문이다.

몸도 마음도
가벼운 영혼까지도
머물 곳이 없다

심한 不在현상이다

— <鳶>에서

하늘을 높이 나는 연이라는 대상을 통해서 삶의 문제로 결부된 이미지는 매우 삽상한 느낌을 준다. 연과 인간의 영혼이 머물 곳이 없이 하늘을 무작정 떠도는 일로 일생을 삼는다는 것은 본질이고 실상일지라도 슬픔의 원인이 되는 것은 사실이다. 왜냐하면 무언가 있는 것처럼 호들갑을 떨지라도 궁극에 이르면 허무라는 이름과 맞닥뜨려야 하는 일이 사는 일의 본질이기 때문이다. 이를 외면하거나 피해서 지름길로 가는 방도란 없다. 이점에서 허무는 인간이 만나는 필연이고 현상의 모두일 것이다. 이를 깨닫고 살아가는 길은 의미의 길이고 이를 망각하고 살아가는 사람은 비극의 길에 선 사람일뿐이다. '머물 곳이 없다'라는 허무의 옷은 벗어날 수 없는 숙명의 이름이기 때문이다.

지난겨울 내 병실에 들러
마음 편히 먹으라며
불편할 테니 얼른 가겠노라
촘촘히 떠난 그 얼마 후

검은 서울 캐딜락이
말없이 누운 그를 싣고
초봄의 애잔함까지 끌고
서울을 빠져나갔다

— <명일동 나그네>에서

떠난 자의 공허를 쓴 시이다. 누구나 떠나는 일이 순리일지라도 떠난다는 것은 슬픔이자 비극의 숲에 들어가는 일이다. 죽음은 자연의 질서일지라도 이를 두려워하고 피하려는 일로 변명을 삼는 인간사에 인연을 끊는 이별은 참담한 눈물의 강을 헤엄쳐야 한다. 병실에 위문 왔던 지인이 막상 캐딜락을 타고 영원의 길을 먼저 떠난다는 아픔은 허무와 부재가 어울린 공허의 공간을 넓히는 아픔일 것이기 때문이다.

슬픔은 인간을 투명하고 깨끗하게 만든다. 박선자의 가슴에 고인 슬픔은 인간에게서 느끼는 정감이고 따스함이라는 점에서 사랑의 길을 만드는 길 찾기의 일환 같은 느낌을 준다. 시의 본질은 언어를 통해 사랑을 건져 올리는 일이라면 박선자의 시는 그런 길 찾기에서 헌신하는 느낌을 준다.

4. 어머니와 정

시의 본질을 비유로 거론하자면 어머니에 가깝고, 고향의 포근함을 연상하고, 사랑하는 사람의 가슴에 다가가는 느낌을 생성할 것이다. 가장 진솔하고 따스하고 정 깊음을 주는 이미지가 어머니라면 시 또한 그 길에 이르기 위해 수많은 비유를 토해 내야 한다.

박선자의 시에는 다소 관념적인 면이 많은 편이지만 비유적인 전이(figurative transfer)를 이행하는 데서 언어의 생동감이 내포로 전달된다.

내 사는 것이 아무리 지옥이라지만
임종을 앞에 두시고
겨울 채비를 하시는
당신 가슴만 하리이까
······ 중략 ······
이 세상에
빗대어 말할 것은 없지

아무렴 없고 말고.

— <어머니>에서

「나」와 어머니를 비교로 볼 때는 아무 것도 근접할 수는 없다. 이런 깨달음은 나이를 먹고 경험의 깊이가 원숙해지면 더욱 깊게 인식된다. 왜냐하면 삶이 헌신이고 희생이라는 깨달음은 경험의 발자국을 밟지 않는 사람이라면 알아차릴 수 없기 때문이다. 하여 어머니의 그리움은 깊은 나이에 이르면서 더욱 간절해지고 애달파지는 이치가 의식의 전부로 장악된다. 박선자도 이런 어머니의 고귀한 모습에 다가가는 절차로 '빗대어 말 할 것이 없지'라는 무상의 가치를 깨닫게 된다. 어머니는 희생의 무덤 위에서 자기를 잃었고 삶의 고통 속에서도 스스로를 묻어 버리는 체념이 사랑이라는 이름으로 포괄되기 때문에 따를 것 없는 지고(至高)의 경지에 계시게 된다. 세상에 어떤 대상과 비교가치를 둘 수 없는 어머니의 사랑과 시의 의미는 같아야 한다지만 이를 실현하는 일은 희생과 헌신이라는 바탕을 외면 할 수는 없을 것이다.

5. 마무리에서

박선자의 시는 이미지의 풍경화를 만드는 절차가 매우 간명하고 섬세하다. 아울러 사물을 대상화로 포착하는 섬세함과 의식의 풍경화를 보여주는 것 같은 몇 편의 처리는 매우 깔끔하다.

삶을 허무로 바라보는 데서도 사랑이라는 함량으로 포근함을 나타내는 의미의 숲과 의식을 풍경화로 대치하는 정서의 묘미 등은 박선자의 시에 들어 있는 아름다움의 진원이 될 것 같다. 그러나 언어의 조탁과 연마가 좀더 필요한 것도 사실이지만 이는 앞으로의 길에서 벗어나야 할 명제일 것 같다. *

시적 변용의 다양성
― 서정남의 <시인의 가슴>

1. 시인의 가슴

시인의 가슴을 방문한다는 것은 시인의 의식을 방문한다는 말과 다름이 없을 것이다. 그렇다면 시인이란 어떤 존재일까? 이런 의문을 설정하고 그 해답을 찾는다는 것은 매우 어리석은 일인지 모른다. 왜냐하면 시란 인간이 일상을 살아가는데 절대요소가 될 수 있는 가의 여부는 각기 다른 입장을 취할 수 있기 때문이다. 그렇다면 문학의 역사는 곧 예술의 역사였고 또 예술의 중추는 항상 시로써 중심을 잡아왔다는 사실을 대입하면 시의 임무는 보이는 것에서보다 오히려 보이지 않는 공간에서 소임을 다 해왔다는 암시도 예외는 아닐 것이다. 인간의 삶이란 보이는 범주가 10%에 한하고 오히려 보이지 않는 무의식의 세계가 90%의 대다수를 점하고 있다는 상징을 말하면, 본다는 것과 확인 혹은 증명한다는 말의 의미가 매우 공허해진다. 인간은 눈으로 확인하는 것보다는 차라리 마음의 눈으로 보는 것을 강조한 인류사의 강조 ― 여기서 인간의 진리가 어디에 있는 가를 강조하게 된다.

시인이란 무엇인가? 이 의문에 대답은 결코 정답을 마련할 수 있는 일이 결코 아니다. 왜냐하면 시인이란 지구상에 특별한 권리를 가진 사람도 아니고 그렇다고 이상한 말을 지껄이는 방랑자도 아니면서 인간의 문제를 통렬하게 때로는 환희에 찬 가슴으로 노래하는 임무를 버리지 않고 살아가는 사람이기 때문이다. 이점에서 시인은 범상한 사람들이 보지 못한 처절한 장소를 미리 방문하기도하고 또 기쁨의 중간에서 화려한 꽃으로 장식의 노래를 부를 수 있는 예지의 인간으로 남는 존재 ― 시인은 확실히 여느 사람들과는 다른가하면 때로 가장 어눌한 행동으로 진리를 노래하게 된다. 어떤 것

이든 투명하고 순수하고 깨끗한 아름다움을 찾아 길을 떠나는 사람 ─ 시인
의 임무는 그렇게 정리되는 사람이기에 세상의 혼탁에서는 깨끗한 장소를
찾아 헤매이고 어둠에서는 안식을 노래하면서 햇살이 오는 미래를 주문하
는 존재로 남는다.

　서정남의 <시인의 가슴> 연작시는 인간의 이야기가 변용의 절차로 다기
(多技)한 얼굴을 만들고 있다. 즉 대상이 시인의 가슴에 다가오면 일단 반응
하는 순서를 기다리면서 ─ 마치 화학적인 반응을 보이면서 전혀 새로운 물
질로 나타나는 것과 같은 이치로 새로운 이름을 얻으면서 시적인 의복을 입
게된다. 이제 표정의 다양한 면모를 점검하는 길로 들어간다.

2. 가슴에서 별 찾기

　인간의 가슴에는 무한의 우주가 숨쉬고있고 또 무한의 절망이 얼굴을 가
리고 있다. 다시 말해서 희망과 절망이 교직(交織)하면서 인간사를 표현하게
된다. 물론 희망의 함량이 많은가 아니면 절망의 아픔이 많은가는 가볍게
말할 수 있는 바는 아닐지라도 시인은 유독 두 개의 이름 중에 절망에서 희
망으로 가는 길을 말하는 노래를 창조하기 위해 심혈을 기울인다. 예의 서
정남도 인간의 가슴에 불을 켜기 위해 그만의 절차와 그만의 정서를 동원하
여 노래를 부르고 있다.

　인간의 편린으로부터 그의 글을 분석하는 절차를 취한다. 왜냐하면 뷰퐁
이 말한 것처럼 "글은 사람이다"라는 말을 충족하는 일은 결국 글 쓴 사람
의 족적과 글과는 밀접한 상관을 갖기 때문이다. 서정남은 90년대의 시인으
로 월간『한국시』를 통해 시인으로의 출발을 마련했고 이어 첫 시집『그날
이 오면』 등을 상재한 이후 상당히 많은 양의 시를 생산하고 있다 아울러
그의 정신문법과 시와의 상관을 배제할 수 없는 바 ─ 교회에서 목사로 재
직하면서 법무사 사무실을 경영하는 바쁜 생활 속에서 시와 생을 하나로 묶
는 작업에 열성적으로 헌신하고 있다.

그렇다면 시를 서정남이 어떻게 바라보는가로부터 입구를 찾아간다.

시인의 가슴에선
새들이 운다
봄 여름 가을
겨울에도 새들이 울어댄다

— <1부 서시>에서

새와 시인은 분리되는 발상이 아니라 하나의 의미를 공유하는 상징이다. 다시 말해서 새는 곧 서정남을 뜻하고 새들의 울음이나 웃음은 곧 서시인의 육성을 대신하는 상징으로 대치하고 있다는 점이다. 시는 산문과는 달리 언어에 낯선 의복을 입혀 독자 앞에 선을 뵐 때, 시적인 특성이 숨을 쉬게 된다면 서정남은 이런 절차를 수행하기 위해 새와 시인의 가슴을 서로 병치시키면서 '울어댄다'라는 지향점을 설정하게 된다. 이는 세상에 반응하는 일이고 세상을 살고있는 자에 대한 숨소리를 포착하는 예민한 촉수를 뜻하기 때문에 변화의 표정은 결코 쉬운 길 찾기는 아닐 것으로 보인다. 다시 말해서 '시인의 가슴은 / 빙하의 도시'라거나 '시인의 가슴은 / 언제나 파랑주의보'와 같이 대상의 변화에 반응하는 이유를 말하기 때문에 시와 시인의 상관이 대립이 아니라 하나로의 결합을 예상하게 된다.

어둠 짙을수록
햇살 사무치게 그립고
괴로움 깊을수록
제대(祭臺)의 눈물도 풍요롭거니
아하, 이 땅 어느 시인
눈물 없는 사람 있는가
눈물 없는 사람 있는가

— <서시>에서

어둠은 빛을 잉태하는 점에서는 불행이 아니고 희망이라는 역설을 성립시키게 된다. 괴로움의 그늘이 지나면 즐거움도 바로 어둠 속에서 나오는 이름이라면 어둠은 결코 비극의 이름을 만드는 곳이 아니라 창조를 예비하는 어머니의 자궁과 같은 이치를 뜻하게 된다. 이는 빛 이전의 빛이고 창조의 모두가 숨쉬는 공간이라는 점에서 인식을 심어야 한다. '눈물'과 '시인'의 상관은 결국 희망의 노래를 부르는 사람으로 전환하는 계기를 뜻하게 된다. '눈물 없는 사람 있는가'의 반복에서 오는 뉘앙스가 서정남의 의도를 강화하는 뜻을 만들게 된다는 점이다.

인간의 가슴을 측량하거나 헤아릴 수 있는 방도가 없다. 이런 이유 때문에 삶의 길은 항상 미로를 헤매는 방황을 거듭해야하고 또 길을 찾았다하더라도 그 길은 이내 사라지는 허무의 이름을 심게된다. 서정남도 이런 인간사의 아픔을 단순한 눈으로 포착하는 것이 아니라 보다 심층적으로 접근하는 자세를 취하고 있다.

> 산, 산, 먼 산이 있어
> 살아가는 오늘
> 살 수 있는 오늘
> 먼 산은 말이 없다.
> 먼 산은 깨끗하다
> 먼 산은 한가롭다
> 먼 산은 거룩하다
> 먼 산은 사랑이다
> 먼 산은 생명이다
> 먼 산은 고향이다
> 먼 산은 봄.여름.가을.겨울.어머님
>
> — <먼 산을 바라보면서>에서

'먼 산이 있어 살아가는 / 오늘'이라는 산과 현재성을 연결하여 산이 인간

의 존재를 이룩하는 공간이라는 암시를 나타내면서 — 먼 산의 의미는 무언
가? 아마도 '먼 산'의 의미는 쉽게 다가갈 수 없는 생의 가치로 환치하면
산은 곧 인간의 생을 펼치는 원초적인 공간으로 작용하는 느낌을 생성한다.
즉 먼 산은 인간이 쉽사리 다가갈 수 없는 진리의 땅일 수도 있고 또 인간이
돌아가야 하는 고향의 개념으로 작용하는 느낌을 남긴다. 이리하여 '말이
없다'와 산의 관계는 숙명적인 귀의처가 산이라는 암시로 다가오고, '깨끗
하다'의 의미는 순수와 투명을 뒤쫓아가려는 시인의 정신적인 추구를 뜻하
고, '한가롭다'라는 평화의 이름을 산에 의탁함으로 투명해지려는 아름다움
의 변용이고, '거룩하다'는 순수와 투명이 남기는 여백을 뜻하고, '사랑이
다'에 오면 아름다움의 삶이 주는 개념적인 암시가, '생명이다'에 이르면 인
간이 돌아가야 할 필연의 장소로 인식을 심는다. 아울러 산이 '고향이다'에
서 산과 인간이 땅이라는 상관을 벗어나는 존재가 아니라 하나로 엮어진 숙
명의 이름을 연상하게 된다. 이는 자연과 인간의 결합이 우주의 순리이고
또 여기서 모든 생명의 이름이 그 날개를 펼 수 있다는 지점에 도달하게 된
다. 그리고 '먼 산은 봄. 여름. 가을. 겨울, 어머님'으로 시의 결미를 장식하
는데서 서정남이 생각하는 먼 산과 시인 자신과의 관계가 인간의 땅 — 어
머니의 개념과 산의 이미지가 공고하게 결합하게 된다. 결국 시인의 가슴에
간직된 산은 자연 친화를 통해 인간의 호흡을 묶을 수 있는 작용점으로 '먼
산'과 시인의 의도가 육화되는 데서 서시인의 시적 의도는 정리된다.

3. 바다의 가슴

　바다는 땅의 이미지로 변용 하면서 시인의 정신에너지를 충전하는 역할을
감당하는 일면 열정적인 삶의 의욕을 강조하는 공간으로 작용한다. 이런 점
은 삶의 활력을 강화하면서 더욱 강렬한 자극을 필요로 한다. 다시 말해서
바다에서 보다 강한 생의 에너지 수혈을 위한 몫으로 할당된다는 점이다.

바다로 가자
권태에 시달린 삶이
시나브로 소진되어 가는 날에는
아침 해면을 가르며 솟구치는
황태자 같은 태양
모닥불에 폭죽처럼 터지는
젊음의 향연을 보러 가자

부서지고 때리고
뭉개고 까부시고
영과 육의 사투(死鬪)
선과 위선의 결투를 보러 가자

— <4부 포효하는 가슴>에서

'가자, 가자'의 청유로부터 독자를 어디로 인도하기 위해 서정남은 의욕을 앞세우는 것인가? 물론 시의 내면에는 일단 '권태에 시달린 삶이'라는 조건을 제시하면서 목적지를 향하기 위해 바다의 구체적인 대상을 거론한다. 즉 '황태자 같은 태양'이 본질을 이루면서 다음 행로를 향해 목표를 설정하게 된다. '젊음의 향연'의 즐거움을 위해 바다는 결코 조용한 자태로 정지된 것이 아니라 삶의 활력을 위해 용약하는 기상으로 '때리고' '까부시고' 또는 '영과 육'의 피나는 대결의 장을 연출하는 혹은 위선과 선의 대결에서 이길 수 있다는 요소는 오로지 젊음이 바다와 연결된 이미지로 꿈을 이룩하게 된다. 서정남의 바다는 결코 바라보는 대상이 아니라 뛰어들어 피흘리는 혹은 대결의 장소로 인식을 심으면서 어딘가로 향하는 — 물론 미래를 향하는 좌표에 집중되고 있는 인상이다. 이는 바다의 열정이지만 시인자신의 정신문법을 표현하는 조짐으로 봄이 타당할 것이다. 이런 바다는 그의 삶을 이룩하는 동력이자 행동을 지배하는 요소로 남는다.

시인의 가슴엔

바다가 있다
봄 여름 가을
겨울에도 살아서
포효하는 바다
영원이 순간이 되고
순간이 영원이 되는 바다

— <4부 포효하는 바다>에서

바다의 이미지가 움직임을 구체화하는 계절감각으로 나타난다. 아울러
순간과 영원의 교직이 교차하면서 삶의 바탕을 이루어 가는 진행형을 구성
하게 된다. 계절은 시간이고 시간은 인간만의 전유물이다. 봄은 생성의 이
름을 낳고 여름은 생성에서 새로운 개화의 이름으로 변용하고 또 가을은 결
실의 이름으로 생명을 안으로 다독이는 종자가 된다. 이처럼 계절의 순환에
서 인간의 질서가 존재의 길을 연결함으로써 시간을 극복하는 인간만의 자
리가 설정된다. 여기서 서정남은 '시인이 가슴엔 / 바다가 있다'의 정의를 앞
세워 계절의 변화가 바다의 변화와 어떻게 이미지를 결합할 수 있을 것인가
의 여부를 다이나믹한 변화로 상징하고 있다.

시가 추구하는 것은 절망에서 희망 그리고 어둠에서 밝음을 지향하는 절
차를 가질 때 건강한 문학의 땅을 이룩하게 된다면 서정남의 정신은 빛을
추구하는 절차로 변화한다.

등불을 밝혀주오
후미진 세상 길
지친 나그네 가는데
가난한 마음의 제단 위에
때묻지 않은 올리브유 불길 같은

— <24 등불을 밝혀주오>

바다에도 어둠은 찾아온다. 그리고 격랑의 손끝에도 빛의 이름이 깃들인다면 등불은 비단 산 속을 비추는 개념이 아니라 세상의 위선과 대결하는 용감한 이름과 상통하게 될 것이다. '후미진 세상 길'에 '지친 나그네'에 불빛은 희망이고 삶의 의욕이기 때문에 구원의 이미지에 닿게 된다. 그것도 순수로 가득한 불길을 염원하는 점에서 서정남의 정서는 새로운 변화의 질서를 구축하는 행동으로 나아가기 위해 바다는 또 다른 이정표의 불빛이 방황하는 사람들을 위해 점화하게 된다.

4. 노래로의 승화

노래는 인간이 감정을 표출하는 구체적인 가락이다. 인간의 감정은 언제나 변화를 모색하고 또 변화를 추구하는 절차에서 삶의 다양한 모습은 신선한 양태로 나타난다. 서정남은 노래와 바다의 가락을 동의현상(agreement)으로 처리하기 때문에 밀착된 감수성으로 다가온다. 노래는 일단의 흥을 돋구는 일이지만 대상과 자아를 하나의 공간으로 처리하려는 점에서 가락은 새와 시인을 하나로 생각하게 된다.

> 새는 슬픈 날에도 노랠 부른다
> 사방이 콱 틀어 막힌 장 안에서도
> 우루루 쿵쾅 무너져내린 바벨탑 틈새에서도
> 한 줄기 하늘빛을 쳐다보며
> 눈물의 노래를 부른다
> 기가 막힌 지경에서
> 숨통이 콱 막혀 질식할 것 같은데도
> 막힌 가슴 두들기면서
> 소망을 버리지 못한다
> — <28. 새는 슬픈 날에도 노랠 부른다>

시는 대상을 동일화하는 작업이다. 다시 말해서 대상을 나와 하나의 경지로 합일할 수 있다는 것은 새로운 세계의 창조를 뜻할 뿐만 아니라 이는 역사성을 개성으로 통일하는 작업이기도 하다. 이는 내용과 형식을 일체화하는 작업이면서 의식의 통일화를 이룩하는 방향으로 진전하게 된다. 서정남의 연작시는 후반으로 올수록 현대문명을 비판하는 경향을 나타낸다. 이는 신음하는 인간의 역사이지만 이를 우회적인 방법으로 새와 바다라는 대상을 통해 신음하고 고통받는 형태를 암시하고 있다. 가령 새와 슬픔의 상관이 주관적인 문제일지라도 독자의 미감을 자극하는 방도로 볼 때는 매우 적절한 상징을 구사하고 있다는 점이다. '콱 틀어 막힌 새장 안'의 절망은 현대인이 당면한 불행의 단면도이라면 이런 처지는 현대문명이 해결할 수 없는 한계를 자연 쪽에 눈을 돌림으로써 가능의 기회를 포착하게 된다. 하늘을 날아야하는 새들의 노래는 문명의 사슬에서 퍼덕이게 되고 — 이런 처지는 인간의 경우에 합당한 비극의식이다. 물론 인간의 참담한 처지를 서정남의 정서에서는 Logopoeia적인 다소 둔중함으로 다가온다. 이는 리듬위주의 정서보다는 의미를 건져 올리는 절차를 앞에 놓으려는 발상으로 볼 때 이해에 다가간다.

5. 시인의 가슴에서 나오는 자연의 노래

산은 인간이 원형이 간직된 공간일 것이고 인간의 삶이 마무리로 돌아가는 고향의 이미지를 창출한다면 의당 인간은 산을 향하는 경외의 마음을 발하게 된다. 서정남도 산이라는 대상에 교훈적인 발성을 받아들이는 겸손한 키 낮춤을 보인다. 이는 산을 대상으로 보는 단순함이 아니라 산과 어울리는 점에서 경외의 마음은 진솔하다.

　　　산은 내게 다시 이르네
　　　산을 버리지 말라고

산을 떠나지 말라고
산에는 꿈이 있고
노래 있고
위로 있고
안식 있고
평화 있고
그리움 함초롬이 호흡할 수 있다고
　　　　　　　　　　　　　— <산이 내게 하는 말>에서

　산이 '다시'라는 말을 동원하여 강조의 길로 들어간다. 이는 '버리지 말라
고'와 '떠나지 말라고' 의 두 가지 암시를 포개서 '꿈'과 '노래'그리고 '위로'
와 '안식'과 '평화'가 산의 안식으로부터 시작된다는 발상으로 보편적 상징
(universal symbol)을 사용하면서 그리움의 길을 만들고 있다. 서정남에게서
산과 바다는 분리되는 것이 아니라 하나의 밀접성을 나타내기 때문에 상징
의 의복을 입고 화려한 손짓을 독자에 보내는 점이다. 6부에 오면 다음과
같은 발성을 자각한다.

이제야 알 듯 하네
산이 내게 하는 말
넘어지고 쓰러지고
무너지고 추락한 뒤에서야
그 까닭을 깨우치네
　　　　　　　　　　　　— <6부 산이 내게 하는 말>에서

　서정남의 자각은 산에서 피 흘리면서 얻어지는 격렬한 행동을 보인 다음
에 보이는 투사적인 의지를 읽게된다. 이는 그가 살아오는 도정(道程)에서
터득된 경험의 일단이라는 점에서 사는 원리와 산의 교훈을 공통점으로 남
게된다. 아울러 산은 아무리 급하더라도 뛰거나 사술의 방도로 접근될 수
있는 것이 아니라 정도를 따라가다 보면 정상에 이르는 이치와 같이 살아가

는 교훈을 스스로가 이해할 수밖에 없다는 점에서 산이 내게 이르는 말은 항상 엄정하고 진실함을 강조하게 된다.

6. 현실과 의도

1997년 겨울에 불러들인 국가적인 위난은 참담한 여파가 되어 지금까지 아픔으로 출렁이는 형세이다. 이른바 노소를 불문하고 IMF라는 용어를 유창하게 발음하는 대신 퇴출이라는 말과 구조조정이라는 용어가 인간을 슬프게 난도질당했던 파문이었다. 물론 지금도 끝나지 않는 비극의 노래는 계속되고 있어 시인의 가슴을 울리고 있는 진행형이다.

<blockquote>
아—험난한 이 항로여
밀려오는 만경창파여
외로운 국운선(國運船)은
위태로이 요동을 치네
깨어나라 민족혼아
이 시대 등불이여
온 세계 주시하는
냉혹한 눈길 보거라
</blockquote>

—＜외로운 국운선＞

외로움을 불러온 이유는 뭔가? 편견과 아집과 독선에 함몰 당한 여파는 결국 온 민족이 감당해야하는 처절한 비극이었으니 이는 민도의 평균수준 다시 말해서 국민의 평균수준에서 불러들인 비극이었다. 그러나 여전히 자각의 문은 닫혀있는 것 같고 어둠의 그림자는 여전히 떠날 줄 모르는 방황으로 우리를 위협하고 있다. '냉혹의 눈길'을 벗어나는 날이 언제일지는 몰라도 '이 시대의 등불'을 가슴에 새롭게 켜는 날에 민족의 희망은 다시 밝아올 것을 염원하는 시인의 가슴이 항상 기다림으로 날을 지새는 민감한 촉수를 느끼게 한다.

자연의 파괴는 현대문명에서 느끼는 가장 심대한 위협이라면 이는 곧 인간의 위협이자 멸망의 그늘을 피할 수 없는 운명적인 상황을 뜻한다. 달팽이의 죽음은 인간의 죽음이기 때문에 자연파괴의 과학문명은 새로운 패러다임을 준비하지 않으면 안된다는 경종을 울린다.

아하 슬프도다!
또 한 생명이 마침내
눈을 감은 오늘이여
태양도 빛을 잃고
산천도 어둡구나
       — <8부 문명의 그늘-그 투명한 새끼 달팽이의 죽음>

자연은 인간의 삶이 펼쳐지는 절대공간이지만 과학문명의 발달은 필연적으로 파괴의 참혹함을 불러오는 댓가는 엄정한 자세로 인간에게 다가온다. 편리를 앞세운 과학의 이기에서 파생하는 공기의 오염과 개발이라는 명목으로 산천은 신음을 앓아야 하고 — 이는 곧바로 인간을 향해 비수가 되어 다가오는 부메랑이라는 점이다. 결국 문명의 편리는 인간에게 참담한 재앙으로 접근하기 때문에 생태의 파괴를 애달파하는 목청이 높아만 간다.

오늘의 문학은 이런 현상을 새로운 이데올로기로 설정하여 피흘리는 노래를 부르고 있지만 여전히 문제 앞에서 서성이는 형상이 오늘의 현상으로 보인다. 자연은 인간의 생명이 안온하게 꿈을 꿀 수 있는 대상이기 때문에 보존하고 아끼는 마음이 곧 인간을 사랑하는 길로 이어지게 된다는 노래가 서정남의 자연사랑이자 시의 모티브를 이루는 근간이 된다.

이제 그만
버릴 것은 버리고
낡은 집 헐어 버리고

산에 산에 양지녘에
새로운 집을 짓자
장마에도 홍수에도
흔들리지 않는 세기의 집을!
그날 세상은 하나
영원한 평화의 강
시인의 가슴에
흘러 넘치리니.

— <다시 산으로>

산에서 시작한 인간의 호흡을 다시 산으로 옮기어 놓을 때, 새로운 세기를 시작할 명분을 축적할 수 있을 것이며 낡은 질서를 버리고 새로운 질서를 구축할 수 있는 명분은 곧 산으로부터 인간의 에너지를 확보할 수 있게 된다는 시적 발상으로부터 서정남 시의 뼈대를 이루는 길을 확보한다. 다시 말해서 시인의 가슴에서 시작된 상징의 길은 바다와 산이라는 두 개의 축을 바탕으로 새로운 질서를 구축하는 방향을 정립하기 위해 시의 숲을 일구고, 자연에서의 건강한 삶을 추구하는 이미지를 위해 헌신하는 느낌을 배가한다.

7. 마무리에서

시인이 선택하는 이미지는 항상 자의적이고 주관적인 의도에 좌우된다. 시인이 어떤 정서를 선택하는가는 전적으로 시인의 경험과 삶의 이력이 복합적으로 작용하면서 시의 품격을 이룩하게 된다.

서정남의 시는 가슴으로 자연을 끌어들여 다시 변용하는 절차를 수행하면서 새롭게 창조하는 길을 확보한다. 이를 위해서는 가슴에 시대의 온도계를 장착하고 예민하고 민감한 촉수를 두리번거리는 더듬이를 가지고 있다. 그의 안테나에 포착된 문제점은 때로 꽃으로 변모하기도 하고 산에서 친화적인 에너지를 확보할 필요를 역설하기도 하면서 바다에서 불을 밝히는 건강한 자세를 내보이는 충동적인 이미지에 용해된다. 그의 시적 발상은 긴장적인 언어(tensive language) 이기보다는 이미지들을 보여주는(showing) 점에 역점을 두는 문제 앞에 있는 것 같다. *

풍경화와 정서의 나들이
― 임금자의 시조

1. 입구에서

한 권의 시집에서는 파노라마와 같은 인생을 만나고, 한 편의 좋은 시에서는 아름다움으로 치장된 꿈을 만날 수 있다면 시를 읽는 일은 행복한 일이다. 인간은 누구나 자기의 삶에 가치를 부여하고 행복해지는 꿈을 실현하고 싶은 소망을 가지고 있기 때문이다. 그렇더라도 가볍고 화사한 모습으로 꿈의 이름은 쉽게 얼굴을 내밀지 않는다. 오직 살아 있는 자만이 신음하고 부대끼면서 진지하고도 투명한 그리고 아름다움으로 치장된 삶의 모습을 만날 수 있을 때, 감동을 받을 수 있고 따스한 감성의 숲에 들어 아늑한 꿈을 가질 수 있게 된다. 결국 치열하게 생존의 벌판을 배회하는 자만이 꿈꿀 수 있는 권리를 갖는다는 뜻이다.

시는 인간이 사는 모습을 어떤 각도로 또는 어떤 모습으로 꿈과 아름다움을 치장할 수 있는 가의 문제를 말하는 예술이다. 물론 시는 시적인 방법으로 꿈을 담고 소설은 소설적인 기교를 동원하여 인간을 말하게 된다. 어느 것이든 독자에게 감동을 잉태하는 것에 주된 임무를 부여한다. 그렇다면 감동을 남길 수 있는 여지는 무엇인가?

한 사람의 시인에게는 그 사람에 체취가 들어 있고 또 사상의 맥락을 이루는 인생을 조감할 수 있다는 점에서 인생도(人生圖)를 만나게 된다. 진지하고 투명하고 열성으로 살아가는 사람의 일생은 아름답다. 그런 생을 살면서 시를 쓰는 시인의 작품은 일단 안도감을 가질 수 있기 때문이다. 물론 공자가 시를 思無邪라 칭한 것도 투명한 삶이 시의 요체라는 점을 대입할 수 있는 바와 같다.

한 편의 작품에서 표현된 문맥을 순진하게 액면 그대로 믿는다는 것은 어리석은 일이다. 왜냐하면 슈클로프스키가 말한 것처럼 예술은 본질적으로 위장하기 혹은 낯설게 하기라는 기교와 만나는 일이기 때문이다. 다시 말해서 소설은 소설의 기법 — 시는 상징이나 비유 혹은 알레고리를 통해서 독자를 어려운 길로 끌고 가는 기교를 구사하는데서 오히려 신선감을 부추길 수 있기 때문에 표현의 이면으로 들어가는 길 찾기가 있게 된다. 모든 예술의 길 찾기는 심리적인 분석으로부터 시작된다. 즉 예술의 표현은 일단 자기 고백의 한계를 벗어나는 것이 아니라는 점에서 근거를 마련하게 된다.

시조 시인 임금자의 작품도 앞에서 언급한 논리의 한계 속에서 그가 말하는 표현의 흔적을 해체하는 작업으로 길을 찾아 나선다. 우선 가설로부터 논리적인 구축을 전개하겠다.

인상1 — 임금자의 시조는 그가 살아온 세월만큼 다양하고 개방적이고 섬세하고 부드러움으로 포장된 의식을 구사하고 있다. 다시 말해서 개방적으로 포장된 이면에는 지혜의 다감성과 안온성 그리고 따스함으로 그의 시적인 고백은 시작되는 것 같다.

인상2 — 모든 예술가는 우선 명작 한 편을 창작하기 위해 수많은 작품을 설계하고 또 부수는 일을 계속하지만 이는 많은 습작 속에서 한 편의 빛나는 보석을 만나는 일로 위안을 삼으면 — 水源이 넉넉하다는 것은 언젠가 만날 수 있는 기약을 정하는 일과 같다. 이런 논리를 앞에 놓으면 임금자의 시적인 수원지는 넉넉하고 방대한 인상을 지울 수가 없다.

인상3 — 임금자의 시조는 그의 현실적인 나이에 비해서 젊고 발랄하면서도 그가 살아온 세월의 켜(層)를 다양한 모습으로 조망하는 시선의 넉넉한 확보를 들 수 있을 것 같다. 이 나라의 모든 산천을 위시해서 그가 바라본 모든 대상을 시적인 범주로 포착하려는 욕심(?)을 접하는 것으로부터 순수하고 담백한 표현미를 느끼는 결과로 보인다.

인상4 — 분주하고 왕성한 에너지를 간직하고 있다. 의식의 흐름이 빠르고 다양한 것은 그의 행보를 늘상 분주하게 바라보는 눈과 일치를 이룬다는 점에서 표현미를 얻는 것 같다.

그러나 표현의 深度에 이르면 확실한 답안을 제출 할 수 없다는 인상도 예외는 아닐 것 같다. 이제 구체적인 특성을 접하는 길로 들어간다.

2. 특징

특징1 — 문학도 생명을 이어가는 생로병사의 시간이 있어 생태적인 부침 (浮沈)을 거듭한다. 그러나 시조는 700여 년의 장구한 생명을 지녀 왔고 또 앞으로도 이어갈 수 있는 장수의 원인이 형태와 내용의 일체화를 이루고 있다는 결과이지만 좀더 생각의 깊이를 캐 올려야 할 대상이다. 그렇다면 한 편의 작품으로부터 임금자의 정신적인 문맥이 지향하는 바를 점검할 차례이다.

마음 강에
잠긴 얼굴

양푼 들고
뜨러 가세

뜨다가 달아나면
어디라도 따라가서

가슴에
품어 안고서
노을로
타고 싶네

— <노을에 서서>

시조의 특성은 엄격한 형태적인 제한 속에 분방한 감정을 담을 수 있기 때문에 긴절함을 자아낼 수 있다. 임금자는 이런 기교적인 형태미와 내용에서 여백을 간직하는 여유를 구사한 시조가 <노을에 서서>로 형태화되었다. 강에 들어 있는 노을의 아름다움과 재치 그리고 노을과 시인이 동일성으로 합치되는 초점이 아름다움을 연상하는 풍경화를 그리고 있다. 이런 결과물은 <연꽃>이나 <토담집>에서 임금자 시조 묘미를 의미로 건지고 있는 작품이다.

특징2 ― 임금자의 시조는 정형시의 특성을 숙지 한데서 나오는 의미 만들기라는 점이다. 이는 언어의 운용을 절제하는 기교로 대신하기 때문에 시의 특성인 응축이라는 명칭에 가장 근접된 미학을 창출하는 점이다.

방방울
터지는 소리
숨어서 엿들거나

— <비선대 가는 길>에서

열 길도
못되는 길을
잊어버려
못 온 갑다

— <하관>에서

시조는 민족의 정서를 가장 합리적인 방도로 응축한 예술이다. 3장 6구의 호흡에서 나오는 적절한 긴장미 혹은 시적인 의장(意匠)을 갖춘 완결미에서 나오는 기승전결의 형식적인 매듭은 내용과 형태의 조화를 이루어 시의 완벽성을 구사할 수 있는 대상이지만 ― 우리 것이라는 이유로 박대와 홀대를 받지 않았을까를 주저하게 된다면 이를 불식하는 것은 의미의 확장을 가져오는 표현미의 성과로 대신할 수 있는 대답이다. 위 두 편의 인용은 '방방울'이라는 언어 응축의 기교와 '못 온 갑다'의 어미 처리를 눈여겨볼 부분이다. 시조는 자유시와 달리 조사나 어미의 처리에서 의미의 여백을 남기는 특성을 가지고 있다. '갑다' 대신에 「가보다」나 「못온다」, 「오는구나」 등으로 쓴다면 함축미와 긴장을 놓치고 풀어지는 진술에 떨어질 위험을 차단하기 위해 「갑다」로 시의 리듬을 일거에 종료하는 묘미를 발휘하고 있기 때문에 시의 전체 문맥에 활성화를 기대할 수 있는 요인이 된다. 이처럼 임금자의 시조에는 언어의 정갈함과 긴축미를 위해 조사나 어미 등의 처리로 시의 맥을 살려내는 기교미는 <비오는 날에>,<허무> 에서 접할 수 있는 또다른 예이다.

특징3 ― 시인은 사물과 시인의 관계를 틈새 없이 하나의 결합을 위해 헌신하는 작업을 수행한다. 이를 위해서는 사물에 대한 통찰력과 다양한 안목으로 바라보는 시선의 확보가 전제되어야 한다면 임금자의 시조는 바라보는 시선의 영역이 매우 넓고 또 열정적이다. 물론 다양은 깊이를 놓칠 수 있고 시선의 확대는 초점을 일탈하는 우려를 가질 수도 있다. 이를 견제하는 것은 곧 시인의 재능으로 돌릴 수 있는 부분이다.

임금자는 움직이는 모든 공간이 시를 포착하는 대상으로 바라보면서 사물을 시로 살려내는 때로 주술사의 분주한 범위에 이르고 있다. 이는 제주도에서 해남 혹은 임진강, 금강산이나 노량진 시장, 일산, 영종도, 남한산성 또는 그가 아는 친지의 집을 방문할 때마다 어김없이 시의 이름은 문패를 달고 있다는 점이다. 이는 사물에 대한 관심을 애정으로 바꾸는 대상과 시인의 일체화Identity의 시적 진행과 보조를 이루는 점이다. 아울러 여성적인 섬세함이 또다른 자리를 특색으로 채우고 있기도 한다.

특징4 ― 시의 변화는 끝없는 실험성을 전제로 진전의 역사를 쓸 수 있다면, 시인은 끝없는 길항(拮抗)의 자기 반역을 감행하는 사람이어야 한다. 어제

와 오늘에 같은 시를 창작하는 시인이라면 두 번째의 시집은 아무런 의미를
가질 수 없기 때문이다. 임금자의 시에 사설시조인 <자모곡 ─ 치매일기>는
매우 좋은 발상이자 새로운 시도로 평가될 것이다. 이는 과감성과 조심성을
함께 갖춘 시이자 시인의 성품을 나타낸 작품이기 때문이다.

3. 이미지의 소리들

1) 비어 있음의 소리

허무란 모든 인간이 입어야 하는 의복이지만 아름답게 입는다는 것은 품
위와 직결된다. 비탄이거나 탄식으로 포장되는 경우도 있고 원망과 아픔을
호소하는 질축거리는 경우도 있기 때문이다. 그러나 임금자의 시 속에 간직
된 허무는 정갈하고 투명한 품위를 잊지 않고 있다. 이는 지적인 견제를 받
을 때 나오는 소리와 같을 것이다. 주로 개인적인 현상이 이런 무드를 형성
하고 있는 것 같다.

> 느티나무 그늘이 하두나 짙어짙어
> 마음까지 어둘까 조바조바 하였는데
> 어느 날
> 가고만 당신, 그것이 가을이었어
>
> ─ <가을 병창 - 소멸>

가버린 자의 자리는 항상 크고 애절한 법이다. 어떻게 시적인 품위로 탄
생할 수 있는가는 시인의 의도에 포함된다면 임금자의 에스프리는 가을과
가버린 당신을 병치함으로 가을과 당신의 이미지가 품격을 높이는 자리로
이동하는 이미지를 생성한다 물론 '당신'의 이미지를 구체화시킬 필요는 없
다. 왜냐하면 미지로 향하는 여백을 시의 특성으로 이해하면 당신은 '조바
조바'를 감내하는 언어의 뉘앙스에서 절실하고 ─ 그리운 마음을 가을의 투

명한 풍광과 대비함으로써 시적인 품위를 유지하고 있기 때문에 비어 있어
도 아름다운 형태로 다가온다. 비어 있기 때문에 아름다운 소리를 내는 종
소리를 연상하면 시 쓰기는 곧 비어 있음에서 나오는 소리와 같다.

　동행하던 사람이 없을 때 허무는 큰 자리를 만들게 된다. 더불어 홀로라
는 의식이 두꺼워질 때 삶의 의미는 한층 얇아지고 허전한 시간은 더욱 큰
입을 벌리고 다가오는 법이다. 이때 절망의 함정에 떨어지지 않는 방도는
「자기 찾기」라는 방도를 강구할 때, 비로소 독립된 자아를 형성하게 될 것
이다. 임금자의 분주한 시적 일상은 이런 대답을 마련하는 것 같다.

　　　　사랑한다 발목 잡아
　　　　한 데 묶어 두더니만

　　　　어느 날 끈을 풀어
　　　　날개마저 달아 두고

　　　　홀연히
　　　　떠난 지아비
　　　　그림자로 따른단다

　　　　　　　　　　　　　　　　　— <여정>에서

　'떠난 지아비'라는 시어로 볼 때 임금자의 의식에 비어 있음의 원인이 이
로부터 시작되는 것 같고 또 이런 이유는 '그림자'와 동행하는 애달픔의 여
정 — 떨어질 수 없는 추억의 언저리를 배회하게 된다. 인연이라는 말은 풀
어짐과 헤어짐에 아픔을 수반한다. 만나는 즐거움은 언젠가 헤어짐의 고통
을 지불하지 않을 수 없는 운명적인 선을 벗어나는 방도란 없기 때문이다.

　인간사에 완벽한 행복은 있을 수 있을까? 물론 아무리 행복의 정점에 있
다는 사람에게도 긍정의 대답이란 공허한 물음일 것이다. 한 쪽이 비어 있
음은 다른 쪽을 채우는 보상으로 인생사는 진행되기 때문이다. '서른 해 /

해후에도 / 입술을 떨던 임이’<첫사랑>처럼 오랜 세월을 행복한 시간이
‘어찌하리 / 어찌하리’의 망연함으로 슬픈 공간을 만들었다면 이런 원인으
로 인해 시의 탑을 쌓아올리는 보상을 받는 것 같다.

　문학이란 비어 있음을 채우는 보상 행위이기 때문에 임금자의 경우도 이
런 공식에서 해답을 마련하는 심리적인 증거는 다음 시로 확인된다.

　　　바닷가 저 쪽으로
　　　힘껏 던진 돌 하나
　　　외로움 여울지며
　　　어디 쯤에 닿았을까
　　　가기가
　　　하두나 멀어
　　　물살 타고 도로 올까

　　　모래밭에 덥썩 앉아
　　　써 보는 그리움
　　　야박한 파도가
　　　냉큼 와서 삼켰는지
　　　안보여
　　　더듬거리다
　　　잊어 가고 있었다

　　　　　　　　　　　　　　　　　　　— <그리움>에서

　3연 중 1, 2연을 옮겼다. 가버린 자에 대한 절절함과 부재에 대한 그리움
을 ‘파도’가 삼켰다는 슬픔과 ‘백지장 그대 얼굴’의 마지막 기억을 되새김하
는 것과 외로움의 진행이 파도와 일체화를 이룸으로써 시인의 심정을 의탁
한 수작(秀作)으로 보인다.

2) 정의 이미지

정이라는 개념에는 인간관계를 나타내는 범주 속에 있다. 다시 말해서 이성과의 애정이나 부모 형제와의 정을 위시해서 어떻게 소화하고 유지하는가의 여부에 따라 인간관계의 농도를 가늠하게 된다. 임금자의 시에는 친구를 위한 시와 자식에 향하는 정감이나 어머니에 향하는 감정이 주류를 이루고 있다. 특히 어머니의 경우는 가장 많은 빈도로 나타난다. <壽衣거풍>, <두 어머니>, <양로원>, <어머니>, <해바라기>, <콩나물을 기르며>, <고사목>, <자모곡>, <무우 시루떡> 등 어머니에 대한 간절함이 두드러진다. 이런 시들은 대개 회고조의 형태를 나타내는 이유 ― 시인의 지긋한 나이에서 오는 원인일 것 같다. 나이의 깊음은 살아온 생의 굴곡을 뒤돌아보는 함량이 더욱 많아질 수밖에 없기 때문이다.

> 높은 님 쳐다보고
> 사랑으로 짓는 미소
>
> 뜨거워 얼굴 탈까
> 고갯들 안 아플까
>
> 지난 날
> 우리 어머니도
> 그렇게
> 사셨으리
>
> ― <해바라기>

어머니는 사랑을 본질로 헌신과 희생의 이름일 뿐이다. 이런 모성은 무한의 에너지를 자식들에 제공하면서도 대가를 바라지 않는 희생 위에 싹을 틔우듯 일생을 점철한다.

'높은 님 쳐다보는' 겸손과 존경의 마음을 상징한 해바라기에서 어머니 사랑을 유추해 낸 임금자의 시적 의도는 절절성과 겸손 그리고 헌신을 동일 항으로 묶고 '지난 날 / 우리 어머니도 / 그렇게 사셨으리'에 사랑을 잊지 못하는 마음을 표백한다. 물론 '그렇게'의 암시로부터 어머니의 일생은 순조로운 것도 그리고 평화로운 행복이란 어의로 채워진 것만도 아닐 것이다. 오히려 형극의 고난과 슬픔의 벌판을 허우적이면서 헤쳐 온 일생을 되돌아보는 딸의 마음 — 그도 솔가(率家)를 이루어 살아오면서 이제 회고의 나이쯤에서 어머니의 흔적을 새롭게 상기하는 시인의 마음이야 아플 수밖에 없을 것이다. '옹이 박힌 손과 발 / 거칠어진 피부 / 자자진 키에 움푹 파인 빈 가슴으로 / 언제나 날 사랑하시던 어머니를 본다'<고사목>에서 앙상하고 거칠어진 모습이 고사목과 같은 슬픔과 참담한 그러나 그 아픔을 생각하는 모양이 시적인 아름다움으로 두드러질 때, 더없이 고귀한 마음 자락을 펼치는 것과 같은 생각이다.

　<자모곡 — 시모님 치매일기>는 오늘날 노인의 문제가 얼마나 심각한 모습으로 투영되는 문제인가를 깨우치는 이야기를 일기 형식의 사설시조 형태로 시화하고 있다. 99살의 나이에서 오는 역사의 깊이는 어느새 찬란함을 감추고 건망증과 노망과 치매라는 병에 함락당한 처참한 모습을 바라보는 것만으로도 자식의 도리는 다하는 것이리라. 6일과 4일 동안의 일기를 중장으로 놓고 처리한 작품은 공감의 파문을 전달한다. 이는 체험에서 나온 농축된 감정의 표출이기 때문에 가능한 일이고 진실하게 일생을 걸어 온 시선의 확보에서 오는 思無邪의 공자 말을 대입하는 경우가 될 것 같다.

　자식을 키우는 어머니의 마음은 항상 「무거운 생각」을 벗어나지 못한다. 길을 떠나는 자식에 염려를 위시해서 며느리에 대한 애정 그리고 딸에 대한 사랑 등은 비단 임금자만의 전유적이 생각이 아닐지라도 어머니의 사랑은 되풀이되는 안타까움이다. <공항에 다녀와서>, <고부>, <딸에게> 등은 한결같은 어머니의 무거운 생각을 아름다움으로 포장한 작품들이다.

　　　뜨락에 싹을 틔워

고읍게 피더니만

나비 등에 업혀
떠나버린 내 꽃송이

텅비운
너의 자리를
별을 따다 채울거나

― <딸에게>에서

안온한 정원에서 고읍게 싹을 키우고 자라더니만 어느 날인가 나비 등에 업혀 떠나버린 딸의 모습을 비유로 채우고 있다. 시적인 비유가 신선감을 주는 이유는 싹과 나비라는 이미지에서 '내 꽃송이'의 소유가 이내 '텅비운 너의 자리'에서 모정의 투명한 관계를 눈 여기게 한다. 이 시조의 비유에 백미는 딸을 「별을 따다」에 집중된다. 싹과 나비와 꽃송이의 이미지가 별로 상승할 때 고귀함을 사랑으로 바꿀 수 있기 때문에 자식에 대한 사랑은 깊고 포근함을 연상하게 된다.

임금자의 정감은 일방적인 것이 아니라 깊고 넓다는 이유는 <분이네 집>이나 <추억 캐내기> 등에서 과거를 접하는 다양성으로 짐작이 간다. 이는 시인의 성품을 나타내는 의미도 될 것 같다.

3) 빛으로 사는 삶

산다는 길은 하나로 정해진 것이 아니라 갈래 많은 길을 때로는 망설임으로 때로는 확신으로 선택하는 데서 의미 찾기가 될 것이다. 의미란 개성을 나타내는 뜻이고 이를 실현하기 위해 주저함과 망설임의 방황을 일상으로 지나쳐야 한다. 때로 개성을 유지하는 생활이란 지난(至難)한 일이 될 것이다. 비난의 과녁을 피할 수 없는 경우도 있을 것이고 때로 고독한 행보를 홀로 지속해야 하는 경우도 있을 것이기 때문이다. 여기서 자기의 삶을 빛

으로 확인하고 표출하는 일이란 그 사람의 삶을 어떻게 설정하는가의 여부
와 맞닿는 일이다.

    오고 가고
    남아나고
    그렇게 사는 것은

    뜨락에 은행잎
    노랗게 화사한 날

    인생을
    또한 나에게
    저 빛으로 이르시네

                                    ― <때 늦은 비상>에서

    색감은 인간의 마음을 반영하는 길을 만든다. 왜냐하면 심리적인 현상이
마음을 지배하는 것 때문에 색감은 곧 자신이라는 등식을 예외로 돌릴 수
없게 된다는 이유에서다.
    물론 색채의 영향은 시기에 따라 혹은 감정의 변화에 따라 달라지는 경향
을 띄운다. 임금자의 경우도 '노랗게 화사한 날'의 은행잎을 대입함으로써
따스하고 온화한 정감을 갈망하는 심리상태를 나타낸다. 이런 징후는 다음
시로도 확인된다.

    고운 것 스러지는 이 계절을 싸 들고
    낙엽과 동행하여 어디론지 굴러가니
    스산한
    마음 한 자락 촉촉히 젖어 있네

                                    ― <날아온 가을>에서

노란 색은 유아색을 나타낸다. 단풍은 유아색인 노랑과는 2차 색을 암시하는 낙엽이다. 이로 보면 임금자는 가을의 시인이면서 품위 짙은 무드를 즐기는 셈이다. 물론 낙엽의 모두를 아름다움으로 치장할 수만은 없을 것이다. 그러나 임시인은 생활에 화사한 색으로의 개성을 선호하는 품성을 나타내는 것 같다.

<낙타>에서의 숙명적인 인생의 길, 그리고 무거운 짊을 지고 걸어야만 하는 운명과의 맞섬, 이런 삶에서 처절한 기색을 나타내는 것은 아닐지라도 삶의 무게를 담담하게 받아들이는 길을 선택하는 모습이다.

앙상한 등뼈에다
움푹 파여 슬픈 허리

야윈 몸 늘이면서
희멀건 그 눈으로

오늘도
무거운 걸음
어디 메로 가시는가

— <낙타>

인생의 길이 사막을 걸어가는 비유라면 목이 타는 갈증과 고독에 허덕이는 의미로 다가올 때 이를 동반의 이름으로 가야만 하는 것이리라. 시적인 비유는 곧 시인의 삶을 통찰하는 것과 동질화를 이루면서 진행되기 때문에 '무거운 걸음'의 낙타는 곧 시인의 비유로 접맥되고 슬픈 허리는 시인이 삶을 바라보는 보편성의 줄기에 닿고 있다. 이런 발상은 특이한 감상이라 말할 수는 없을지라도 가파르게 언덕을 넘어가는 형상에 대해 애착과 연민을 보내는 인간만이 선택할 수 있는 휴머니즘이라는 뜻이다. 임시인의 시에 치열하고 피나는 인생의 악착함은 없을지라도 선한 눈으로 바라보는 애정에서 그의 시는 이름을 대신하는 것 같다.

4) 추억 캐기

인간에게는 추억이라는 공간을 반추하는 길이 넓게 열려 있다. 그 길을 따라가면 어린 날의 천진한 노래가 들어 있기도 하고 소녀 시절의 그리움이 물살에 흘러가는 아슬한 길이 열리기도 하고, 젊은 날들의 이름이 장면을 바꾸면서 삶의 부피를 높인다. 임시인의 시에는 고향의 추억이 유다른 빛으로 빛나고 있다. 그리고 애착을 가지고 자랑을 심는 것도 유다른 점으로 보인다. 이런 자긍은 아름다움으로 치장된 과거와 오늘을 하나의 줄기로 이으려는 발심으로 생각된다.

초등학교 졸업 선물인 <목도장 사설>이나 <코스모스>에서의 젊은 날 추억 <옛집에 갔더니>, <추억 캐내기1.2> 등은 자잘하고 그리운 추억 여행의 이름들이다.

"이 사람아 이러고 있을 때가 아닐세
내일 당장 만나자고 내 얼굴 알겠나"
"장미꽃
가슴에 달고 종각에서 만나, 언니"

— <추억 캐내기 1>에서

반세기를 지나 선배와 통화된 뒤에 만나기로 약속한 정경이다. 학교를 오가는 길이나 과거의 집안을 연상하면서 추억에 젖는 길이 분주해지고 또 즐거워진다.

임금자의 시조엔 재치라는 문법이 있고 넉살좋은 입담 뒤엔 페이셔스한 인간미가 들어 있어 친근미를 남기고, 꾸밈이 없는 순수함에서 담백한 노래의 가락이 아름다움을 남기는 결과가 된다면 추억도 그런 문법에 어울리는 이름들이다. '지금도 / 그 화판 위엔 / 추억들이 / 깔깔댄다'라는 추상(追想)의 소리들은 임금자가 길어 올리는 시적 묘미로 보이기 때문이다.

4. 나가면서

시가 여느 장르와 다른 것은 비단 형식미를 운위하는 것만은 아닐 것이다. 형식 속에 내용의 다양성을 채우는 일은 시조가 감당해야 할 숙명적인 작업이기 때문이다. 한국 시조는 답보라는 이름에서 벗어나는 계기가 과감하게 지금까지를 버리는 길항(拮抗) — 이는 새로운 변화를 불러들이는 용감한 작업이라야 한다. 이는 반역이 아니라 오히려 시조가 짊어져야 할 숙명의 이름으로 대신할 일 — 처절하게 낭떠러지로 떨어지는 슬픔은 오히려 기쁨의 길을 깨닫게 하는 오도(悟道)의 경우에 이어지기 때문이다. 임금자의 시조는 그런 조짐에 다소 가깝다는 인상을 주지만 앞으로의 에너지 분출이 어떤 결과를 남길 것인가는 기대의 일이 될 것이다.

임금자의 시는 때로 위험 수위를 넘으려는 비유의 직접성이 있지만 아슬하게 넘어가는 묘미는 오히려 긴장미를 유발한다. 그의 시조는 간결한 특성을 전제로 의미의 영역을 다양함으로 채우는 것은 인생의 넓이와 깊은 상관이 있을 것이다. 특히 사설시조의 새로운 시도와 언어의 정갈미는 임금자의 자리를 확보하는 점에서 기대 가치를 소요하고 있다. 이제 분주하고 바쁜 행보를 명상적인 자리로 가는 추이를 바라보는 것 — 시어의 날카로운 각을 유연함으로 다듬는 일이 다음을 기대하는 또다른 요망이라는 조언을 덧붙이면서 논지의 책무를 벗어난다. *

시의 행로와 식물성 정감의 발상
― 김금희의 시

1. 시의 나라에서

한 편의 시는 인간의 영혼을 맑게 하는 점에서 종교적인 기능을 수행할 뿐만 아니라, 가장 인간적인 감수성을 추구하는 순수의 미학일 것이다. 순수와 아름다움은 신의 음성을 대신하는 인간의 몫이라면 삶의 자리를 밝히는 불빛과 같다. 이는 현상적이고 또 사실적인 특성을 갖추고 있다는 점에서 인간과의 상관을 벗어나는 것은 아니다. 그렇더라도 시는 인간과 적당한 거리를 유지하는 점에서 아름다움의 의복을 입게되고 여기서 시의 특성이 저속한 땅으로 발길을 옮기지 않게 된다. 시는 항상 높이로 향하는 정서적인 특성을 공유하면서도 인간을 위해 손짓의 여백을 남겨두려는 특성에서 친근미를 갖는다. 시가 인간의 땅에 머물게 되는 일차적인 관건은 인간의 가슴을 헤집고 자리를 펴는 성향이 따스하고 안온한 정서에 위안을 삼으려는 발상이라면, 시인의 임무는 일상적인 데서부터 고귀한 높이를 지향하는 공간을 향해 마음의 자락을 펴야 한다. 여기서 시의 나라는 인간의 땅에 이상을 펼치는 노래를 불러야 한다.

악머구리와 시기, 질투 그리고 모순이 얽혀진 공간을 위해 헌신의 자세를 가질 수 있을 때 비로소 시인과 시의 결합은 투명한 이름으로 존재를 형성하게 될 것이다. 여기서 시인의 노래는 자기 城의 이름을 헌증할 수 있는 자격을 획득하게 되면서 생명의 길로 나아가게 된다. 물론 시의 나라는 아무나 시민으로 등재될 수 있는 조건을 갖추고 있지만 시의 나라에 시민권은 타인이 주는 것이 아니라 오로지 자기 스스로가 오로지 획득할 수 있다는 점에서 무거운 나라요 힘겨운 나라일 뿐이다.

김금희의 시를 말하는 앞자리에 시의 나라에 시민권을 운위하는 이유는 맑고 깨끗한 심성을 가진 사람에 의해 이룩되는 나라라는 점에서 김금희의 시와 상관을 맺을 수 있다는 점을 연결하고 싶어서이다. 이제 논지의 길을 따라 김금희의 정신문법을 분석하는 절차로 나아간다.

2. 시의 나라에 시민권들

1) 감각적 에스프리

시는 감각을 어떻게 포장하는가의 여부에 따라 호소력은 달라진다. 감각이란 인간의 오감 중에서 가장 민감하고 또 정서의 넓이를 파장으로 확대할 수 있다는 점에서 지적인 작업이다. 문학이 필요로 하는 것은 인간의 감각에 호소하는 절차로부터 정서의 확산을 기할 수 있을 때, 소임을 달성할 수 있다. 김금희의 시는 감각적인 에스프리가 특징으로 나타난다. 인용의 작품으로 인증을 삼는다.

꿈 키운 바다
술렁이고

바위섬 새긴
절절한 사연

너울져 흐르네

사랑 떠나간
적막의 땅끝

고기비늘 자국
아득한 공허

　　하얀 파도 소리만
　　와아 달려오네

— <해변>

　문학은 연상과 판단을 결합하는 점에서 감각은 지적인 필요를 갖게 된다. 여기서 연상이라는 시적인 에스프리를 지칭하는 뜻이면서 표현의 능력으로 귀착하게 된다. 표현의 능력은 상징이라는 껍질을 쓰고 독자 앞에 낯설게하기라는 표정을 연출하게 된다. 이런 껍질을 씌울 수 있는 길은 시인이 살아온 체험적인 요소와 더불어 투영된다. 김금희의 시에 에스프리는 다소 어눌하고 미흡한 점도 있지만 순수하고 투명하다는 점으로 이해된다. 가령 '꿈 키운 바다'가 술렁이고라는 다이내믹한 흐름을 가지면서 언어의 생동감은 자극하게 된다. 이런 이유로 인해 김금희의 시에는 정지에서 이동으로 길을 만드는 분주함이 있다. 물론 이런 일은 단순성으로 처리하는 것보다 복합적인 형태로 이어질 때 더욱 신선감을 자극한다는 뜻도 된다. 이런 예는 시의 종결에 '하얀 파도소리만 / 와아 달려오네'의 '와아'의 함성 속에 깊은 정서적인 함축미를 내포하게 된다. 이는 파도의 소리와 인간의 정서가 환기되면서 파도에서 느끼는 정서의 상쾌함을 연상하기 때문이다.

　　만났다 헤어지는
　　밀물 뒤엔 썰물
　　자잘게 채 썬
　　연포바다 모래밭

— <연포>에서

　바다는 모든 것을 용해하는 공간으로 볼 때는 흙의 이미지와 유사한 궤적을 밟는다. 모든 것을 수용하면서 새로운 변신을 나타내는 바다는 결코 편견이나 옹졸함을 거부의 몸짓으로 나타내는 것은 아니다. 김금희는 밀물과

썰물에서 인간사의 뒷모습을 유추하는 일면 파도의 풍경이 '자잘게 채썬'의
여성적인 섬세함을 시어로 장식하는 점에서 감각적인 묘미를 감추고 있다
는 점이다. 시가 상상력의 함량으로 구성되는 점에서 언어의 생생한 비유는
시의 분위기를 친근미로 포장하는 재능을 발휘하고 있다는 뜻과도 같다.

2) 길 찾기 혹은 찾아가기

길은 인간의 운명과 연결되고 실제로 삶의 추상성 — 어떤 길이든 선택하
지 않으면 안되다는 점에서 존재를 나타내는 구체적인 이름이다. 길은 보이
는 길과 보이지 않는 마음의 길이 있다. 물론 두 길은 살아있는 자의 이름에
서 필요를 설정하고 또 살아가는 사람에 의해 만들어진 개념이라는 사실에
서 인간과 벗어날 수 없는 상관으로 출발한다. 김금희의 길은 뚜렷한 명분
을 축적하고 가는 나그네의 행로보다는 살아가는 도정에서 형성된 자연스
러움이라는 점에서 천의무봉(天衣無縫)한 느낌을 준다. 적어도 순수라는 이
름은 꾸밈이 없을 때 비로소 신선미를 줄 수 있다면 이런 조건에 합치하는
한 편의 시는 그만큼 소중한 이름으로 태어날 수 있다는 점이다.

> 안개 걷어 가며
> 집 앞을 쓴다
>
> 빗살 무늬
> 멀리 멀리 펴
> 골목 사람들 마음을 쓸고
>
> 돌아 보니
> 길은
>
> 환하게 내 가슴을 쓸며
> 다가서 온다

— <길>

길이 구체적으로 지시하는 상징은 없다. 다만 아침에 집앞 길을 쓸면서 인생의 광장으로 의미를 확대하는 김금희의 의도는 '골목 사람들'과 「더불어 함께 하려는」 생각으로 시의 전반부를 채색하고 후반부에는 인생의 길로 의미를 더한다. 이런 헌신의 마음은 내 '가슴을 쓸며'의 행위에서 '환하게' 밝아 오는 삶의 의미에 도달하게 된다.

> 아른 아른 물거울
> 길어 휘어진 한낮
>   굽어
>   굽어
> 물살 몰래
> 다가서는 인생 길도
> 유유히 목 추스리며 살아 가겠네
>
> — <버들가지>에서

물길도 땅위를 살아가는 인생의 암시와 다름이 없을 것이다. 김금희는 인생의 상징을 물에 비유함으로써 유동적인 심리를 투영하여 물길의 아름다움과 동류항의 암시를 더블이미지로 처리하고 있다.

살아가는 길은 곧고 직선만의 길은 아닐 것이다. 때로 굽어 서러운 길 일지라도 아름다움을 느끼는 자세로 살아간다면 거기엔 삶의 깊은 의미가 스며 나올 것이기에 강물에서 인생의 아름다움이 느껴진다면 이미 시적인 장치는 아름다움으로 포장되고 있다는 점이다. 이런 이유에서 김금희의 시적 장치는 비록 정치(精緻)한 조직을 갖추진 못했을지라도 순수를 표출하는 단순성에서 깊이를 내장하고 있다.

> 어디론지 흘러가야만 하는 나는
> 잠시만 쉬어도 가슴이 답답해

> 좁은 길을 만나면 더 빨리 달려간다
>
> ― <흐르는 냇물>에서

인간이 가야하는 목적지는 어디에도 없을 것이다. 결국 목적지가 없어도 어딘가로 가기 위해 길은 길을 찾아 방랑의 이름을 써야 한다. 김금희는 이런 일을 순명의 길로 고개를 숙이는 것 같다.

인간의 가치는 여러 각도로 이해할 수 있을 것이다. 문제는 얼마나 진지하게 인간의 가치를 발휘할 수 있을 것인가의 여부에 따라 결정된다. 이런 조건은 인간적인 심성에서 찾을 수 있을 때, 비로소 따스한 체온을 유지하게 된다. 이런 체온은 타인에게 더욱 따스함으로 전파되는 감동의 산물이 시적으로 형상화 할 때, 고귀한 의미를 만들게 될 것이다. 김금희의 길은 현실적인 암시와 추상적인 의미를 공유하면서 형이상학적인 길을 찾아 나가는 특성을 가지고 있다.

3) 삶의 해석

산다는 일에 해답은 항상 미궁으로 끌려가는 일이다. 그리고 그 해답을 찾는 일이 허무로 돌아가더라도 끝없는 발문을 던질 때, 생의 가치는 더욱 화려할 수 있을 것이다. 문학의 본질은 인간의 문제를 해석하고 분석하면서 때로는 묘사와 상징을 구사할지라도 궁극적으로는 삶의 문제 앞에 도달하게 된다. 시는 시적인 장치를 갖추면서 인간을 바라보고 소설은 소설적인 방법으로 인간 앞에 이르는 길을 제시한다. 문제는 얼마나 각자의 임무에 헌신할 수 있는가 혹은 얼마나 인간의 체온을 따스함으로 포용할 수 있을 것인가를 묻는 일로 집약될 뿐이다.

> 평생 못다 채운 삶
> 주름만 깊어 가는데
>
> 닳아버린 심지인가

허공만 커보이고

아침 안개 걷힌 햇살
솔바람에 가슴 툭 틔우고

잠깐 잎으로 나부끼지만

뿌리로 남을 모습
곱게 물들이고 싶네

— <삶>

인생을 바라보는 태도는 경우에 따라 다르게 나타난다. 젊은 시절에 인생을 바라보는 것과 중년의 나이 그리고 노년이 되어 바라보는 것과 돌아보는 것은 다르다. 그러나 공통적으로 인식되는 문제는 인생이란 허무하고 짧은 것이라는 대답에 일치점을 갖는다. 김금희의 <삶>은 안타까움과 허무를 느끼지만 칙칙하거나 암담한 것과는 거리가 있는 것 같다. '허공' '닳아버린 심지' 그리고 '잠깐 잎' 이라는 순간적인 현상을 인간의 본질이라는 뜻으로 보면서 '곱게 물들이고 싶다'라는 마지막 시어에 김금희의 삶의 태도는 아름다움으로 마치겠다는 의도를 접하기 때문이다. 이런 태도는 허무와 절망을 넘어 아름다운 소망의 꽃을 피워야 한다는 명제를 달성하기 위해 노력하는 또다른 일면을 뜻한다.

김금희의 시에 특성은 停止態가 아니라 유동적인 특성을 가지고 있다. 이는 그의 삶을 암시하는 데서도 이런 경향이 농후하다는 점이다.

억겁의 세월 삭힌 정 매끄러워
골라 쥔 옥돌 알 주웠다 버렸다
비운다던 마음은 어디에다 흘렸는고

물위에 뜨는 것은 비추이는 그림자니

유리빛 맑은 물에 헹궤 낸 속내란다
헛 것은 흘러 보내고 산뜻하니 건네세

— <징검다리>에서

비우는 것은 채움이고 채우는 일은 결국 비우는 일이라 말한다. 그러나 비우는 것으로 아는 것과 채우는 것으로 아는 것은 본질에 이르는 일은 아니다. 비우는 것이나 채우는 것은 인간의 개념이고 자연의 개념은 아니라는 뜻이다. 인간은 자연의 일부이고 또 자연의 본질이라는 점에서 비우는 것과 채움이 있는 게 아니라 그냥 존재하고 있을 때—그 순간은 바람처럼 사라지는 존재 이외에 아무 것도 아니다. 이를 허무라거나 혹은 찰나적인 이름으로 정리하기에도 용어의 갈증이 여전할 뿐이다.

인생의 다리를 건너갈 수 있는 일은 지혜를 필요로 한다. 여기서 채움의 욕망보다는 비움의 공간에 더 많은 것을 채울 수 있다는 일은 무심(無心)을 가질 때 밝은 눈이 떠지게 된다. 이는 마음의 눈이 떠질 때 비로소 사물의 실상을 정확하게 바라볼 수 있는 일에 이른다는 뜻이다. '헛 것을 흘러 보내고'에서 산뜻함을 돌려 받는 이치는 결국 자신을 발견하는 셈이다.

내일로 알 하나 품고
오늘을 뉘이려 하네

— <호수>에서

오늘의 고달픔을 넘어가기 위해서는 오늘을 준비하는 자세는 물론이고 오늘에서 내일을 찾아가는 꿈의 흔적을 간직하는 마음이 있을 때, 삶의 미래는 넓은 길을 만들게 된다. 이런 마음을 간직하고 있는 김금희의 정서는 직접적인 표현미보다는 간접적인 형태로 은근미를 나타낸다. 이는 그의 성품에서 나오는 맛이자 삶의 향기로 돌릴 수 있을 것 같다.

4) 모정

어머니는 고향의 의미에 닿고 또 고향은 어머니의 이미지에 이를 때, 안온하고 또 고달픔을 위안 할 수 있는 상징을 완수하게 된다. 어머니라는 말을 들으면 누구나 숙연해지고 또 가슴을 열고 싶은 충동을 느끼는 이유도 어머니의 가슴에 간직된 사랑일 것이다. 물론 사랑이라는 말은 가장 흔한 말일지라도 어머니의 사랑은 가장 따스하고 안온함을 주기 때문에 악착한 삶에 치료제의 기능을 수행하게 된다. 어머니의 힘은 가장 거대한 에너지로 작용하기 때문에 때로 무기력하게 보일지라도 그 에너지는 무한의 힘으로 작용하게 된다.

> 저 상수리 나무 가지에 걸친 해
> 잠시 후면
> 그림자마저 데리고 떠나갈 것인가
>
> 빈들녘 같은 내 마음
> 다독거리던 햇살
> 응석어린 눈빛을 남기고
>
> 포도즙보다 더 *끈끈한* 모정
> 가늘한 목줄 타고 올라와
>
> 나의 창가에
> 후두둑 비가 내리네
>
> — <아들의 군입대 날>

아들이 어머니의 곁을 떠난다고 느낄 때, 가슴을 적시는 물기는 슬픔이 아니라 애달픔일 것이다. 이런 애달픔을 간직한 것은 사랑의 진원에서 나오는 아름다움의 이름이다. 곁을 떠난다는 허전이 어머니의 마음을 채색하는 그림자로 남을 때, 과거로 다가가는 길이 넓게 열리면서 '더 끈끈한 모정'의 안스러움이 '후두둑 비가 내리네'의 눈물로 비유의 이름을 남기고 있다.

시는 직접적인 형태의 하소가 아니고 이미지를 만들어 비유와 상징의 옷을 입히는 작업이 우선한다면 '후두둑 비가 내리네'의 빗소리는 시인의 가슴을 대신해주는 마음을 신선미로 환치(換置)하는 시어로 생동감을 준다. 자식이 어머니를 그리워하는 입장으로 돌아가는 다음 시를 인용한다.

> 가지 많은 나무이던
> 어머님
> 노을빛으로 여울져 옵니다
>
> 전쟁 물살에 휩쓸려 간
> 오라버니 푸른 목숨
>
> 업으로도 풀길 없는 어머니의 한
> 가슴에 묻어 혼신 앓으시던
> 이마에 맺힌 땀방울
>
> 천주께 묵주신공
> 알 알 이
> 목련꽃 향으로
> 울어 납니다
>
> ― <어머니>

김금희는 어머니가 되어 다시 과거 어머니의 공간으로 들어가 따사한 사랑을 감지한다. 아울러 고달픔을 이기고 슬픈 승리자의 모습으로 돌아간 어머니의 한스러움을 이해할 수 있는 지금의 나이는 시간과 떨어진 거리와 비례하면서 아픔을 환기한다. 어머니의 '이마에 맺힌 땀방울'의 모습은 현재의 공간으로 돌아와 '목련꽃 향으로 / 울어 납니다'의 향기 짙은 모습으로 영원을 자극하면서 과거공간에서 느끼는 안타까움이 더욱 배가 된다. 그러면서 시인에게 어머니는 삶의 근원을 이루는 결정 인자(因子)이면서 현재를 건강으로 채울 수 있는 에너지의 역할을 감당하는 중심으로 작용한다.

5) 고향정서

고향이란 말 앞에 모든 인간들은 경건해지고 숙연함을 갖는 이유는 아마도 생명의 시원(始原)이라는 연고일지 모른다. 하물며 수구초심(首邱初心)의 동물에서나 연어의 회귀본능 조차도 자기가 태어난 땅의 내음을 평생동안 잊지 못하는 원인이 결코 논리적인 사연으로 풀어낼 수 있는 성질이 아니다. 그만큼 절실하고 필연적인 숙명의식이 내장되었다는 뜻이다. 이는 생명의 원형의식을 뜻하는 일이라면 시인에게서 고향은 특별한 정감의 공간으로 설정될 것이다. 물론 김금희의 경우는 깊은 정신적 흔적을 남기는 인연의 줄기가 연결되어 있음을 알게 된다.

한 마당 매달은
떡살구
온 동네가 휘언해
입덧 난 새댁
부끄럼 내던지고
손 내미는 선 웃음

퇴근길 세무서 직원
"아! 맛있겠다"
어머니 말 수 적으셔
남정네도 애기슨갑다

그 새큼 달콤한 맛
지금도 군침돌아

잔잔 조롬 속눈썹 붙었다 떴다
꿀꺽 삼키네

— <고향 집 떡살구 나무>

살구라는 대상을 통해 고향의 정서로 되돌아간다. 햇살 밝은 정경이 떠오르고 인간의 정감이 스며있는 고향은 시인에게 불가침의 성역으로 남는 의식을 엿보게 한다.

마당 가득 살구가 익어가는 풍경화에서 인심 좋은 사람들 — 임신한 여인조차 살구맛에 부끄러움을 잊고 세무서 직원이 맛있다는 말로 살구에 눈독을 맞추는 에피소드로부터 어머니의 마음에는 흐뭇한 정감이 더욱 찬란한 모습으로 여운을 남긴다. '지금도'라는 회상구조 속에 나타난 고향의 마당은 따스하고 인심 넘치는 정경의 풍경을 제시하면서 — 김금희는 어머니의 후덕한 마음을 잊지 못하는 또다른 장치를 마련하면서 고향과 어머니의 상관을 동일성으로 묶어놓고 있다. 이런 정감의 공간에 고향은 정신의 영원한 줄기를 형성하면서 오늘을 살아가는 버팀목의 작용을 다음 시로 확인하게 된다.

삐비풀 실눈 내미는 언덕
아지랑이 햇살을 감고
봄을 뜯었네

헝클어진 세파로 지칠무렵
아픈 그림자
잠잠히 밀어내는
버팀대로 다가오네

뿌리 부드러운 핏줄
체온 묻어 베인

그 곳
살얼음을 녹여 주었네

차오르는 그리움
큰소리로 부르고 싶은
내 고향 산천

— <고향>

김금희에게 고향은 오늘을 살아가는 정신의 줄기이면서 과거와 현실이 분리로 존재하는 것이 아나라 하나로 연결된 줄과 같은 기능을 수행하기 때문에, 단순한 회상구조의 작용이 아니라 현실을 생동감으로 채울 수 있는 기능을 수행한다. 이는 '세파에 지칠 무렵'과 '아픈 그림자'라는 현실의 고통을 '부드러운 핏줄'로 '살얼음'을 녹여주는 작용을 하기 때문이다. 이와 같은 절실성 때문에 고향은 항상 부르고 싶고 또 다가가고 싶은 대상으로 애절함을 남기는 이유가 된다. 특히 김금희의 고향의식에는 식물성 정서가 주된 역할을 한다. 가령 "삐비풀'과 아지랑이가 결합한 봄날의 따뜻함이 배경을 이루는 풍경은 섬세한 감성을 생산하는 시인의 정서적인 특성과 일치하기 때문이다. 결국 모든 작품에 식물성 대상이 우세한 것은 김금희의 시적 특질이면서 정신의 일단을 표출하는 출구의 역할을 뜻한다.

6) 식물성 정서

김금희의 시에는 식물성 대상이 대부분을 점유한다. 이는 시를 표현하는 심리적인 상관을 유추할 수 있는 조짐을 뜻하면서 정서의 성질과 일치하게 된다. 또한 활동적이고 적극적인 성품이 아닌 소극적이고 靜的인 시인의 정신과 맞물린다.

ⓐ 봄의식

김금희의 시 속에는 봄과 가을이 거의 대부분을 차지한다. 물론 가을은 깊어지는 나이와 상관이 있다면 봄의 시들은 이와 달리 그의 정서적인 감수성과 일체화를 이루는 증거가 된다. 왜냐하면 시의 표현은 결국 심리적인 특성을 시의 장치 ─ 이미지 구축 ─ 상징과 비유를 재료로 하기 때문이다. 다시 말해서 현실에서 미래를 추구하는 방향으로 진행하는 과정에서 봄은 돌아가고 싶은 계절감 ─ 노드럽 프라이는 낭만 혹은 로맨스라는 말로 표현했듯 부드러움을 내장하는 정서가 되고 가을은 현실에 공허를 느끼는 고독의 정서와 연결이 된다는 점이다.

> 잠자는 싹
> 햇살 한 줌에
> 팔랑 일어서고
> 덩달아 깨어난
> 풀벌레
> 동화의
> 봄날은
> 잎 끝에 바람으로
> 살아 나네
>
> ─ <봄날>

T.S.Eliot는 죽은 땅에서 라일락을 피우는 사월을 가장 위대하다는 뜻의 「잔인한 달」이라는 역설적인 표현 ─ 겨울 땅에서 일어나는 라일락의 위대한 힘을 노래했다. 보이지 않고 연약한 식물의 뿌리가 겨울을 이기고 새순을 틔우는 작업은 강인하고 힘찬 면을 투시한 엘리오트의 감각은 그만큼 탁월한 시인의 감수성을 엿보는 특성이다. 김금희의 봄은 시인의 특유한 감수성 ─ 햇살 한 줌에 일어나는 싹들을 느끼는 정서는 그만큼 예리한 마음의 눈을 필요로 한다는 점에서 좋은 일이다. 더구나 풀들이 잎을 틔우면 덩달아 일어나 호들갑을 떠는 풀벌레들의 부산함과 잎들이 대조를 이루면서 동화 같은 정경을 느끼게 한다. 마지막에 '잎 끝에 바람으로 / 살아 나네'의 결말 처리는 매우 신선감을 준다. 결국 봄의식은 시인 자신을 뜻하는 정서가 되

는 느낌을 갖기 때문이다.

    부푸른 사월 가슴
    무늬 놓아 꿈속 길

    담장 너머 첫사랑
    울렁이는 마음

    하늘 빛깔에 살그락 녹아
    잎보다도 더 앞서

    나는 톡 터뜨렸네

    그 지순의 초여름을
    남빛 바다에 띄웠네

                    ―<목련화>에서

　　김금희의 봄은 생동감과 어울리는 일면 추억의 장면이 펼쳐지는 동화 나라를 연상하게 한다. 울넘어 첫사랑의 울렁이는 마음이 회상이 무르녹은 감정으로 다가오면, 그 주체할 수 없는 마음을 담고 기뻐하는 처녀의 심정을 '나는 톡 터뜨렸네'에서 쏟아지는 상큼함을 연상하면서 ― 하늘 빛의 파아란 색채 개입에서 더욱 찬란한 봄날의 풍경으로 전환한다. 이런 아름다운 정경을 '남빛 바다에 띄웠네'에 이르면 추억의 깊이는 푸르고 아슬한 장면으로 전환하는 묘미를 나타내고 있어 생동감을 자극한다. 이는 김금희의 정서가 유연하고 다감한 ― 순수를 느끼는데서 아름다움을 간직하게 된다. 이처럼 김금희 시의 봄날 정서는 매우 투명하고 환한 느낌으로 작용한다.

　ⓑ 가을 의식

　　조락(凋落)을 재촉하는 가을은 항상 쓸쓸함과 고독을 연상하는 시적 메뉴가 된다. 그러나 이런 메뉴는 이미 식상했고, 또 특별한 시적인 뉴앙스를 내포할 수는 없는 데드메타퍼가 된지 오래다.

그러나 빈들판에 홀로 서 있는 겨울 나무의 쓸쓸한 정경이 인간의 고달픈 운명을 상징하는 이미지로 연결되면서, 고달픈 인간의 처지를 <독목>으로 느끼게 한다면, 가을의 이미지는 깊은 사유를 재촉하게 된다. 다시 말해서 추수 끝난 <빈들녁>의 공허한 풍경이 김금희의 시에 옮겨오면 한층 깊어지는 조락의 인간 처지를 느끼게 한다.

물결치던 황금 알곡
추수로 벗어
맨몸 서러움은

솜털 날개 훨훨 날아
민들래 쭈그린 빈 꽃대

출렁일 이삭없이
썰렁한 가슴 후벼대는
투정의 찬바람

목마름 이슬에
아쉬움 축여

짧은 햇살
알몸 사르는 텅 빈 들녁

— <빈 들녁>

허수아비가 허공을 부르는 텅빈 가을의 궁창(穹蒼)은 인간의 마음을 무한의 여행으로 이끌게 된다. 이런 배경을 깔고 김시인은 '맨몸 시려움'과 빈들에 서 있는 '빈 꽃대'의 처연한 모습을 바라보면서 인간의 오후를 연상하게 한다. 더구나 3연 '투정의 찬바람'에 이르면 아픔의 농도는 더욱 가슴을 파고드는 이름이 되고 겨울로 가는 넓은 길이 하늘 깊이로 여정을 묻게 된다. 김금희는 이런 정경을 전면에 포진하면서 후면에 인간의 아픔 그리고 여기서 파생되는 그리움을 남길 때 시적 여운은 더욱 물기를 더하게 만들고 있다. 알몸 사르는 빈 들녘의 바람속에 햇살을 그리워하는 또다른 인간적인 갈증이 자리잡는 계절로 가기 때문이다.

　　　　단풍 물든 물푸레나무 잎과
　　　　높이 뜬 달
　　　　도랑물 위에 내려와
　　　　잔물살에 부스러지고

　　　　누군가
　　　　창틀에 기대어
　　　　달빛 뽑아 내는 희디흰 밤

　　　　헤아릴 수 없는
　　　　파장의 주름 일궈놓고

　　　　달빛은 전율하며
　　　　깊은 가을로 흐른다

— <가을>

　정적인 풍경화를 대면하는 가을이다. 낙엽의 몸짓과, 아득함으로 길을 묻는 물살은 작은 소리로부터 먼 길을 재촉하는 소리 — 가을은 소리로 어울리는 계절이다. 쓸쓸함과 고독 그리고 이유 모를 서러움이 일렁이는 정밀의 공간을 '누군가 / 창틀에 기대어 / 달빛 뽑아 내는 희디흰 밤'의 무드에 젖으면 그 모습은 환상미의 극치를 이루는 모습이 된다.
　따스한 인간의 정감이 그립고 고달픈 여정으로 길을 떠나는 상상의 여행은 낭만이 이름을 대신하게 된다. 즉 낙엽, 귀뚜라미, 바람 등 달빛을 받아 환상미를 재촉하는 가을밤의 이름은 김금희의 나이쯤에서 연상되는 순수 투명의 이름일 것이다. 아울러 아름다움을 위해 시심(詩心)을 재촉하는 여인의 정감을 뜻한다는 의미도 될 것이다.

3. 또다른 나라로 가는 길을 위해

시인의 운명은 방랑끼의 연속이라야 한다. 다시 말해서 새로운 공간을 창조하기 위해 머물러 있어서는 안되고 항상 재촉하는 발걸음을 가져야 한다는 뜻이다. 의식의 공간을 신선함으로 채우기 위해서는 새로운 장면에 다가오는 새로운 의미를 만들지 않는다면 이미 시인의 자격은 소멸된 때문이다. 한국 시의 취약점은 정체성이라 가정하면, 방랑을 재촉하는 부단한 노력 끝에 신기루처럼 보이는 시의 참된 얼굴을 그리기 위한 노력에서 갈증을 느끼게 된다. 이를 위해서는 신명(神明) — 엑스타시의 경지를 찾아가는 나그네가 되어야만 한다.

김금희 시인은 그런 일을 감당할 수 있는 가능성을 갖게 한다. 아울러 언어 운용의 정제(精製) 그리고 대상을 바라보는 포괄적인 시야의 확보 등이 갖춰진다면, 더욱 좋은 시의 얼굴을 대면할 수 있을 것으로 믿는 것도 이런 전제를 앞에 놓을 때이다. *

희망의 길 찾기 혹은 자기발견
— 김연희의 시

1. 시인에게 보내는 글

우선 첫 시집 상재(上梓)를 축하합니다. 그러나 한 사람의 시인으로서 왜 시를 쓰고 시집을 출간하는가의 명백한 자기 이유를 설정할 필요가 있기 때문에 두 가지의 부탁으로 논지를 시작하겠습니다.

첫째 시인이 무엇인가의 확실한 자기정립으로 출발하라는 부탁입니다. 최근에 시인의 증가는 헤아릴 수 없을 정도로 많습니다. 그들이 토해내는 시집의 숫자는 어지러울 정도라는 것도 사실입니다. 아울러 시집을 출간하는 일이 큰 영광이 되는 것도 아니고 무슨 소득이 되는 것도 아닙니다. 어떤 목적, 어떤 추구를 위해 시집을 낸다면 이는 잘못입니다. 다만 시를 좋아하고 또 시를 평생의 반려로 받아들이는 애정을 가져야 한다는 말을 강조합니다.

한 인간이 어떤 대상에게 헌신하는 자세야말로 아름답고 행복해지는 원인이 됩니다. 사랑도 그런 이름이 아닙니까. 시 쓰기는 바로 그런 해답이 되지만 결코 부귀를 혹은 세속적인 의미와는 아무런 상관이 없다는 점입니다. 대가를 바라지 않고 남을 위해 노력하는 사람이야말로 행복해지는 사람입니다. 스스로가 행복이 무엇인가 혹은 행복을 추구하지 못한 사람이 타인에게 감동의 글을 쓸 수 있다는 것은 위선이요 가식이기에 의미를 갖지 못합니다. 여기서 시집 한 권은 단순한 이름이 아니라는 사실은, 이 세상에 어떤 가치보다 소중한 이름 — 시인이기 때문입니다. 이는 앞으로도 그런 소중한 이름을 위해 자기의 모든 것을 투척하고 열정을 쏟아야할 긴 인생의 명제가 될 것을 작심(作心)하라는 부탁입니다. 가령 부귀나 명예라는 것들이 화려하고 찬란하다 하더라도 순간에 날아가는 신기루라는 것은 고금의 인간들이 설파한 말이기에, 자기의 이름으로 남기는 한 편의 시를 생명처럼 대면하라는 말입니다. 이제 김연희라는 이름에서 탄생되는 시들은 사랑으로 받아들여야하는 자식이요 때로는 선생이요 삶의 반려자가 된다는 신념으로 마음을 다잡아야 한다면 — 그런 작심이 아니라면 단순하게 활자로 나열하는 문자밖엔 안 된다는 충고를 하는 이유를 접어주기 바랍니다. 자기의 불행과 아픔 그리고 시련을 극복하고 타인을 위해 헌신한 예술가를 존경하는 이유는 여기에 있을 겁니다.

두 번째는 시인은 여타 문인들과는 다른 정신적인 세계를 위해 끊임없이 자신의 성(城)을 구축하는 노력이 있어야 한다는 말입니다. 시가 화려한 삶의 의복이 되는 자랑도 아니지만, 시가 좋아서 쓸 수 있고, 시가 좋아서 함께 살 수 있다는 신념을 확고하게 정립한다면, 이 세상 누구보다 어떤 사람보다 행복할 수 있다는 자신이 있는가를 물어서 긍정의 대답을 확실하게 마련하라는 점입니다. 이 대답에 망설임이 없다면 김연희는 보다 행복한 인간이 될 수 있고 또 시인이라는 이름에 부끄러움이 없는 사람입니다. 그러나 물음에 아직도 주저하는 태도라면 김연희라는 이름을 달고 문자로 정착된 시가 얼마나 초라할 것인가를 생각해야 할 것입니다. 시는 살아 있는 생명체이기 때문에 자신이 사랑의 태도를 보일 때, 시 또한 행복한 표정으로 이 세상의 사람들과 교유(交遊)할 것입니다. 시를 사랑하는 자식이라는 확고한 신념의 중심을 갖고 출발하는 뜻 — 내가 김연희시인에게 이런 물음을 던지면서 글을 시작하는 이유는 시에 대한 명료한 태도를 확립하고 시의 길에 영원한 이름을 투척하라는 조언을 하기 위함입니다. 시는 결코 배반의 이름을 쓰지 않는 아름다운 대상이기 때문입니다.

2. 시의 깊이로 가는 길

1) 자화상

시는 어차피 시인 스스로를 나타내는 고백적인 형태라는 점에서 벗어날 수는 없다. 다시 말해서 상징과 비유라는 옷을 입혀서 우회하는 기교를 보인다하더라도 본질에 도달하면 시인의 자화상을 대면하게 된다. 김연희의 정서는 비교적 단순한 의식을 시화하고 있다. 즉 상처 혹은 불합리에서 벗어나려는 의지를 모색하는 단계라는 말이다. 이를 확인하기 위해서 다음 시를 인용한다.

> 생각만 무성해, 사방팔방 뻗어나가 하루에도 열 두 번씩 계절 바꿔 잎 틔우고, 꽃 피우고,열매 맺다가 제풀에 지치면 고개 가로 저어 다시 계절을 시작하는 저 철모르는 나무, 단 한 발짝도 나아가지 못하고 발가락만 꼼지락거리다가 어느새 머리에 흰 눈이 내리기 시작하는데, 아직 제 발 치수도 모른 채 맨발로 서 있는 나무
>
> — <맨발로 서있는 나무>

아마도 김연희 시인의 표정을 가장 실감나게 표현한 느낌을 준다. 시의 도입부 '생각만 무성해'에서, 삶의 좌표 설정에 확고한 신념이 있는가를 묻게 되고, '하루에도 열 두 번씩'의 망설임과 '단 한발자국도 나아가지 못하고'의 의지결핍증, 그러다 흰눈이 내리는 — 늦어버린 후회의 암시 — 아직도 제 발 치수조차 명확하게 모르는 자기인식의 부족 등 이런 현상은 시인이 처하고 있는 정신적인 불감현상인 것 같다. 이는 이미지의 단조함과 연결되고 또 삶의 치열성을 투척하는 의지의 박약현상과 다름이 없는 점이다. 이런 정신의 이완현상을 시라는 목표에 명확하게 초점을 맞추고 치열하게 살아야하는 주문이 따라 붙는 것도 맨발의 나무라는 쓸쓸하고 슬픈 표정을 걷어야하는 일이 시의 전환이고 인생의 새로운 다짐이 될 것 같다. 이런 목표를 실현하는 것이 새로운 전환의 땅을 확보하는 시의 길 — 이의 전제는

뚜렷한 삶의 이정표를 시의 목표에 맞추는 것이 해답이 될 것 같다. 앙상하게 겨울을 견디는 나무이기보다는 꽃피고 열매를 맺는 나무가 되는 것이 삶의 의미를 높이는 일 ― 인생과 시의 표현은 서로 다른 길이 아니라 하나의 길로 합류한다는 것이 사실이기 때문이다.

시련이 없다면 나무는 성장하지 못한다. 겨울의 추위와 비바람을 견디는 의지의 길을 확보하지 못한다면 여름 꽃의 향기를 알 수 없고 또 가을의 열매를 알 수 없다. 여기서 방황은 곧 성숙을 부추기는 손짓이 된다는 점에서 갈등은 곧 다음 길을 확보하는 계기를 마련한다.

2) 상처와 삶

살아있는 자는 아픔을 감내하는 언덕을 넘어야 한다. 생애는 결코 지름길도 없고 남이 대신할 수 있는 것도 아니다. 오로지 스스로가 헤쳐나가는 점에서 숙명이요 벗어 던질 수 없는 영원한 명제인 것이다. 이 숙명의 이름은 결코 떠날 수 없다는 의식을 공고히 할 수 있을 때, 시의 이름은 밝은 공간을 지향하게 된다. 김연희의 시는 상처에서 회복 혹은 꿈을 찾아가는 길 찾기를 전제로 한다. 다시 말해서 삶의 이름을 아픔이라는 비유로 놓고 이를 어떻게 치유 혹은 탈출할 수 있을 것인가를 모색하는 형태를 취하고 있다. 이는 모든 예술창조에 바람직한 해답이다. 왜냐하면 시 또한 인간을 위로하고 위무(慰撫)하는 기능을 가질 때 비로소 희망의 길을 제시할 수 있기 때문이다.

고만고만한 것들,
저 하찮은 무리가
붙들고 있네
방울방울 엮어져
잇고 있네
때로는 설움으로
때로는 상처로, 노동으로

끌어가고 있네
품에 안고 날아올라
증발시키고 있네
모든 삶이
물방울 속에 갇혀 있네

—〈물방울.2〉

산다는 일을 해석하는 길은 한 갈래가 아니라는 점에서 이색적인 언어를 갖게 된다. 다시 말해서 생을 해석하는 일은 사람에 따라 혹은 바라보는 시선에 따라 다른 명칭으로 설명된다. 그러나 가파르고 힘겹더라도, 스스로 풀어나가는 이름일 수밖에 없다는 점에서 산다는 일은 시련이고 고통의 이름을 얻게 된다. 물론 시작이라는 지점도 없고 또 끝이라는 마침표도 없는 동그라미를 무작정 선회하는 "모든 삶이 / 물방울 속에 갇혀 있네"의 한계를 벗어날 수 없는 상태를 유지하게 된다. 김연희의 인생관은 바로 끝없는 접속의 법칙을 따르는 것으로 존재를 해석하는 것이다. "하찮은 무리" 혹은 설움과 고통 또는 노동으로 계속성을 유지하면서 출발했던 지점으로 다시 돌아오는 선풍기의 날갯죽지의 여행을 떠나는 것이다. 결국 원이라는 삶의 해석은 불교적인 윤회관을 따르는 느낌을 주지만 명료하게 단언적인 설득은 약하다. 어떻든 인간이 태어나서 죽을 때까지 원(圓) 안에서 벗어날 수 없는 존재의 한계를 시화(詩化)한 해석은 철학적인 느낌을 준다.

냉장고가 고물상 앞에 서 있습니다
군데군데 검버섯 낀 얼굴로
떠나온 집 쪽을 바라보며 서 있습니다
살아 숨 쉴 수 있는 나날들
끊어진 코드 속에 남아 있어도
어디론가 떠나야 합니다
조금은 줄지 않는 가슴으로
안을 수 없는 열기들을

이제는 놓아야 합니다.

— <가을비>에서

쓸모 없다 혹은 소용이 다했다라는 이유로 길가에 버려진 이름의 고물 냉장고에서 인간은 숙연한 자화상의 말로(末路)를 대면해야 한다. 전성기가 지나면 운명의 이름은 사라지는 길에 서야하기 때문이다. 김연희는 고물상 앞에 있는 냉장고에서 인간의 모습을 오버랩하는 기교를 보이면서, 삶의 깊이를 천착하기 위한 시선을 고정한다. 그 모습은 깊이 이해를 마친 것 같은 자세이지만 상상력으로 빚어놓은 에스프리가 빛을 발하는 점이다. "가을비"의 추적거림의 처연함 — 이런 공간적인 배경에 "검버섯 낀 얼굴"의 냉장고는 쓸모를 마친 슬픔의 모습으로 인간의 고독과 그 아픔을 만날 때 독자의 심금은 무겁게 침전될 것이다.

누구나 넘어지는 실패를 두려워한다. 그러나 넘어진다는 것을 역설로 바꾼 예술의 경우는 허다하다. 음악가에게 치명적인 눈멀고 귀먹은 베토벤에게 악성(樂聖)이라는 칭호를 넘길 수 있는 것은 고난과 아픔을 극복하는 예술혼에서 가능했고, 비극을 넘어 환희의 영광을 획득했다. 이처럼 예술은 역설적인 미학을 창출하는 점에서 극복의 의지인 것이다. 진주의 비유도 그런 인생의 교훈을 말하는 예가 될 것이다.

> 조개들은 끊임없이 분비물을 발산해 비벼대는 노고로 상처를 품어 진주로 키우지 절대 내뱉지 않고 제 살 속에 들어와 박힌 아픔을 영롱한 빛으로 키우지 그래서 몸은 죽어도 단단한 상처들은 이 세상에 남아 반짝거리지. ······ 중략 ······ 없는 상처들 이렇게 지상에서 반짝거리는데, 저 하늘의 반짝이는 수많은 별들은 또 어느 몸들이 키우던 상처들인지······.

— <진주 - 상처.4>에서

넘어질 수 있다는 것은 일어나는 방법을 알게 된다. 비극과 슬픔이 있기

때문에 희망의 불빛을 설정하고 그 달성은 곧 인간에게 빛나는 길 찾기를
감행하게 된다. 이처럼 고통과 시련은 한 인간의 모순을 아름다움으로 포장
하는 예술의 절정을 이룰 수 있는 계기를 준다. 상처를 영롱한 진주로 바꾸
는 일은 곧 삶의 의미를 건져 올리는 승리일 뿐만 아니라 인간으로서 성숙
의 지경에 도달하는 길을 안내하는 역할이 시련이라는 비유에서 출발한다.
이런 결론을 위해 김연희의 정서는 상처라는 상징을 거부로 받아들이는 것
이 아니라 오히려 상처와 정면으로 맞설 때 변화의 공간을 향하는 의지가
보인다. 진주는 지상의 이미지요 하늘의 빛나는 별은 천상의 이미지 — 인
간을 암시하고 있다.

상처를 우표로 붙이고 나는 간다.
얼마만큼 갈 수 있을까
희망은
늘 길 건너편에 도착해서
반대쪽으로 사라지고
절망은
끈질기게 내 곁에 눌러앉아
온갖 상처를 만드는데
그 상처들로 나는 이 길에 서서
날마다 견뎌내는 힘으로
한 발짝씩 나아간다
몇 개의 상처로 나는 완성될까
언제쯤이면
꿈꾸지 않는 이마 위에
푸른 소인을 찍고
너에게로 도착할 수 있을까

— <편지 - 상처.10>

'상처'와 '우표'는 전혀 이질적이지만 병치은유로 볼 때는 절묘한 결합을

상징한다. 즉 상처에 우표를 붙이면 어딘가로 이동하는 이미지를 촉발하고 혹은 그 상처와 결별하는 암시를 주면서 새로운 공간의 설정이 신념으로 환치된다. '희망'은 항상 길 건너편에 있고, 반대로 절망은 항시 내 곁에 동반자로 남지만 그 상처를 오히려 증오하거나 떨쳐내기 위해 구체적인 행동을 보이는 것보다 체념의 뜻이 함축된 느낌이다. 그렇더라도 '날마다 견뎌내는 힘으로 / 한 발짝씩 나아간다'는 의미가 '언제쯤이면……. 푸른 소인을 찍고 / 너에게 도착할 수 있을까'라는 희망의 땅에 도달하기 위해 푸른 소인의 우표가 신념으로 다가온다.

김시인은 현재 상태를 아픔으로 인식하고 이를 떨쳐버리는 화두(話頭)를 풀어 가는 방식으로 푸른 희망의 길을 찾아 나서는 이미지를 심고있다는 점이다. 이런 안도감은 김연희가 시업(詩業)의 달성을 위한 확실한 길을 갖고 있는 것 같다.

3) 신념과 희망의 길

인간이 살아가는 길은 암초와 바위와 때로는 깊이 모를 만큼 아슬한 여울과 내를 건너야만 목표점에 도달하는 기회를 포착하게 된다. 여기서 길은 곧 인생의 의미를 찾아 나서는 상징이 될 수 있기 때문에 보다 명료한 인식을 전제로 한다. 인간에게 길은 추상적인 것과 현실적인 암시가 있다면 아마도 추상적인 점에서 때로 모호한 선택에 고심해야 할 때가 많을 것이다.

너는 건너편에 충혈된 눈으로 서 있다

경고를 무시한 채, 네게로 달려가다
다치는 마음들 길 위에 쌓이는데

한 번쯤은 눈 감아다오
어둠이 되어 다오
다시는 나를 향해 눈뜨지 않는다 해도

이미 외워버린 길

너에게로 가는 길

어느 생에선가
네가 내게로 달려오던 그 길

― <그 길.1>

김연희에게 설정된 길은 이미 알고 있다. 그러나 망설이는 이유 즉 작심하는 시간에서 망설임과 신념을 행동으로 옮기는 절차에서는 너무 나약한 것 같다. 이는 실패를 두려워하는 점 ― '한 번 쯤 눈감아 다오 / 어둠이 되어 다오'라는 묵시를 요구하는 점에서 유약한 인상을 남기고 있다. 그렇다면 시인은 선택한 길을 모르는 게 아니다. '이미 외워버린 길'에서 암송하는 그 길을 거침없이 가지 못하는 변명의 이유를 찾고있는 것이다. 여기서 김시인의 시는 항상 목표의 언저리를 맴돌게 되고 주저하는 표현의 한계를 갖게 된다. 이런 현상을 다시 한 편의 시로 인용한다.

내 아무리 각혈하듯 꽃 피워대도
봄이 되지 않는 길
늘 겨울바람 부는 길

그러나, 차디찬 바람 속에서
나는 듣네
그 길 밑으로 흐르는 따뜻한 물소리를

돌아설 수 없네

― <그 길.2>에서

'봄'이 꿈과 희망을 상징한다면, 김시인의 봄은 차가운 겨울에 가깝다. 즉,

봄인데도 겨울의 바람이 엄습해오고 추위는 떠날 줄 모르기 때문이다. 그러
나 이런 현상을 타파는 것이 '나는 듣네 / 그 길 밑으로 흐르는 따뜻한 물소
리를'에서 절망과 슬픔의 겨울에서 희망과 봄의 지향 공간으로 전환하게 된
다.

　따뜻한 물소리는 겨울의 찬 이미지와 반대의 상징이지만 뚜렷하게 신념
의 나무를 설정하는 마음의 표백이 빈약한 점을 보완한다면 김연희의 시적
에스프리는 봄의 정원에 주인이 될 수 있을 것이다.

　　　이제서야 그 사막을 벗어났다. 내 감히 낙타도 없이 덤벼들어 풀 한
　　포기 심어 보겠다고, 죽기를 각오하면 꽃인들 피워내지 못하겠느냐고 뛰
　　어들던 곳

　　　　　　　　　　　　　　　　　　　　　　　　― <그 사막>에서

　김시인의 정서가 신념의 구체성으로 나아가는 <그 사막>이다. 출입금지
의 팻말이 있던 곳을 벗어나 혹은 사막의 암담한 장소를 벗어나 "이제서야
그 사막을 벗어났다"라는 선언을 한다. 이런 선언은 확실한 지표를 찾았다
는 심리적인 선언이고 흔들림 없는 길을 가겠다는 의지로 인식된다. 낙타도
없이 황량한 사막을 「홀로」 벗어날 수 있음은 오로지 자기만의 선택이어야
한다. 누구도 삶을 대신해줄 수는 없기 때문이다. 어떻든 새로운 땅으로 나
아가는 희망의 선언이 김연희의 앞날을 밝음으로 저장할 수 있는 삶과 시와
결합된 상징이다.

　　　여기저기 분산 은닉된 희망들 피어난다. 딱히 무엇이라고 이름 붙이
　　지 못해 꽃들의 이름 차용한 희망들 마구 피어난다. 참 많이도 숨겨놓았
　　구나! 피어나는 꽃들마다 모두 사실은 희망, 희망이라고 불고 있다. 부정
　　축재된 희망들 사방에서 자꾸만 들켜 압수 당한다. 감시바람이 심하다.
　　그래도 남몰래 들여다보는 잔고가 아직은 든든하다.

　　　　　　　　　　　　　　　　　　　　　　　　　　― <봄.1>

김연희의 시에는 가끔 산뜻한 에스프리의 꽃밭을 발견할 때가 있다. 가령 "부정 축재된 희망"이라는 시어도 매우 신선한 충격을 준다. 희망을 축재한다는 것은 행복한 의미를 부가하기 때문이다. 이제 숨겨놓은 희망이 화려한 정원으로 가득해지는 전환의 공간을 뜻한다는 점에서 새로운 길을 확보한 성주(城主)의 모습으로 전환하는 시인의 이름이다. 그만큼 자신을 확보한 선언인 것 같다.

4) 생명의 발견

꿈을 갖는다는 것은 생명의 또 다른 영역으로의 진입일 것이다. 그리고 생명을 키우는 일은 곧 자기를 확인하고 자기의 영역을 확보하려는 의지의 일단이 된다. 이런 상징은 시의 경우 개성(個性)으로 나타내는 표현이 된다. 상징과 비유로 포장된 이미지는 곧 시인 자신으로 돌아가기 때문이다. 이는 김연희의 시에 건강함을 더하는 계기의 일단이 될 것 같고 또 소망의 일도 될 것이다.

> 땀 흘려 너를 빚으며
> 문득, 태초의 손길을 생각해본다
> 내가 예전에 받은 것처럼
> 감히 生氣를 쏘여줄 수는 없지만
> 이렇게 詩를 쏘여 마음을 빚는다
> 한 귀퉁이가 접힌 내 마음처럼
> 네 마음도 접어 빚는다
> 삶은 결코 가볍지 않는 장난
> 우리 서로에게 장난감이 되어
> 즐거운 나날을 만들자꾸나
> 언젠가 흙으로 돌아갈 때
> 같이 가자꾸나
> 그 때까지

불 속 같은 이 삶을
함께 견뎌보자꾸나

— <土偶.2>

흙으로 토우를 빚은 것은 곧 시인의 머리 속에 저장된 생명창조의 암시를 나타낸다. 이는 김연희의 가슴 속에 간직된 소망이고 또 삶의 지표를 설정할 수 있는 구체적인 발언이다. 즉 "땀흘려 너를 빚으며"의 땀 속에서 생명을 자기 손으로 창조하겠다는 의미 — "즐거운 나날을 만들자꾸나"의 청유에서 흙과 나의 결합이 하나의 생명으로 잉태된다. 이런 꿈은 곧 시인의 삶을 보다 높이로 지향하는 확실한 좌표가 될 수 있는 시의 작업과 일맥 상통한 선언인 셈이다. "같이 가자꾸나 / 그 때 까지 / 불 속 같은 이 삶을 / 함께 견뎌보자꾸나"<토우.1>의 약속은 지금까지를 버리고 내일을 약속하는 시적 표현으로 보인다.

3. 다시를 재촉하면서

한 권의 시집에서는 한 인간의 삶이 전체로 투영된다. 물론 첫 시집일 경우에는 살아온 총체성이 섞이게 되었지만, 비교적 잘 정리된 표현미를 접하게 된다.

김연희의 시에는 삶의 무게를 신음하는 정서가 점차 밝아지는 경향을 보이는 것은 앞으로의 기대를 재촉하는 좋은 예상이다. 아울러 희망의 싹을 키우기 위해 봄날의 이미지가 화려함을 예비한 시들도 미래를 예상하는 아름다움이다. 이제 김시인은 시의 정원에 주인이 되기 위한 작업은 마무리되었다. 이미지 직조(織造)에 따른 기교의 능숙성과 대상과 시심(詩心)을 하나로 결합하는 시적 장치의 완성도는 믿음을 더하는 시를 보여주었기 때문이다. 물론 생을 바라보는 시각이 단조롭다는 점은 앞으로 말끔히 불식될 것으로 믿는다.

시인의 의식은 굳게 확립된 전사(戰士)의 표정을 필요로 한다. 이는 시가

인생의 단순한 동반자가 아니라 떠날 수 없는 삶의 반려자요 남편이요 자식
이라는 생각을 공고히 할 필요가 있을 것 같다.이런 생각을 확고하게 할 수
있을 때, 김연희의 시는 밝고 환하고 투명한 감동을 당당하게 발언할 수 있
을 것이라는 기대감으로 논지의 책무를 마친다. *

사랑과 삶의 일체화 혹은 갈증

─ 임향미의 시

1

시가 인간에게 무슨 의미를 주는가에 대한 의문은 부질없는 일인지 모른다. 왜냐하면 살아가는 일에 이유를 첨가하지 않듯 시인이 시를 쓰는 일도 본질적으로는 오리무중의 길을 터벅이게 된다. 다만 자기 고백이라는 형태를 어떻게 시적으로 옷을 입힐 수 있는가의 기교적인 문제로 돌아가기 때문이다. 그렇다고 기교적인 문제가 시의 본질이냐 하면 이 또한 타당성을 결여했다는 점에서 시의 문제는 인간사를 커버하는 광범위한 미궁을 떠돌아야만 한다. 물론 시는 의미와 언어 기교적인 문제를 결합하는 점에서 문학의 가장 복잡한 현상을 가장 단순화하는 일로 돌아가는 장치를 필요로 한다. 이런 일은 시가 인간을 말하는 절차로 돌아가는 점에서 근원적인 문제 앞에 선다. 이제 임향미의 시를 점검하면서 그의 정신적인 현상을 바라볼 게제이다.

가을의 끝에서 사라져 버린 길
놀란 낙엽들이 바스스 몸을 움츠리고
나는 그들과 함께 어는 골목 어귀로 들어서야 하는지
길을 잃고 말았다.

차마 고개 내밀지 못한 시계 바늘은
숨죽인 자정을 넘어 홀로 달빛 속을 거닐고
하늘마저 외로움이 산만해
눈가에 뿌옇게 흐려지는 별빛들

고개 들고 바라본 서른의 인생 길은
아무도 날 기다리지 않았다
아무도 날 반겨 주지 않았다
그처럼 길마저 숨어 버린
홀로 걷는 고독한 나의 밤

— <달빛 홀로 걸으면>

상당히 감각적인 표현미를 가진 작품이다. 가을 끝에서 '사라져 버린 길'의 뉴앙스와 풍경화의 아슬함이 교차하면서 삶의 깊이를 연상하고 또 미망을 헤매이는 인간의 처지인 '길을 잃고 말았다'라는 1연의 상징과 2연에서 외로움에 지친 인간을 이면에 숨겨 두고 '눈가에 뿌옇게 흐려지는 별빛들'의 정경에서 사람이 살아가는 숙명적인 고달픔을 연상하게 한다. 더불어 3연에는 시인의 나이와 상관을 유추할 수 있는 '고개 들고 바라본 서른의 인생 길은' 에서 회고조의 아련한 정경을 대면하게 된다. 나이 서른에서 느끼는 고독과 아픔의 여정을 '기다리지 않았다'와 '반겨 주지 않았다'라는 외로운 발성이 「고독한 나의 밤」으로 좁아 들면서 시적인 에스프리는 마감된다. 이로 보면 임향미의 정신 속에는 생의 고독과 거기에 따른 쓸쓸함을 중첩하면서 삶의 여정을 돌아보는 추억제를 치르고 있다는 생각이다.

임향미의 정신은 다이나믹함보다는 정적인 무드를 채색하는 편에 더 많은 이름을 떠올리게 한다. 이는 그의 의식 속에 간직된 삶의 인자들이 성격을 형성하는 요소가 되었고 여기서 임향미의 시적 표정은 밝고 환한 이미지의 연출보다는 다소 우울한 기색을 엿보게 된다.

숨을 쉬며 살아야 한다는 건
나에게는 오만이었다
사랑하며 살아야 한다는 건
가식에서 끝났다
삶이 나에게 과분한 목표로 다가와

채 살아보기도 전에
감히 그것이
고통이라 나는 말하고 있다

— <삶>에서

  시적 어미가 서술형 종결어미 '다'로 처리된, 다소 딱딱한 암시를 전달한다. '오만이었다'나 '끝났다' 또는 '고통이라 나는 말하고 있다' 등에서 삶의 경직성을 대면하게 되기 때문이다. 아울러 삶과 시인과의 관계가 밀착된 개념을 전달하기보다는 다소 공허함으로 따로 떨어진 느낌을 준다. 삶이란 원초적 화소(Motif)일 뿐만 아니라 꿈이나 종교 또는 신화, 개인의 전설을 이루는 요소로 작용할 뿐만 아니라 살아가는 상징의 넓은 광장을 형성하여 끝없는 질문과 해답을 용해하는 철학의 마당이 되기도 한다. 임향미는 이런 정서의 광장에서 자화상을 발견하는 절차로 '나에게서 멀리 도망치려 발버둥하고 있다 / 늙기 전에 나는 그것을 눈치채 버렸다'의 결말에서 삶이라는 대상을 바라보는 관조자의 위치를 완만하게 조정하고 있다.

그들의 슬픈 눈망울을 보며
더러는 아직도 허망한 삶의 끝을 눈치채지 못한
무딘 녀석들의 몸부림을 보며
삶에서 아직은 안전하게 물러 서 있는
내 발끝을 내려다본다
저들처럼 팔딱이며 튀어 올라야 하는 아슬함을
비켜서 갈 수 있음이
살아 있는 자의 살아서 아침 노래를 부를 수 있는 자의
여유인가

— <수산 시장, 물고기 떼의 슬픔>에서

  물고기를 통해 인간의 슬픈 운명을 목도(目睹)하게 된다. 산다는 일의 본질은 「허망」이라는 답을 들고, 갈 곳을 모르는 처지를 몸부림이라는 말로

대치된다. 물고기의 몸부림과 불안한 미래의 상황은 결국 부메랑으로 돌아오는 스스로의 문제를 동시에 터득한다는 것은 몽매한 모습 — 인간의 처지와 물고기는 동일항에 있지만 인간 또한 물고기와 다름이 없다는 점에서 슬픈 숙명이 고기와 인간이 겹쳐진다. 다시 말해서 '삶'이란 누구도 대신해 줄수 없는 일이기에 산다는 일의 절망 앞에 있으면서 — 물고기는 한치 앞도 분간하지 못하는 처지를 객관화할 수 없다는 점에서 '내 안전'과 고기의 처지가 유사하다는 상황을 교묘하게 결합하면서 임향미의 시적 에스프리는 깊이를 남기고 있다.

2

인간의 사랑은 이성과 지혜를 갖고 있다는 점에서 동물들의 사랑과는 다르다. 다시 말해서 사랑을 맹목으로 불태우는 것이 아니라 지혜를 동원하면서 스스로를 지켜 나가는 절제의 감성을 나타낸다는 점이 임향미의 시에 내포된 사랑의 감정이다. 이런 현상은 정신적인 농도가 감정을 억제하는 기능을 통제하고 있다는 말도 될 것이다.

> 기대의 크기에 미치지 못하는 사랑으로
> 너를 보면
> 나는 숱하게 외롭다
> 채워지지 않는 가슴으로
> 가슴으로 와 닿지 않는 언어로
> 나의 사람이면서 다른 하늘을 바라보는
> 너의 눈빛으로 외롭다
>
> — <편지1>에서

사랑의 시작은 아마도 외로움이라는 물기로부터일 것이다. 스미듯 다가오고 또 어느 사이에 온몸을 적시고 이내 헤어날 수 없는 갈증을 느끼는 것

이 사랑이라는 말의 시작일 것이다. 더불어 사랑은 '나'에서 '너'를 향하는
―단순한 관계이지만 사랑의 시작은 나와 너의 거리를 어떻게 단축할 수
있을 것인가의 여부에 따라 사랑의 색채는 달라진다. 임향미는 「외롭다」라
는 암시로 나와 너의 거리가 멀리 있음을 뜻하고 있다. 이런 갈증은 '채워지
지 않는 가슴'이라는 상황에서 「외롭다」라는 결론에 도달할 때 임향미의 사
랑은 편지라는 형태를 통해 외로움을 일방적으로 보내는 형식을 나타낸다.

> 한없이 너에게로 가는 마음
> 그게 사랑이길 바라며
> 겨울 바람 앞에 나섰다
>
> ― <편지2>에서

'한없이'라는 고백을 다소 일방적인 느낌을 준다. 물론 사랑이란 계산하
는 것이 아니라 아가페적인 헌신을 전제로 할 때라야 참된 사랑의 의미를
생산하지만 대상을 하나로 엮어질 수 있는 안온함과 '겨울 바람 앞에 나섰
다'라는 냉기에 의해 다소 쓸쓸함을 나타내는 분위기를 연출하면서 홀로 그
리움을 나타내는 형태로 드러난다.

<이별을 위한 시>나 <사랑이라고>,<나의 사랑아> 능에 담겨진 임향
미의 사랑은 적극적이기보다는 다소 소극적인 형태로 다가오면서 진솔함을
표현한다. 은근함은 때로 적극적인 행위보다 더 간절함을 남길 수 있다면
임향미의 시는 그런 품성을 나타낸다.

> 그대가
> 내 가슴에서
> 요란스럽지 않은 들풀처럼
> 잔잔한 입가에 미소짓는
> 거짓 없는 하나의.
> 진실이었음 했다

······ 중략 ······
그러나, 오늘의 시작과
어둠의 끝은
그대가
나를
마지막으로 꽃피우는 사랑이 아니라
말하고 있다.

— <나의 사람아>에서

사랑은 진실의 만남이라야 한다. 만약 거짓이라는 함량이 들어 있다면 이는 사랑이 아니라 위선의 행진이기 때문에 사랑의 본질인 행복에 이를 수 없게 된다. 「그대」라는 미지의 대상에 간절함으로 덧붙이는 ― '꽃'이었으면 하는 바램이 '진실이었음 했다'에서 다소 애매한 소극성을 느끼게 된다. 진실을 추구하는 사랑의 이름 앞에 그대라는 대상은 은근함으로 다만 손짓을 보내는 것 같은 이미지를 남기기 때문에 절실성의 문제가 일방성을 느끼게 한다.

3

시인은 자기 시에 대한 변호를 시라는 형태를 통해서 말하게 된다. 시는 상징과 압축의 언어를 통해 간접적으로 독자를 울려야 한다. 임향미가 생각하는 시에 대한 사고는 어느 시인이나 느끼는 그런 문법을 가상하고 있다.

갈매기를 생각하면 바다가 되고
잡초 뿌리 뒤엉켜 질기게 세상으로 뻗어 가면
연한 흙 되고
어둠에 무서워 잠들지 못하며 가늘게 떠는
여린 나무를 보면 산지기가 되고 싶은
내 시는 그랬으면 했다

> …… 중략 ……
> 고귀하게 버려지지 못한 쓰레기더미에 밀려
> 썩고 썩어 한줌의 재를 뚫고 오르는
> 초라하지만 당당한 꽃처럼
> 내 시는 그랬으면 했다.
>
> 인생을 담보 잡힌 단 한 곡의 노래라도
> 진실한 가슴으로 부르고 싶다
> ― <내 시는 그랬으면 했다>에서

임향미의 시는 건강하고 겸손하고 또 화려하기를 염원하는 갈망이 있다. '흙이 되고'의 모성애적인 사고, 그리고 '산지기가 되어 여린 나무를 지키고 싶은' 갈망, 재미를 느끼는 시 그리고 고독을 알고 위무해 주는 시, 또한 당당한 꽃으로 사람들을 즐겁게 하고 싶은 소망을 시의 특성으로 삼고 싶은 갈망을 염원하는 임향미의 뜻은 소박하지만 멀리 있는 것 같지는 않다. 그러나 '내 시는 그랬으면 했다'의 과거완료에서 의문을 갖게 한다. 시인은 오늘을 살면서 내일로 가는 노래를 불러야 하고 그 길에서 희망과 의욕을 북돋우는 힘을 제공하는 요소가 되어야 시적인 가치를 갖게 되기 때문이다. 좌절과 비극에서 한 구절의 시는 힘과 용기를 줄 수 있다는 신념의 언어일 때 독자의 시가 아니라 바로 시인 자신의 노래로 살아나기 때문이다.

4

시인은 감수성의 초점을 하나로 통합하는 감성 처리에서 이미지와 이미지의 생동감을 잉태하게 된다. 이는 감정의 발산보다는 오히려 감정을 억제하면서 상징의 기법을 동원했을 때 시어가 세련되었다는 말로 돌아간다. 임향미의 시는 다소 어눌함도 있지만 때묻지 않는 순수와 질박함에서 그만의 자리를 만든다. 물론 오늘보다는 내일로 가는 길에 한가지의 조언은 대상을 명료하게 포착하는 언어 훈련이 앞서야 할 것 같은 생각이다. 시는 언어의 나열이 아니라 언어를 통제하고 질서로 배열하는 형식의 일면과 내용을 증폭하는 두 개의 축이 하나로 통합하는 건축물과 같기 때문이다. *

테마시의 특성과 존재의 형상

─강석호의 시

1

시는 시인으로부터 독자에 이르는 담화 ─ 시의 기능을 수행할 때 감동을 잉태하는 것으로 소임을 다할 수 있을 것이다. 독자에서 시인 혹은 시인에서 독자를 이어주는 소통의 원리는 언제나 감동이 개재되었을 때 작품으로서의 기능은 달성된다. 시인은 일차적으로 독자를 생각하면서 시를 쓰는 것은 아닐지라도 궁극적으로 독자 쪽에 다가간다는 것은 최종의 일이다. 독자는 언제나 문을 열어 놓고 있지만 쉽사리 시인의 작품에 감동의 문을 열어 놓은 것은 아니다. 문제의 요점은 무엇을 받아들여야 할 것인가를 의미에 집약하게 된다. 유효한 의미를 감동으로 환치하기 위해 두리번거리지만 발견할 수 있는 핵심은 항상 허전할 것이다. 속된 말로 좋은 작품을 접하는 행복을 열망하지만 독자에 다가오는 소식은 멀리 있을 것이다. 이런 가정에서 시인의 이름 석자기 쉽게 독지를 장악할 수 있는 길온 무엇일까를 숙고할 수밖에 없다.

오늘날 수많은 시인들의 작품이 양산되는 즈음에 이름 석자가 오래 오래 살아 남기 위한 생명의 문제를 생각한다는 것은 시와 밀접한 상관을 가질 것이다. 첫째의 조건은 개성 있는 시일 것이다. 시의 특성이 시인의 고백을 개성으로 환치하는 일이라면 여느 시인들과의 유사한 주제, 유사한 표현미가 아니라 자기만의 독특한 특성을 가져야 한다. 여기서 자기만의 개성을 가진 ─ 일정한 자기 개성의 테마시를 거론하게 된다.

강석호의 시는 일단 테마 시라는 자기만의 성(城)을 구축하고 있다는 독특성을 높이 살 만하다. 가축인 닭을 위시해서 쥐, 거미, 두더지 등 90여종의 동물이 등장한다. 이런 일은 대상을 섬세하게 관찰해야 하는 시인의 눈과 사물을 포착하는 예민한 통찰력을 구비해야만 시의 요소로 생명력을 부여할 수 있게 된다면 강석호의 시도는 매우 고무적인 점으로 정리된다.

불란서의 로트레아몽(Lautreamont)의 「말도로르의 노래」에 등장하는 동물은 독수리, 올빼미, 코끼리, 멧돼지, 호랑이, 재칼, 하이에나, 말, 불독, 고양이, 쥐, 두꺼비, 상어, 게, 낙지, 도마뱀, 왕뱀, 살모사, 이, 거미, 달팽이, 용 등 무려 185종이 등장한다. 로트레아몽의 시에 끊임없이 등장하는 폭력적인 이미지가 그의 청소년기적 문화 컴플렉스에서 기인한 원한으로부터 공격이 삶의 의지를 표현하고 있는 것으로 나타난 시적 표현이었지만 강석호의 시에 등장하는 동물들은 어린 시절의 흔적이나 삶의 아픔들이 유추되는 것은 아닌 것 같다. 물론 시에 투영된 시인의 정신적인 요소를 어떻게 분해하는가의 여부는 결국 시를 통한 창문을 거쳐야 하는 절차라는 점에서 시와 정신적인 상관을 결합하여 검토하게 된다.

2

동물의 삶과 인간의 삶과는 다른 궤도를 돌아가는 것이 아니고 동일한 삶의 축도를 그린다는 점에서 인간 세상의 풍경 — 동물을 통해 풍자의 그림을 그릴 수 있다면 강석호의 시는 그런 일을 일차적인 관건으로 생각하는 것 같다. 산다는 원리는 모든 동식물의 경우에도 다름이 없기 때문이다. 그렇다면 생명의 귀중한 가치는 비록 미물이거나 고귀한 인간이거나 다름이 없다. 그 최초의 조짐은 생명이 어떻게 창조되는 가라는 원인 규명을 앞세우게 된다.

지구가 들썩이는
정자와 난자들의 반란은
소리 없는 아우성으로
사랑을 먹고살지만

예고 없이 폭발하는 활화산 속에서
······ 중략 ······
하늘과 땅을 볼모로
반항의 칼을 휘두르는
정자와 난자의 반란은
쉬지 않고
관객 없는 연극을 연출한다

—<정자와 난자들의 반란>에서

생명은 정자와 난자의 결합으로 시작되고 또 여기서 세계의 문이 열리게 된다. 이성과의 결합이 본질적으로 사랑이라는 이름이지만 사랑은 또다른 생명을 잉태하는 절차로 시작된다. 강석호의 시는 이런 절차를 일차적인 문제로 시의 앞자리에 놓고 문을 열게 된다.

자연의 원리는 양성(兩性)의 결합으로 시작된다. 마음이라는 것도 의도를 지향하는 이름이 최초의 사랑을 위한 조짐이라면, 이로부터 사랑이라는 긴밀한 접촉을 시작하게 되면서 보다 선명한 행보를 갖게 되는 단계가 다음 단계 — 즉 정자와 난자라는 이름이 결합을 위한 구체적인 의도에 가까이 가려는 발상으로 창조의 문은 확고한 자리를 마련한다. 이런 단계는 사랑을 하나의 매듭으로 이어주는 생명체로 이어주는 자발성이라는 점에서 「사랑의 마음」으로 시작되는 샘물과 같은 이치가 된다. 강석호는 이런 조치를 '반란'이라는 시어로 포괄하여 '사랑을 먹고살지만'의 '연출'을 위한 행동을 시작하면서 세상 밖으로의 길을 떠나게 된다. 강석호의 시는 이렇게 사랑의 단초로부터 다양한 생명체의 연출로 이어지게 되면서 그 구체적인 행동에 이르러 결합의 창조가 열린다. 하늘을 날아다니면서 생명을 꽃피우는 새과의 동물이나, 땅에서의 소나 말, 코알라와 파충류의 구렁이, 지렁이 그리고 단세포의 아메바에 이르기까지 — 이 모든 생명체는 그 자신으로 볼 때 우주의 모두가 될 것이라는 점에서 — 강석호의 시선은 인간만을 바라보는 시선이 아니라 — 보이는 것에서 보이지 않는 것에 이르기까지 그 영역은 광대한 관심으로 엮어진 노래가 중심을 이루고 있다.

3

사는 일은 모든 곤충이나 박테리아에 이르기까지 일정한 생명의 주기를 가지고 신생, 성장 그리고 사멸이라는 단계를 거쳐야 한다. 눈으로 확인하는 것만이 진리가 아니라 보이지 않는 미물에 이르기까지 생명의 주기는 항상 변함없이 이어지는 원리는 동일한 궤적을 나타내는 — 때로는 화려할 수도 있고 화려한 찬탄을 나타낼 수 있다 하더라도 생명의 본질은 아름답다는 표현에 집약된다.

> 태초에
> 하늘과 땅이 열리면서
> 고귀한 생명의 혼불들이
> 죽음의 그늘을
> 늘 끌어안고
> 자연의 이불 위에서
> 살과 뼈를 섞어
> 생로병사의 고통을 감내하며
> 죽살아져 대를 잇지만
>
> ― <하루살이>에서

인간의 평균 수명이 70년을 웃도는 시간 속에 있지만 이와는 반대로 하루살이는 24시간이라는 짧고 찰나적인 삶을 비교한다는 것은 어리석은 일이 될 것이다. 100년이나 하루라는 개념은 비교가 아니라 생로병사가 여일한 우주의 개념에서는 똑같은 찰나 속에 있는 것과 다름이 없기 때문이다. 시간을 만든 것은 인간만의 전유물이지만 시간에 끌려가는 비극적인 존재가 인간이고 하루살이라는 미물들은 시간을 모르기 때문에 오히려 시간을 극복하는 찬란한 죽음이 희열을 느끼는 것이 생명의 실상이기 때문이다. 여기서 단순 비교의 문제는 하등 무의미하다는 결론에 이를 수 있게 된다. '하늘과 땅'이 열리면서 시작된 생명의 연출은 문명을 창조하는 인간의 중심을 형성했지만 자연의 모두는 인간만의 역사가 아니라 모든 생명체 공존의 역사 ― 이런 기준이 뒤틀리면서 자연 파괴 혹은 문명의 파괴에 따른 참담한 자연 재앙이 다가오는 것이다. 결국 생명의 사슬은 하찮은 박테리아가 없다면 자연의 요소를 분해하는 기능이 상실되고, 귀뚜라미가 없다면 가을밤을 재촉하는 시심의 결여를 낳게 되고, 제비가 없다면 봄을 알리는 꽃들의 소식을 모르게 되는 것처럼 모두 유용한 사슬이 결국 공존의 이름에서 얼마나 소중한 몫을 감당하는가의 이유를 깨닫게 된다.

20세기말에 이르러 환경문제를 삶의 중심에 놓는 이유도 인간만의 역사에서 모든 생명체 공존의 관심으로 바뀌는데서 자각의 이름을 떠올리는 것이 환경이라는 문제로 집약되고 있는 것이다.

4

산다는 일에 정답이 없다는 것은 누구나 아는 화두이다. 그러나 이런 이치를 얼마나 체득하고 있는가는 각도에 따라 태도는 전혀 다를 것이다. 모든 가치의 기준을 인간에게 맞추는 일은 인간의 잘못이고 자연의 원리에 반하는 일이라는 것을 시인의 눈을 통해 바로 잡으려는 發心에서 생명 사상의 고귀한 뜻을 느끼게 된다. 모든 사람들이 미쳐 깨닫지 못했던 사물에 애정의 눈을 보내는 것은 곧 그만큼 넓은 영역의 관심 ― 애정을 가지고 있다는 뜻으로 바꿀 수 있기 때문에 강석호의 시는 일단 성공적인 뜻을 접하게 된다. 그러나 언어 운용의 문제 ― 신선하고 생동감 있는 언어의 비유에는 미흡하더라도 관심의 영역이 넓다는 것은 그의 시를 눈 여기게 하는 요건을 갖추었다는 뜻이 된다.

배반과 죽음의 기로에서

새가 되고
쥐가 된
영욕의 변신은

— <박쥐>에서

  이솝 우화에 박쥐는 하나의 뜻에 어긋나는 삶을 살았다는 개념에서 그 가치를 저당 잡히는 불행을 가졌다. 그러나 이런 기준은 결국 박쥐와는 하등에 상관이 없는 인간 기준에 따른 일이다. 여기서 인간의 관념이 얼마나 편협한 문제를 낳고 있는가를 유추하면 — 인간의 기준이라는 모호성에 대한 반성은 박쥐의 특성과는 다른 점으로 문제를 남긴다. 결국 시인의 해석은 과거의 관념에서 박쥐는 또다른 희생의 이름을 각인하게 된 — '배반과 죽음의 기로'라는 문제가 박쥐 자신에 오면 얼마나 모순의 이름인가를 묻게 된다. 새와 쥐라는 두 공간의 주인은 비단 박쥐만이 아니라 인간도 그런 함정에 얼마든지 존재할 수 있기 때문이다. 이런 모순 앞에 인간의 이성은 어떻게 살아야 하는가의 기준에 명료한 불을 밝혀야 하는 숙제가 남는다.

나면서부터 죽을 때까지
집 걱정 때문에
제대로 가슴 펴지 못한
바닷 속의 철거민
호화 빌라보다는
허름한 집일지라도
내 이름으로 등기되어 있으면
시지프스보다
고행의 삶이 될지라도
내 집이면
요람에서 무덤까지
욕심 없이 살겠네.

— <집게>

'무욕'이라는 부제가 붙어 있는 작품이다. 인간에게 파멸의 골짜기를 찾아가게 하는 원인 중에 하나가 욕망의 이름 때문이라면 무욕은 곧 삶의 원리를 밝히는 결과가 될 수 있을 것이다. <집게>는 생존의 문제로 살아가는 방도에서 생긴 명칭이지만 집 걱정 없이 일생을 안락하게 살 수 있다면 요람에서 무덤까지 무욕으로 살아갈 수 있다는 시인 자신의 해석에 이르게 된다.

인간에게 거처를 안락하게 소유할 수 있다는 것은 안정감이라는 초석을 쌓았다는 이유가 될 수 있기 때문에 욕망이 자락을 펴지 않고도 무탈하게 살아갈 수 있는 길을 확보하게 된다. '내 집'이란 어의는 자기만의 소유 공간을 가지고 살 수 있다는 자유의 개념과 다름이 없기 때문이다.

5

사랑이란 모든 동식물에 해당되는 자손 번식의 원초적인 욕망일 것이다. 식물은 식물 나름으로 존재의 형태를 위해 생존의 싸움을 계속하고 동물은 그 나름의 특징을 앞세워 존재의 확대를 분주하게 계속하게 된다. 물론 식물은 정적인 형태를 유지하고, 동물은 역동적인 모습으로 싸움을 계속한다. 존재를 유지하는 가장 구체적인 형태는 물론 사랑이라는 이름으로 종족을 보존하는 계속성을 유지하기 위해 온갖 수단을 모두 동원하여 일정한 영역을 확대하려 한다. 그러나 인간의 사랑이 은근함으로 시작한다면 사마귀의 사랑은 감춤이 아니라 드러냄의 미학이자 엑스타시의 표본이 될 것이다. 사랑의 정점은 곧 죽음으로 모든 것을 소진하기 때문이다.

사활이걸린짝짓기는한살이의종지부를찍은예식행사로사랑을소진한
수컷은마지막헌신으로몸을아낌없이선사하고최후의만찬인양한껏배를
채운암컷은앙상한대만남은갈대숲속의나무에기어올라거꾸로서서수백
마리노란애벌레의분신들이개미에게난도질당할알을딱딱한크림알주머
니에가두어넣고난파된대지위에서흔적도없이조난당한다겨울나무에한

폭의하얀꽃을피워놓고서

— <사마귀>

　사랑을 정의하기는 어려운 일이다. 그러나 사랑은 헌신이라는 말에서 벗어난 이름이 아니라면 사랑의 정점을 누리고 죽음으로 마감하는 일이야말로 극치의 사랑일 것이다. 사마귀의 사랑은 엑스터시의 정상에서 '한 폭의 하얀 꽃을 피워 놓고서'의 흔적에 자신의 모두를 바칠 수 있는 순수와 지고서(至高性) 그리로 투명한 헌신의 사랑 앞에 달리 덧붙일 말이 없다는 점이다.

　강석호의 시는 동식물을 통해 인간의 세계를 조감하는데 본질이 있다. 이를 위해서 사물을 통찰하는 눈이 밝게 투시하는 안목이 있고 또 순수로 포장하는 마음이 시심을 자극하고 있기 때문에 그의 가슴에는 맑은 물이 흐르는 소리가 들린다. 즉 동심의 세계가 열리고 있다. 다음 시는 그런 예를 보여준다.

통통 튀는
마알간 물빛 사이로
제 얼굴 다듬고
풀잎에 숨은 이슬 훔쳐
목을 축이고는
살금히 일어서는
나무의 氣를 업고서
숲의 긴장을 거머쥐는
지상 최후의
가련한 자연의 보배

— <다람쥐>에서

　시는 깨끗하고 맑은 물을 인간의 가슴으로 수로를 마련하는 언어의 기교라면 강석호의 감수성은 그런 기준에 적합한 눈을 가지고 있다. 다람쥐의 행위가 '마알간 불빛 사이로' 얼굴을 다듬는 투명성을 유추하면서, 자연의 정밀(靜謐)과 어울리는 「살아 있는 것 같은」 생동감을 건네주는 이유로 다가오기 때문에 투명하고 환한 느낌을 생성한다. 이것이 강석호 시의 장점으로 부각될 수 있는 원인이다.

시는 인간을 위한 위안으로 희로애락의 자락을 편다. 인간에게 안락함만을 제공하는 것이 시가 아닐 진데 시에는 쓴소리와 매운 맛을 가미하는 시인의 재능이 첨가될 때, 비로소 시는 신선한 감수성을 간직한 생명체가 될 수 있다면 — 강석호의 눈에 비춘 동식물들은 자연의 원리에 반하는 것이 아니라 순리를 뒤쫓아가는, 그 종착점은 항상 인간의 세계를 위한 몫으로 귀결된다. '모든 걸 다바쳐도 모자라는 / 무한의 노동'<소>과 같이 인간은 소와 다름이 없이 고행의 길을 가야만 하는 존재의 형극을 비유로 자극을 주면서, 어떻게 살아야 하는가를 이면에 숨기는 절차로 시의 묘미를 삼고 있다. 다시 말해서 직접적으로 전달해 오는 것이 아니라 간접적으로 의미를 깨우치는 기법을 동원하였기 때문에 시의 맛이 되새김의 절차를 거쳐야 한다는 이치에 이른다.

6

강석호의 시는 자연에 존재하는 모든 생명체의 특색을 인간의 특성으로 대입하면서 생명 사상에 원리에 접근하는 방법으로 시의 깊이를 삼고, 미물에서 인간에 이르기까지 광범한 영역에서 존재의 특징을 넓이로 확대하는 유추에서 어떻게 살아가는 것이 인간의 길인가를 깨우치는 방편으로 온갖 동물을 동원하는 재능을 시험하고 있다. 특히 이런 일정한 분야에 집중적인 노래 — 테마 시는 그만의 개성을 미리 확보하는 점에서 몇 계단을 올라와서 시를 쓰는 것과 같은 기억을 남길 것이다.

시는 유연하고 부드러움만의 한계가 아니라는 예증을 보여주면서 시의 본질인 감동의 길을 확보하는 지혜를 만나게 될 수 있는 부수적인 효과도 아울러 갖게 되기 때문이다. 그러나 언어 운용의 묘미 ― 호흡의 기교나 시어의 유연미에 옷을 입힌다면 이라는 기대를 다음의 숙제로 남기면서 논지의 책무를 벗어난다. *

마음의 때를 벗기는 방도
— 원혜스님수상집 『열린 마음 열린 불교』

1. 입구에서 — 닫힌 것의 원인

닫혔다는 것은 무엇이고 열렸다는 것은 무엇인가? 이런 물음에 대한 사전적인 해석은 무지한 노릇일 것이다. 왜냐하면 닫혔다는 것이나 열렸다는 것은 오로지 인간의 마음을 구분하는 일에 다름이 아니기 때문이다. 가령 방문을 닫았다는 것과 열렸다는 것도 자기만의 기준일 뿐 문이라는 상징의 일방성은 진리의 벌판에서는 아무런 의미도 갖지 않았다는 점이다. 또 문이란 무엇인가를 묻는다면 — 들어가는 것과 나가는 것을 구분하기 위한 장치로 인간의 본질을 말하는 일에서는 더욱 황당해진다. 한 인간이 존재한다는 것은 태어나는 것도 죽는 것도 문이라는 세속적인 칸막이에 갇혀서 허우적이는 인간만의 상징일 뿐, 더 큰 의미를 갖지 못한다.

종교 또한 이런 세속의 문을 벗어나는 방도를 찾기 위한 방편이고 그런 방도에서 벗어나려는 대상이 문이라면, 도덕적인 혹은 세속적인 의미는 살아가는 인간의 표정을 일정하게 관리하기 위한 덫에 불과할지 모른다. 즉 공동생활 혹은 인간의 삶을 묶음으로 놓고 판별하는 절차에서 열리는 것과 닫힌 것의 차이를 말하는 일은 이미 세속의 함정을 벗어나지 못한 말일 것이다. 그렇다면 종교에서의 문이란 어떤 것인가? 이 또한 설명으로 인간을 깨우치는 일은 부질없는 현상일 것이다. 왜냐하면 있다는 것이나 없다는 것의 구분은 인간의 한계를 설정하는 인식의 차원이기 때문에 이런 속박에서 자유를 찾는 일은 무모한 노릇이 될 것이다. 그렇더라도 설정된 한계 속에서 밖으로 나아가는 인간의 의식은 지리한 연결 고리를 형성하면서 자유를 향한 발성을 계속하고 있다.

종교는 인간의 문제를 현실에서 미래에로 다리를 놓는 일에 손짓을 보내
는 일이 주된 점이라면 원혜스님의 목청은 답안을 전달하는 것이 아니라 문
제의 본질을 깨우치는데서 해답을 찾도록 도와주는 임무를 느끼게 한다. 아
울러 처참한 세상사를 향해 던지는 그의 음성은 조용하지만 현실적인 진단
을 앞세운 점에서는 종교 비평가의 태도를 접할 때, 안도감으로 길을 인도
한다. 이제 그런 예를 찾아 나선다.

2. 열린 마음의 행로

빙산(氷山)은 보이는 부분보다 수면 아래 보이지 않는 부분이 거대하다는
것은 잘 아는 일이다. 호화 여객선 타이타닉호가 침몰한 것은 보이는 것에
맹신하는 결과에서 비극을 불러온 좋은 교훈이 될 것이다. 이런 현상은 인
간의 일상사에 나타나는 현상이지만 이를 잊고 혹은 무시하고 사는 일은 다
반사의 현상이다. 이런 맹목의 삶을 우리는 문명이라는 이름으로 포장한다.

> 제가 아는 어떤 사람은 눈을 감고 걷는 연습을 하다가 불교로 귀의하
> 였습니다. 그 사람은 눈을 뜨고 생활하던 것에서 눈을 감고 살다 보니
> 참으로 두렵다는 것을 느꼈답니다. 그러다 눈을 뜨게 되고 다시 눈을 감
> 고 걸어가는 연습을 하는 속에서 조금씩 자신이 붙더라는 겁니다. 그러
> 면서 인생이란 연습의 결과들이란 사실을 알게 되었답니다
> —<보이지 않는 세계를 주목합시다>에서

인간은 내면의 깊이를 바라보는 안목보다는 외면의 모양에 이끌리어 불
행을 불러들이는 경우는 허다하다. 굳이 프로이트의 의식과 무의식을 빌려
말하지 않아도 쉽게 이해되는 일이지만 정작 이를 실천에 옮긴다는 것은 어
려운 일이다. 이런 현상은 선입관이라는 장애물이나 편협한 이해타산의 벽
에서 좌초되는 현상으로 말미암아 옳은 것을 잃고 방황하는 이유의 근거가
되는 문제이기 때문이다. 눈을 뜬 것과 감은 것을 어둠과 광명이라는 이분

법으로 재단(裁斷)하는 편견 때문에 보이는 것과 보이지 않는 것을 구분하지 못하는 불행을 맞게 된다. 다시 말해서 의식의 자유를 확보하지 못한 결과에서 맹목의 함정에 빠지게 된다.

동양과 서양의 문화적인 차이에서 가장 중요한 것이 과학과 철학의 차이라 말한다. 즉 서양은 과학 — 빛의 문화라면 동양은 철학-어둠의 문화라 말한다. 잉태한 어머니는 한 생명이 아니라 둘이지만 보이는 것만으로는 한 사람이라 말한다. 철학은 보이지 않는 세계를 끌어내는 일이 주임무이기 때문에 동양의 문화는 동적이기보다는 정적(靜的)이고 눈으로 보이는 것보다 마음의 눈을 강조한다. 이런 동양 문화의 기저는 불교 — 불교는 철학이다.

원혜스님의 강조는 외화(外華)와 희화(虛華)의 와중에서 마음의 눈으로 현상을 통찰해야 하는 진리의 손짓이 다가든다. 눈 뜬 당달봉사가 바글거리는 세상에서 마음으로 바라보는 태도야말로 「열린 마음」일 것이다.

인간은 변화를 맞으면서 대응하는 점에서 여타 동물과는 다른 삶을 살게 된다. 비바람이 오면 가릴 줄 아는 지혜를 발동했고, 더우면 햇살을 피하는 방도를 동원하면서 문명의 탑을 축조했다. 이런 현상은 문화에 긴장을 조성하면서 새로운 방향으로 길을 잡아가는 것이 인간의 역사이다. 인간의 문화가 변하면 그에 따른 종교의 기능도 변해야만 조응하고 호응하는 종교의 역할이 대두된다는 점이다.

> 이제 정보화 시대, 통신과 과학기술의 발전은 또 다른 형태의 법당을 요구하고 있습니다. 이 변화는 너무 빨리 다가오기 때문에 실감을 못하는 사람들도 있을 것입니다. 그러나 불과 2~3년 안에 누구나 느낄 수 있는 구체적인 현실로 실현될지도 모릅니다. 그것은 사이버 법당입니다. 기록된 정보를 읽는 단계를 넘어서서 서로간의 대화가 가능한 통신 공간이 부처님의 가르침을 서로 전하는'법당'이 되는 시대입니다.
>
> — <사이버 법당>에서

인류에 컴퓨터의 출현은 모든 문화인프라를 일거에 변화하는 소용돌이의 시대를 살고 있다. 이를 고도 정보화라는 말로 포장하지만 컴퓨터 출현 이전의 인간 문화와 이후의 문화를 완전히 구분하는 역사가 된다, 이는 1970년대 후반 개인용 PC의 출현과 동시에 다가온 엄청난 문화 충격인 셈이다. 이로부터 30년이 안되어 인간사의 변화 속도는 경천동지(驚天動地)의 경지를 헤매고 있을 뿐만 아니라 모든 문화싸이클이 짧아지는 변화 속에 살고 있다. 여기서 종교의 변화도 필지의 현상 — 대면하는 설법에서 가상 공간에서의 종교 형태가 당연하게 나타날 것이다. 이런 조짐은 종교가 인간을 위한 혹은 인간의 필요를 따라가는 변화의 형태를 결코 외면할 수 없다는 사실을 수긍해야 할뿐만 아니라, 인간이 있는 곳에 종교의 기능도 성립될 수 있기 때문이다. 불교도 농경 문화의 산에서 산업 문화의 기능과 보조를 맞추기 위해 포교원의 이름을 얻었고, 또 사이버공간에서의 설법이란 형태로 부처님의 말씀을 전해야 하는 변화의 중심에 서야 한다는 원혜의 주장은 「열린 마음」으로 수행할 수 있는 변화의 깨달음인 것이다.

문화의 발달이란 말은 인간에 의해 주도된 성과를 뜻할 때가 많다. 다시 말해서 자연을 파괴하여 인간만의 편리를 주장하는 것은 서구 중심의 사상에 이끌려 온 문화 가치의 평가일 것이다. 인간을 위해 산을 잘라 고속도로를 낼 때, 이미 자연의 현상은 균형을 잃어 왔다. 이런 현상이 서양 문화의 가치관이었고 또 이를 과학이라는 이름으로 당연하게 여겨 왔지만 극심한 오염, 엘니뇨, 산불, 홍수 등 인류에 구체적으로 다가오는 파멸의 징후인 것이다.

사랑을 앞세우면서도 지배 구조만을 확장하는 서구 논리와 동화될 수 없기 때문에 불안한 충돌의 경우는 확산되는 것이다. 간섭 논리의 원천인 「내 앞에 다른 신을 두지 말라」는 함정 때문에 말로는 사랑을 외치지만 끝없는 싸움의 역사 — 십자군 원정, 백년전쟁, 장미 전쟁, 걸프전쟁 등 모든 역사의 바탕은 정복과 지배를 위한 역사가 서양의 사상이다. 끝없는 정복의 칼날을 앞세우기 위해서는 대립과 정복으로 인식하는 태도는 필연적으로 충돌의 가능성 — 회교와 기독교의 대립 그리고 동양과 서양의 대립 현상으로 바라본 헌팅턴의 충돌론도 서양의 논리에 예속되는 예상인 것이다.

옛날 우리의 길은 절대로 산등성이를 잘라 내는 것이 아니었고, 구불구불 물 따라 길을 내는 것은 모두 순리를 따르는 자연과 인간의 조화에 목적과 가치를 두었다. 홍수의 피해이기보다는 한발(旱魃)의 피해가 앞섰던 현상은 모두 자연을 숭배하고 자연의 이법을 순응하는 동양 논리의 결과였다면 서구화는 이런 기준을 일거에 인간 위주로 바꾸는 과학 만능에서 지구는 신음하게 되었다.

> 곤충도 살 수 없고 동물도 살 수 없는 지구라면 인간 또한 병들어 멸종될 것입니다. 그를 막는 일은 인류의 생활 방식을 스스로 바꾸는 일입니다. 부처님이 가르치신 내용의 핵심은 공생(共生)입니다.
>
> — <환경 화두>에서

작금에 에콜로지의 문제는 심각하게 의식되고 있다. 인간을 위한 필요에 따라 계곡을 막아 물을 가두는 저수지나, 산등성이를 싹둑 잘라 고속도로를 만드는 일이나, 무작정 높이로 올라가는 고층 아파트는 인간의 삶을 황폐하게 만드는 원인 — 작금에 환경문제의 심각성을 우려하는 이유가 과학 만능의 인간 위주에 있다.

공생이란 인간과 인간의 관계가 아니라 자연과 인간 혹은 미물과 인간 등 우주와 인간과의 관계가 조화를 이루어야 한다는 부처님의 말씀은 곧 「열린 마음」의 원천인 것이다. 이런 사실을 깨닫기 시작한 환경문제의 심각성은 인간만의 공간이 아니라 미물이 살아야 인간이 살 수 있다는 깨달음의 현상인 것이다.

내 것이다 우리 것이라는 말은 우선 애착이라는 탐욕의 그물을 벗어나지 못했다는 뜻일 것이다. 이런 이기적인 마음에서는 사물의 모습을 밝게 바라볼 수 없는 편견의 늪에서 허우적이는 현상이라면 의당 종교는 이런 마음의 뿌리를 뽑으라 말한다. 종교적인 간판에 포위 당하고 사는 도시 사람들에게 오히려 마음의 평화는 높은 담으로 둘러쳐 있는 내 것의 함정에서 벗어나지 못하고 있다. 사는 일의 참 가치는 이런 편협함이 아니라는 깨우침은 당연하지만 이를 받아들이는 패거리 의식은 오히려 강화되는 현상이 오늘의 사회라 말한다.

> 앞으로의 시대는 분명 자기 문화, 자기의 정체성의 확립이 중요한 자원이 될 것입니다. 그것이 유형의 문화이든 무형의 정신문화이든간에 타인의 문화를 베끼기가 아니라 우리 고유의 문화적 전통을 자랑스럽게 드러내기 때문입니다
>
> ― <우리 것은 좋은 것이여!>에서

우리 것이란 말은 자기를 알라는 말의 변형일 것이다. 왜냐하면 자기 것이라는 소유의 개념은 타인이 있을 때, 자기라는 공간이 설정되기 되기 때문이다. 즉 내 것의 가치를 소중하다고 여기면 타인의 것에 대한 소중함도 당연히 따라야 한다는 점 ― 문제는 이런 공식을 알고 이를 실천에 옮기는 마음이 있을 때, 화합과 사랑과 공존의 의미가 생명력을 획득하게 된다. 이런 공식은 간단하지만 실천이라는 행동의 이름이 있을 때, 가치로 환산된다는 점에서 자기로 돌아가는 길 찾기가 된다. 그러나 세계 여행을 다녀오고 앞선 첨단 지식을 섭취했다는 현대인의 사고가, 호롱불을 켜고 살았던 옛날의 조상들보다 더 가치 있는 삶을 살고 있는가는 의문이다. 이런 원인은 마음의 문을 열지 못하고 살아가는 이기심과 오만 그리고 자기를 모르는 청맹과니에서 마음의 눈을 뜨는 깨달음이 앞서야 한다. 이는 행동으로 자기를 찾아 나서는 실천궁행의 태도 「열린 마음」의 행동을 강조하는 원혜의 또다른 손짓이다.

인간이 인간으로 돌아간다는 명제야말로 깨달음을 알아차리는 방도일 것이다. 여기에는 자기를 중심으로 삼고 타인의 얼굴을 바라보는 일차적인 출발에서 또다른 길을 찾아 나서게 된다. 즉 나를 버릴 때 참된 나를 얻게 된

다면, 이런 마음에서는 어떻게 살아야 하는가의 해답을 가지고 살아가는 사람일 것이다.

> 야사라는 젊은이가 있었습니다. 아버지는 큰 부자였습니다. 야사는 인물도 잘생긴 데다가 성격도 좋아서 주위에는 항상 친구들이 많았습니다. 야사의 친구들은 술과 여자, 유흥에 돈을 물쓰듯 쓰면서 인생을 즐겼습니다. 누구나 그런 야사의 그런 생활을 부러워했습니다. 하지만 야사는 스스로의 생활에 만족하지 못했습니다. 마음 한 구석은 언제나 허전했습니다.
>
> — <거지가 좋다 - 단기 출가의 의의와 공덕>에서

질탕한 주지육림에 취하고 난 뒤의 허전과 무가치의 깨달음 — 녹야원의 여섯 번째 출가자인 야사의 예는 삶의 지표를 세우는 글이다. 어떻게 사는 것이 도리인가를 말하기 위해 원혜의 결론은 '야사는 이른바 세상 가치의 대표자로 '학교 수업이 끝나면 곧바로 학원으로 달려가는 착한 우리 아들 딸'로 결론을 삼아 현실에 충실한 사람이 가장 가치 있는 삶을 살아가는 존재라는 설법이다.

3. 나가는 길 찾기

들어가는 자는 나가는 문을 염두에 두고 길을 찾아야 한다면 원혜의 수상집에서는 그런 방도의 일차적인 관건 — 문을 열고 들어가서 뒷사람을 위해 열고 나오는 마음을 표백하고 있다. 이는 나만의 문이 아니라 또다른 타인을 위하는 마음의 배려에서 그의 글은 출발의 단초를 제공한다. 이는 종교적인 발심(發心)을 글로 포장했다는 증거가 되겠지만 그의 마음은 항상 투명하고 순수함으로 수행자의 덕목을 진솔한 행동에 두는 것 같다.

더불어 서구 과학이 단속적이고 분석적인 사고로 대결을 부추기는 방도로 자연을 바라본다면, 동양은 대상과 대상을 연결의 법으로 생각하는데서

인연이라는 무한대의 원리를 대입하는 점에서 원혜의 글에는 진리의 법칙
이 숨쉬는 온기가 있다. 이런 기저는 오로지 마음으로 나타난다.

> 별들을 보고 있노라면 가슴 한 귀퉁이에서는 작은 이야기가 들려 옵
> 니다. 잊고 있었던 어린 시절의 꿈과 희망과 아픔, 좌절이 피어오릅니다.
> 신기한 것은, 아픔과 좌절조차 그리운 추억으로 떠오른다는 것입니다
> — <작은 별 하나>에서

순수하다는 것은 꾸밈이 없는 아름다움을 준다. 원혜의 글은 그런 순수와
밝은 동화적인 마음의 바탕에서 아픔과 신산한 삶의 오뇌를 안으로 삭여「
작은 별 하나」의 공간을 지향하는 의식을 펼치고 있다. 그의「열린 마음」은
곧 행동으로 아름다운 세상을 찾기 위해 세속의 문을 열고 — 닫지 않고 다
시 문을 찾아 나서는 이타적인 사랑의 실천 덕목이라는 점에서 그의 안온한
마음은 때로 굵은 주장의 예지를 발동하는 글로도 다가온다.

제 4 부

시를 향한 손짓

풀잎에 맺힌 또다른 세계의 이름들
— 「새풀」 동인의 시세계

1. 들어가면서

시와 시인의 관계는 어떤 상관으로 유기적인 맥락을 형성하는가에 대한 명백한 설정은 필요한 목록이 아닐 것이다. 그러나 시인의 삶과 시적인 표현은 항상 같은 궤도를 설정해 왔다는 점에서 시의 특성은 곧 시인의 인품과 연관을 갖게 된다. 물론 시의 창작 기법은 때로 낯설게 하는 방도로 비유와 상징의 기교를 배합할 수는 있지만 언제나 시의 저변에는 시인의 정서가 시격을 나타내는 출구를 가지고 있다. 이런 논지는 시인과 시의 함수가 분리되는 것이 아니라 하나로 통합된 감성을 말하기 위한 전제가 된다.

시적인 격조는 항상 시인의 삶을 반영하는 일이고 또 그런 개성은 곧 시의 묘미를 함축한다는 점에서 시의 이름은 다양한 표정을 연출할 수는 있지만 감동의 표출은 결국 시인 자신의 모두로 드러난 경험의 총화로 말할 수 있을 것이다.

「새풀」 동인은 인생의 여정을 원숙하게 소화한 분들이라는 점에서 깊은 맛을 남긴다. 아내로서의 긴 여정을 지내 왔고 또 자식들을 키우느라 세상의 깊은 강을 무시로 건너온 경험의 다양성은 물론이거니와 — 때로는 시집살이의 세월 속에서 안으로 삭혀 두었던 정서를 오늘에사 꺼내 보는 — 새풀 동인의 감성은 인종(忍從)의 세월과 비례하지 않는 신선감과 이미지의 상큼함을 가지고 있다는 점에서 한국 시단의 한 켠을 차지해도 좋을 시인들이다. 이제 이분들의 목소리가 한국 시의 지향에 어떤 의미를 채울 수 있을 것인가를 증명하는 길로 출발한다.

2. 개성의 이름들

1) 송문정의 시적 에스프리

시의 땅은 항상 생동감을 주는 방도를 선택하기 위해 고심에 찬 노력을 문자로 포착하게 된다는 가설을 앞세우면 송문정의 시에는 시원한 가을 바람이 다가오는 느낌을 생성한다. 이는 시인이 살아온 도정을 용해하는 언어 감수성에서 나타나는 흔적이 구체적인 이미지로 시인의 감정이 상징의 옷을 입게 되었다는 의미에 이른다.

> 봄이
> 주저앉은 산허리마다
> 꽃물 붉게 붉게 번지면
> 추억은
> 천지 사방에
> 길을 잃을 거예요
>
> 위험한
> 나의 시절
>
> —송문성, <초봄>에서

봄이라는 이미지와 시인과의 상관을 상징의 꽃으로 처리한 기교가 매우 삽상(颯爽)함을 여운으로 남긴다. '꽃물'이라는 색채의 이미지를 동원하여 봄의 감각성이 '주저앉은 산허리마다'에서 — 추억이 길을 잃어버리는 「정신없음」의 찬란함을 이면의 상징으로 채우는 시적 기교는 송문정의 시에 뛰어난 이미지 직조(織造)의 솜씨가 된다.

> 초가을 모서리에
> 깨끗한 햇살
> 살며시 여장 풀고

　내려앉는데요

— 송문정, <나이 값>에서

　이미지로 고담하고 깨끗한 인상을 남긴다는 것은 시인의 일차적인 임무가 된다면 송문정 시인의 상징과 비유의 처리는 산뜻함으로 남는다. 가을의 맑고 순수함과 하늘 높은 궁창(穹蒼)의 아슬함을 느낌으로 담기 위한 예술 감정을 송시인의 삶을 응축하는 체험과 언어를 공그리는 솜씨에서 조화를 만나는 즐거움의 방법이기도 하다.

　흔히 시는 동일성의 서정 양식이라는 절차를 언어 기교로 마련하는 일이다. 감정의 직접성보다는 언어라는 의복을 입힐 수 있을 때, 시의 품위를 갖추는 일 — 비싼 재료의 옷보다는 오히려 재치와 감각성을 덧붙이는 수수하고 넉넉한 모습이 더 깊은 인상을 남기는 답안이라면 송문정의 시는 그런 점에서 속깊은 표정을 만나게 된다.

　송문정의 시적 정서는 깊지만 아직 꺼내는 절차를 모색 중이라는 점에서 바라보아야 할 길이 남아 있다. 이는 앞으로 열정과 더불어 만나게 되는 약속이라는 점에서 기대의 나무를 키우는 비유와 같을 것이다.

2) 임금자의 언어 조립과 시의 집

　시조는 정형이라는 틀 속에 언어의 미감을 수용하는 점에서 자유시의 언덕보다 더 필요한 조건 하나를 갖추고 있다. 형식으로 만드는 엄정한 제한은 언제나 시인의 의식을 긴장미로 붙잡는 길을 확보해야 하기 때문이다. 그 방도는 언어를 조종하는 기술과 체험의 요소들이 결합하는 화학적인 반응이 원만하게 이루어질 때, 조화의 묘미는 감동으로 이어질 수 있다.

　임금자의 시조는 대담하고 과감하면서도 또 조심스러운 길을 찾아가는 삶의 지혜가 돋보인다.

　산 하나 뚝 떼어 울안에 들여놓고

백만 군 거느린 청정한 소나무
잔디밭 내려다보며
넉넉한 웃음 핀다

— 임금자, <분이네 집>에서

사물을 바라보는데 시인의 개성이 드러난다면 초장의 도입이 단도직입으로 '산 하나 뚝 떼어 울안에 들여놓고'라는 표현이 매우 과감하고 당찬 이미지를 남긴다. 이는 남성적인 저돌성과 이치가 상통하는 — '백만군 거느린' 대장부의 목청이 울리는 이치와 상통해진다. 이런 표현미는 시인의 정신적인 추이를 언어로 나타낸 심리적인 현상과 일치한다. 임금자의 시적 방법은 큰 것, 그리고 놀래는 사건을 일으키는 전반부의 특성이 후반부에서는 항상 누그러뜨리는 기교 — 자상하고 온건함으로 마무리하는 특징이 시의 묘미를 자극하고 있다. '넉넉한 웃음'은 글쓰는 지인들 모임의 특성을 시화하는 방법으로 산과 백만 대군의 거대한 도입의 결과는 우정이거나 친밀함을 나타내는 방법으로 대상을 표현하는 과감성을 엿보는 바, 이는 시인의 성격이거나 살아오면서 터득된 정서의 일단을 분출하는 작용으로 생각된다. 예술의 창작은 고백 — 자기 고백의 방도로 카타르시스를 수행하기 때문이다.

은비늘 덮고 선 잠든 바다 위에
밧줄 매인 목선 하나
살찐 달 태우고 빈자리 없어도
또 누구를 기다리고 있다
이젠 목이 쉬어 말도 못하고
고웁던 화장도 지워진 채
온 밤 새워 가며 떠날 줄을 모른다

달은 그냥 가자고 한다
잠시 머물다 간 길손의 행방을

알기 때문이다

— 임금자, <기다림>

적막하고 고즈넉한 포구의 풍경화를 대면하는 인상을 준다. 화려한 임무를 다 마친 목선의 모습이 인간의 형상으로 오버랩 되고, 창망한 흰 달의 정경이 겹쳐지면서 기다림의 이미지가 인간으로 전환— 힘겹게 살아온 사람이 닻을 내린 항구에서 또다른 기다림을 심고 있는 모습으로 다가온다. 달을 객관적인 자리에 옮겨 놓고, 페르조나를 전면에서 간섭하는 양상으로 설명되는 이 시의 묘수는 그냥 가자고 하는 달이 곧 임금자 스스로의 얼굴이라는 점에서 전반부는 정적이면서도 후반부에서는 동적인 형태로 시적인 무드를 장악하고 있다. 그러나 대상을 예각적으로 바라보면서 표현하는 것보다는 모를 깎고 다듬는 언어 작업이 그림자로 따르고 있다는 느낌을 이해해야 할 것 같다.

3) 김상화의 정감과 대상 살리기

시인은 사물을 바라보는 눈이 예리하고 때로 섬세함을 가진 어머니의 마음일 때, 사물의 모습은 물활적인 형태로 생명력을 획득하게 된다. 시는 생명이 없는 사물에서 생명이 있는 형태로 움직임을 만드는 창조에 이르기 위해 시인의 눈은 항상 보다 범상한 분석이거나 아니면 자상한 모성을 가져야 한다. 이런 조건은 시인의 삶이 반영되는 체험의 요소와 상상력으로 빚게 되는 요소의 결합에서 또다른 세계를 창조하게 되기 때문이다. 김상화의 시는 제목만으로도 그의 특성을 짐작하게 된다. <고향>, <봄>, <봄날>, <숲>, <아카시아>, <백련>, <카틀레아>, <접시꽃>, <단풍>, <석류> 등 식물성 시와 <고향>, <친구>, <우정>, <어머니> 등 정감을 유발하는 이미지들의 시가 김상화시인의 정신 정서를 말하고 있다. 즉 식물성의 정서는 사고력 혹은 행동에 수세적인 특성을 나타내는 암시를 갖고 있다면 고향이나 우정 어머니 등은 보다 보수적인 이미지를 생성한다. 그러나 이 둘의 이미지는 모두 시인의 품성을 나타내는 심리적인 특성으로 집약된다.

> 누굴 위한 사연
> 저리 고울까
>
> 울음 붉게 나는지
> 가을 산 물드는
> 코 - 러 - 스
>
> 서산 바라보는 가슴에
> 너를 닮아 울어야 하나
> 단 - 풍 - 아
>
> — 김상화, <단풍>

시는 감정을 이입하는 점에서 동화작용을 일으키는 화학적인 행위라면 인간의 감정도 이런 작용에 민감한 반응을 일으키게 언어 조립을 서둘러야 한다면 김상화의 시에는 그런 정감을 가득 담고 있다. 다시 말해서 사물을 시인의 가슴으로 끌어들여서 자기화를 이루는 방법이 처연하다는 특색이다. 이는 살아온 생애의 호흡과 사물과의 결합이 시인의 주관으로 옮겨진 결과가 시의 특색으로 나타날 때의 느낌이다. 억세거나 신념적인 것보다는 순명에 따르는 심성으로 살아온 흔적 — 시의 분위기를 조용한 내면으로 통하는 길을 확보하고 있다는 뜻이다.

> 우람한 산줄기
> 고향 하늘가
>
> 산자락 누비던
> 뜬구름에

실타래로 간직했던
구수한 향수

하얀 손 흔드는
나의 어머니

　　　　　　　　　　　　　　— 김상화, <어머니.2>에서

　어머니는 고향의 이미지를 닮게 되고 또 어머니는 삶의 원동력을 이루는
에너지가 될 뿐만 아니라 평생 함께 하는 정신의 동반자로의 요소가 된다면
김상화의 어머니는 그런 조건에 합치하는 이미지로 다가온다. 향수와 정감
그리고 따스함으로 찾아가 쉴 수 있는 고향의 품을 생각하는 공간을 가졌다
는 것은 결국 시인의 정서에 담겨진 품성의 일단이 될 것이다. 완만한 템포
와 느린 듯하면서도 단호한 이미지의 풍경 등은 김상화의 마음에 들어있는
푸른 정서의 이름이 될 것 같다. 그러나 언어의 절약과 이미지의 응축의 기
교가 시인에게 앞으로 다가드는 문제가 될 것이다

4) 김재분의 순수 표백의 정감

　시인에게는 그가 살아온 삶을 노래로 형상화하는 정신의 일정한 수로(水
路)가 있다. 다시 말해서 어떤 형태로 살아왔는가에 따라 자연을 노래하는
함량이 우선하는가 하면 형이상학적인 특징으로 나타나는가의 여부에 따라
시의 개성은 달라진다. 어떤 것이든 시인의 정신을 담아 내는 언어의 사용
은 결국 시인 자신의 정신을 그리는 한계에 직면하게 된다는 점이다.
　김재분의 시에는 사물이 다가와 속삭이는 듯한 유연한 모습의 「살아남」
이 있고 더불어 가락이 동반된다. 이는 사물을 바라보는 시선이 치밀하고
조직적인 형상을 뜻하게 된다.

바람,바람따라
저희끼리 부딪힌다

둑길
한 자락에
사랑 풀어놓고

꽃잎
바람에 떨면
설레이는
가슴

꽃빛 은은히
그리움 밀려오네

— 김재분, <코스모스를 보며>

코스모스라는 사물은 보는 사람에 따라 다른 모습 — 감정이 없는 사람은 단지 가을의 꽃일 뿐이라는 생각을 가질 수 있지만 감성이 넉넉한 사람은 코스모스에서 바람에 부딪히는 「소리」를 감지할 수 있고 또 둑길에서의 「사랑」과 「그리움」을 추출해 낼 수 있는 상상력을 발동하게 된다. 무료한 코스모스의 모습에서 소리와 사랑과 그리움의 언결은 모두 김새분의 시적 새능이자 상상력으로 조립하는 예술적인 능력이다. 결국 <코스모스를 보며>라는 단순한 정경에서 또다른 세계를 미감(美感)으로 창조하는 것이 시인의 임무라면 김재분은 언어를 사용하여 그림을 그리는 또다른 창조주가 된다는 점이다.

김재분의 시는 자연스럽다. 이런 명제는 매우 단순하면서도 중요한 일이다. 이는 꾸밈이 없다는 뜻이고 순수하다는 일이 되기 때문이다.

가지 호박 썰어
장독대에 널면
채반 위에 떠 오른

어머니 얼굴
밑반찬
곱게 만지시던
손길

그런 일들이
어머니 몫인 줄 알았는데
두 딸을 시집보낸
지금
그리운 생각
때 없이 눈물입니다

— 김재분, <장독대에서>

섬세한 여성의 특성이 젖어 있다. 장독대라는 사물에서 어머니의 이야기에 대한 그리움을 자연스레 도출하는 일과 이런 일이 두 딸의 사랑과 연결되는 일이 시인과 두 딸 그리고 어머니와 연결된 이름이라는 점 — 사랑 혹은 자애의 감정 — 에서 이 시의 넓이는 깊고 따스한 정감을 일렁이게 한다. 그러나 시의 기교는 나를 전면에 놓지 않고 후방에서 딸과 어머니를 연결하면서 사랑을 그리움으로 연결하는 고귀함의 발견에 있다. 그러나 앞으로 시는 감정의 옷을 입히는 일에만 열중하는 일이 아니라는 점에 초점을 맞추기 바란다.

5) 최금례의 그리움과 추억제

정신의 영역은 한계가 없고 자유스럽다는 점에서 시의 표현은 때로 암담할 때가 있다. 그러나 시의 아름다움 또한 자유스러운 상상의 여행에 의해 일구어지는 또다른 세계와의 만남이 형성되는 점이다. 최금례의 시에는 추억의 아스라한 길과 그리움을 감추면서 드러내는 표현미에서 일정한 자리를 마련하는 인상을 준다.

그리움밖에 없는
서녘 하늘

노을 빛 속에서도
강물 위에도
혼자가 아닌 것을

그대
내 곁에 있어도
흔들리는
그리움뿐이네

— 최금례, <그리움>

시를 말할 때 감정 색조(tone)를 말한다. 이는 언어를 통해 시의 분위기를 말하는 방법이면서 이는 현실 위에서 상상력의 여행을 풍요롭게 작용하는 역할을 한다. 시의 장치는 이런 절차를 이행하면서 독자의 심금을 자극할 수 있는 비유적인 형태를 요망한다.

우선 최시인의 정서는 다이내믹함보다는 스태틱한 특성이 있고 안으로 받아들여 숙고하는 형태로 사물을 바라보는 것 같다. 그리움을 확대하기보다는 축소시켜서 소중하게 간직하는 섬세한 심리가 있기 때문에 요란스럽지 않고 은근함을 부추긴다는 뜻이다.

낙조의 공간적인 배경에 혼자가 아닌 또다른 이미지의 키를 세우고 '그대 / 내 곁에 있어도'라는 동일화를 염원하면서 그리움의 형태가 조요한 모습으로 파고들기 때문에 싱싱한 이미지를 건져 올리는 그림이 된다는 암시다.

자운영
파란 들길
달빛 내려와 놀던
뒷동산

> 세월 어느 새 초연한
> 소녀 시절
> 생각의 길로 다가오는
> 그리운 사람아
>
> 마음 깊은 곳 곱게 접은
> 푸르른 그
> 먼 나날…….
>
> — 최금례, <추억>

최시인의 시는 파스텔톤의 은은함을 연상하는 느낌을 준다. 이는 추억을 말하기 위해 배경의 설정이 낙조와 가을 무드 그리고 정다운 고향의 산천을 떠올리는 이미지가 모나지 않고 부드러운 느낌으로 인상 지운다.

'소녀 시절'이라는 과거의 공간에 상당히 애착을 갖기 때문에 여기서 자운영 들길의 옛 기억과 달빛의 정경이 어울리는 추억의 이름들이 결합하면서 오늘의 시간까지 그리운 이름들로 다가든다. 이런 상상력은 현실과는 거리가 있을 것이다. 왜냐하면 예술의 속성은 상상의 함량을 어떻게 실감 있게 조립하는가의 여부에서 시적인 재능이 가늠되기 때문이다. 결국 먼 미지의 나라로의 여행은 꿈과 만나는 이미지 여행이라는 점에서 시인의 고운 심성과 연결되는 삶의 한 표정인 셈이다. 그렇더라도 흩어져 있는 이미지들을 함께 묶는 결합의 묘미를 숙고해야 한다는 조언도 예외는 아닐 것 같다.

6) 김연희의 시의 이름 찾기

시를 대면한다는 일은 곧 신명과 마주치는 일이라는 가정을 설정하면, 시인은 사물과 세상을 바라보는 특별한 눈을 가져야 한다. 특별하다는 말은 범상한 사람들이 알아차리지 못한 사물의 특성을 포착하는 예리한 감성을 가져야 하기 때문이다. 이를 충족하기 위해서는 살아가는 일이 곧 시로 포장된 온전한 삶을 요망한다.

시인은 항상 깨어 있는 신명을 위해 삶의 모든 바탕이 시와 결합된 의식을 가질 때, 시인이 바라보는 사물의 모습은 항상 새로운 표정으로 살아나는 이치에 이른다는 암시가 된다. 인간의 무의식은 미처 알지 못하는 무궁의 세계를 담고 있기 때문에 이를 꺼내는 임무는 시인의 몫이라는 뜻이다.

김연희의 시는 이런 조건에 이르기 위해 길을 찾고 있지만 확실한 조짐을 찾으려는 바탕에는 서글픔이 자리하고 있다. 이런 유추는 심리적인 길을 확보하는 절차가 우선되어야 하겠지만 시의 외양에서 나오는 것과 내면으로 향하는 일치점에서 느끼는 인상에서 출발한다.

> 푸른 소용돌이를 벗어나, 이제는 빳빳하게 쳐든 고개를 수그려 풀벌레들 울음소리에 귀 기울이는 해바라기, 그 아름다운 각도 따라 마음 자꾸 기우네, 폭우 속에서도 놓치지 않은 사랑들 영글어 촘촘히 박힌 까만 얼굴, 해바라기 훈장으로 가슴에 달고 여름, 노병처럼 가고 있는데, 설익은 슬픔들만 매단 채 그대 쪽으로 기울어 단풍든 마음, 이미 한 가을이네
>
> — 김연희, <9월>

인간은 기쁨에서보다 슬픔과 고독에서 더 밝은 눈을 소유할 수 있다는 것은 신기한 말은 아닐 것이다. 김연희의 시에는 그런 조짐이 있고 이는 그의 시를 굳고 신선함으로 끌고 가는 길을 확보하는 일과 같을 것이다. 이는 <9월>이라는 가을 이미지 — '벗어나'와 '수그려'와 '기우네' 또는 '까만 얼굴'이나 '노병처럼 가고 있는데'의 시어들이 '설익은 슬픔'으로 집약되는 언어의 흐름을 지켜보면 시인의 의식을 감지하게 된다.

가을은 여름이 이미지와는 달리 처연한 심사를 발동하는 점에서 시인의 정서와 밀착된 감수성을 나타내는 심리적인 출구를 갖게 된다. 다시 말해서 <10월>이나 <서귀포>와 <평창에서> 등에 들어 있는 정서는 곧 김연희 시인의 삶을 나타내는 고백의 흐름과 밀접하다는 점이다.

> 땀흘려 너를 빚으면서
> 문득, 태초의 손길을 생각해 본다
> 내가 예전에 받은 것처럼
> 감히 生氣를 쏘여 줄 순 없지만
> 이렇게 시를 쏘여
> 마음을 빚는다
> ……중략……
> 언젠가 흙으로 돌아갈 때
> 같이 가자꾸나
> 그 때까지
> 불 속 같은 이 삶을
> 함께 견뎌 보자꾸나
>
> —김연희, <土偶.2>에서

　　운명을 생각한다는 것은 존재의 형편에 대한 불평으로 돌아갈 확률은 많을 것이다. 그러나 운명의 밭을 일구는 성실한 삶의 모습에서는 아름다움과 그리움을 만나게 된다면 김연희의 시는 그런 태초의 발상과 오늘의 삶에 대한 명상의 줄기를 발견하게 된다. 위에 시의 전반을 운명적인 형상이라면 토우와 함께 '언젠가는 흙으로 돌아갈 때'라는 가정을 앞세워 '같이 가자꾸나' '함께 견뎌 보자꾸나'라는 동반의 휴머니즘을 생각하는 것은 예술이 지향하는 본질이기 때문에 깊이와 무게를 갖게 된다. 김연희의 시에는 가을의 정취가 묻어 있고 이는 의미의 깊이에 생의 암시를 담으려는 김연희의 시적 문법이라는 점에서 그만의 자리를 마련하는 것 같다.

3. 마무리에서

　　대상을 포착하여 아름다움을 추구하는 것은 인간이 만드는 소중한 이름이라면 시는 그런 이름에 다가가는 투명하고 순수한 질서를 세우는 언어 작업이고 시정신의 고귀함을 펴 보이는 그림이기 때문에 시인의 신명은 항상 고역과 더불어 미지로 떠나는 여행일 것이다.

「새풀」 동인들의 시는 추억과의 여행이고 자연과의 조우(遭遇)이면서 삶을 반추하는 정감의 표출이라는 점에서 개성을 안으로 담고 조용하게 꺼내 보는 조심스런 시를 만나는 일과 같다. 이는 살아온 체험의 요소가 상상력의 함량보다 앞선다는 이치가 될 수 있다는 점에서 앞으로의 과제가 될 것 ― 여기서 「이미」보다는 「아직」이라는 말을 덧붙일 수 있는 근거가 될 것 같다. 그러나 섬세하고 순수를 포착하는 정서의 조립이나 언어를 극도로 자제하면서 운용하는 비유와 상징의 신선미 등은 「새풀」이 싱싱한 숲으로 성장할 약속을 이행하는 것과 다름이 없다는 점 ― 이런 사실이 우려보다는 안도감으로 지켜볼 이유가 될 것이다. *

시는 변할 것인가?

1. 시의 변화

향가와 고려가요 등의 이름은 사회의 변화에 따라 그 명멸의 자취를 남기고 사라졌다. 여기서 문학의 생명이 생노병사를 거듭하는 선상(線上)에 있다는 가정은 성립된다. 이런 현상은 문학도 생명체라는 말이 합당한 설득력을 가질 수 있고 또 변화를 수용하면서 문학사의 흔적은 남기게 된다. 초창기의 가락위주의 시조 ─ 오늘의 시조는 과거의 시조와는 달리 현대시의 구분 속에 정체를 거듭하는 이유도 시대의 변화속에서 새로운 모색을 해야한다는 당위성을 제시하는 의미일 것이다. 이처럼 문학도 시대의 변화를 수용하는 점에서 작금에 사회현상의 구조조정이라는 말과 유사할 것이다.

주지하는 바, 사회의 변화속도는 걷잡을 길 없이 가속의 페달을 밟고 있다. 이런 상황속에 살아가는 인간의 의식은 분명 과거와는 달라 보이는 정서가 있을 것이고, 이런 정서는 곧 문학의 변화를 초래하는 원인이 될 것이다. 다시 말해서 전원 문화의 정서와 정보화사회의 스피드속에 살아가는 사람들의 정서는 차이가 있을 수밖에 없을 것이다. 이런 현상은 곧 문학을 수용하는 감수성에서 변화를 갖게 된다. 이런 변화는 곧 문학의 변화 곧 시의 변화를 시인은 읽어야 한다는 조건이 될 것이다..

문학에서 실험이라는 장치는 앞에서 언급한 변화의 시대를 맞아들이는 능동적인 현상일 것이다. 90년대 이후 답보와 정체의 현상은 새로운 세기의 입구를 지나면서도 여전히 변화의 뚜렷한 조짐을 읽지 못하는 것은 시인들 의식의 문제이면서 능동적으로 대처하는 삶의 피동적인 현상일 것이다. 요컨대 시인은 시대 속에서 몸부림의 갈등을 겪고 시대 밖으로 눈을 돌리는 안목을 가질 때 그의 시는 생명력을 획득하는 절차를 갖게 될 것이다. 물론 이런 기준을 깃발처럼 내세우면서 시를 쓰는 시인은 없을 것이다. 어떻든 이런 의식을 갖고 시를 쓴다는 것과, 흔들리는 뱃전에 몸을 맡기고 목적지를 향하는 것과는 차이가 있기 마련이다.

한국시의 주된 관심사는 피곤한 도시생활에서 자연으로 눈을 돌리는 생태적인 현상과 통일에 대비한 사회 문제가 시인들의 의식을 붙잡는 주요 이슈가 될 것이다. 물론 이런 도식적인 현상은 다시 새로운 길을 모색할 가능성도 배제할 수는 없을 것이다.

2

시평을 쓰는 마음은 항상 기대를 갖고 지난 호를 점검하게 된다. 그러나 『한국문인』 통권 2호에 발표된 19분 시인의 작품에는 새로운 것도 그리고 신선한 맛도 찾아볼 수 없었다는 편이 옳은 말일 것 같다. 이런 현상은 비단 한 잡지에 발표된 시만이 아니라 한국시의 현상과 관계깊다는 점에서 우울한 노릇일 것 같다.

느린 것에는 미학이 있다. 왜냐하면 정다움을 느낄 수 있고 또 잘난 것을 외면하는 혹은 평범하게 살아가는 체온을 교환할 수 있기 때문이다. 그러나 빨리 가는 방도가 좋은 것은 사실이다. 왜냐하면 변화를 재촉하는 일이면서 어딘가 안도감을 갖는 방도가 스피드에 스스로를 실어가는 방법일 것이기 때문이다. 그러나 빨리 가는 것은 때로 병이 된다.

> 오늘도 바람이 불고 비가 내린다
> 김포에서 강화 가는 48번 국도
> ……중략……
> 김포나 강화 마송에 닷새장이라도
> 서는 날이면 장보따리가 차칸을 메우고

입성에서 그닥 신경 쓰지 않는 사람들이
잊혀져 가는 경서 사투리를 섞어내며
사람 사는 냄새 물씬 풍기는
강화행 1번 완행버스
…… 중략 ……
사람 사는 냄새 물씬 풍기는
인정스런 사람들 틈에 끼여
흔들리는 마송리로 가고 있다
— 최재복, <강화행 1번 완행버스를 타고>에서

인간은 인간의 체온을 나누면서 살아가기 때문에 수많은 인간사이에서도
체온을 그리워하면서 산다. 속도 속에서는 인간의 교감이 말살되거나 없어
지는 고독을 감내할 수 밖에 없을 것이다. 이로 인해 완행이라는 풍경을 그
리워하고 인간의 체온을 느꺼워하는 최재복의 정서는 꾸밈이 없는 인간 속
에서 느리게 가는 그리고 인내를 감내하면서 살아가는 미학을 체득하고 있
다.

젊은 나이에서는 순리라는 말에 실감을 느끼지 못한다. 그러나 경험이 층
을 이루는 때쯤엔 바라보는 사물에서 인생을 결부하는 의미를 발견하고 삶
의 방향을 정립한다. 인간에게 산다는 명제는 곧 삶의 진로를 어떻게 결정
하는가의 여부를 나타내는 의미일 뿐만 아니라 생의 질을 결정하는 요소일
것이다. 주원규의 시는 아마도 원숙한 삶의 의미를 직조(織造)하는 달관의
암시가 베어있다. 다시 말해서 의미로 생을 관조하는 의식을 앞세우는 풍경
화이다.

어쩌지 못하고 마침내
봄이온다
지게차나 탱크, 만군의 힘으로도
오는 봄을 막지 못한다

사람의 판단으로 싫고 좋고가 없다
봄강아지 봄버들 봄바람엔
허리 젖혀들 까불지만
봄은 철없이 오지 않는다
…… 중략 ……
양지쪽은 더욱 빠르게
음지쪽은 음지만큼 느리게
가볍고도 장엄한 저 절대의 步法
어쩌지 못하고 마침내
봄이 온다

—주원규, <봄이 온다>에서

봄이라는 말을 노년이라 바꾸어도 이 시는 의미를 연결시킨다. 이런 앰비규어티는 시의 특성이겠지만 순리를 따르려는 마음의 무늬를 느끼게 한다. 그만큼 의미역을 넓게 확장하는 봄의 이미지가 비유로 살아나고 있다는 뜻이다.

우주의 섭리속에 인간의 존재는 항상 미미함으로 나타나지만 이를 알아차리지 못하는 인간의 한계를 지혜로 풀어나가는 것이 나이들은 사람에게서 느끼는 향기라면, 주원규의 봄은 오라는 손짓에 의해서도 또는 막는다해서 봄이 겨울로 둔갑하지 못하는 절대의 원리를 터득한 느낌이다. 이는 생을 바라보는 통찰력의 눈과 지혜의 동원에서 나오는 주원규 마음의 표정으로 여겨진다.

인간을 소우주(Micro Cosmos)라는 표현은 자연과 인간을 하나로 결합하려는 발상에서 비롯된 명칭일 것이다. 5대양 6대주가 있다면 인간의 몸엔 5장 6부가 있어 대칭을 이룬다. 이런 동양철학은 인간의 삶을 과학으로 바라보는 시각이 아니라 철학으로 바라보는 관점이고 자연과 인간을 하나로 묶어서 관찰하는 철학의 일단이다. 그러나 서양은 과학으로 인간을 바라보는 관점의 차이는 결국 과학만능이 절망의 심연을 키우는 일단의 발상이 되었다.

정성수의 시는 이런 자연과 인간의 결합에서 진로를 설정하는 시각이 명상적이고 철학적인 의미로 시를 엮고 있다.

> 팽창하는구나, 우주가
> 푸른 하늘의 가장자리에서
> 뿔뿔이 달아나듯 재빠르게 더 멀리
> 소우주 속의 내 속살과 핏방울과 백혈구들
> …… 중략 ……
> 온몸이 우주가 되어
> 살아있는 떠돌이 별들 뿌릴 때까지
> 펼쳐지는구나, 사방 팔방으로 버릇처럼
> 지구보다 크게 하늘보다 넓게!
> — 정성수, <팽창하는 우주 속에서>중

정성수의 의식은 다소 몽상적인 느낌을 갖는다 즉 현실의 뿌리를 젖혀두고 하늘의 깊이로 여행을 떠나려는 발심이 승하다는 점에서 그런 느낌을 갖게 된다. 그러나 '팽창'의 근거가 자기몸에서 느끼는 「어떤 것」에의 공간으로 이동하기를 꿈꾸기 때문에 이는 꿈으로 환치하는 diaphor의 간격이 넓지만 오히려 친근감의 은유로 의미를 동반한다. 이는 정성수의 시적 경지가 한층 높이로 지향하는 바, 온몸이 우주로 다시 살아있는 「별」로 빛을 암시하기 때문이다.

세월이란 인간의 개념일 뿐 우주에는 시간이라는 의미는 존재하지 않는다. 밤과 낮은 우주의 질서요 동물이 아침에 일어나고 밤엔 잠든다는 현상은 본능일 뿐 우주라는 공간에는 시간이라거나 세월이라는 의미는 오로지 인간만의 의미일 뿐이다. 그렇다 인간만의 의미는 곧 우주의 생명을 불어넣는 원인이 되기 때문에 시간은 가장 위대한 문화를 축적하는 원동력이 되었다는데서 예외일 수는 없다. 유경환의 시는 그런 생각을 불러온다.

검은 색이 되지못한
세월의 때 네모진 돌틈에서 숨쉬고 있다
…… 중략 ……
해 묵은 낙엽
구석진 곳마다 자리 차지해
얼굴 감춰 바람 피하고

검은 이끼도 못된 목숨
어디 위안인들 숨 쉴 수 있으리

투박하게 이어맞춰진 종묘 뒤안길
때 묻은 권위
한줌의 볕 붙잡고 있다.

— 유경환, <돌길>에서

　돌에는 시간이 들어있고 시인은 이런 시간을 유장한 숨소리로 환치하는 마음을 갖고 있다. 가령 '검은 색'이 최종의 의미라면 '못되고'는 아직이라는 점에서 시간의 농익은 옷을 입지 못했다는 암시를 보인다. 이런 암시는 슬픔의 때가 가시지 않는 세월의 슬픔과 연결되면서 '종묘'라는 역사의 숨결 앞에 처연한 감성을 드러낸다. 이미 지나버린 역사의 때에 간직된 아픔은 곧 시인의 감수성에 이입되면서 위안조차 받을 수 없는 한줌 볕의 따스함에 마음을 녹이려는 의지의 발심이 유경환의 정신 풍경화와 같다는 느낌은 어차피 심리적인 현상같다.

　죄라는 것과 무죄라는 것은 이성이 판단하는 일이지만 이성이라는 것도 따지고 보면 불분명한 오류의 암시일 것이다. 다시 말해서 이성이라는 것이 주는 한계는 언제나 자의적이고 때로 모순의 이치로 둔갑하는 것이 된다. 여기서 본능이라는 것과 이성이라는 칸막이는 인간이 만든 편의상의 용어라는 데서 본능은 자연의 이치요 순리를 따르는 궤도일 것이다. 문병란의

<봄밤>은 이런 생각을 깊게 한다.

원조교제 사범, 60대 초등학교 교장선생님
그 2단짜리 작은 기사를 생각하며
이 밤에 나는 죄 지을 일 없어 하욤있어라.
봄 밤의 죄는 죄가 아니다
봄 밤의 죄는 봄 밤이 책임진다
어디선가 잠 못 드는 봄 꿩도 푸드득 나는데
춘향이 집으로 가는 개구멍 앞에서
월매의 단속곳 속 향그런 봄밤이 밀주로 익는다
— 문병란, <봄밤>에서

문병란의 봄은 본능이 자리잡는다. 다시 말해서 이성이라는 거추장스런 옷이 얼마나 필요없는 일인가를 '이 밤에 나는 죄지을 일 없어 하욤 있어라'의 「죄지을 일 없어」와 '봄 밤의 죄는 죄가 아니다'의 대치속에 시인의 손은 본능쪽에 손을 들고 있다. 이는 근엄한 이성의 소유자인 60대 교장과 원조교제라는 시어—통념의 벽을 넘어서려는 자발성은 곧 시인의 내면에 간직된 심리적인 흐름이기 때문이다. 보통의 통념으로는 책임은 인간의 것이고 죄 또한 인간의 잘못이라는 한계를 벗어버리고 자유로움을 추구하는 문병란의 정서는 술이라는 또다른 이름을 빌려 꿈을 꾸는 자유인의 기질인 것 같다. 향그런 밀주의 청각은 곧 그런 내밀한 자의식을 앞세우는 공식인 것이다.

운명이란 인간만의 체념이고 전유물일 것이다. 용기의 성을 앞세우는 젊은 날을 멀리하고 체험의 익숙한 때가되면 달관이라는 이름으로 정리하려는 마음의 폭이 넓어진다. 운명의 줄기는 항상 일정한 속도나 보폭으로 다가오는 것이 아니라 의외성을 갖고 예고없이 다가온다는 점에서 슬픈 현상일지 모른다. 같은 조건 같은 상황에서도 서로 다른 모습으로 나타나는 콩나물의 비유는 인간사의 운명적인 현상과 밀착된다.

> 그많은 콩 가운데
> 어떤 놈은
> 싹 티워 나오면서 죽고
> 어느 놈은
> 대가리만 만들다 그만
> 또 어느 것은
> 제법 다 큰 다음에
>
> — 김계덕, <콩나물>에서

가령 '그 많은 콩 가운데'를 사람으로 바꾸면 콩나물과 인간의 비유는 유사한 비유가 된다. 이런 비유의 간격은 신선한 느낌은 아닐지라도 그 결과에 이르는 암시는 운명적인 비유에 귀착된다. 똑같은 상황이나 처지에서도 서로 다른 결말을 만들어내는 콩나물의 처지는 곧 인간의 처지로 돌아온다. '그럴싸한'과 '썩고 문들어져'라는 비극의 상황은 오로지 「자기가 만들어 가는」 결말이라는 점에서 운명적인 귀결이라는 점이다. 그러나 김시인은 우열의 판별이 아니라 결말은 '가치 품격의 차이는 별로 다름이 없는' 일정한 공간으로 들어간다는 점에서 강물이 곤곤하게 흐르는 것과 같다는 명상의 입구로 들어간다.

살아간다는 것은 무엇을 남기는가? 이런 물음을 앞세우면 결말은 허무로 돌아간다. 어떤 것도 남는 것이 없고 오로지 「없다」라는 인식을 키우는 것이 인간의 삶이기 때문이다. 김용언의 <귀가후의 일기 중에서>는 그런 발상을 앞세운다.

> 아침에 뿌린 발자국을 찾아보지만 내 가슴 위에는 이름 모를 발자국이 수 없이 쌓여 있다. 내 모습조차 낯설어 지는 오늘, 하찮은 발자국 한 남기는 것이 무슨 소용이 있을까.
>
> — <귀가후의 일기 중에서>중

　아침이라는 시간은 청춘일 것이고 하찮은 의미를 발견하는 것은 나이 들어 인생을 돌아보는 지긋한 처지에서라면 김용언의 시는 그런 발상으로 허무의 이름 앞에 망설이는 느낌을 배가한다. 물론 돌아보는 것은 항상 자괴와 아픔이 남게 된다. 그러나 귀가라는 상징에서 느끼는 처연함은 인생을 확대해석하는 시적인 그릇에서 냉철함으로 자화상을 대면하는 발성이다. 자기가 자기를 발견하고 만족하는 것보다는 오히려 비극적인 인식을 갖는 것이 나르시스의 어둠을 제거하는 인간의 지혜일 것이라면 김용언은 그런 정서로 이방성의 허무를 대면하는 느낌을 준다. *

시와 푸념

1. 푸념과 시

푸념이란 사전적으로 말하면 마음에 품은 불평이란 어의를 가지고 있을 뿐만 아니라, 굿을 할 때 정성 들이는 사람을 꾸짖는다는 풀이가 된다. 물론 그 형식은 일정한 것이 아니고 자유로운 형태로 내뱉는다는 점에서 정신적 배설의 형태에 속할 것이다.

배설이란 물론 시원하다는 점에서 정신의 맑음을 선호하려는 심리적인 형태 일수도 있겠지만 일정한 격식을 차리는 문학, 그 중에서도 가장 엄격한 룰을 가져야 하는 시의 경우엔 푸념과의 거리가 멀리 있어야 존재 가치를 나타내는 대상이다. 그러나 한국 시는 지금 푸념과의 거리를 단축하는 오리무중의 외중에서 헤어 나오지 못하는 안개 판국이라는 말이 타당할 것이다. 이런 생각은 너무 가혹하게 바라보는 관점일지 몰라도 변화를 위한 몸짓이 들어 있지 않기 때문에 우울할 수밖에 없고 답답증을 유발하는 원인이 된다. 이에 대한 진단은 습작의 부족이 전반적인 현상이라면 시에 대한 기초의 문제가 우선 해결의 과제일 것으로 판단된다. 이런 현상을 뒷받침하는 일은 누구나 마음만 먹으면 등단이라는 명찰을 달 수 있는 작금의 문학적인 풍토가 지속되는 한 계속될 것이라는 전망이 제거되지 않기 때문에 갖는 우울이다.

가령 적당한 방법으로 시인의 명찰을 달고 나면 변화를 위한 노력보다는 오히려 자기 영역의 확대를 위한 정체(停滯) ― 금새 시집을 출간하고 또 세미나에 단골 고객이 되어 원로나 중진과 어울려 사진을 찍고 ― 이렇게 몇 년이 지나면 그는 변화를 위한 노력은 접어 두고 현상에 안주하는 나태와 자만의 함정에서 헤어 나오지 못하는 엉망 시인의 그룹을 형성하게 된다.

이런 징후가 잡지 자유화 이후 10여 년이 접어든 현재는 이미 만성화되었다는 점이 오늘의 한국 시의 표정을 우울이라는 색깔로 바라보게 되는 요인이다. 요컨대 잡지에 발표되는 상당한 분량의 시들은 시가 아니라 시의 형태만을 갖추었을 뿐이라는 말은 지나친 언사가 아닐 것 같다. 그만큼 잡초 무성한 벌판에 오히려 시의 얼굴을 대면하기가 수월해졌다는 말로도 바꿀 수 있는 역설일 것이다.

2. 좋은 이름으로 가는 시

1) 문효치의 <앞산.2>

시에서 의인화는 시를 표현하는 방법에 즐겨 사용할 수 있는 기법의 하나일 것이다. 왜냐하면 시인의 사명은 무생물에게서 생명의 자유를 부여하는 창조주의 역할을 수행할 수 있는 권리가 있기 때문이다.

> 희한하다.
> 그 친구 왔다 간 뒤
> 홀연히 뻐꾸기 한 마리 오더니
> 그 울음 풀어내어
> 앞산에 문질러 바르는데
>
> 그 울음 속으로
> 아스라한 길이 뚫려
> 먼 먼 목숨의 씨앗 움트는 모습
> 안개 속처럼 어리는구나.
>
> 그 친구의 아픔
> 그 아픔의 길이만큼
> 해는 길어 뻐꾸기 울음도 마냥 풀어내고 있구나
>
> ─ 문효치, <앞산.1>

  시인의 시선이 앞산을 「바라보는 일」로 창조의 빌미는 열린다. 이런 능동적인 시선의 확보는 의식의 확대를 꾀할 수 있는 마음의 준비가 마련되었기 때문에 새로운 장면을 향한 길이 확보된다. '친구'는 물론 산의 의인화고 그 산의 변화를 바라보는 시인의 청각으로 '올빼미' 소리가 앞산을 생동감으로 전환하게 되면서 — 이런 진전은 앞산의 생명체가 번다히 움직이는 정경을 길과 '씨앗'이 움트는 모습을 오버랩 하면서 천착하게 된다. 이런 표정의 내면엔 산이 풀어내는 여러 변화는 곧 산이 능동적으로 삶의 장소를 지니고 있기 때문에 '아픔'의 길이만큼 뻐꾸기의 울음도 연장된다. 이런 기법은 자연을 시인의 내면으로 끌어들여서 자연과 결합된 시인의 의식을 한데 묶을 때, 인간의 삶과 자연현상은 분리되는 것이 아니라 하나로 결합하여 출발하는 명상적인 의미를 방문하게 된다.

2) 이영춘의 눈

  시인의 눈은 항상 예리한 통찰의 투시도를 그리는 작업을 게을리 해서는 안 된다. 왜냐하면 시란 신기루와 같이 순간에 왔다가 사라지는 대상이기 때문이다. 시가 시인의 눈에 어른거릴 때 방문을 열어 주지 않는다면 금시 사라지는 존재의 안타까움을 경험하는 경우는 많을 것이다. 이처럼 시는 시인의 부지런함을 항상 재촉하는 대상이다.

> 겨우 매달려 떨고 있는 나뭇잎 하나
> 푸른 하늘과 붉은 열매들이 함께 살섞어 살던 곳
> 뭇벌레들 살 속에서 기어 나와
> 말(言)을 삼키고 말을 갉아먹고
> 떡잎 지고 피돌기 그치더니
> 마른 장작처럼 앙상한 뼈만 남아
> 단 한 마디의 대화도 오갈 수 없는 어둔 절벽에서
> 그토록 오래 반복했던 '사랑해!'도

단 두 어절의 자모일 뿐
그렇게 따뜻한 감정들은 떨어져 나가고
이제 맨 겨울 하늘 가지 끝에서
파르르 혼자 떨고 있는 나뭇잎 하나
하얗게 빛바랜 거울 사이로
투명한 실핏줄 하나 보인다

— 이영춘, <배추벌레 사랑>

살아 있다는 것은 변화 앞에 속수무책임을 고백해야 한다. 다시 말해서 시간 선상에 내려올 길 없는 운명을 이끌기 위해서는 그가 존재하는 공간에서 어떤 형태로든 스스로의 무게를 지탱하는 몸짓이 있어야 한다.

절망의 늪에서 벗어나기 위한 노력은 항상 공허의 벼랑을 서성여야 하고 안타까움을 삼키면서 운명의 흐름 앞에 대결의 자세를 때로 갖추어야 한다. 절망 앞에서 인간의 반응은 승부사가 되거나 아니면 절망에 나포되어 따르는 운명을 감내하는 두 길 중에 하나를 선택하게 된다면 <배추벌레 사랑>은 후자 쪽에서 '혼자 떨고 있는 나뭇잎 하나'의 고독한 운명 속으로 저항 없이 살고 있는 느낌을 준다. 그러나 이런 비극적인 공간을 벗어나는 빛바랜 운명은 '투명한 실핏줄 하나 보인다'에서 새로운 길을 확보하려는 의지가 없다면 이 시의 무게는 훨씬 가벼웠을 것이다. 그만큼 벼랑전술의 시적 기교로 보인다.

3) 김광자의 그리움 찾기

인간에게 그리움이란 미지의 공간을 찾아가는 모색의 출발일 것이다. 그러나 이런 현상은 구체적이기보다는 추상적인 현상에서 多技한 의식의 갈래를 친다.

간밤의 별을 쓴다
사금파리 가루로 내린 눅눅한 백설기

　　싸리빗질에 하늘의 그리움이
　　박하향으로 이는 새벽 골목
　　함박눈을 쓸다

— 김광자, <일기>

　별과 백설기는 색채의 이미지로 마음의 지향을 암시하고, 이런 백색의 이미지가 순수한 그리움으로 치환되는 데서 시적인 묘미는 다시 함박눈의 포근한 이미지로 변신한다. 다시 말해서 별이 백설기의 맛으로, 다시 그리움으로 전환하면서 박하향의 은은함을 부추길 때, 미지로 향하는 그리움의 지향이 한층 선명한 색채의 보조를 받게 된다. 색채의 이미지로 시인의 정서를 나타내는 기교적인 시의 깊이를 제공하는 점에서 선명한 인상을 남긴다.

4) 채희문이 그리는 초상화

　시인은 언어라는 재료를 가지고 그림을 그리는 사람이다. 빈 캔버스에 그리는 그림은 때로 무채색의 여유를 갖기도 하고 혹은 유채색의 화려한 장면을 연출하는 기교를 보일 수도 있다. 물론 재료 — 언어의 배합이 화려하다 해도 찬란한 시는 탄생되는 것은 아니다. 이는 시인의 재능에서 무채색의 재료로 화려한 유채색의 세계를 만들 수 있는 것은 전적으로 시인의 임무일 것이다.

　　찾아오는 이 없어도
　　만나러 오는 이 없어도
　　저 아득한 바다 끝에서
　　저 아련한 수평선 너머에서
　　누군가 올 것 같아
　　누군가 부르는 것 같아
　　사시사철 허구헌날
　　물결에 물결치며

파도에 파도치며
기다리고 기다리다
떠나지 못하는
작은 나룻배

그 빈 배 같은 가슴에
조개 속 진주처럼 자라는
영롱한 그리움이여

아무도 모를 아름다운 상처의
비밀같은 아픔이여.

— 채희문, <기다리는 배>

시인은 뭔가 기다리는 정서를 키우고 있음을 느낀다. 왜냐하면 시는 시인 자신의 정서를 나타내는 반응의 그림이기 때문이다. 어딘 가로 떠나려는 마음을 갖고 있지만 정작 떠날 곳은 명료하게 설정된 것이 없다. 이런 형태를 '누군가 올 것 같은'에서 막연한 생각이 앞서고 떠나려는 마음이 있지만 기다림만을 키우는 다소 소극적인 생각을 느끼게 하는 심리적인 현상 — 떠나지 못하는 작은 나룻배의 슬픈 운명을 스스로 감내하고 있는 그림이다.

이로 보면 시인은 자기만의 시를 쓴다. 즉 자기의 생각, 자기의 의지 혹은 자기만의 신념을 표현하는 방법으로 보편성을 획득하려 한다. 채희문의 고독한 그리움은 점차 멀어지는 거리를 좁히지 못해 안타까움으로 포장된 나날을 살고 있는 불안한 표정으로 비친다.

5) 김정화의 그리움

존재는 새로운 존재를 생각하는 일정한 생각의 거리를 갖고 있다. 이 거리가 얼마나 실감있게 언어로 조립될 수 있는가의 여부는 시인 자신의 몫으로 돌아간다. 즉 얼마나 생생한 상상력을 자극하는가의 여부는 독자에게 다가가는 실감의 문제가 된다.

기어이 가려하는 너를 보내고 버리고 간 슬픔들만 붙잡고 있는
창백한 가슴속으로
자박자박 걸어 들어오는 그리움
행여 네 얼굴인가 하여
물위에 오래도록 머물며
바라다보고 있는 물 속에 가라앉는 그리움

— 김정화, <반달>

'기어이'라는 시어에 함축된 의미는 보내려는 마음이 없었다는 암시를 갖고 있어, 시의 출발이 단단한 언어의 응축을 느낀다. 부재하지만 결국 '자박자박'의 소리를 동원하면서 찾아오는 대상을 막을 길 없기에 결국은 크게 다가오는 얼굴 — 그리움이라는 무게를 들어올리려는 것보다 오히려 그 그리움의 무게를 이기지 못해 스스로 가라앉는 느낌 — 파스텔톤적인 마음의 표백이 그리움의 농도를 짐작하게 한다. 시각과 청각에서 빚어지는 그리움의 행방은 애달픔으로 독자의 뇌리를 자극하는 임무를 완수하고 있다는 뜻이다. *

시와 환경의 상관

1. 시와 감수성

시가 분위기의 예술이라는 말에는 주변여건에 따라 시의 전달에 변화를 감지할 수 있다는 의미가 내포되었을 것이다. 이는 숨쉬는 유기체이기에 환경에 따라 다른 전달의 뉘앙스를 가질 수 있을 뿐만 아니라 상황에 따라 의미를 전달하는 방도가 별개의 것이기 때문이다. 물론 문자라는 도구에 의해 제작된 시가 여건에 따라 다른 목청을 갖는 것은 아니다. 이는 사람의 감수성이 여건에 맞춰 변화하는 이름으로 생성된다는 뜻을 함축할 뿐이다.

시가 여느 문학적 현상과 다른 것은 바로 살아있는 정서를 감득(感得)할 수 있다는 점이다. 시인의 예민한 촉수는 이런 감수성의 출구를 알아차리는 점에서 시인만의 민감한 예지는 감동의 누선(淚腺)을 빠르게 장악할 수 있지만, 냉엄한 이지와 차갑게 대면하는 사물과의 조우에서 시는 뚜렷한 표정을 나타낼 수 있다. 요컨대 감정에 지배당하지 않고 이성에 함락 당하지 않는 시의 까다로운 입맛은 시가 지향하는 본질일 것이다. 그러나 이런 기준에 맞출 때 우리들의 시는 모두 절름발이라는 사실을 거부할 명분이 별로 없는 실정이 한국시의 현주소이다.

대부분의 시가 넋두리에 떨어지는 원인이 감정의 절제와 이지의 발동이 없이 단순 문자로 포착된 정서의 과잉에서 비틀거리는 표정을 연출하는 이유가 있다.

2. 정서의 모습들

1) 김송배의 감상적인 정서

김송배의 시에는 비어있음과 채움을 향하는 갈증이 나이에 비례한 감수성을 엿볼 수 있다. 나이와 시는 아무런 상관을 연계할 수 없지만 시인의 정서가 나이라는 무거운 옷을 입을 때쯤엔 과거와 다른 ― 젊은 날과는 다른 이미지를 포착하는 정서가 두드러진다.

> 저문 강가에서
> 그대가 감상에 젖어 있을 때
> 강물은 미지의 세상을 꿈꾸고 있었다
>
> 강물의 꿈은 진실로 투명하지만
> 그대가 질겅질겅 삼켰다 뱉아내는
> 눈물 섞인 언어는 보이지 않았다
>
> 강물 가득 그 푸른 꿈
> 강 가득 다시 번지는 노을빛 사이 머무는
> 그곳은 어디일까
> 언제쯤일까
>
> 강가에서 그대가 지극히 감상적일 때
> 강물은 이미 날 저문 침묵으로 저만치 흘러
> 어느새 영혼만 손짓하고 있는데 ―
>
> ― 김송배, <저문 강가에서 혹은 감상적>

'그대'는 곧 시인자신으로 돌아오는 이미지를 뜻하는 것 같고, 이런 이미지는 강물과 교차하면서 새로운 공간으로의 이동을 꿈꾸는 마음이 보이지만 ―그대의 눈물 섞인 의미는 강물의 노을빛이 머무는 먼 곳의 거리감에 새삼 아슬해지는 마음을 느끼게 된다. 이는 '어디일까'를 계산하는 시인의 마음이 현재라는 공간에서 떠나기를 소망하지만 정작 도달할 길 없는 안타까움에서 '마음만'이라는 한정사를 동원하게 되었다. 이는 시인의 마음에서 다가오는 사물들의 친숙함보다는 오히려 멀어지는 마음이 거리(distance)의 절박함 — 이는 원근법을 계산하지 못하는 나이의 깊음에서는 더욱 절실함으로 다가오는 정서이다. 물론 이 시의 '강가에서 그대가 지극히 감상적일 때'라는 단서가 정서의 과잉이라는 점에서 흠이 되지만 '저만치 흘러\ 어느새 영혼만 손짓하고 있는데.'에서 시의 포괄적인 암시가 선명함으로 다가든다. 결국 김송배의 시는 작금에 나이브함으로 정서를 포장하고 여기에 삶의 깊이를 패이셔스함으로 의미를 삼는 것 같다. 이는 그만큼 개인적으로 깊어지는 시대를 살고 있다는 또다른 암시일 것이다.

2) 김현숙 마음의 풍경화

시는 마음의 풍경화를 설명하는 것이 아니라 보여주는데서 의미의 다기(多技)한 갈래를 만들게 된다. 시는 소설과는 달리 묘사나 설명의 방도로 현실을 그리는 작업이 아니라 보여주는 함축의 기교를 필요로 한다면, 생략과 함축과 상징의 방도가 우선해야 한다. 이런 시는 긴장감과 신선미를 잃지 않는 점에서 시적 요건을 충족하는 출발점이 된다.

누구든
용천리 개울에 와선
두 손부터 닦는다
심심한 물소리 산등을 치고
슬그머니 마을쪽으로 내려가고
고요는
절간 곳곳에 널리는데
삼층 석탑 앞
누군가 또 길을 버린다

> 발목 접은 노을 반쪽
>
> — 김현숙, <사라사에 갔을 때>

시는 항상 긴장감을 조이는 역할을 덕목으로 한다. 물론 시적인 암시가 팽창적인 의미로 확산하는 역할을 수행할 때, 시가 갖추어야 하는 요건은 결국 시인의 재능으로 돌아갈 수 있다. 김현숙의 <사라사에 갔을 때>는 '용천리 개울'의 공간에서 일어나는 풍경의 제시가 '손부터 닦는다'와 또 '길을 버린다'의 두 문장을 축으로 '닦고' '버리는 것'이 '노을 반쪽'과 상관을 맺는다. 즉 손을 닦는 것은 마음을 세정(洗淨)하는 일이고, 버린다는 것은 무소유의 종교심과 동화된 의미 — 이런 풍경은 곧 노을의 아름다움과 결합될 때, 사라사라는 공간에서 얻어진 순수의 마음을 획득하게 된다. 물론 '산 등을 치고'와 '마을 쪽으로 내려가고'에서 '고'의 중복은 시의 리듬을 차단하는 문제가 보이지만 전체적으로 보여주는 풍경 속에 삶의 의미가 깊이를 간직하고 있다.

3) 차옥혜의 사랑초와 기억

인간이 살아가는데 일관성을 비유로 한다는 것은 지난(至難)한 일이다. 왜냐하면 삶이란 변화하는 것이고 또 그런 변화에 대응하는 절차를 가져야 하다. 일직선의 길만이 있다면 그 길은 무료하고 답답하기까지 할 것이다. 때로는 굽고 때로는 펴지는 길의 의미는 인간의 삶에도 예외가 아닐 것이다.

> 사랑초는 오로지 해만 보고 산다
> 자주색 잎들이 해를 향해
> 나비같이 날아간다. 몸부림친다.
> 해를 등지고 돌려놓으면
> 몸을 틀어 다시 해에게로 간다.
> 해가 지면 아무리 환한 전기 불 켜줘도
> 잎을 접어 버린다
>
> — 차옥혜, <사랑초>에서

성품은 변하는 게 아니라 그대로 유지하려는 성질을 갖고 있다. 그러나 생활 속에 대처하기 위한 변화만이 있을 뿐이다. 다시 말해서 태어날 때부터 간직된 인간의 본성은 생활 속에서 원형을 유지하려 하지만, 상황에 따라 변화하는 것이라는 점에서 본성은 의지와 결합된다. 사랑초라는 식물도 타고난 본성을 어떤 경우가 되더라도 변화하는 것이 아니라 자기를 지키려는 고유한 특성을 갖기 때문에 귀감의 대상이 되었다. 이는 차옥혜의 성품을 비유하는 과거의 어떤 일과 결합하면서 고귀한 의미의 사랑초로 상징된다. 즉 어머니라는 대상만을 위해 일관된 의지를 보이는 것과 식물의 속성과 결합에서 '피멍든' 결과를 낳을지라도 사랑이라는 대상을 위한 집념이 '자꾸만 내 안에 샘을 판다'라는 의미를 위해 신념을 곧추세우는 의지를 객관화하고 있다. 그러나 2연의 의미를 좀더 긴축적으로 처리하는 기교가 있었더라면 어머니와 사랑초와 결합된 암시는 더욱 선명할 것이라는 아쉬움도 있다.

4) 구순희의 얻는 것과 그 반대

일상적으로 얻는 것에는 기쁨을 갖기 십상이고 버리는 것에는 아쉬움이 있다. 그러나 따지고 보면 잃었다는 것과 얻었다는 것은 변함이 없는 일로 마무리될 때 ― 이른바 질량불변의 법칙은 접목된다. 그러나 세상사는 법칙이 적용되지 않는 일들이 다반사이기에 때로 삶의 망연함을 갖게 된다. 인간의 인식 ― 과학적이라는 것도 또는 합리적이라는 것도 냉철한 이성이라는 것도 무의미의 옷을 입게된다.

득음하려고,
목감기가 왔는데도
노래방에서 목터져라 노래했더니
득음은 커녕 목이 완전히 쉬어 버렸다

용이 되지 못한 이무기 한 마리
속에서 여태 함께 살았다

누워서 앉아서 서서
먹은 음식 먹은 마음으로
퉁퉁 부어 버린 나날들

마른 기침만 득음했다

—구순희, <쉬어터진 노래>

노래가 쉬었다면 버려야할 것이라는 소용의 문제를 비유로 하여 시의 의미를 직조(織造)했다. 물론 필요란 인간의 문제로 자연과의 상관은 아니다. 인간은 인간의 기준으로 생각하기 때문에 자연이란 거대한 의미를 간과한다. 소기의 목적을 얻기 위해 그 목적에 합당한 노력을 했지만 결과는 '쉬어 버렸다' 즉 쉬어서 버렸다라는 허무를 맛보게 되었다. 이런 처지가 '마른 기침만 득음했다'라는 암시 — 용을 향한 삶의 지향이 마침내는 이무기라는 존재로 살아남게 된 깨달음을 알게 된다. 이는 시인만의 경우가 아니라 인간 누구나 겪으면서 살아가는 문제라는 점에서 삶의 방법적인 문제와 연결이 된다. 누구나 잘 부르는 노래보다는 틀린 노래를 반복하는 — 용을 꿈꾸지만 용은 이 세상에 없고 오로지 이무기로 사는 존재 — 인간의 본질은 그럴 것이다. *

한국 문학의 상상구조

인쇄일 초판 1쇄 2001년 01월 18일
         2쇄 2015년 07월 22일
발행일 초판 1쇄 2001년 01월 20일
         2쇄 2015년 07월 23일

지은이 채 수 영
발행인 정 찬 용
발행처 국학자료원
등록일 1987.12.21, 제17-270호

서울시 강동구 성내동 447-11 현영빌딩 2층
Tel : 442-4623~4 Fax : 442-4625
www. kookhak.co.kr
E- mail : kookhak2001@hanmail.net
ISBN 978-89-8206-545-3 *93810
가 격 20,000원